终身大事

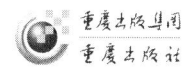

柠檬羽嫣 著

重庆出版集团
重庆出版社

图书在版编目(CIP)数据

终身大事 / 柠檬羽嫣著. —重庆:重庆出版社,2015.9
ISBN 978-7-229-09949-7

Ⅰ.①终… Ⅱ.①柠… Ⅲ.①长篇小说—中国—当代 Ⅳ.①I247.5

中国版本图书馆 CIP 数据核字(2015)第 108743 号

终身大事
ZHONGSHEN DASHI

柠檬羽嫣　著

出 版 人:罗小卫
责任编辑:陶志宏　何　晶
责任校对:刘　艳
装帧设计:浪殿工作室·阿鬼

重庆出版集团
重庆出版社　出版

重庆市南岸区南滨路 162 号 1 幢　邮政编码:400061　http://www.cqph.com
重庆出版集团艺术设计有限公司制版
自贡兴华印务有限公司印刷
重庆出版集团图书发行有限公司发行
E-MAIL:fxchu@cqph.com　邮购电话:023-61520646
全国新华书店经销

开本:720mm×1000mm　1/16　印张:21.75　字数:290 千
2015 年 9 月第 1 版　2015 年 9 月第 1 次印刷
ISBN 978-7-229-09949-7
定价:32.00 元

如有印装质量问题,请向本集团图书发行有限公司调换:023-61520678

版权所有　侵权必究

CONTENTS

· 目录 ·

- 第一章　陆少城的心上人 / 001
- 第二章　小镇医院的贷款 / 021
- 第三章　因他失控的现场 / 039
- 第四章　她叫苏终笙，是我的未婚妻 / 054
- 第五章　名和人，我都要 / 068
- 第六章　没有水晶鞋的灰姑娘 / 081
- 第七章　久违 / 092
- 第八章　就在这里等她归来 / 103
- 第九章　对峙 / 118
- 第十章　苏家的小姐 / 131
- 第十一章　设计 / 142
- 第十二章　成为他的眼睛 / 158
- 第十三章　万幸 / 171

- 第十四章 谁在回忆，她入风景 / 182
- 第十五章 他在等的人 / 197
- 第十六章 不是眼盲，是心盲 / 213
- 第十七章 现在还想当好人？晚了！ / 231
- 第十八章 变心 / 244
- 第十九章 真相 / 263
- 第二十章 可是情话，总不成真 / 277
- 第二十一章 他不要了，我要 / 291
- 第二十二章 而我，只有相思 / 297
- 第二十三章 终身大事 / 307
- 第二十四章 如果 / 317
- 尾声 后来的一生 / 330
- 番外一 那些爱过的事 / 332
- 番外二 一见终身 / 340

第一章
陆少城的心上人

"咚咚咚——"

"进。"

得到许可，陈光推开自己上司办公室的大门，快步走进。

屋内的采光很好，坐北朝南的方向，以及大扇的落地窗让日光照亮了整个房间。

宽大的办公桌后，有一名男子端坐，不到三十的年纪，他的面孔线条分明，带着一种特别的沉稳，气质卓然，只是一副黑色的墨镜遮去了他的半张脸，与明亮的房间显得有些格格不入。

陈光将手中的报纸递给男子，开口恭敬地道："陆总，您看这个。"

这是本市晚报的分版，头条上赫然写着："全国最大私立医院圣索罗医院院长陆少城与乡镇小医生秘密订婚。"

不出意料，陈光果然看到陆少城的面色一点一点暗了下去。

"叮铃铃——"

电话响起，陆少城接过，也不知道对方说了些什么，陈光只见他的脸色越来越难看。

"我不认识她！"冷冷地撂下这样一句，陆少城就挂断了电话。

将报纸拿进来之前，陈光先看过一遍这上面的报道，有一个叫作苏终笙的乡镇女医生声称自己是陆少城的未婚妻，并且有戒指为证。

陈光跟在陆少城身边多年，形形色色的人见过很多，想当陆少城未婚妻的人不少，但敢假冒陆少城未婚妻的，这是第一个！

陈光想着，不禁又看了一眼那女人的名字，苏终笙，名字文文静静，胆子却真是不小，他佩服她。

"陆总，我这就去找这个人还有这篇报道的记者让他澄清事实。"

陈光说着，却见陆少城的神情一凝，他的目光落在了一张配图上，是一枚戒指的特写。

并不是什么名贵的东西，银色的戒环，然而上面刻着的纹路却让陆少诚一怔。

他下意识地以拇指摩挲过自己无名指上的戒指，墨镜下原本似静水无波的眸中终于起了些许涟漪，"不用了，我要亲自去问这个女人。"

陆少城抬头看表，下午两点，时间正好。

陈光会意，赶忙去将窗帘都合了上，屋里很快暗了下来。

摘下墨镜，陆少城取出抽屉里的眼药水，仰头滴入眼睛，动作迅捷。

药水入眼，一片沙疼感，只是这么多年，陆少城早已习惯。

他的双眼曾经受过伤、失过明，情况最恶劣的时候，医生告诉他希望渺茫，他暴躁过、放弃过，却有人用冰凉的指节抚过他的眼，清冷的嗓音里带着一种能够安抚人心的力量，她说："阿城，你的眼生得这般好看，若是弃了，我舍不得。"

脑海中少女的声音犹在耳边，然而画面却是一片黑暗。

时至今日，他的眼睛终于能够视物，可她却不在了。

陆少城闭上双眼，向后靠在椅背上，轻揉着额角，所有的情绪起伏都被他深深藏下。

屋里一时寂静，那边，陈光等了一会儿依然不见动静，只得谨慎地主动出声道："陆总，您要什么时候去见这个乡镇医生？"

依旧是静默，就在陈光以为陆少城不会回答了的时候，他听到陆少城的声音："现在。"

说走就走。

陈光摸不清陆少城的心思，却也只能让秘书将下午的会议统统都推了，将司机叫来，同陆少城一起去找那个乡镇医院。

一路七拐八拐，副驾驶位的陈光坐在车上已然分不清东西南北，好在司机和车载导航比他要靠谱，走了将近两个小时，他们终于找到了一栋小楼，挂的牌子写着"南榆镇医院"，大概是因为时间久了，上面字迹斑驳。

陈光看着这几个字，忽然想起，这里是他们原本想买下地皮盖医院分院的地方！

车停在了离小楼不远的地方，陆少城下车，陈光正要跟上却被制止："你在这里等我。"

小楼只有两层，墙体上贴着已有裂痕的白砖，十分破旧，与陆少城所经营的医院有着天壤之别。

楼门口坐着一个守门人，正跷着腿看一份报纸，发觉有人来，头也没抬道："医生在一层往右走到头那间屋子里。"

陆少城进了楼，楼道里很暗，头顶上的日光灯都成了摆设，他摘了墨镜，终于能够看清前路，来到走廊尽头，见房门虚掩，他轻敲了几下门。

"进。"

是一个女人的声音，陆少城随后推开门走进，却在一瞬间僵直了身子，闭紧了双眼。

与楼道里不同，这房间因为窗户多，亮堂得很，他刚一进屋，迎面正对上照进来的阳光，眼睛一时刺痛。

有椅子被推动的声音响起，有人快步走到他的身前，随之而来的是消毒水的味道，与陆少城平日在自家医院里闻到的不尽相同，有一种说不出的特别。

挪开他的手，苏终笙踮起脚尖，以拇指轻附于他的眼皮之上，不让他急于睁眼。

陆少城能感受到她指肚的温热，迟疑了一下，他并没有拍开她的手。

看他渐渐稳定下来，苏终笙这才小心地撑开他的眼皮查看情况。

"你以前眼睛受过伤吧？"

她这话虽然是问句，但语气却是十足的确定，说完不等陆少城开口，苏终笙将他扶到了一旁的沙发前坐下，自己走回了桌后，"你的眼睛畏强光，你以前的医生没告诉你吗？现在疼是受了刺激的缘故，我给你开一个药单，不过有几样现在这里没有，你得过两日再来取。"

她说着，手下飞快写着单子。

听到她这话，陆少城知道，她是把他当作来看病的病人了！

这片刻的时间，他的感觉已经比之前好了不少，重新将墨镜戴上，他尝试着睁开眼，影影绰绰地看到了一间空阔的房子，还有一个穿着白大褂的瘦弱身影，正伏案写着药单。

他其实是有一点失望的，亲自来到这里，他其实是想看这个假冒他未婚妻的人有没有可能是……

可是仅听声音似乎就已相去甚远。

"你是……陆少城的未婚妻？"

他忽然开口，这样问。

听到这个问题，方才还奋笔疾书的人身形忽然一顿，就在陆少城以为她会开口道歉或者澄清什么的时候，却见她突然抬起头，扬唇一笑："是啊，陆少城是我未婚夫！"

沙发上的陆少城一僵。

那边的苏终笙却并没有发觉他的异样，生怕他怀疑，主动对他道："你不会相信的，我和少城第一次遇见是在飞机场候机的时候，当时我正看着托翁的《复活》，就觉得旁边有人在盯着我看，我一抬头，就看到了一个年轻英俊的男子……"

"但当时我对他这种行为很反感，正要往旁边挪一个位子，他却忽然问我：'你也喜欢托尔斯泰的书吗？'我说'是的'，我们就聊了起来，后来发现我们是要坐同一个航班，他一定要帮我把座位换到他的旁边，然后我们两个很开心地聊了一路，飞机快要落地的时候他忽然告诉我，他喜欢我，想和我交往，我当时惊呆了！"

她说着，竟真的瞪圆了眼睛，做出了一副震惊的表情。

而陆少城却已经由最初的震惊转变为了一种饶有趣味的姿态，他索性向后靠在了沙发上，修长的双腿交叠，听她说起故事来。

"我告诉他我要考虑一下，但他说不行，如果我不答应，他就不让我下飞机，我当时心想，哪儿有他这么无赖的人啊，飞机又不是他们家的！

"最后我还是勉为其难地答应了，后来他才告诉我他是陆少城，陆氏财团的继承人、圣索罗医院的院长，我当时就后悔了！"

苏终笙说得天花乱坠，眸光明亮，笑容明媚似阳光，就硬生生地挤进了他畏光的眼里。

一旁听着的陆少城微微扬起了唇角，"哦？为什么？"

她翻了一个白眼，"你没看过电视剧吗？灰姑娘嫁王子都是千辛万苦、九死一生啊，都怪我之前不认得他就是陆少城！"

她说着，一副遇人不淑的表情。

陆少城平日行事低调，不会公开露面，又因为眼疾，常年戴着一副墨镜，很少有人知道他的长相，总有媒体说他故作神秘。

这女医生说她之前不认得陆少城，只怕她到现在也根本不认得谁是陆少城！

这样也敢冒充他的未婚妻，胆子不小！

说话间，苏终笙已经将单子写完了，放下笔正要交给他，动作却突然顿了一下，像是想起了什么，"哦，对了，我这儿有一支药膏，是我们这里一位老中医的独门秘方，治疗眼伤的效果特别好！不过我这里只有一小支，你先回去试试，这两天我再去找傅爷爷要些，你把你电话留下，回头我通知你来取！"

她正要将纸笔递给他，又忽然意识到他眼睛不好，于是说："你说号码我记吧！"

这女人还真是热心！

他刚要说"不用了"，还没来得及开口，苏终笙就已经自顾自地猜了起来："13还是15还是18？"

适逢他手机的短信提示音响起，拿出一看，是陈光的短信，陆少城心里的念头一转，随口将陈光的电话报了出来："18315328999。"

苏终笙下笔飞快，记好之后自然道："走吧，我带你划价取药去。"

陆少城名下有着全国最大的私立医院，又怎么会差这几支药？

"不用了。"陆少城冷了声音回绝。

已经站起身的苏终笙听到他这样说倒也没有生气，只是点了点头，"也好，你可以去外面的药店买，也能一次性买全一些。"

她将自己开好的药单递给了他，他接过，粗粗扫了一眼，上面基本都是很常见的眼药，而这里的药房居然都凑不齐，足可见这家医院到底有多破败。

陆少城拧眉，"我听说圣索罗医院想要买下这里的地皮，盖一间分院？"

印象之中，他们相关的负责人曾经多次来这边协商，但屡次被拒，就算提出高价补偿，对方同样也不接受。

"他们休想！"苏终笙几乎是脱口而出，而后意识到自己的反应不太得体，赶忙放缓了语气解释道，"我的意思是，即使少城是我的未婚夫，我作为这里的院长，也不会因此同意把地卖给他的。"

原来她就是那个"冥顽不灵"的院长！

陆少城挑眉看着她，"为什么？"

"这镇子周围就只有我爷爷留下的这一家医院，如果被圣索罗那种私立医院取代，镇子里的人哪里负担得起那种医院的价钱？平常的小病还好说，要是有个急重症，难道要任由他们自生自灭去？"苏终笙说着，撇了撇嘴，临末了还补了一句："那种私立医院的人最势利了！"

听到最后"势利"那两个字，陆少城的眼角不由抽了一抽，还从来没有人用这两个字形容过他的医院！

但细想来，这女人说的的确没错，没想到她年纪轻轻，倒是生了一颗忧国忧民的心。

这并非是他来时预想的贪慕虚荣之人，那她又是为什么要冒充他的未婚妻？

"我想看一下你的戒指。"

他的声音低沉，陆少城站起身，居高临下地看着她。

苏终笙的神情一滞，"什么？"

陆少城难得耐心地重复："戒指。"

苏终笙闻言，下意识地低头看了一眼自己手上的戒指，迟疑了一下，但还是退下戒指递给了他。

陆少城小心地伸手接过。

银色的戒环，上面还带着苏终笙的余温。

墨镜之后，陆少城的眼帘轻合，拇指仔细摩挲而过，一寸一寸。

不是，并不是他要找的，虽然在报纸上看到的样子和他要找的很像，但终归是差之毫厘。

他睁开眼，将戒指递还给了苏终笙。

难免失望，只是这么多年似乎早已习惯。

"嘀嘀嗒嘀嗒……"

有手机铃声响起，苏终笙听到，赶快从兜里拿出了手机，"喂？"

也不知电话那边说了什么，陆少城只见她的唇角很快向上扬起，露出了两排整齐的白牙，笑容似初春的野花，绽放得肆意。

他听到她说："对啊，我们是在机场遇到的，当时我正看着托翁的《复活》，就觉得旁边有人在盯着我看……"

她说着，又坐回了椅子上，一面转着椅子一面重复着她和陆家少爷"初遇"的故事。

一旁，陆少城双手插兜，看着她没有出声，也不知怎么，心里竟难得地生出了几分趣味，他忽然有些想看她接下去要怎么继续圆这个谎。

他的手机在这个时候响了起来，陆少城拿出一看，是他的父亲，陆秋平。

索性离开了房间，陆少城接起，电话那边，陆父低咳了一声，厉声问道："你在哪里呢？"

陆少城的声音亦是清冷："在外面办事。"

"还不快回来！早就和你说过，今天你程叔叔带女儿来，现在大家都在等你，太不像话！"

陆秋平的语气愈发严厉，陆少城听着，不由蹙起了眉。

从电话里，他隐约还能听到有女人的笑声传来，他自心底生出了几分厌恶，这又是那位"阿姨"的主意，对此，陆少城并非完全没有印象，只是他根本不会在意。

那边，陆秋平说完就挂断了电话。

这么多年，父子关系似乎不过如此。

陆少城的神色微凝。

他回眼看向身后的房门，还能模糊听到里面女子带笑的声音。

方才陆秋平的话犹在耳畔，原先还在迟疑的陆少城此刻却已下定了决心。

他走回先前停车的位置。

等待已久的陈光赶忙下车替他拉开了车门，主动道："陆总，刚刚董事长来电话询问您的位置。"

"嗯。"

陈光一时有些吃不准他的态度，小心翼翼地问："我们要回陆家吗？"

"回医院。"

车子开动了，陆少城轻阖了眼，大约有些倦了。

陈光正犹豫要不要问他澄清之前的新闻报道的事，陆少城先一步开了口："任何人问起关于那个新闻的事，你不必否认。"

"是。"

不必否认，陈光在心里反复琢磨着这四个字的意味，想起刚才陆董事长的那通电话，也多少明白了些什么。

陆总与父亲关系不好，陆家上下，人尽皆知。

陆少城八岁那一年，陆秋平与他母亲离了婚，并娶了现在这一位夫人，并为她购置了一套江边别院，常年以那里为家。

后来，陆少城双眼意外受伤，他的母亲病逝，陆秋平将陆少城留置在陆家老宅，很少过问，对新夫人的孩子倒是百般宠爱。

直到几年前，二儿子车祸去世，陆秋平才不得不将视线重新放在了陆少城的身上。

那个时候，在所有人的眼中，陆少城身有残疾、弱不禁事，陆家到他这一代必衰。

然而就是这位不被看好的主，在陆氏财团深陷危机之时出手，短短一周,陆氏反败为胜。

他让整个商界为之惊艳,风头正盛,他却选择急流勇退,离开陆家自己开起了医院,很快做到了医疗行业中的顶尖。

雷霆手段、强势作风,陆少城其人却格外低调,很少有人知道他的模样,只知道陆少城左手的无名指上戴着一枚与他身份极其不符的银色戒环。

陈光来得晚,有很多事并不清楚,陆家老爷又在这件事上下了禁令,不许任何人提起,到底发生过什么陈光无从得知。

但跟在陆少城身边几年,有一件事陈光是明白的。

那枚戒指代表的,是陆总的心上人。

两天之后,A院。

一早坐了两个多小时的车来到这里,苏终笙为的是找她曾经的老师、全国顶尖的中医专家傅国辉,要他独门配置的眼药膏。

进到中医科的时候,苏终笙就觉得这里的气氛不太对劲,小护士们两三个聚在一起讨论着什么,目光都不由瞟向了主任办公室的方向。

苏终笙有些奇怪,走近两个护士身边,她小声问道:"发生了什么?"

小护士打量了苏终笙一眼,并不认得她是谁,却还是告诉她:"陆少城来找傅主任了!"

陆少城?

听到"未婚妻"这几个字,苏终笙全身一僵,整个人呆在了当场。

那小护士还以为她不知道陆少城是谁,好心地解释道:"就是圣索罗医院的院长、陆氏财团的继承人陆少城!"

旁边的另一位护士激动道:"刚才看到他一身黑色西装,身形高挑,气场十足,简直帅呆了!"

先前的小护士赞同地点头,"是啊,就是可惜他戴着墨镜,没看清脸啊!"

……

两位护士聊得兴致盎然,苏终笙却是腿肚子一软。

陆少城正在这里！

要是一不小心撞上了、要是一不小心被人提到了名字、要是一不小心被人提到她冒充他未婚妻的事……

苏终笙倒吸了一口凉气。

可已经和傅老师打过招呼，又好不容易来了，药又不能不拿……

视线一转，苏终笙再次看向一旁的小护士，扬起格外灿烂的笑容，她柔声道："我是傅老师以前的学生，和他约好今天找他拿药，但现在他办公室里有客人，我不是这个科室的工作人员，不方便进去，能麻烦你帮个忙吗？"

那小护士一怔，有些犹豫，"我？"

苏终笙用力点头，继续劝说："你可以借这个机会看一看陆少城长什么样啊！"

那小护士眼前一亮，显然被打动，"那你在这里等一下！"

小护士的动作麻利，敲门进了主任办公室，很快将东西带了出来。

苏终笙接过，道了谢，赶忙离开了，她的身后，一群人围住了那个小护士激动地说着些什么。

出了中医科，掏出手机，苏终笙找出了前天存下的那个电话拨了过去，她听着听筒里传来的"嘟嘟"声，怎么也没想到，对方的手机铃声就响起在离她不远的地方。

陈光接到了一个电话。

电话那边，是一个女子温婉的声音："你好，我是南榆镇医院的医生苏终笙，给你要到傅医生的独门眼药膏了，什么时候来找我拿一下吧！"

南榆镇医院苏终笙？

陈光蹙眉，莫非是前两日自家上司去郊区见的那个女人？

彼时陆少城正在同傅国辉谈着要挖他去圣索罗医院的事情，陈光对着电话里面说了声"稍等"，捂住手机，走到陆少城身边将情况大致说明。

"陆总，南榆镇那个……请您去取一个眼药膏。"

陆少城蹙眉，隐约记起之前那女医生似乎提到过这样一件事。

可他的眼伤敏感，即使她再怎么推荐，他又怎么会轻易用一个陌生医生给的药膏？

"告诉她不要了。"

"是。"

再拿起手机，陈光干脆对苏终笙道："不用了。"

话音落，陈光干脆地挂断了电话，又退回到后面。

主任办公室内，一旁的傅国辉倒是有些意外，重复了陈光刚刚说过的三个字，"南榆镇？"

陆少城敏感地察觉到了什么，"傅老在那边有相熟？"

傅国辉点头，"我从前带过一个学生是从那边来的，小姑娘天资聪颖，悟性很高，本来有很大的发展空间，但她选择回镇上去守着她爷爷的小医院，我和院里其他几位老师都挺替她可惜的。"

守着她爷爷的小医院……

陆少城忽然想起了前两日在南榆镇医院时的情景，没想到为了那家小医院她竟肯牺牲那么多，将青春和未来都赔上，瘦小的身躯里倒是有一颗够固执的心。

他先时低估了她，此刻想来觉得有趣。

傅国辉又补充道："刚才进来的那个护士就是替她来拿药的。"

替她来拿药？也就是说，她指的那个老中医是……

陆少城的眉心一紧，面上的表情倒还是淡然，似饶有兴味一般应了一声，"哦？"

"喂！"

电话的另一边，被突然挂断电话的苏终笙再想说什么已来不及，她愤愤道："怎么这样？"

她为了找傅国辉要这个药膏，专程来 A 院一趟，好不容易拿到，哪知……

真是过分！

"终笙？"

011

身后传来男子熟悉的声音，苏终笙转过身，只见身着白大衣的郑浩然向她走来，他就在A院工作，没想到这么巧，就碰上了。

许久未见，郑浩然也变得比以前成熟了几分。

她却向后退了一步，拉开与郑浩然的距离，"好巧。"

见她这样戒备，郑浩然有些不满地皱了皱眉头，"怎么这样见外？"

顿了一下，见她不答话，郑浩然又问："对了，爷爷医院那边的事怎么样？要我说就卖给圣索罗医院吧，他们的价钱不错，拿到钱，你我的日子都能好过些！"

郑浩然是南榆镇医院老院长唯一的孙子，而苏终笙只是后来老院长认的干孙女，寄住在郑家。

按理这南榆镇医院应该由郑浩然继承祖上衣钵，哪知这年轻人在城里上完学就打定主意不回去了，老院长因此决定将医院事宜全权交付给苏终笙。

相比于她，郑浩然只是更现实了一些。

听郑浩然这样说，苏终笙一点儿也不意外，她冷声道："当初爷爷想让你接手医院的时候是你不愿，既然现在爷爷把医院交给了我，我自有分寸。"

郑浩然倒是不以为然，"你一个小姑娘还能扛得过财团和银行？趁早放下这件事，来城里，我照顾你！"

郑浩然这一句"照顾"说得暧昧，顺势向前抓住了苏终笙的手臂。

肌肤碰触的地方让苏终笙心中生出了几分反感，她正要挣脱，就听从不远处传来了女人的声音："浩然，怎么不回科里？"

郑浩然一下子松开了苏终笙的手。

来的是这家医院的院长千金胡依澜，她原本是要找郑浩然，走过来见到苏终笙有几分惊奇，"咦，终笙你今天怎么有时间过来了？"

终笙……

胡依澜叫得亲热，落在苏终笙耳中却似是一根刺，并不舒服。

她们从前虽是大学同窗，却并不对付，只是胡依澜一向精通这样的表面功夫，虚与委蛇。

苏终笙了无笑意地牵唇敷衍道："偶然路过。"

"原来是这样。"胡依澜说着，露齿一笑，而后像是突然想起了什么，又问："对了，终笙，前几天我在报纸上看到一篇报道，圣索罗医院院长的未婚妻似乎也叫苏终笙，不会是你吧？"

胡依澜的话还没说完，一旁的郑浩然就斩钉截铁地打断她："怎么可能？"

偏偏苏终笙的目光轻扫过面前的二人，开口异常坚定而平静，"是我。"

"你说什么？"郑浩然看着她，眼中满是难以置信。

胡依澜问这话的时候也只觉得是报纸写错了，苏终笙并非那种美极艳极让人过目不忘的女人，又成天待在那样一个小镇子里，怎么就突然成了陆氏财团少爷的未婚妻？如果这是真的，那苏终笙的运气该是有多好！

她不信！

胡依澜的嫉妒心一下被激了起来。

"你今天是陪陆少城来的？"她的语气中带着质疑。

苏终笙心里警觉，知道胡依澜是想套她的话。

她牵唇，似笑非笑，"算是吧。"她举起手里的药，"我也有自己的事要做。"

她的话外音是她还有事，他们该散了，但胡依澜怎么肯轻易放过她。

"终笙，订婚这么大的事你也不告诉我们，现在总该带我们去见见你的未婚夫吧！"

想要让她去和陆少城面对面对质？真是好算计！

苏终笙依旧是笑着的，她平素就爱笑，高兴的时候笑，不高兴的时候也是笑的。

"少城他很忙……"

胡依澜也不退让，"几分钟而已，他现在就在这医院里，应该很方便吧？"

"他在和傅老师谈事，不方便打扰。"

胡依澜却打定了主意，"没事，应该也快谈完了吧，我们在这里等就可以。"

她是真的决心追究到底，这里是胡依澜的"主场"，苏终笙心里着急却也不能表现出来分毫，正要冷声撂下一句"你们等吧，我还有事"离开，却在这时，不远处的中医科里传来一阵骚动声。

苏终笙心里一紧，循声看去，就听胡依澜语气甚是愉悦道："哎呀，不是陆少要出来了吧？还真是巧！"

的确有人走了出来。

隔着一段距离，苏终笙只能看见一个模糊的影子，中医科里有一名高挑的男子正在向外走，如果是陆少城……

不行，她要赶紧从这里脱身！

正想着，她兜里的手机在响，苏终笙像是抓住了救命稻草，拿出来一看，竟是刚刚毫不客气挂断了她电话的那个病人。

"喂？"

苏终笙接起，感觉到身旁两人的目光都紧紧盯在她的身上，她刻意做出一副与人有约的样子，也不管电话那边的人说没说话，她直接说："我在A院呢，楼下咖啡厅见吧，我马上到！"

电话那边的陆少城还没开口，就听到她这样自编自演的一段，沉默了片刻，索性顺水推舟，"楼下咖啡厅见。"

苏终笙微怔，相比于上一通电话，这个声音低沉且沉稳了许多。

她本来就是想给自己编个理由离开，哪知对方居然有回应。

不过她很快回过了神来，一面按下挂断键一面回身对胡依澜道："我有事先……"

"走"字还没说出口，苏终笙的手机就被胡依澜劈手夺了过去！

胡依澜气势汹汹，"找个借口就想溜？没那么……"

等等！

目光落在苏终笙手机屏显示的来电号码上，胡依澜整个人一僵，气焰一下下去了大半。

苏终笙也不清楚她这样的反应是因为什么，但总归现在走为上计，她就趁胡依澜诧异失神的片刻，抢回了自己的手机，转身就走。

她的脚步很快，似逃一般，因而也就没能听清发生在她身后的对话。

郑浩然："怎么了？怎么放她离开了？"

胡依澜咬了咬唇，"刚刚那个电话是陆少助理打来的，我在我爸的通讯录上见过……"

郑浩然的眉心拧紧，声音里带着震惊："什么？"

苏终笙一路飞快地下了楼，因为怕动作慢在走廊里碰上陆少城，她连电梯都没敢等，一路走楼梯从七楼到了一楼。

出了楼梯间，苏终笙直奔大门，从咖啡厅旁走过的时候片刻也没做停留。

什么楼下咖啡厅见，不过是她顺口胡说的，虽然那人给了回应，但她也没有当真，她不觉得他会那么巧也在A院附近，而且他之前居然那么不客气地挂断她的电话！

你说见就见，哪儿有这么便宜的事！

苏终笙正愤愤地想着，低着头加快脚步往外走，大厅里人多，她突然被人从身旁撞了一下，整个人没收住，险些摔倒在地！

好在旁边有人伸手扶了她一下，她刚松了口气，正要说谢，一抬头却是一僵。

扶她的这名男子身边的人西装笔挺，一丝不苟，双手放在裤兜里，正居高临下地看着她。

见到她，他似是也有几分意外，双眼微眯，"苏医生？你这是要去哪里？"

他的嗓音微沉，语气没有透出喜怒，然而苏终笙却感觉到了一种压力。

他不太高兴。

这正是前两日来找她看病的那名男子，上一次见面时因为他的眼伤，在她的心里总觉得他是病人，弱势，可此刻苏终笙只觉得自己真是没有眼光。

"我……"她其实很想说"我爱去哪儿去哪儿"，可是话到了嘴边，她很没骨气地改成了,"我正要去咖啡店。"

细想来,明明是他有求于她,结果她偏偏比他在气势上还弱了三分。

那男子淡淡地应道:"哦,那我们同路。"说完转身向咖啡厅的方向走去,苏终笙一面在心里暗暗鄙视自己没出息,一边顺从地跟在了他的身后。

还没有到中午,咖啡厅里的人不多,零零散散,之前伸手扶住苏终笙的那名男子并没有跟过来,陆少城找了一张桌子在旁边坐了下,抬眼见苏终笙站在那里,不禁蹙了下眉尖,"苏医生有问题?"

她自然是有的,这一路走来,她的骨气也找回来了一点,索性直接问:"你都说了不要药膏了,还找我来做什么?"

看来是真的生气了!

陆少城看着她,这样的一个女人,将喜怒哀乐全都写在脸上,简单到近乎透明,居然也敢撒下弥天大谎,冒充他的未婚妻,偏偏看着她,他并没有觉得厌恶,反倒觉得有几分莫名的……

熟悉……

他的声音依旧是清冷,却是难得耐心地解释:"刚刚我在开会,苏医生的电话来得不太凑巧。"

"开会?"

"开会。"陆少城开口,惜字如金。

听他这样说,苏终笙心里虽然还有疑问,但总算对刚才他挂电话的事释怀了些。

她坐到了他的对面,正巧服务生走了过来,"请问二位要点什么?"

苏终笙头也没抬,"水。"

"我们这里有很多种水,请问您要哪种?"

苏终笙想也没想,脱口而出:"最便宜的那种。"

服务生的面色一垮,还是勉强地笑着问陆少城:"先生呢?"

"同她一样。"

服务生的脸彻底垮了下来,一面收起单子往柜台走,一面小声地念念道:"还没见过这样的,穿着阿玛尼居然要最便宜的水,什么人啊!"

但苏终笙一向不识货，哪里认得什么阿玛尼，听陆少城这么说还觉得挺志同道合，再开口语气也和缓了些："我应该怎么称呼你？"

陆少城略一思索，开口道："顾城。"

苏终笙点了点头，将药拿出来递给了他，"顾城，这就是我之前跟你提到的药，是我以前老师的独门秘方，这一支药可以用半个月以上，一日三次敷于眼上，你用一周后来找我复诊一次，我们再决定要不要用下去。"

陆少城没有立即答应，只是问："为什么这样帮我？"

一般的医患之间也不过止于医院里的问诊与开药，她为了帮他，特意来找自己以前的老师要这样珍贵的药膏，若只说是热心也未免太过了些！

苏终笙以手支颐，微微扬唇，笑意却不达眼底，"因为你很像我的一个故人。"

故人……

听到这两个字，陆少城的神色一凛，他可不喜欢这样的说辞。

视线相交，两个人都没有再开口，气氛正僵，突然之间，离他们不远的桌子处传来一声女人的惊叫，"天啊！宝宝，你怎么了！医生，快来医生啊！"

苏终笙想也没想，赶忙从桌后站了起来，快步走了过去。

"怎么了？"

那女人因为害怕，声音之中还带着颤抖："樱桃……樱桃卡住了！"她紧紧盯住苏终笙，"你是医生吗？"

苏终笙闻言，低头看了一眼桌子上的蛋糕，果然见上面有一个小坑，大约是先前放樱桃的地方，现在已经空了。

情况危急，苏终笙赶忙将小宝宝抱起，翻了过来，身体置于自己的前臂，面朝下，左手撑住宝宝的头面部，右手掌根在孩子背部两胛骨之间连续拍击。

不行，还没有吐出来。

再五次。

不对，不知是她的力道不够还是什么别的原因，樱桃依旧卡在宝宝的嗓子里。

她心里正着急，忽然觉得手上一轻，宝宝被人抱了过去，她一惊，抬头，是陆少城。

她的面色一变，焦急道："你要干吗？"

陆少城没有答话，只是手上很快地重复了一遍她刚刚的动作，标准而又流畅，让站在一旁的苏终笙着实吃了一惊，这一次，宝宝终于将卡在喉头的东西吐了出来。

那位母亲见状，也顾不上许多，胳膊一用力就将挨着她站的苏终笙挤开，伸手要去抱回自己的孩子。

被她这样一推，苏终笙没防备，脚下一个趔趄，偏就踩在了陆少城的脚上，重心一歪，整个人就要向后倒去，眼见着头就要撞上后面的桌子，陆少城刚腾出一只手来，赶忙拉住了她。

慌乱中的苏终笙犹如在汪洋中遇到了一块浮木，也管不了别的，双手死抓住陆少城的胳膊，把他的袖子上弄得满是褶子不算，整个人坠在陆少城的胳膊上，险些要把他胳膊弄脱臼的感觉。

陆少城忽然有些后悔自己反应那么快地拉住了她。

但想归想，他还是双手用力，将苏终笙带了起来，哪知苏终笙起来的势头太猛，直接就撞在了他的下巴上，他吃痛，闷哼了一声，就听苏终笙"嗷"的一声惨叫。

他的心里刚还有几分不悦，然而抬眼看到她龇牙咧嘴、一副快哭出来的样子，也说不清为什么，他只觉得心里的气就一点一点地消了下去。

"多谢你了！"她一面揉着额一面向他道谢。

陆少城微牵了一下唇角算是回应。

她平复了呼吸，转过身去，就像刚才的险情没有发生过一样，微笑着对那位母亲道："急诊在外科楼那边，虽然现在异物已经出来了，但您最好还是带宝宝去再检查一下。"

那母亲连连点头，"哦，好！"拿起自己的包，抱着孩子就走了。

苏终笙看着她离去的背影，还有被她落在这里的婴儿车，不禁微笑着摇了摇头，"真是个粗心的妈妈。"

她的笑容中带着一种说不出的恬静与温婉，素颜、马尾辫，一双清澈的眸子，眼角也带着微微的弧度，似阳光，温暖而明亮。

他看着她，不由好奇，"你帮她，她却置你于险境，你就一点儿也不怪她？"

苏终笙听他这样问，不由轻笑了一声，摇了摇头，"她在乎自己的宝宝，没注意到我也是人之常情，孩子是母亲的心头肉，为了孩子，母亲什么都可以不管。"她微微一顿，突然转过头来看向他，"你说是不是？"

她的笑容是那样的干净，视线相接，陆少城不由一窒。

恍然间，好像又回到了当年，那些他与母亲相依在陆家老宅的日子。

他们其实早已知道陆秋平在外面另有了家，他看着母亲每日郁郁寡欢，禁不住拽着母亲的衣角，对母亲道："妈，我们离开吧，何必再在这里忍受下去？"

那个时候他还只有八岁，母亲顾美茹蹲下身来，伸手捧住他的脸，表情和语气却是异常地坚决，"不行，少城，无论如何你要记得，你是陆家的嫡长子，绝不可以离开，让陆家落到旁人手里！"

顾美茹说到这里，渐渐温柔了目光，"妈妈为了你，什么都可以不管！"

时至今日，陆少城依旧记得母亲说这句话时的声音，是千帆过尽的苍凉。

同样的一句话，自面前这个女人的口中说出，却带着一种截然不同的温暖。

陆少城没有回答，只是问："我需要给你多少钱？"

苏终笙一怔，没有明白，"什么？"

"那支药。"陆少城依旧惜字如金。

她反应过来，看着陆少城连忙摇了摇头，"不用，那个药不是用来卖的，你拿回去用就好。"

陆少城的声音清冷，"得到任何东西都要付出代价，早晚而已，我更喜欢简洁明了的交易。"

一句"交易"让苏终笙的笑容一凝，这话落在她的耳中更像是一种侮辱，就好像她帮他是因为觉得他有利可图。

她的语气不善,"没标价,你这双眼睛值多少钱,自己看着给吧!"

这女人还真是会说!

陆少城蹙紧了眉。

见他语塞,苏终笙的心情总算舒畅了些,"拿回去用吧,下周来复诊就好。"

陆少城看着她,片刻迟疑,而后微微抿唇,算是应了。

"对了,你是做什么的,怎么会急救?"苏终笙想起刚才危急时刻,陆少城娴熟的手法,终于问出了心中的疑惑。

陆少城避重就轻,"受过培训。"

"可你的手法很专业。"如果是外行,仅靠一次培训很难达到!

"受过专业的培训。"

苏终笙:"……"

他不想透露自己的职业,她也不勉强,抬头一看表,不知不觉已经快十二点了,她大叫一声"糟糕",焦急地对陆少城道:"我还有急事,必须赶紧走了!"她指了指那母亲落下的婴儿车,"这个,你能跟那边的服务生说一下吗?"

见陆少城点头,苏终笙说了句"再见",转身就往外面跑。

眼看苏终笙离开,在不远处角落里等待多时的陈光走到了陆少城的身边,"陆总。"

将药膏递给陈光,陆少城开口:"把这个拿去做药物分析。"

"是。"

陆少城停了停,而后道:"还有,去查一下那个女人。"

第二章
小镇医院的贷款

出了医院，苏终笙一路狂奔到公交车站，挤着公交车从城东穿越到城西。

她和一家银行的经理有约，为了给她的小镇医院争取贷款能够重建，她几乎将所有的银行都跑了一遍，这是最后一家，如果再拿不到贷款，那么她就不得不将医院卖给圣索罗医院！

她竭力要避免这样的场景发生，因而决定铤而走险，冒充陆少城的未婚妻，想借陆少城的面子向银行贷款。

路上人多，苏终笙好不容易卡着约定时间找到了那家银行，这是一家不算大的私人银行，银行经理是一名四十多岁的中年男子，将苏终笙带到了自己的办公室。

"苏小姐，请坐。"那银行经理坐到她的对面，"我姓曹，是这家银行的业务经理，苏小姐提交上来的资料我们都看过了，可以看得出，苏小姐虽然年轻，但非常有想法。"

苏终笙牵唇，"谢谢。"

那经理话锋一转，又继续说："但是我查了一些关于南榆镇的资料，镇子小而偏，这对于医院的发展而言并不利，我们非常担心您的医院没有偿还贷款的能力。"

苏终笙对此早有准备，"南榆镇的位置虽偏，但并不算远，是市政府发展计划里的重点地区，而南榆镇附近有且仅有这一家医院，整修医院是非常有前景的。"

那曹经理微微一笑，她说的虽然好，可再怎么好也是发展计划里的事，未来的事，谁能说得准呢？

"苏小姐，我听说您是陆氏财团陆少爷的未婚妻？"

他果然问了。

苏终笙露出一个大方得体的笑容，坦然承认："是的。"

"您有陆氏财团这样硬的靠山，为什么转而来找我们这样的小银行贷款？"

"我和少城有过约法三章，将公私分开。"

曹经理扬唇一笑，"苏小姐够独立，不过依我愚见，若是陆少出面会好办许多。"

"我不想让人说我要靠着他……"

"苏小姐先别急着拒绝，我们银行下个月要举办一个活动，如果陆少能够露面，我们会非常感激，苏小姐也就是我们银行的贵宾了，对贵宾，我们一向厚待。"

听到他的提议，苏终笙微怔，这的确超出了她的预想。

请陆少城去这个银行的什么活动？她连见都没见过陆少城，怎么可能做得到？

曹经理微微扬唇看向她，"不如苏小姐回去考虑一下我这个建议？"

苏终笙亦笑着应下，可心里却清楚这建议根本没得考虑。

曹经理又恢复了之前公事公办的语气，"苏小姐，我们半个月内会组织人到您医院进行实地考察，您看可以吗？"

苏终笙点头应下，所有的希望只能寄托在这个实地考察上了，想到镇医院已经有些发黄的瓷砖、潮暗的墙壁，她不由重重地叹了一口气。

半个月的时间，还有机会改变吧……

可没想到，曹经理来了个突然袭击。

仅仅不到一周，曹经理就打电话来，"苏小姐，我们银行最近只有明天有空，你看明天去医院考察没什么问题吧？"

苏终笙听懂了曹经理的话外之音，如果她不答应，贷款的事就不知道要拖到什么时候去了！

她的心里纵是有千百般不愿，也只能硬着头皮、咬着后槽牙答应道："好。"

放下电话，苏终笙抬眼看着医院里可怜的硬件配置，想把医院砸了重建的心都有！

失眠了整晚，第二天一大早苏终笙就坐在了办公室里，她正紧张地整理着院里的文件，护士刘姐推门，探头进来道："小苏，我弟弟家媳妇快生了，我回去看看啊！"

说完，也不等苏终笙这个院长批准，转头就要走。

苏终笙赶忙放下手中的文件，快步追出去，"等等，刘姐，今天不行，银行的人要来考察！"医院里人本来就少，要是这会儿再走一个……

刘姐不以为意，"查吧，病人不都好好躺在那里的吗。我弟媳妇没生过孩子，我得回去看看！"

两人正说着，从走廊那边传来一阵脚步声，刘姐回头，光线不好，她只隐约看到来人穿着一身西装，因而顺口道："这是你说的银行的人吧？你快接待去吧，我走了！"

苏终笙听她说银行的人来了，心里一紧，就这一恍神的工夫，面前的人就走了。

她在心中哀号一声，赶忙上前去迎那银行的"大使"，心里已经把欢迎词背了一遍，她扬起笑容，让自己看上去尽可能的友好，然而走过去一看，苏终笙却是颇为意外地一怔，"顾城？"

见她一脸吃惊，想到一周前她再三嘱咐他来复诊时的样子，陆少城不由蹙了蹙眉尖。

这女人……是把他忘了吗？

他开口，声音中带着不悦，冷冷的两个字："复诊。"

他平日不会轻易把别人的话放在心上，若不是这药膏的药性只有傅国辉和他的学生熟悉，他又怎么会专门腾出时间来这儿一趟？

苏终笙一拍脑门，只怪自己被医院贷款的事弄慌了神。

"过来吧！"她说着，快步走回自己的办公室。

刚进门，陆少城就注意到她的写字桌上铺满了文件，因为桌子离门近，就开关门的片刻，桌上的文件就被风带起来，掉了两页到地上。

苏终笙赶忙过去，一面弯腰捡起纸张，一面招呼陆少城道："不好意思，我这里有点乱……"

她正说着，一起身，一不小心撞上了桌子上的一摞文件，顷刻间，只见桌子上这一摞文件倒塌了下来，散了满地。

"天啊！"她几乎是惨叫一声，"这可怎么办啊！"

这么重要的日子，她越是在意就越是出错！

医院的条件就是这样，她想尽办法也无法弥补，偏偏还没有人理解她的处境，连自己医院里的人在这么重要的时候都撂了挑子！

银行的人说不定什么时候就会突然出现，而她这里一团乱麻，她很想把手里所有的东西都摔在地上不管了，但想到这是医院的最后一次机会，她只能咬牙忍住，蹲下身去一点一点将文件捡起。

她看着满地的文件心急如焚，突然之间，她觉得鼻子有点酸，她只是觉得委屈，为什么她那么努力地想做好这件事，可是……

眼前的光线微暗，她抬头，不知什么时候，站在一旁的男人竟也蹲下了身，帮她一点一点捡起文件来，那样地认真且专注。

阳光自他身后方向的窗户落在他的身上，让他没有了先前见面时那样冷漠的感觉。

她看着他，忽然怔住。

"这些是前年的财务情况。"他说着，伸手将文件递给她。

"啊？哦！"苏终笙赶忙接过，整理进文件袋。

"这些是去年的人员情况。"

"好。"

"这些是今年的药房采购情况。"

……

一地的文件在陆少城的帮助下很快就各归各位了，甚至比它们之前更加整齐、有条理，苏终笙拍了拍手站起身来，不禁觉得惊奇，"我感觉你简直比我还要熟悉医院的运营文件！"

陆少城不置可否地一笑，"为什么把它们都拿出来？"

想到这个，苏终笙刚刚还微微上扬的唇角一下就垮了下来，"医院向银行申请了贷款，今天银行的人要来考察，我要向他们介绍医院情况，如果这次再失败，我就只能把医院给圣索罗那边了……"

陆少城微蹙眉，"这么不喜欢圣索罗医院？"

"不喜欢，非常不喜欢。"苏终笙一不小心将真心话脱口而出，随后又赶紧十分违心地亡羊补牢道，"但我喜欢创建它的人！"

她说完，只见陆少城微微牵起了唇角，露出了一个她看不懂的笑，她总觉着这里面有什么深意。

但她也不用看懂了，有更要紧的事情在前，银行的人到了。

手机铃作响，是曹经理的电话，接通，曹经理的声音响在耳边："苏院长，我们到南榆镇了！"

加上司机，一共来了四个人，一下车，曹经理就皮笑肉不笑地对苏终笙道："苏院长，你这里可是让我们好找啊！"

这是在说他们位置太偏，苏终笙尴尬地牵唇，随后带着他们将医院上下看了一遍。

她竭力将医院夸得更好一些，然而从他们的表情中她还是能看得出他们并不满意，最后来到苏终笙的办公室，他们拿起财务报表也只是翻了两下而已，兴趣缺缺。

很快就结束了，其他几位都回了车上，只剩下曹经理留了下来。

彼时陆少城正坐在沙发上闭目养神，曹经理将苏终笙带出了门外，"苏小姐，我们看也看过了，结果你也该明白。"

她自然是明白，"还有什么办法吗？"

"上一次我和苏小姐提过的，只要您能让陆总来出席我们的活动……"

苏终笙的面色微暗，"少城他不喜欢出席那些商业活动。"

"我们不会让陆总出面做什么，我们只需要陆总出现在会场半个小时就可以，只要让大家看到他。"

半个小时？她就是半分钟也做不到啊！

她继续找借口："少城他不喜欢公开露面。"

"就是因为陆总一向不会露面，大家甚至都不知道他的样子，他出现在我们的活动上才更有意义啊！"曹经理顿了下，又道，"苏小姐不如去试试，万一陆总愿意为红颜破这一回例呢？"

他说着，就见苏终笙的神情果然变了变。

"大家都不知道他的样子？"

曹经理点头，以为她是觉得这种事可笑，因而说："谁像苏小姐这样好福气！"

苏终笙弯唇，她还真是觉得自己好福气，没人知道陆少城长什么样，那她就放心了！

她的眼珠一转，"其实少城那里我也不是不可以试试，只是……"

曹经理一看事情有戏，赶忙道："苏小姐尽管说！"

"绝不可以以他的名义做任何宣传，如果他不高兴了……"

曹经理的气焰立刻矮下去了三分，"不敢不敢，我们怎么敢让陆总不高兴？"

她微扬起下巴，"那好吧，我去和他商量一下，你等我信儿吧！"

他们在门外谈了许久，没有意识到这小医院的门隔音效果不好，隔着一块木板，他们的话悉数落在了陆少城的耳中。

让这银行经理等她的信儿，这女人自信满满的，这一次又要耍什么花招？

苏终笙很快和曹经理谈妥了。

长舒了一口气回到自己的办公室，见陆少城还等在这里，连忙道歉道："不好意思，让你等这么久！"

他没有接话，开口只是三个字，简洁到冷漠："复诊吧。"

好凶！

苏终笙被他这三个字噎了一下，撇了撇嘴，又想起他的眼畏光，她走到窗边将靠近他们的窗户的窗帘拉上，屋里一下暗了下来。

"顾先生可以把墨镜摘下来了。"

替他初步做了检查，苏终笙的表情严肃了许多，"你这几天有没有觉得眼睛疼？"

陆少城点了点头。

"频率和程度？"

"大概隔两天一次，要比以前犯的时候更严重。"

苏终笙的眉心紧锁，"给你的药用了吗？"

陆少城迟疑了一下，点了下头。

苏终笙很快明白了什么，追问："用了几次？"

"两次。"

"……"

苏终笙哪里知道这药到了陆少城的手里先被拿去做了药物分析？只觉得他实在是太不重视自己的眼睛了！

"药呢？带了吗？"

陆少城将药膏递给了她。

她接过，转身去洗净了手，以不容商量的口吻道："我给你上药！"

昏暗的室内，陆少城看着她模糊的身影，犹豫了片刻，还是默许了。

她用棉签将药膏小心翼翼地在他的眼睛上涂匀，怕弄疼他，她的动作很是轻柔，神情专注，因为光线并不明朗，不知不觉间，她的面庞已与他凑得很近。

他不能睁眼，却能感受到她的呼吸，很慢，有随之产生的温热气体落在他的脸上，痒痒的。

自他的阿懒离开后，很多年来，这是他第一次在上药的时候假手于人。

"其实……你的眼睛很好看，总是戴着墨镜，我都觉得可惜。"

她忽然开口，这样说。

他的呼吸微窒。

这样的语气，他似曾相识。

他的阿懒……

他突然抬手抓住了她的手臂,"你刚刚……说什么?"

她的手被他的力道一带,手中的棉签险些戳到他的眼睛,而后药膏结结实实地在他的额头上划了一条道痕出来。

"你干什么!"苏终笙不由生气,使劲想要挣脱他的手,陆少城却不放。

"你刚刚说什么?"

不过是一句话,他这样在意,抓得她的手生疼,她反问:"你希望我说什么?"

一句话,陆少城终于渐渐松开了手。

是啊,他希望她说什么?

他希望她是他的阿懒,可怎么可能?

虽然心里想埋怨的话很多,但苏终笙看着安静下来的陆少城还是没忍心,将话又悉数咽了回去。

涂完药膏后,她将纱布轻附在了他的眼上,"这样等二十分钟,不许动!"她的语气有点凶,怕他再突然做出些出格的举动。

他没有应声,但总还算安生,没有再动。

坐回自己的椅子上,苏终笙嘱咐他道:"你回去再用两天药看效果,找我来复诊。"

敷上了药,陆少城眼睛感觉清清凉凉的,舒服了许多,傅国辉的药果然不同寻常,不愧是中医界的大家,而此刻正在念念叨叨的这个女人,是傅国辉口中天赋出众的学生。

她有着非常扎实的专业知识,还有出众的技术,不逊于他医院里的杰出医生。

可惜……

陆少城想起傅国辉说的这两个字,忽然有几分赞同。

他突然开口:"如果银行不批贷款你要怎么办?"

他其实是想建议她加入圣索罗医院,但他显然低估了她的决心。

苏终笙握紧了手里的电话,咬着牙开口:"他们一定会批的!"

说完,她快速按下了一串号码,很快,电话被接通,她语速很快地说:"喂,'贱南',帮我去找一个挺拔点儿、能信得过的男的,和你差不多大就行!"

"贱南"的办事速度很快。

苏终笙这边刚为陆少城拆了纱布,开门正要送他走,一抬头就看见外面站着一名又高又瘦的男子,皮肤发暗,一双眼微微向外凸着,眼白大得有些吓人。

"笙姐?南哥让我来找你。"

陆少城在一旁打量了一下门外的人,又看向苏终笙,只见她的面色一沉,将那人拉进了屋。

待陆少城离开了房间,他就听到身后"砰"的一声响,苏终笙用力撞上了房门,门内传出她爆发了的嗓音,"我要的感觉是高大挺拔英俊潇洒的富家公子哥,不是……不是……"苏终笙被气得一时不知该怎么说了,"回去告诉'贱南',让他立刻马上给我换!"

几乎将整个南榆镇翻了个底儿,苏终笙总算是找到了一个人选,叫王常。

"银行有一个活动请我未婚夫参加,他同意了,但那天又有事来不了,于是决定选一个人替他去。"苏终笙说着,指了指他,"就是你了!"

不顾王常惊讶的表情,她说得坚决:"从这一刻起,你就是陆少城,陆少城就是你!"

时间紧、任务重,苏终笙整日和王常潜心研究富家子弟的举手投足,她觉得自己简直达到了人生新高度。

她学出有七八分像,教给王常这里就只剩下了五分,他怎么做苏终笙看着怎么别扭。

"你好,我是陆少城。"

一句话练了两天还是没有长进,苏终笙不禁着急道:"你就不能说得自然点吗?"

王常也觉得委屈,"我叫了二十多年的王常了,突然改名有点不适应!"

苏终笙抬手扶着自己的脑门，什么话也说不出来了。

心里又急又累，苏终笙瘫坐在沙发上，一口气还没来得及舒出来，就听到有人在敲门。

她一个激灵站起身来，谨慎地问道："谁啊?"

门外的人声音低沉，"顾城。"

原来是他。

苏终笙松了口气，转念一想，对王常道："一会儿他进来，你和他演一遍，如果他信了你就过关了!"

王常眼前一亮，理了理他身上苏终笙借来的西服，清了清嗓子，点头。

见他准备好了，苏终笙走过去将门拉开，她的脸上扬着笑，对站在门外的陆少城道："你今天来得真巧，我未婚夫也在这里。"

她向门后退开了一点儿，让他进屋，趁陆少城不注意，她回头给了王常一个眼神示意。

王常赶忙挺起胸走上前来，向陆少城伸出手，"你好，我是陆少城。"

一句话，突如其来，让陆少城的眉毛拧得险些抽了筋，"什么?"

他进屋的时候听到苏终笙说"未婚夫"这三个字还觉得有些奇怪，此刻终于明白了她的意思，她不光自己冒充他的未婚妻，还敢找人冒充他!

他打量了一下面前的男子，在她的心里，他陆少城就应该是这个样子吗?

他的一句"什么"让王常以为他没听清自己的话，王常清了清嗓子又道："你好，我是陆少城。"

陆少城的面色暗得像是暴风雨欲来的阴沉。

"你不是陆少城。"

六个字，斩钉截铁。

听陆少城这么说，苏终笙还是竭力说服他："他就是陆少城，我未婚夫!"

"他不是!"

一眼就被人识破了，苏终笙只觉得丧气。

"他到底哪儿不像了?"

陆少城看着王常冷哼了一声,"哪儿都不像!"

苏终笙只觉得头大,看着王常恨铁不成钢道:"一定是手的问题对不对?大人物是不会先伸手的,掉价你懂不懂!"

被她训了,王常也觉得自己委屈,指着陆少城道:"你行你来啊!"

苏终笙想也没想,"啪"地拍掉王常的手,"说你呢,指别人干什么!"

王常坚持,"他把我批得一无是处,我倒要看看他能演成什么样!"

王常说这话的时候原本满心的不甘,气势汹汹,然而抬眼触及陆少城目光中的冷意,气势一下就弱了下来,不自在地低了头。

这一幕刚好落在苏终笙的眼里,转眼再一看陆少城,她的脑海忽然一道白光闪过,这形象、这气质,简直再合适不过啊!

她之前怎么就没意识到呢?

难为王常学不像,但总算给她找了个好人选!

想到这里,苏终笙突然伸手拍了拍他,"你可以回去了!"

"什么?"

苏终笙摆了摆手,"你的任务到此为止吧!"

"笙姐……"

"去吧去吧!"

被人打发走,王常有些怨恨地瞥了陆少城一眼,都怪这个人,怎么就一眼把他看穿了?

他垂头往门外走,却又被苏终笙叫住:"等等!"

她快走两步追过去,从王常身上将西服扒了下来,"把我借来的衣服还我!"

"……"

走回陆少城的面前,苏终笙一张脸笑得像朵太阳花,"这个,顾城啊,之前药膏的事我是不是帮了你?"

从她这表情里,陆少城看出了算计,他不禁蹙起眉尖,"你想要什么?"

"下月十号,你代替我未婚夫和我去参加个活动。"

"代替？"

苏终笙点头，"少城他很忙，无法陪我出席活动，现授权你以他的名义前去。"

授权、以他的名义……

陆少城听着，眉头都快皱到一起去了，她的措辞倒是好听，其实就是让他"冒充"自己！

苏终笙说完，还一脸期待地看着他，全然不知自己刚说了句傻话。

她的眼中有微微的光涌动，眸子里映出他的模样，落在陆少城眼中，他先前的震惊褪去，此刻余下的是几分兴味。

"我去了有什么好处？"

苏终笙爽朗一笑，"想想看，你这可是帮了陆少的忙，好处肯定多多的！"

明知她是在胡扯，陆少城倒也没觉得讨厌，只是沉声道："我更喜欢简洁明了的交易。"

苏终笙的表情变得为难了许多，想来想去，问："要不……我试试再帮你要支药膏？"

没想到陆少城点了头，"可以。"

苏终笙大喜，一拍手正要表达一下自己的激动之情，想扑过去抱住他大叫"感谢恩人"的心都有，就听"咚咚咚"三声，又有人敲门，下一刻，也不等她反应，来人直接推开了她的门。

出乎意料的，是郑浩然。

他还未进门，苏终笙就听到了他责怪的声音："大白天关着门，病人来了找不到地方怎么办？"

他的身旁还有一个人，走进来的时候，苏终笙看清了，是胡依澜。

苏终笙戒备地看着他们，不明白他们为什么会出现在这里。

因为这里原是他爷爷的医院，郑浩然此刻全不见外，像是主人一般走进来招呼胡依澜坐下，而后抬头对苏终笙道："快去倒点儿水来！"

苏终笙看着他们没有动，"你们怎么来了？"

听她的语气，郑浩然很是不满，"你这是什么态度？我们来还不是为了帮你!"

这让苏终笙很是有些诧异,"帮我?"

"依澜她舅舅想要投资建一家医院,这可是给你的好机会!"

好机会?

看着胡依澜坐在椅子上似女王一样的姿态,苏终笙只觉得可笑,她要真想把医院卖给私人,她早就给圣索罗医院那边了,哪里轮得到胡依澜她舅舅。

"不必了!"她答得坚决。

郑浩然想把这里卖给胡依澜家,多半是为了讨好胡依澜和她的院长父亲!

她从前寄住在郑浩然家,因而面对她,郑浩然总有一种特别的优越感,被她拒绝,折了面子,郑浩然很不高兴。

"这里再怎么说是我爷爷的医院,轮不到你说'不'!"

苏终笙毫无惧色,"现在不是了。"

现在,她才是这家医院的法人!

当着胡依澜的面,被苏终笙说得这样没面子,郑浩然索性动用起道德攻势,"苏终笙,你别忘了,当初如果不是我们家收留你,你现在不一定还在哪里流浪呢,现在你倒是反过头来算计起我们家的财产了?真是农夫与蛇!"

流浪?

听到这个刺耳的字眼,陆少城下意识地看向苏终笙,没有想到她竟会有如此经历。

郑浩然的话说得难听,苏终笙白了白脸色,回击道:"你要是真孝顺,当初就该留在这里帮爷爷守住这家医院,而不是像现在这样为了讨好你们院长和他女儿出卖这里!"

当着胡依澜,她的话说得太过直白。

郑浩然的面色一黑,"你在这里瞎说什么?"

苏终笙冷笑一声,"我是不是胡说你自己知道!"

"你!"被自己一直不当回事的苏终笙戳穿心思,郑浩然气急,一时也没了什么修养，扬起手就要向苏终笙的脸上扇去。

然而这一巴掌最终却并没有落在苏终笙的脸上，她抬头，只见一旁的陆少城抓住了郑浩然的手臂。

郑浩然用力想要挣脱，哪知陆少城面上轻松，手上的力气却大得很，他试了几次都没能成功。

待到之后郑浩然没了力气不再挣扎，陆少城甩开了他的手，声音低沉透着寒意："打女人算什么本事！"

他依旧面无表情，却是不怒自威，让人心头一紧。

胡依澜侧目。

她先时因为角度问题，并没有注意到陆少城，此刻循声望来，只见眼前的男子衣着贵而不显，气度不凡，绝非常人所能及。

她原本交叠的腿此时放了下去，双眼紧紧关注着陆少城的一举一动。

郑浩然却并没有胡依澜的眼光，咬牙对陆少城道："你是谁？我管教我的妹妹，与你何干？"

与郑浩然的气急败坏截然相反，陆少城目光淡淡地扫过他，开口，不轻不重的四个字，"鄙人姓陆。"

四个字，反应快的胡依澜一下从椅子上站了起来。

竟然是陆少城！

因为医院合作的事，她曾替父亲去圣索罗医院找过他，虽然最后只在门口与他的助理见了面，但她曾在陈光开车门的瞬间向里面窥视过，她隐约看到他的侧脸，那样的淡漠、倨傲，旁人模仿不来。

胡依澜几步走了过来，"陆先生？陆少城先生吗？"

她虽是在郑浩然那一侧，却又刻意和郑浩然隔开了些距离，微仰头看着陆少城，神情中不见先前的高傲。

陆少城没有说话，是默认了。

胡依澜怎么会想到居然在这样的情境下遇到陆少城？她一下子紧张起来，生怕自己的动作有一点儿不得体。

她伸出手去，"陆先生，我叫胡依澜，是A院的医生。"

陆少城瞥了一眼她的手，却并没有回握，只是声音清冷道："胡小姐还是要多教教你男朋友什么叫作修养为好。"

"他不是我男朋友。"几乎想也没想，胡依澜脱口而出。

一旁的郑浩然面露难堪。

陆少城没有理会她这句话，只是问："胡小姐的家人也想买下这里?"

胡依澜是何其精明的人，很快听出了陆少城的话外音，赶忙摇头，"没有没有，都是郑浩然非要带我过来看看!"

开玩笑，她舅舅有多大的后台，敢和陆少城抢地盘!

陆少城听得出她话的真假，却没有挑明，"那今天就到这里吧。"

这是逐客令!

胡依澜的面子有些挂不住，然而好不容易见到陆少城，她怎么会甘心就这样离开。

当即扬起了笑，看似热络地对苏终笙说："终笙啊，咱们也是老同学了，今天你未婚夫在这里，大家一起吃个饭吧!"

说"未婚夫"三个字的时候，胡依澜特意关注着陆少城的表情，然而陆少城并未露出半分异色，她的心里不由失落，莫非那报纸上说的是真的?

苏终笙抿唇一笑，就在胡依澜以为她会答应的时候，却听苏终笙道："下次吧。"

送走郑浩然和胡依澜，苏终笙转身看向陆少城，起先还绷着脸，而后一点一点，唇角不断向上扬去，她终于忍不住笑出声来："陆先生?"她的手豪爽地一拍他的肩，惊叹道："顾城，你简直是影帝!"

他偏头，目光扫过她放在他肩上的那只手，没有出声。

他想起刚才郑浩然说的那句话，她还不一定在哪里流浪呢……

那日他让陈光去查她，陈光花费了很长时间，最终却只查到了她上大学以后的资料，奖学金、三好学生，类似的很多，可十八岁之前，只字没有，就好像她是凭空出现在这个世上的。

流浪、被收留，她的十八岁，正是六年前，阿懒离开那年……

看着眼前笑得直不起腰的女人，他忽然开口："来这里之前，你在哪里?"

苏终笙一僵，敷衍地答道："该在哪里就在哪里。"

他又哪里是那么好应付的？进而问道："地名。"

笑意淡去，她站直身子看向他，却又偏开了目光，一本正经地转移了话题道："我们该开始复诊了。"

回到陆家的时候时间已经不早了，一路缄默，车在陆宅门口停下，下了车，陆少城正要向屋内走，视线微偏，只见一名身着百褶裙的陌生女子站在他家门外，鹅蛋脸，画着精细的妆容，拎着一个小手提包，一看就知道价值不菲。

见他回来，她仔细打量着他，面上露出了喜悦的神色。

陆少城蹙眉，"你是？"

"我叫程书瑶，请问……你就是陆少城吗？"

她是程氏财团的千金，前些时日听从父母安排，受邀来陆家用晚餐，她清楚这其实是一出相亲宴，相亲的对象就是陆氏的继承人、据说曾经眼盲的陆少城。

她曾听到一些关于他的传闻，猜想他一定孤僻又怪异，再加上她来陆家那晚他甚至没有露面，若不是因为她可能将东西落在了他这里，她一定不会愿意再和他有任何交集。

没想到……

此时站在她面前的人身形颀长、气质卓然，虽然戴着一副墨镜，但她依旧能感受到他目光的锐利。

这个男人远远超出了她的预想！

陆少城……

程书瑶在心里默念着这几个字。

他的声音低沉："我就是，请问有什么事？"

她赶忙道："前段时间我和父亲曾受陆伯伯邀请来这里，我可能不小心落了点儿东西在这里，陆伯伯在电话里让我直接过来，但刚刚张妈说你没回来，她不能让我进去。"

陆少城点了点头，这是他定下的规矩。

他没有向程书瑶解释，只是一面走向房门一面道："过来吧！"

陆少城刚进屋，听到动静的张妈走了出来迎接他，"少爷，您回来了！"

陆少城轻应了一声，"嗯。"又看了一眼身后的程书瑶，对张妈道："带她去找东西吧！"说完，自己上了楼。

"哎……"程书瑶看着陆少城离开，想要留下他却不知该说什么。

被人忽视，这种感觉真是糟透了！

一旁的张妈对她道："程小姐，请随我来吧！"

依旧是向客厅的方向走去，与上一次来的时候不同，这一次，偌大的宅子里显得空荡了许多，并不见其他人，她不由奇怪，问张妈道："其他下人呢？"

"还有一个去买菜了。"

程书瑶惊讶，"就你们两个？"

"少爷喜欢清静。"顿了一下，张妈又道，"程小姐还是快找东西吧！"

她要找的是一只耳环，绕过茶几，程书瑶在沙发上仔细找寻着。

沙发上躺着一份报纸，原本无意的一瞥，她看到上面赫然写着："陆氏少爷与乡镇女医生秘密订婚。"

她一怔，还以为是自己眼花，走过去拿起，仔细地一看，几个字确确切切，一篇报道占了整整一版，说得有声有色。

陆少城居然订婚了？

她顿时有一种耻辱感涌上心头，她居然险些与一个有妇之夫相亲，还被放了鸽子！

那晚陆家太太连连解释说是陆少城在医院里有急事处理，可现在看来，根本就是人家瞧不上她！

她还比不过一个乡镇女医生！

从陆家回来，程书瑶很快将事情捅给了自己的父亲，程父听说自是怒不可遏，立刻致电自己多年的"老友"陆秋平，因为事情干系很大，陆秋平亲自回到了陆家。

彼时，陆少城正在书房里闭目，书房门突然被人用力推开，陆少城睁眼向门外看去，只见陆秋平站在那里，神情不善。

陆秋平开口就是质问："有家报纸登了你有未婚妻的消息，你知不知道？"

陆少城看着他没有应声。

"这到底是怎么回事？你程叔叔都质问到我这里来了！"

陆秋平的语气很重，落在陆少城的耳中却让陆少城释然。

看到陆秋平进来的那一刹那他还觉得有些意外，此时却已明白，原来是程家人的质问让他如此在意。

陆少城冷笑了一声，"您先前不是很着急我的终身大事？"

陆秋平被他这两句话催得火气上头，"陆家的儿媳必须是身世清白的大家闺秀，绝不可能是什么乱七八糟的人！"

六年前，阿懒离开那年，陆秋平就曾说过这句话，一字不差。

陆少城的眼睛疼得厉害，连带着头也疼了起来，他用力按住自己的太阳穴，然而开口时声音中却带着一股戾气，"父亲，我只问你一次，当初阿懒的离开和你有没有关系？"

第三章
因他失控的现场

程家。

回到家里,程书瑶坐到沙发上,烦躁地叹气。

一旁原本正在处理公事的程书逸看着自己的妹妹这样,不由问:"怎么了?"

程书瑶摇了摇头,"别提了,我刚去陆家找我丢的耳环,哪知耳环没找回来,倒是看到一张报纸上写着陆少城有未婚妻了!"

程书逸的眉头一紧,"这报纸写的是真的吗?"

"不知道,让父亲去问了。"程书瑶撇了撇嘴,"本来今天见到陆少城还觉得他其实……算了,不说了!"

程书逸看自己妹妹低头片刻的神情,已经明白了什么,不由轻笑一声,"动心了?"

程书瑶的眼光一向高,对谁都从未松口过,而今这片刻的迟疑已经泄露了她的小心思。

程书瑶嘴硬,偏过头,"才没有!那个陆少城又骄傲还有花边新闻,其实也就是个医院院长!"

见到陆少城的那一刻她的确是心动了,可报纸上的那行字……

程书逸抿唇一笑,"他的手里有陆氏百分之四十五的股份,其实现在他才是陆氏最大的股东,而他未来绝不会仅限于此!"

"你说什么?"

程书逸看着自己妹妹诧异的神情,解释道:"两年前陆氏因为一项投资曾经陷入过危机,当时是陆少城出手摆平的这件事,外人只知陆家少爷此一举惊艳整个商界,却不知他借此机会收购了陆氏大量股份。"

说到这里,程书逸的目光微凝,"陆少城是个厉害的角色!"

若非如此,他和父亲也不会让程书瑶去见这个人。

程书瑶震惊得一时说不出话来。

沉思过后,程书逸开口:"其实,如果你喜欢他,也不是没有办法……"

"什么?"

"我们去查一查他这个'未婚妻'。"

天渐渐黑了,南榆镇里,苏终笙打了一个喷嚏。

不知道为什么,她忽然觉得有些不安,她想来想去,干系最大的一件事莫过于那个需要"陆少城"出场的银行活动,她犹豫了许久,终还是拿出手机给顾城发了一个短信过去:"在忙吗?"

收到短信的是正陪在陆少城身边的陈光,见到是苏终笙发来的信息,陈光向自己的老板说明了情况。

"问她有什么事。"

短信回到苏终笙的手机上,她理了理措辞,回复:"也没什么事,就是想提醒你别忘了活动的事。"

读着这条短信的陈光语气渐渐变得迟疑,而后不禁多问了一句:"陆总,是什么活动?"

陆少城没有回答,只是坚决道:"空出十号安排。"

陈光心里一紧,"陆总,十号那天是陆氏那边新项目的启动仪式,陆老爷特意嘱咐过……"

"空出来。"

陆少城的声音一沉,陈光噤了声,知道没有商量的余地。

"知道。"

简单的两个字回复，总算是让苏终笙安了心，她想来想去总觉得这下终于不会出什么岔子了，可没想到还是出了她意想不到的情况。

中午出门，走在镇里的小路上，周围经过的阿姨在议论着什么，她隐约听到了自己的名字，见她过来，那些阿姨不约而同地安静了下来。

她起初还以为是自己多心，直到"贱南"林健南来找她，告诉她："今天有人来咱们镇上打探你的情况，问了些关于你的过去的问题，乡亲们都猜你是不是惹上什么事了？"

苏终笙一怔，"什么人？"

林健南摇了摇头，"不知道。"停了一下，又问，"你要不要去和乡亲们解释一下，现在流言很多……"

"解释不了！"苏终笙心里烦得厉害，这种事情只会越描越黑。

到底是什么人，为什么要打听她的过去？

她自认还没惹出什么事，到底是什么人会盯上她？

就在这一瞬间，她忽然想起了顾城那日曾问她："来这里之前，你在哪里？"

难道是因为从她这里得不到答案，顾城就用这种方法？

也只有他了，也只有他打听过她之前的事情。

她当即找出顾城的电话号，按下了拨通键，很长时间的"嘀嘀"声过后，没人接。

苏终笙正在气头上，哪里管得了那么多，一遍又一遍地点着重拨键。

手机在陈光的兜里振动了许久都没有要停的迹象，会议室里，他看了一眼来电，终于还是打断了会议的进程，走到陆少城身边，附在他耳畔轻声道："陆少，南榆镇的电话，好像有急事。"

陆少城蹙起眉尖，还是接过了电话，刚刚接通，就听电话那边的人像是炸了锅一样，"你这人怎么这样，一定要扒别人过去的痛处吗？如果你真非知道不可，你直接和我说啊，何必绕这么一大圈！"

苏终笙的嗓门大，再加上生了气，安静的会议室里，她的声音格外突兀。

陆少城额角的青筋一跳。

会议室里的其他人看向陆少城时莫不面露震惊之色，他们还从未见过有谁敢对陆少这样说话。

陆少城黑着脸，强压住怒火问："你在说什么？"

苏终笙冷哼了一声，"敢做不敢认？来我们镇里查我过去的是不是你？"

查她过去？

莫名其妙！

陆少城挂断了电话，"啪"的一声将手机拍在了桌子上。

圆桌两侧离他近的人莫不是一震，稍远处原本窃窃私语的人也都面色一凝，低了头闭紧了嘴。

"开会。"

今天是一个全院大会，医院里所有科室的主任都在这里，听陆少城亲自安排医院新阶段的工作安排。

苏终笙哪里知道自己一个电话搅了这么重要的一场会？

被陆少城挂断了电话，她只觉得自己脑袋上都要窜出三簇火苗！

"混蛋！"

枉她那么信任他，可他却用这种办法查她！

她本就年纪小，成了这医院的院长，没什么威信，若是因此再起了什么乱七八糟的流言，她费尽心力要给医院贷款、要让医院发展，可如果她连管理都没人信服，她还能怎么办？

将电话随手扔到桌子上，她坐在椅子上，不禁用手捂住了脸。

她现在生顾城的气，只恨不得把他拉来踹几脚才好，可偏偏她现在还有求于他，那个银行的活动……

她刚刚打了个电话骂了他一顿，他要是不去了她可怎么办？

苏终笙顿时有些后悔。

她不知道的是，她的这一通电话在圣索罗医院里引起了一场流言风暴，此后很长一段时间里，大家都在议论关于这个敢在电话里向陆总大喊大叫的女人……

苏终笙没有料到顾城那么干脆地挂了她的电话,也没料到陆少城会在当天下午就过来了。

"你之前在电话里胡说什么?"

他本身就高,居高临下地看着她,苏终笙还坐在桌子后面,只觉得自己气势矮了三分。

她也站起身,挺直了后背回应道:"有人在我们镇子上四处打探我的过去,你敢说不是你?"

"不是我!"三个字,陆少城说得干脆。

四处打探?他怎么会用这么笨的办法!

他的表情实在太像真的,苏终笙不由迟疑,莫非他说的是实情?

"我为什么要相信你?"

陆少城面无表情道:"既然如此,你也就不必让我冒充你的男朋友去参加什么活动了吧!"

听到"冒充"两个字,苏终笙心里一紧,赶忙拉住他,将食指放在嘴边,"嘘!"

陆少城不以为意地挑眉,苏终笙一惊,还以为他还要说些什么,赶忙道:"不是冒充,不是冒充,是代替,代替而已!"

陆少城微微牵唇,不置可否。

谁也没有想到,一门之隔,就有人站在门外,将这一段对话收入耳中。

所幸顾城只是威胁她,她放软了语气,又违心地道了歉,他总算是没说要撂她的挑子。

接下来的时间,苏终笙所有的心思几乎都放在了那个活动上,只希望千万别出什么岔子,事闹得越来越大,谎撒得也越来越大,每天都要为这事提心吊胆,这几乎已经是她的最后一搏。

终于来到了银行的活动现场。

高端的现场设备,红毯铺地,暖场的音乐已经响起,工作人员都在忙碌着,参与活动的人员已经陆陆续续进场。

还有二十分钟活动就要开始了,身着红色小礼服裙的苏终笙站在会场门外有些紧张的等着顾城出现。

她原本想让顾城穿她借来的西服，哪知人家嫌弃得厉害，她只好由他去准备，虽然她已然再三嘱咐过他，但此刻还是担心他的衣着有哪里不得体，在场的人多是有身份的，很会识人，若是一个不小心让谁给看穿了……

"苏小姐，您确定陆先生会来吧？"

她因为担心顾城这边，曹经理走近她也没注意到，听到曹经理的声音才猛地回过神来。

心里明明担心得要命，苏终笙面上还是做出一副非常确定的样子，微扬着下巴看着曹经理，"那当然！你怀疑少城他会言而无信？"

曹经理连忙赔笑，"不敢不敢，我只是怕陆少临时有什么事耽搁了，苏小姐这么说我就放心了！"

目送曹经理回到了会场里，苏终笙的脸上终于露出了焦虑，她和顾城本就不算很熟，要是顾城放了她的鸽子……

苏终笙想着，不禁咬了咬后槽牙。

曹经理的荣光银行将这一次活动办得声势浩大，银行界很多人都露了面，虽然见面都是三分笑，但作为竞争对手，心里都是较着劲的。

荣光只是一家不大的私人银行，若非传闻中的陆总会出席今天的活动，荣光也不会有面子请到这么多的人来。

时间一分一秒的过去，眼见着会场里人渐渐到得差不多了，顾城还没有露面，苏终笙是真的有些急了。

正要掏出手机来给他打电话，曹经理又赶着过来问她："苏小姐，陆总什么时候能到啊？"

她心里也没底，正要装作镇定地应付句什么，却在不远处，有一个人冷笑着道："他不会来了！"

苏终笙一惊，循声望去，只见穿着灰色西装的中年男子站在那里冷眼看着他们。

大概是认识他，曹经理一下变了脸色，语气也不对了，"你这话是什么意思？"

那男子耸了一下肩,"就是字面上的意思。"

他抬脚向他们这边走了过来,唇角微微上扬着,对苏终笙道:"小姑娘,谎撒得太大,你圆不起!"

苏终笙心里"咯噔"一声,莫非他知道她这个未婚妻是假冒的了?

见她没了声音,眼中满是紧张,那男子心中更加确定,脸上的表情甚是得意,他偏头向曹经理开口:"陆少城怎么可能来参加你们这种小银行的活动?这女孩不过是找个人来骗骗你们罢了!"

曹经理表情一僵。

五分钟以后活动就要开始了,大家都在等待着今天的主宾,也就是陆总的出现,可现在他的竞争对手范文华却告诉自己他被骗了!

不,不可能,一定是范文华嫉妒!

曹经理转头目光炯炯地看向苏终笙。

苏终笙硬着头皮道:"我怎么会骗你们?莫非你和少城很熟,他亲口告诉你他不会来了?"

范文华一声轻嗤,"我和陆少城不熟,但我认识你的一位朋友,他可是亲耳听到你说找人冒充陆少城的,事实上,你还找他干过这件事!"

苏终笙的眼眸蓦然睁大,糟糕,是王常!

她不知道为什么面前的这个人会和王常有联系,想要否认却无从开口,如果同他争执起来只会让事情越闹越大,她会更难收场……

苏终笙的神色紧张,却听范文华冷笑了一声道:"现在是不是要给你的演员打电话,声称陆总很忙来不了了?"

手里攥着手机的苏终笙神色一僵,她刚刚的确是这样想的,事情到这个地步,这是她唯一能想到的办法。

可现在……

曹经理看苏终笙没了声音,心里担心得要命,连声质问道:"到底是怎么回事?"

临近活动开始的时间,极其零散的有重要的宾客到场,他们三个人就站在会场门口不远的地方,正说着,偏巧有人过来,曹经理也顾不上别的,赶忙迎上去,对来人欠身笑道:"程小姐,您能来真是我们的荣幸!"

这位程小姐正是程书瑶。

她穿着一身蓝色的礼服裙，落落大方，牵唇笑道："曹经理这次将陆总都请到了，我自然也要给面子。"

话音落，一旁的范文华也走了过去，"那程小姐恐怕要失望了，陆少根本就不会来这里。"

"什么？"程书瑶诧异。

曹经理这下是真急了，程氏也是业界的大财团，能请到程书瑶来也是他费了大心力的，怎么能容忍范文华这样捣乱？

"陆少会来，陆少当然会来，苏小姐，你说……"曹经理一回头，却发现原本站在那里的苏终笙不知道什么时候不见了！

该死！

曹经理心里恨恨道，如果这一次苏终笙敢骗他……

他用力咬紧了后槽牙。

趁曹经理他们不注意，苏终笙抓住机会撒腿就跑到了楼下。

事到如今她已经没办法再骗下去了，跑是她唯一的出路，而且她得拽着顾城一起跑。

苏终笙一面看着手机上的时间，一面站在楼下焦急地等着顾城的到来，眼见着就要到半点了，这顾城到底是来还是不来？

正想着，一辆捷豹开了过来，停在了她的眼前，苏终笙并没有在意，还四处张望着，偶尔用仇富的目光狠狠地瞪一眼这车，只觉得这车停的不是地方，挡她的视线。

副驾驶的位置推门下来了一个人，转身拉开了后座的车门，苏终笙原本只是无意中的一瞥，没想到却看到了……

顾城！

陆少城身形本就颀长，一身剪裁合体的西装更显气质卓然。

苏终笙站在原地看得一愣，直到陆少城走到她面前，她才回过神来，看了看那辆捷豹，又看了看陆少城，问："这车挺贵的吧？"不等陆少城回答，她又自顾自地道："租一天得好几千吧！"

陆少城唇角微微扬起，没有应声。

视线在她的身上扫过，与先前见面时不同，她今日是仔细打扮过的，巴掌大的脸庞妆容精致，长发柔顺，一身红色的小礼服裙更显成熟，让人眼前一亮。

他绅士地抬起右臂，让她挽住他，开口道："走吧。"

苏终笙猛地回过神来，赶忙挽住他的手，却是往酒店大门的反方向走，"对了，我们快走！"

她也不顾自己还踩着一双高跟鞋，像逃命似的大跨步向前走。

陆少城微讶，拦下她，"怎么了？"

苏终笙回头看了一眼，只怕曹经理追出来，嘴里一面解释道："我们被举报了，他们都知道你是假的了！"

"哦？"没有苏终笙的慌乱，陆少城倒是镇定得很。

他不急不缓的一声让苏终笙有些着急，"哦什么哦，快走！"

"他们有证据吗？"

"有人证，不过今天好像没来……"

陆少城一扬眉，"很好，我们不走。"

看着眼前心意已决的陆少城，苏终笙一时说不出话来，就被陆少城拖回了会场。

已经过了原先预定的活动开始时间，会场的门已经关上，剩下曹经理和范文华站在外面，一个面露焦急，一个是成竹在胸的得意。

会场在二楼，苏终笙跟着陆少城由滚梯上了楼，自她刚一露面，曹经理就赶忙走过来，生怕她再跑了。

一旁的范文华冷笑连连，"没想到你还敢回来！"

他们不约而同地看向苏终笙身边的男人，轮廓俊朗、气度不凡，若真是演员，这苏终笙选人的眼光倒是不错，身上这一身衣服也是下足了血本！

明知面前的人心里已有了怀疑，可事已至此，苏终笙只能还是假装什么都不知道，"少城他来了，你们不该夹道欢迎吗？"

见到人，曹经理心里其实是有些信了的，可一旁的范文华却是态度坚决，微抬起下巴高傲道："你说是就是，当我们都是傻子？"

他斜眼打量着陆少城，"也算是一表人才，可惜不务正业！既然来了就别走了，我叫警察来和你们聊一聊！"

警察？

苏终笙一惊。

她本就做贼心虚，见范文华掏出手机，也没想许多，她向前一步就挡在陆少城身前，"这件事和他无关！"

她虽是用了骗的办法，可也有自己的底线，真的出了事她一个人承担就好，不必多牵扯一个。

真是逞强！

她的身后，陆少城看着她清瘦的身影，脑海中浮现的就是这四个字。

范文华的目的就是要将事情闹大，和这种人讨价还价又怎么会有用？

他伸出手，将苏终笙带回了自己的身后。

"文华银行的合作提案还在陆氏的董事会等待讨论。"

陆少城开口，一句话，一个陈述句，没有任何附加的威胁或质问，却让范文华感受到了一种压迫感，原本要按号码的他猛地抬起头。

合作案的事在他们银行也只有高层的人才知道，他们耗时两年精心准备，与陆氏沟通良久，层层公关，才得来这个在陆氏董事会讨论的机会。

心里一沉，范文华不由震惊，这个"演员"怎么会知道他是文华银行的负责人，又知道他们合作案的事？

范文华停下了手中的动作，"你什么意思？"

陆少城面无表情地掏出手机，拨通了陈光的电话，"把文华银行提给陆氏的合作案撤掉。"

语气坚决，不容置疑。

他的目光扫过一旁的曹经理，那眸光很冷，曹经理只觉得后背一凉。

就在曹经理以为他会说些什么的时候，却见陆少城转头对苏终笙开口，声音低沉，"我们走吧。"

他的气场太强，不怒自威，方才堪堪两句话，形势顿时扭转。

这让苏终笙大为意外，险些露出一脸错愕的神情，此时见终于有机会脱身了，连连点头道："我们走！"

她顺势抓住了陆少城的手，要不是因为曹经理和范文华在看着他们，她大概拉着陆少城撒腿就跑了。

她的末端循环不好，又处于恐慌中，此时指尖冰凉，肌肤相贴的那一刻，陆少城不由低头看去，几乎是下意识地反握住了她的手。

他的手心很温暖，那股暖意袭来，苏终笙猛然意识到这样的动作并不合适，想要抽回手，却拗不过陆少城力气大。

她微讶，不明白他的意思。

有手机铃声在这个时候响起，范文华接起，是陆氏项目经理打来的电话，他的语气立即客气到谦恭："杨经理，您有什么事吗？"

电话那边的人声音冷冷冰冰："把你们的合作案拿回去吧！"

"什么？"

"嘟嘟嘟嘟嘟——"

电话那边的人已经挂了线，只留下范文华呆若木鸡地站在原地。

那男人刚刚打了一个电话，前后不过几分钟，他的合作案就……

为什么会发生这种事？

他听说陆少会出席荣光的这个活动，心里存疑，特意找人去多方查证，得知这不过是一个骗局，证据确凿，可为什么现在……

难道眼前这个人……是真的？

他的腿已经发软，不敢再想下去。

一旁的曹经理看着范文华的神色就已经明白了什么，心里大叫一声"糟糕"，只恨自己险些被范文华骗了！

曹经理赶忙追上去，也顾不得许多，大喊："陆少，您稍等，您留步啊！"

他挺着大啤酒肚，没跑两步就气喘吁吁，苏终笙回头去看，忽然有几分不忍，"要不……"

话还没出口，她就被陆少城伸手揽过腰，不能再回身去看。

"别管！"

他的声音低沉，仅仅两个字，让苏终笙心里一紧，下意识地噤了声。

曹经理急了，嗓门更大："苏小姐，您快劝一下陆总啊！"

会场的门没有关严，里面坐着的人大多又对荣光银行的活动本身没什么兴趣，都等着陆总的现身，此时听到曹经理在外面喊的话，难免起了骚动。

程书瑶第一个站了起来，也不管台上的主持人是不是还在说着话，她直接走出了会场。

场面直接失控，主持人终于无力为继，跟随着程书瑶以及多家大银行的代表起身离开。

推开门，外面的声音愈发清晰，程书瑶只见不远处，男子的背影高大挺拔，她一眼就认出来，是陆少城，他真的来了！

也说不清为什么，程书瑶只觉得心里一喜，抬脚正要向他走去，然而角度微变，她忽然看清他的身边有一名女子，窈窕明丽，他拥着她，似是一对璧人。

笑意凝滞，程书瑶僵在了原地。

她看着先前告诉她陆少城不会来了的那个人此时已经完全慌了神，跑到陆少城面前极力地想要挽回着什么。

范文华不停地认错："陆总，都怪我有眼无珠，为了这合作案我们前前后后忙了两年，投入了大量的人力物力，您不要因为我个人的错连累我们的合作……"

陆少城冷笑了一声，这范文华是在说他公私不分吗？

"你的确有眼无珠，我怎么能相信你看合作案的眼光？"

陆少城的言语犀利，范文华想要再辩解些什么，却发现陆少城说得合情合理，他竟无言以对！

曹经理挤到陆少城的面前讨好地笑，"陆少，请您进会场坐一会儿吧！"

陆少城没有理会，拉着苏终笙要离开，却被苏终笙拖住，她顾忌曹经理就在旁边，凑到陆少城耳边道："贷款！"

不看人面看钱面，要是贷款没了她就白忙活了！

他的身子微微向前倾斜，外人看来，那姿势真是说不出的暧昧，他的声音却是清冷："他不敢不给！"

他说完，放开苏终笙转身就走，苏终笙一怔，只能追过去，然而手臂上却是一紧，她回头，是曹经理抓住了她。

苏终笙想要挣脱，曹经理却越抓越紧，"苏小姐，您帮忙求个情吧！"

手臂被抓得生疼，苏终笙吃疼道："放手！"

曹经理的力道却是未减，她着急，整个人重心向后拉。

陆少城听到她的声音回头来看，视线触及曹经理抓着她的手，他的目光凌厉，曹经理见状一慌，突然就松了手。

苏终笙整个人向后摔了去。

场面一团混乱。

感觉到自己的身体失控，苏终笙闭了眼，撞到身后不知道什么东西的时候，脑海中只有一个字：疼！

饶是陆少城眼疾手快，这一次也没能拉住她，她摔在了地上，所幸有意识保护头后面，整个人就势向侧面一滚，没有磕到后脑勺，但额角却撞上了一旁的柱子。

苏终笙的脑子"嗡"的一下，整个人有点蒙。

陆少城神色一凝，赶忙上前查看她的情况，发现她的头上见了红。

他将她打横抱起，扫过曹经理的目光愈发凌厉，曹经理的心里顿时大喊：完了！

女子身形纤弱，静静躺在陆少城的臂弯中。

在场的其他人大多看不清苏终笙的面容，但想来必是倾城绝色才能让陆少这般在意。

程书瑶的面色越来越差，眼见着陆少城抱着别的女人离开，她想起前些时日陆父一再向她保证陆少城没有未婚妻，可现在……

她听着身边的人议论着："那个女人是谁啊？能让陆少抱在怀里，不简单啊！"

"该不会就是报纸上说的那个吧？"

"那个乡镇医生？"说话的人轻嗤了一声，"陆家老爷怎么会同意？"

"我听说陆家老爷好像想撮合陆少和那个程小姐来着，看来陆少没买账!"

"堂堂程家千金竟然没比过一个乡镇医生,啧啧……"

看热闹的不嫌事大,以为没人能听见,说起话来也口无遮拦。

偏偏程书瑶耳朵灵,他们的话几乎一字不落地进了她的耳朵。

手紧握成拳,程书瑶一怒之下,直接从反方向离开了酒店,她拿出手机将电话打给自己的助理,"叫荣光银行的经理今天下午来我办公室见我!"

程氏大厦。

不知自己为何被叫来的曹经理忐忑地坐在程书瑶的对面,这位一向以娴静优雅示人的程家小姐此时面色阴沉,开口,声音也是冷硬了许多:"今日和陆少城在一起的那个女人是谁?"

没想到程书瑶会对这个感兴趣,曹经理一怔过后如实答道:"苏终笙,陆少的未婚妻。"

苏终笙……

程书瑶轻念着这三个字,就是她,报纸上的那个人就是她!

她又问:"他们为什么会去你们银行的活动?"

像荣光这样的小银行,陆少城根本就不应该会放在眼里,那他又为什么会去?

"是苏终笙,她的医院需要我们银行的贷款,作为交换,我提出让她请陆总来参加我们的活动……"

程书瑶冷笑了一声,"陆家有的是钱,需要你们给她贷款?"

"我也奇怪,她说她不想用陆少的钱……"

装清高!这乡下来的女人倒也有些手段!

程书瑶微眯起眼,"不要给她贷款!"

曹经理一惊,"什么?"

程书瑶的语气更重,"不要给她贷款!作为交换,荣光的新项目,程氏会给予支持。"

曹经理冷汗连连，"可是陆总那边……"

程书瑶双手环胸，向后靠到椅背上，"陆少城不会帮你们，但我会，怎么取舍你自己看着办吧！"

第四章
她叫苏终笙，是我的未婚妻

被陆少城抱下了楼，苏终笙的头还有点晕，她伸手摸了摸自己头上受伤的地方，将手放到眼前一看，出血了。

不过好在血不多，应该也只是破了皮，她松了一口气。

苏终笙放下手，一不小心就碰到了陆少城的下巴，他蹙了蹙眉尖，"别乱动！"

她就真的老实下来，将头靠在他的臂膀处，微微仰头看着他，真是好看的一张脸，苏终笙语文学得不好，想不出什么更别致的词语来形容，只有不俗不雅的两个字：养眼。

"其实……我没什么事的，你可以放我下来了。"她想了想，开口。

像这样被男人抱着，她还是头一遭，多少会有点不好意思。

陆少城收住了步子，干脆地将她放了下来，动作快到苏终笙觉得有些突然。

她赶忙扶住他，缓了缓，觉得自己状况还好，不由露出了一个笑，"你刚刚在上面那一段真可以拿去评影帝了，他们居然都信了！"

她一边说，笑得愈发激动起来，"是他们太好骗还是我太聪明？"

是你太笨……

看着她得意的样子，陆少城眉眼的弧度也不由变得柔和，微微抿唇，没有应声。

苏终笙越想越高兴,"今天你真的帮了我的大忙,走,去我们家,我亲自下厨宴请你!"

她说着,手自然地挽住陆少城,带着他向外走。

阳光正好,一如苏终笙此时的心情。

走到马路边,陆少城正要伸手拦车,她一惊,赶忙道:"我们坐公交车!"

开玩笑,南榆镇那么远,打车过去要花多少钱!

见陆少城又蹙起了眉,苏终笙赶忙安慰道:"别担心,不会很久的,如果运气好的话,我们两个多小时就能到了。"

两个多小时?他的司机开车送他起码也要有一个多小时,从这里坐公交车怎么能那么快?

他因而问:"两个小时多多少?"

苏终笙答得一脸认真:"呃,五十多分钟吧!"

"……"

两个人,一个穿着精致的小礼服裙并且踩着高跟鞋、一个穿着一身六位数的西装,走到了公交车站。

他们的运气并不够好,工作日中午,车多人多,公交车上连站的空隙都已不多。

陆少城有些嫌弃地蹙了蹙眉,正想说再等一辆,一旁的苏终笙却是十分有勇气地牵过他挤上了车。

想要找一个稍微宽阔点的立足之地都困难,两个人靠得很近。

苏终笙探身凑近陆少城,对他说了些什么,车上人多声杂,陆少城没听清,只觉得她呼出的气息温温痒痒地拂过他的耳侧。

她一身优雅的小礼服裙在公交车上很是特别,陆少城注意到她周围有男人别样的目光看向她白皙的脖颈处,她还浑然不知,他自然地伸出手,将她的长发捋到前面挡住其他人的视线。

他的动作对于苏终笙而言有些突然,还带着一种在他身上并不常见的温柔,苏终笙一僵,抬起头看向他。

他们的距离很近，近到她能看到他的眼中映出自己的模样，他看着她的神情专注，忽然之间，苏终笙只觉得自己心里忽然一动。

正恍神的工夫，忽然一个急刹车，她猝不及防，直接撞在了陆少城的胸前。

好疼……

苏终笙赶忙从他怀里爬起，一只手揉了揉自己的鼻子，另一只手试图更用力地抓住上面的横杆，刚要站稳，汽车启动了一下又突然刹车，她一头又撞上陆少城的胸口。

她隐约听到了陆少城闷哼了一声，又挣扎着先要站直身子，身后的人又挤了她一下，她……

陆少城："……"

他干脆虚揽过她，让她靠在他身侧别再乱动，否则遭殃的还是他。

由于人多，公交车上的空气很是浑浊，陆少城身旁的苏终笙却闻到了他身上特殊的味道，不是人工调出来的化学试剂的味道，有一点像薄荷一样清清凉凉的感觉。

苏终笙喜欢上了这种味道，一点一点，沉溺其中。

倒了两次车，艰难的三个多小时，苏终笙终于成功地将陆少城带回了南榆镇。

她在南榆镇的住处是郑家爷爷留下来的一栋二层小楼，这是苏终笙这么多年来第一次带外人到自己的家，站在房门前拿着钥匙，苏终笙忽然有点后悔，说要下厨请他吃饭完全是她一时兴起，她早上出门急，还没来得及收拾一下家里……

她含蓄地给他打预防针："那个，我家里陈设比较简单，可能还有点乱，你别嫌弃啊！"

陆少城面色未变，"没事，就当是体验农家乐了。"

苏终笙听见"没事"二字刚要点头，然而听到"农家乐"这三个字……

他以为她家坐板凳、用大黑铁锅炒菜、睡大土炕还养鸡吗？

真是够了！

苏终笙推开门，先一步走了进去，将他引到沙发前，"请坐！"

陆少城没有应声，只是环视着四周，白色的墙面、白色的地砖、日光灯，还有家中常见的一些家具和电器，与城里的家庭并没有太大的区别。

只是这茶几上横七竖八地摆的……

苏终笙循着陆少城的视线望去，脸上一热，赶忙俯下身去把桌上的东西收成一摞扣在了地上，昨天晚上她和大学同学研究了一个男科的病历，翻了许多的书和图谱摆在这里忘了收，乍眼得很，这下算是丢人丢大发了！

她赶忙解释："医学需要！医学需要！"

心里不由后怕，一不小心差点说成"生理需要"……

陆少城的眸色微深，看着她微微牵唇，不置可否。

"我饿了。"

苏终笙一拍脑门，险些忘了正事，她赶忙跑上楼换了一身休闲的衣服下来，一面用皮筋将头发随意地盘起，一面抬头问他："还没有问过你的口味，你喜欢吃什么？"

她说着，忽然看清他手中拿着的书，这男人！居然把她刚收到下面的《男科学》拿出来翻！

苏终笙的脸瞬间烧红了！

她冲过去将书从他手里夺了回来，心里暗骂他癖好特别，哪里知道陆少城也是学医出身，此时看到了经典的医学教材，拿起来看看而已。

索性也不问他的口味了，苏终笙收好东西，看也不看陆少城就进了厨房，"乒乒乓乓"地忙了起来。

沙发上，陆少城想起她刚刚涨红的一张脸，杏眸里星星点点，含羞带怒，他的唇畔露出了一分笑意。

这个苏终笙，刚刚脑袋里到底在想什么！

他拿出手机，半天，短信箱里已经满是陈光发来的信息，是医院里的公事，他一一点开，看过后给出指示。

不知过了多久，厨房里飘出了食物的香味，正巧手里的事已经处理得差不多了，陆少城起身走了过去。

他站在厨房的门口，看着左右忙活的苏终笙，她身上的衣服很是宽松，衬得她的身形愈发瘦弱。

她忙着切菜，发现锅里快要开了，着急地去掀锅盖，一不小心就被烫了一下，就见她慌忙地甩着手，又着急地用布垫着再将锅盖拿开。

陆少城赶忙走过去，接过她手里的锅盖放到一边，看着她的手问道："还好吗？"

她低低地应了一声"嗯"，去看自己锅里炖的排骨，似乎还不错。

她想着，用勺子盛了点儿汤上来，吹凉，抿了一点儿入口尝了尝咸淡，唔……

举起手将勺子放到陆少城的面前，她出声道："你尝尝？"

看着她的勺子，陆少城下意识地蹙了蹙眉，有些嫌弃的样子，但在苏终笙殷切的目光中，他还是低头尝了一点。

"怎么样？"殷切的苏终笙殷切地问。

陆少城的表情忽然凝住，这个味道……

他不知道不同的人做同一道菜味道会有多大的差别，可眼下，这个味道他实在是太过熟悉。

那些年阿懒在陆家的时候时常会下厨做菜给他吃，其中她最常做的就是一道海带排骨汤，她的手艺很好，很香又不油腻，连家里的阿姨都会赞不绝口，问起她的方法，阿懒总是神秘兮兮地说："秘方！"

秘方，那眼前的这个人……

有一瞬间的恍神，陆少城不禁在心里责怪自己想得太多。

"挺好的。"

他的语气平淡，让苏终笙不由得有些失望，"就只是挺好的？"

看着她的神情，陆少城莞尔，伸出手揉了揉她的脑袋，"是非常好。"

苏终笙这才勉强满意地露出了一个笑，正要说话，就听房门处传来了有人开门的声音，她起初还以为是自己听错了，随后，有脚步声响起，下一刻，厨房门口处多了一个人，郑浩然。

这是郑爷爷的房子，因为苏终笙留在镇里，这房子也就给了她，只是郑浩然从前的房间还在，他也还留着这里的钥匙，很稀少地会回来一次，没想到今天就这么巧。

他一进屋，闻到炖肉的香味，猜苏终笙在这边就走了过来，没预料这里还有一个男人在，不用看正脸他也猜得出是陆少城，郑浩然一眼就看到苏终笙和他形容亲密，心里顿时很不舒服。

可上次的事他还记忆犹新，因为惹到陆少城，胡依澜给了他好几天脸色看，此时当着陆少城的面，郑浩然不能说些什么。

"苏终笙。"他站在厨房外带着怒意叫她，"你过来！"

他的语气实在太凶，不过这么多年来，苏终笙也早已习惯，她放下手中的勺子，走了过去。

郑浩然将她带到了旁边的一间屋子里，关上了门，神色不善。

"你还知不知道什么叫作自爱？居然从外面带男人回家！"

他的语气里满是鄙夷，听得苏终笙有些反感地蹙了下眉，心知辩解无用，她索性冷笑了一声道："少城他是我的未婚夫，来家里看看有什么不妥吗？"

她从来就是这样执拗，从不知道服软，郑浩然看着，心里来气，"果然是从街上捡回来的人，没有底线。"

"啪——"

巴掌声，清晰贯耳。

苏终笙瞪大了眸子看着他，这么多年，因为爷爷，他明里暗里欺负她她都忍了，可现在她名义上的未婚夫还在这个家里，他却这样侮辱她，她的心里一激，终于忍不下去了。

郑浩然被这突如其来的一巴掌打得有些懵，回过神来不由怒火中烧，"苏终笙，你真是越来越欠教育了！"

他平素也不会向女人动手，可眼前这女人实在是不识好歹，这一掌打在他的脸上，不还回去，他的面子何存。

苏终笙知道自己刚刚的举动有些过了，郑家无论如何于她是有恩的，眼见着郑浩然举起手，她已经认命地闭了眼，却在这一刻，门突然被人推开了。

她与郑浩然皆是一惊，不约而同地向门口看去。

来人的周身散发着一种寒意，"我的未婚妻不需要别人教育！"

郑浩然的手僵在了半空中，落不下来也放不回去，一时进退两难。

看着陆少城，郑浩然的心里不由暗恨，真是该死，怎么什么时候都有这个男人的事！

苏终笙亦没有想到陆少城会突然出现，她看着他，只见他一步一步地向她走近，及至跟前，他柔和了语气对她道："排骨快好了，去看看吧！"

苏终笙与他对视了一眼，又看了一下对面的郑浩然，她轻点了一下头，出了房间。

屋里只剩下了他们两个男人，陆少城连多看郑浩然一眼都不愿，冷哼了一声正要跟着苏终笙离开，郑浩然却忽然开口道："你别太嚣张了，这里再怎么样也是郑家！"

陆少城停下了脚步，他回头，视线扫过郑浩然，他戴着墨镜，郑浩然看不到他的眼，却也能感受到他眸中透出来的寒意，"我可以让这里不再是。"

九个字，郑浩然只觉得后背一冷。

下一刻，陆少城回了厨房。

很快，在厨房里做饭的苏终笙就听到大门处传来一声响，郑浩然走了。

苏终笙松了一口气。

"刚才……谢谢你。"

如果不是顾城突然进去，真不知道后面的事会发展成什么样。

她的情绪有些低落，陆少城看得出来，不以为然道："别谢我，谢你未婚夫的身份好用！"

被他这样一说，苏终笙有些不好意思地笑了，还是强撑着面子道："我一定会谢他的！"

洗手做羹汤，逆着光，她的侧脸带着说不出的静美。

陆少城站在一旁看着她忙碌，而那边，苏终笙沉浸在自己的思绪里，似乎并没有在意他的存在。

饭菜渐渐好了，苏终笙盛好摆上桌，又将碗筷放好，终于大功告成。

她回头向他蓦然一笑,"开饭了!"

因为郑浩然的事,苏终笙的情绪一直不高,吃饭的时候两个人很安静,却又并不觉得尴尬,倒像是很久的朋友。

吃过饭,苏终笙将碗筷收到了厨房,正说带陆少城出去转转,门口忽然传来一阵急促的敲门声,大概是因为等不及了,那人敲了几下,拧了一下把手发现门没锁,直接推开门进了来。

"笙姐,小城他发烧了,我给他物理降温了很久都不退!"

林健南的语气里满是焦急,手臂里抱着一个小男孩,一进来看到陆少城同苏终笙站在一起却是一怔,"笙姐,我……"

听他说孩子病了,苏终笙赶忙上前,蹲下身伸手一探,果然很烫。

苏终笙带着歉意道:"不好意思,孩子病了,我要带他去一趟医院。"

"没事,时间也不早了,我先回去了!"

苏终笙点头,"'贱南',你帮我送一送顾先生吧!"

"不必了,这位先生既然是孩子的父亲,还是陪在孩子身边比较好。"

陆少城的目光锐利,视线相触,苏终笙赶忙偏开了眼,心知自己失言,"也对。"

陆少城再看了她一眼,终是什么也没说,离开了。

林健南伸手想要接过孩子,"笙姐,我来吧!"

苏终笙将孩子抱得更紧,"不用。"

走到医院,苏终笙忙前忙后带着孩子去做检查,开好了药给孩子吃下,看着孩子躺在床上安静地睡好,她总算是松了口气。

"笙姐,刚刚我……"

"没事。"想起刚刚陆少城临走前的目光,苏终笙不禁有些烦躁,只是下意识地说着"没事"。

多事之秋。

苏终笙看着床上的孩子,还有自己所在的这家医院,只希望一切自此能够顺利过去才好。

可偏偏,天不遂人愿。

第二天,苏终笙接到了曹经理的电话。

她原本满怀期待，等着曹经理告诉她银行批准了她的贷款，哪知电话那边的曹经理语气冷冷冰冰："不好意思，苏小姐，您的贷款申请我们不能批准。"

"嘟嘟嘟——"

电话随之被挂断，苏终笙还没从他刚刚那句话里回过神来，只觉得自己脑海里晴空一声雷炸开，她心里只剩下了一句话："怎么会这样、怎么会这样……"

回拨。

这几乎是她下意识的反应，然而一遍又一遍，听筒里只有女子冰冷的声音："对不起，您拨打的用户已关机。"

她的心里乱得厉害，就在这时，手机又响了起来，是林健南打来的电话。

她深吸了一口气，接通，林健南的语气中带着慌乱，"笙姐，你快看电视，陆家老爷出来辟谣说陆少城从来就没有什么未婚妻，正在交往的对象是……是程家的小姐！"

"轰——"

苏终笙的脑子像炸开了一般，她先前一直心存侥幸，可终于还是到了谎言被拆穿的这一日。

"喂，喂，笙姐，你说话啊，喂……"

身子一点一点向下，她双手环抱着自己，蹲坐在了地上。

费尽心思所做的一切，到了今天终于化成了乌有，这家医院、爷爷一生的心血，她还能怎么办？

可这还不是最坏的部分。

很快，她的手机被打爆了。

全部都是陌生的电话，她接起，电话那边的人激动地问："您好，苏小姐，我是新闻早报的记者，不久前陆秋平先生否认了你的身份，请问你对这件事怎么解释？"

"您好，我是娱乐周报的记者……"

"您好，城南晚报……"

……

挂断一个又一个电话，苏终笙的脑海中不断回旋着那些或嘲讽或质疑的声音，终于忍不住将头埋在膝盖间，哭了出来。

她是一个骗子，彻头彻尾的骗子。

做错了事就要敢于承担责任，苏终笙在心里不停地对自己重复着这句话。

这污水太脏，被人淋了一盆又一盆，她只是觉得委屈，她也只是想要保住这家医院，为了镇子上的人、为了爷爷，一肚子的苦水，没有人能够帮她，她也没有人能够诉说！

就在这一闪念之间，苏终笙忽然想起了之前曾两次帮她的那个男人，顾城。

她也不知道自己究竟想要什么，或许只是想找一个人说说话，她鬼使神差地按下了顾城的电话。

"嘟、嘟、嘟……"

漫长的等待，就在她已经快要放弃的时候，电话忽然被人接通，"喂。"

那声音低沉，让人觉得莫名的安定，她一口气堵在那里，一句话没说出来，直接哭出了声。

她拼命地想要让自己停下来，可越是想停，眼泪却流得越凶，等到她好不容易平复了一点，她带着颤音不断地重复着一个字："我……"可后面的话却又说不出了。

她以为陆少城一定早就不在电话旁边了，他现在一定觉得她就是个疯子，正犹豫着要收线，没想到竟听到听筒里传来一声："嗯。"

很轻、很低，恍惚中，苏终笙还以为那是自己的错觉，她一窒，忽然就忘了自己到底想说什么。

"我……"

陆少城坐在车里，难得有耐心地等，他猜到她应该是看到他父亲对媒体发出的公开声明了，现在的她一定很害怕自己的谎言被戳穿，医院的银行贷款不保。

苏终笙深吸了一口气，"我说谎了。"

他淡淡地应:"嗯?"

"什么陆少城、陆老成的,其实我根本就不认识那种自私自利的富家少爷!"

陆老成?自私自利?

副驾驶位上的陈光从后视镜里看着自家老板双眼危险地眯起。

而电话那边的苏终笙对这些并不知情,继续说道:"银行贷款很难,我只是逼不得已想要借他的名声好申请贷款来着,只要贷款的事解决了我就会立即澄清假冒未婚妻的这件事,可现在就差那么一点……"

她一边哭,一边说,声音断断续续,"你现在是不是也觉得我是个骗子?"

陆少城微牵唇,"你的确是。"顿了一下,他又道:"不过我也是。"

最后几个字他说得很快,就在苏终笙愣神的时候,她听到他问:"想不想看他们向你认错?"

向她认错?

苏终笙只觉得自己脑子都快转不动了,怎么也想不明白他这话的意思,惊讶道:"什么?"

"整理好自己,在医院门前等我,我还有半个小时到。"

他说完,利落地收了线。

半个小时后,医院门口。

苏终笙起初还以为陆少城在说笑,又出于好奇,穿着白大褂就跑出来看了看。

最新款的捷豹从不远处驶来,她看了一眼,没有在意,哪知这辆车堪堪在她面前停下。

副驾驶位置的车门被打开了,从车里下来一个人,走到后座的位置拉开了车门。

真是好大的排场!

苏终笙暗自腹诽,就见车里面的人走了出来,待到看清来人的脸,苏终笙整个人都惊呆了!

顾城!

他的视线上下打量过她,有些不满地蹙了蹙眉,"把白大褂脱了!"

苏终笙一怔,虽然心里对他如此趾高气昂地命令她脱衣服有些不满,但她还是依言做了。

她的里面只是一件简单的白色印花衬衫,下身是一件普通的牛仔裤,再加上一双运动鞋,就像是一个学生。

他刚刚还专门告知她让她整理好自己,就是让她打扮一下,这女人,是把他的话当耳旁风了吗?

可偏偏看着她这个样子,他并不觉得反感,反倒有了一个念头,或许这样也好。

"上车。"

苏终笙看着他身后的捷豹,心里直想:这顾城,租豪车租上瘾了!

"我们去哪里?"

陆少城并没有回答,只是重复了刚才那两个字:"上车。"

捷豹调了个头,向进城的方向开去。

没过多久,苏终笙就接到了林健南的电话,电话那边的人声音慌张:"笙姐,有好多记者在你家门口敲门,还有人去了镇医院想堵你,我跟他们说你出去了,他们都不信!"

"什么?"苏终笙一惊,要是这些记者在医院里走来走去、问个不停,医院里乱起来可怎么办?

她想来想去,最终对司机喊道:"停车,停车,我要回去!"

陆少城按住她的手,"你回去做什么?"

她心急,"那帮记者去了医院……"

他的态度强硬,"你回去只会更乱!"

话音落,苏终笙抿起唇,他说得没错,她回去只会让场面更加失控,那些记者一定不会放过她,更不会听她的话。

"可是……"

正说着,她的手机又振了起来,是一个陌生的号码,她心里一紧,只怕又是哪个记者,却又怕是重要的人有重要的事找她,还是接起了电话,"喂?"

听筒里传来一个人惊喜的声音,"接了接了,她接了!"那人接着又道:"你好,我是日报的记者,请问你现在在哪里?"

苏终笙一个头变两个大。

她刚刚将打电话来的记者手机号都拉进了黑名单,才终于得以清静了一会,可手机号那么多,她根本防不胜防!

她正想要说一声"不好意思,我在外面",然后挂断电话,手机却被身边的人拿了过去,他的声音很冷,开口说了几个字,"她和我在一起。"

电话那边的记者一愣,随即问:"你是谁?"

有三秒的停顿,而后,他的嗓音低沉似大提琴的弦音,三个字,短而有力:"陆少城。"

陆少城挂断了电话。

南榆镇,那名记者僵在了当场,听着听筒里传出的忙音,一时出神。

"怎么样?"

周围的人都围了过来,急着问他结果,他张了张嘴,竟不知该怎么说起,想了许久终于说出了一句话:"她好像……和陆少城在一起!"

"什么?"

周围的记者都炸了锅。

"不可能,别开玩笑了!"

"陆家这对父子到底是什么情况……"

……

接过陆少城递回的手机,苏终笙怔怔地眨着眼看着他,半晌,忽然充满感激地开口:"顾城,我知道你想帮我,但现在即使你冒充陆家少爷冒充得再像,也解决不了问题了。"

"扑哧——"

前排的陈光没忍住,笑出了声,一抬头看后视镜,就见陆少城的目光扫过来,他赶忙低了头。

陆少城牵唇,"谁说我要冒充?"

车子一路飞快，直奔本市最大的酒店，云景酒店。

车子停在酒店门口的那一刻，苏终笙隔着玻璃窗仔细地观察着外面，看到"云景酒店"这几个字的时候，她不知道他带她来这里做什么，想到自己空空的口袋，感觉自己整个人都不好了。

酒店的侍者已经走过来替她拉开了车门，苏终笙却怎么也不肯下去，转过头来一个劲儿地问陆少城："我们来这里干吗？"

他不理她，转身就要下车，苏终笙心里一急，伸手抓住了他的袖口，"喂，你说话啊！"

陆少城回头，目光扫过她，苏终笙心里一紧，赶忙又松了手。

"下车！"

只有简单的两个字，陆少城不再理她。

这人！

这高傲不可一世的架势，还真像个自私自利的富家少爷！

苏终笙赶忙跟上他，进了酒店的大堂，突然之间镁光灯闪烁，一群记者相拥而来。

他们都是今早收到消息说陆少可能会出现在这里，特意来抢这个头条新闻。

"陆少，请问您父亲说您与程小姐正在交往的消息是真的吗？"

"陆少，有一个乡镇女医生声称是您未婚妻这件事您知情吗？"

"陆少……"

……

苏终笙简直要被眼前的场面惊呆了，这么多人不断地试图向他们面前挤，话筒层层叠叠，贴着各式各样的标牌，闪光灯让她觉得头晕，她失神，身旁的陆少城俯身在她耳畔道："挽住我。"

她下意识地听从。

周围突然安静了，直觉敏锐的记者们疯狂地用手中的相机记录着这一刻。

就在这时，陆少城开口："她叫苏终笙，是我的未婚妻。"

第五章
名和人，我都要

寂静，一秒、两秒、三秒，随即是全场的哗然。

苏终笙整个人僵硬异常，陆少城、陆少城……

不对，他是顾城，他的胆子怎么这么大，这样高调地冒充陆大少爷，明天陆少城正主来找他们算账怎么办？

"陆少，请问您和苏小姐是什么时候认识的？"

"陆少，请问您和苏小姐什么时候订的婚？"

"陆少，请问为什么苏小姐的手上没有戴戒指？"

听到最后这个问题，苏终笙心里一紧，糟糕，她不知道今天也要冒充未婚妻，没戴那个戒指！

所有人的目光不约而同地落在了苏终笙的手上，苏终笙下意识地握紧了拳，但离得近的记者还是看得清楚，她的手上什么也没有。

偏偏这个时候，陆少城似也觉得奇怪，低头问她："终笙，戒指呢？"

"我……"苏终笙看了看紧盯着她的记者们，又看了看一旁笑得"温柔"的顾城，这个时候说忘了显然是不明智的，她灵机一动，随口道："听说你和别人在交往，一生气扔了！"

"……"

她刻意压低了声音，这说到底不过是她的戏言，她不想让记者借此大做文章，可还是有近处的人模糊听到了这句话，登时只觉得眼前的这个女人真是好大的勇气！

陆少城闻言，也不禁微微扬起了唇角，一向冷漠示人的陆少难得这样温和，前排的女记者都不由恍了神。

就见陆少城凑近了苏终笙的耳边，二人神态亲昵，摄影记者疯狂地捕捉着这一画面，这场景用来做头条图片真是再合适不过，够抢眼，也够养眼。

"假的扔了也就罢了，不过往后有了真的……"

陆少城没有再说下去，苏终笙已经感受到了他语气中带着的威胁之意，可是她却并没能明白他话里的意思，往后有了真的，真的什么？

她还在想，就被陆少城牵起了手，向酒店里面走去，保安拦住了想要跟来的记者，待到拐了个弯，终于只剩下他们，苏终笙长舒了一口气。

想一想，又不禁有些着急，"顾城，你胆子比我还大，这么明目张胆地冒充陆家少爷，非但帮不了我，还会引火上身的啊！"

她的前方，陆少城停下了脚步，转过了身来，他看着她，唇角扬起一个似笑非笑的弧度，"我刚刚就已经说过，我并没有在冒充。"他说着，停顿了一下，双手插在西裤兜中，他仗着身高优势居高临下地看着她，"我姓陆，叫陆少城，是你的未婚夫。"

"轰——"

脑子里一声雷炸开，苏终笙怔怔地看着他，这一瞬间，千百种情绪交杂而过，震惊、恐惧、愤怒……

融会在一起，苏终笙咬紧牙，自牙缝中挤出了两个字："混蛋！"

他早就知道她这个未婚妻是假冒的了！

他见了她那么多次，听她说了那么多次，甚至还帮她"冒充"他自己去参加银行的活动，可他竟然一直没有告诉她实情，就像看一个傻子一样看着她自娱自乐地演下去！

她现在想起不久前发生的一切，只觉得自己真是一个大笑话，什么曹经理、范文华的，她才是最有眼无珠的那个！

亏她在他挡在她身前的那一刻，竟然还……

她想起那一刻自己心跳的感觉，回味起来，心里竟还有一分甜意。

丢人丢大了啊你，苏终笙！

都怪她当初不知道他就是陆少城，一不小心，自己的谎话竟然成了真，这个陆少城真是彻头彻尾的混蛋！

她很想给他一耳光，作为被他看了这么久笑话的回应，手已经举起，可想到眼前这人显赫的身份，她终究没有勇气打下去，只怕这一巴掌的代价是她费尽心力想要保住的小医院。

心里暗恨自己没出息，苏终笙转身就要离开。

身后的人并没有伸手拦她，只是声音凉凉的，"你要是一个人从这里走出去，堵在外面的那群记者不会放过你，如果让他们套出些什么不该有的话。"他冷笑了一声，"那你那家小医院就算是你亲手送给我了。"

可恶！

苏终笙咬着后槽牙停下了脚步，陆少城的意思她明白，他帮她圆这个谎，保住他未婚妻这个名头，她不至于恶名昭著，也还有机会争取来贷款，如果她把这件事搞砸了……

她突然转回身，目光炯然地看着他，"你为什么要帮我？"

陆少城微抿唇，看着她，没有出声。

苏终笙笑得讥讽，"该不会是你不喜欢你爸给你找的那个女朋友，拿我当挡箭牌吧？"说完这句话，自己都忍不住嘲讽起来，"这么老套的情节！"

"十八岁之前，你在哪里？"

他突然开口，这样问。

苏终笙一僵。

"什么？"

"十八岁之前，你在哪里？"

九个字，一字一顿，虽是重复，语气却比刚刚更重。

"我为什么要告诉你？"

"我说过，我更喜欢简洁明了的交易。"

他帮她，是为了得到这个问题的答案。

苏终笙没有想到，他会对这个问题这样执着。

她下意识地抬手摸向了自己的胸口，隔着一层单衣，她能清晰地感受到挂在那里的那枚戒环，她的心终于渐渐安定下来。

"我……"

她的话还没说完，就见陆少城一个箭步上前，移开了她的手，牵起她脖颈处的线，将挂在上面的戒指拎了出来。

"你干什么！"

苏终笙这一下是真的着急了，她用力想要推开陆少城，然而戒指已经落在了陆少城的手里，他攥得很紧，反而是她动弹不得。

"这枚戒指……"他的手慢慢地在戒指的内外摩挲，忽而沉默，片刻后才继续道，"这才是报纸照片上的那枚戒指吧？"

虽是个问句，却已是肯定的语气，苏终笙的心里一紧，完全没有预料到会出现这样的变故，突然说不出话来。

他长叹了一口气，声音微沉："为什么？"

苏终笙紧张地看着他，依旧没有开口。

他的声音中透着一丝疲惫，"阿懒，为什么要装作不认得我？"

他走到她的身后，轻轻地将她的头发收拢到一边，解开了绳子后面的扣。

戒指随之落在了他的手里，他的触觉一向敏锐，这就是他要找的东西没错，兜兜转转一圈，他终究还是找到了。

"我不是阿懒。"

苏终笙忽然开口。

陆少城抿唇，没有说话，却是不信的。

"这枚戒指原本也不是我的。"

她转过身去，看向陆少城，目光灼灼，似是已下定决心，和盘托出。

"那年冬天特别冷，我出门帮爷爷送药，走在路上却看到了一个坐在路边的女生，她穿得很单薄，在北风中瑟瑟发抖，我走过去问她怎么了，她的嘴唇发紫，说不出话来，我摸了摸她的额头，烫得惊人，我慌忙跑去叫爷爷来，爷爷将她带回了家里，休养了好久她才终于好过来了一些，她说她身上没有什么值钱的东西还我们药钱，只有这一枚戒环，我推说不要，她却执意将它交给我代为保管，说以后如果她的境况好些了，就再来把戒环领走。"

她说着，停了下来，视线渐渐模糊，陷入了回忆。

那年冬天，北风、高烧，连续几日意识模糊，死里逃生……

陆少城起初怀着质疑，可是听到后面只觉得心仿佛被人揪起，不是因为苏终笙的描述有多么生动形象，只是她的语气，那是与她年纪不符的沧桑。

"后来呢？"

"她再也没有回来过。"

其余的话不用多说，陆少城已经明了，他的阿懒该是……

他不敢再想下去。

那枚戒环对他们的意义特别，若非到了绝路，阿懒不会将它交出！

"其实，她真的挺可怜的。"苏终笙轻叹道，"她还有惦念的人在世上，可那人的父亲却说她'不配'，她高烧昏迷的时候嘴里时常会念着一个名字，可惜我也记不清了。"

陆少城的面色一点一点暗下去，眸色如墨，那般深沉。

他的手在不自觉中握紧成拳，"那人的父亲说她什么？"

"不配。"

简单的两个字，却像是一记惊雷响在陆少城的耳边。

六年前，他同父异母的弟弟因车祸去世，陆秋平在悲痛中不得不将视线转回到了他的身上，那件事后两个月，陆秋平回陆宅的次数比他过去一年还要多，而后不久阿懒就离开了，他一直猜测这两件事之间有关联，原来是真的！

苏终笙的声音仍在继续："那天报社记者来采访的时候也是话赶话说到了戒指，事先没有准备，只能拿这戒指出来应应急，后来觉得不妥，就又找了一个相像的。"

事情至此似乎就已解释通了，她看着陆少城阖了眼，不知道在想什么。

她轻舒了一口气，却突然又听陆少城问："我为什么要相信你？"

他眯眼，眸光锐利扫向她。

苏终笙一窒，一口气没呼出来，憋在了胸口，"爱信不信，反正我知道我在你眼里也就是个满口谎话的骗子！"

他只觉得头大，"我不是那个意思！"

他仔细地打量着眼前的女人，瘦瘦小小的，有着与阿懒相差很大的嗓音，虽然有那么几个瞬间他会觉得她们很像，可也仅仅是几个瞬间而已，阿懒不会像苏终笙这样喜怒于色，恣意地笑，生气的时候就狠狠地瞪着他，阿懒总是淡淡的，每一句话都是那样地漫不经心，似乎这世上再没什么是她在意的。

如果眼前的女人真的是阿懒，她该明白，只要她承认，他就会帮她摆平其余所有的事，无论是医院的贷款还是其他的什么，这样简单的利害取舍。

可她说，不是。

他手中的戒环温热，就像他当年牵起阿懒的手，将戒指戴在她无名指上的时候，肌肤相贴的地方，有暖意渐生。

他说："愿这一生，不离不散。"

她说："愿这一生，莫失莫忘。"

可一转眼，物是人非。

看到他的神情，苏终笙知这必定是触到了他的痛处，轻叹了一口气问："她说惦念的那个人，不会是你吧？"

他没有回答，可事实已经再明显不过，她撇了撇嘴，喃喃道："那你爸可真是害人不浅！"

他默然，眸中却已有寒光乍现，他将戒指递还给苏终笙，"既然阿懒决定交给你保管，那你就替她戴在手上。"

"啊？"

戴戒指，这事的含义何其明显，苏终笙一惊，连忙摇头，"我可不蹚这趟浑水，你爸刚宣布了那位程小姐才是你的交往对象，我就不顶风上了！"

陆少城的目光淡淡地扫过她,"晚了!"

可不是晚了,她刚进来的时候就已经稀里糊涂地成了他口中的未婚妻,所谓生米已成熟饭,陆少爷亲口说的,总不能是假的。

她苦了脸,"陆少爷,令尊着实不是我等小人物能惹得起的!"

他斜睨她,声音凉凉的:"我,你就惹得起了?"

"……"

苏终笙在心里暗自懊恼,她之前是哪只眼睛看出他人好来着?还细心、还体贴,她可真是眼拙到家了!

他看着她的表情就已猜出她此时心里一定没说他什么好话,他想要伸手揉一揉她的脑袋,可念头转过脑海,他终只是开口道:"走吧。"

陆少城说着转了身,没有看到他身后的人神色一黯。

他将她带到了餐厅,全市最贵的酒店的餐厅,苏终笙想起这几个字,顿时有一种她不是来吃饭的,是来被吃的感觉。

她以近乎惊悚的表情看着菜单上的标价,脑子里来来回回想着的都是:估计我还没这只龙虾贵、估计我还没这只螃蟹贵,估计我……这就是个白菜,你们好意思也标得这么贵吗!

翻了半天,一道菜都没点出来,陆少城忍无可忍从她手里夺回了菜单,随意地点了几个菜。

服务员收起菜单离开,陆少城的手机就像是掐着时间一般响了起来,他拿起一看,是陈光的电话。

"陆总,刚刚去核实过了,荣光银行那边说拒绝苏小姐医院的贷款申请有程氏那边的意思。"

陆少城看了一眼对面托着腮望着他的苏终笙,低低地应了一声:"我知道了。"

"还有,陆总,这两日故意暗地收购、抬高陆氏股票价格的人查出来了,好像和齐家的人有关。"

"好像?"

陈光自知失言,赶忙道:"是齐家的人做的,但背后还有牵扯,陆总,要不要告诉老爷那边?"

陆少城微眯起眼,"先不用,让他们去解决吧,其他的看看再说。"

他虽是陆氏最大的股东,但表面上陆秋平依旧是陆氏的董事长,他就给足他父亲的面子,看这件事究竟会如何发展。

"对了,去查一查宋家最近有什么动向。"

听到"宋家"这两个字,苏终笙忽然原本轻敲着桌面的食指一僵。

电话那边的陈光似也明白了什么,"您是怀疑……"

"去查。"

简短的两个字,陆少城随之挂断了电话。

"怎么了?"苏终笙试探地问。

正巧他们点的水来了,陆少城抬头看了一眼侍者,随口答道:"没什么,工作的事。"

苏终笙知道自己不好再问下去,端起还冒着热气的红茶杯子,就听陆少城继续道:"对了,什么时候有时间,和我回一趟陆家。"

他说的语气平淡,就像是每天要吃饭一样理所应当,刚要喝水的苏终笙一个不小心,嘴唇上就被烫了一下。

"嗞——"她倒吸了一口凉气,还不忘瞪着陆少城恨恨道:"我不去!"

三个字,态度坚决。

去陆家?这简直就是一场鸿门宴啊!

陆少城说的回陆家必定意味着见他的父母,他爸会对她说什么话她都能猜得到,不配,她又何必自取其辱。

她的嗓门不小,在这格外高档的餐厅里显得那样突兀,周围有人回头看向他们。

陆少城抿唇不语,苏终笙也意识到了什么,赶忙抬手捂住了嘴。

不知不觉之中,又丢了一次人,好像自从遇到他,她就一直在丢人。

想想真是懊恼。

侍者又端着托盘走了过来,将牛排放到了他们的面前,陆少城拿起刀叉,出声道:"吃饭!"

苏终笙撇了撇嘴,一边看着对面专心用餐的陆少城一边拿起自己的餐具,虽然他没再提回陆家这件事,可为什么她觉得他分明就是这件事已经被定下了、没有商量余地的意思。

陆氏财团。

大厦最高的一层，陆秋平坐在宽大的办公桌后，看着手中的报表，终于忍不住将文件重重地摔在了桌子上。

这两个月来，投资的一个大项目出了一些问题，情况一直没能得到好转，他为此已经焦头烂额，偏偏就在这个时候，陆氏的股票不降反升。

这样的反常必定是有心之人刻意为之，他派人去查，查出的结果却太过单薄，是齐家下的手，可齐氏不过是一家小公司，哪有这样的底气。

不管齐家的背后是谁，想来一定会是一场恶战，在所难免。

陆秋平长叹了一口气，三年前就是这样的一场战争，陆氏遭遇危机，他决定借此机会将陆少城带进陆氏财团学习从商之道，哪知情况渐渐失控，陆氏被对手占尽了上风。

眼看就要支撑不住，他的十个顾问统统哑火，却是陆少城不急不缓地将其中利害一语道破，陆氏破釜沉舟，终于反败为胜。

陆秋平刚松了一口气，想要拍拍陆少城的肩夸奖他做得不错，却发现转眼间，陆氏大量的股份落在了陆少城的手里。

他陆秋平叱咤商场二十几年，却被自己的儿子摆了一道！

原想促成与程家的联姻，通过与程家的合作牵制陆少城和其余几位多事的董事，可陆少城紧跟着就……

他重重地叹了一口气。

放在桌子上的手机在这个时候忽然"吱吱"地振了起来，他摸起，是他现在的妻子周玉玲的电话。

"秋平，你看到陆氏的股票在涨了吗？"

"有人在背后捣鬼……"

"但这可是一个好机会，收回陆少城手里的那些股份……"

他有些不耐烦地打断周玉玲，"少城他毕竟是我儿子，虽然他这件事做得有些过分，但这些东西迟早都是要给他的！"

电话那头的周玉玲已不复往日的温柔，冷笑着道："那我呢？"

傍晚，陆秋平回了陆家老宅。

张妈正在准备晚饭，开门见到他回来不禁有些意外，"董事长，不知道您今天回来……"

陆秋平摆了摆手，"我随便吃点儿就可以，少城呢？"

"刚回来不久，在客厅。"

陆秋平走进宅子，客厅里，陆少城坐在沙发上正翻阅着一本书，他走近一看，是托翁的《战争与和平》。

察觉到陆秋平的到来，陆少城只是抬头与他做了短暂的对视，而后又继续自己手边的事，似是习以为常，明明陆秋平往往一个月才会回来一次。

张妈的晚饭很快就做好了，饭菜上桌，父子二人走到桌旁坐下，皆是沉默。

晚餐进行到一半，一向重视规矩的陆秋平却在此时突然开口："和那个乡镇医生订婚了？"

他会问这个问题完全在陆少城的意料之中，陆少城头也没抬，轻应了一声："嗯。"

"打算什么时候结婚？"

陆少城轻描淡写地答："具体时间还没考虑，不过应该快了。"

"啪——"

陆秋平将手中的碗筷重重地拍在了餐桌上，桌面一震。

"你的眼里还有没有我这个父亲！"

陆少城不急不缓地抬起头，看着自己父亲震怒的神色，面无表情，声音异常平静，"父亲坐在这里，自然是有的。"

陆秋平看着自己的儿子，一时之间说不出话来。

他听得出陆少城的话外之音，因为他此刻坐在这里，所以有，如果他此刻不在……

他于陆少城而言已经是一个可有可无的存在。

他从前从没有关心过陆少城，连最起码的关注都少有，似乎突然之间，这个儿子就长大了，变得连他都要仰视。

一声叹息，陆秋平眉心紧蹙，"就算是你不喜欢程家的那位小姐，也不必像现在这样不留情面，若是把人惹急了……"

陆少城微牵唇，似笑非笑，"事实是，我根本不认识她。"

一日之间，程书瑶的手机已经被各种各样的电话挤爆了，从最开始不知真假的祝贺，到后来虚情假意的安慰，世间冷暖尝过一遍。

程书瑶不信陆少城就真的把那个乡镇女医生放在了心上，想要借他父亲的口撇干净这两人之间的关系，没想到陆少城竟紧接着向记者公布苏终笙就是他的未婚妻，这无疑是当众给了她一记响亮的耳光，她程家小姐的颜面荡然无存！

可恶！

手边是找人去查出的苏终笙的资料，十八岁之前一片空白，因流浪街头被人收留，啧啧，陆家未来的少奶奶就是这样的人物，想来该会让所有人大吃一惊吧！

她拿起手机，按下了一个电话，很快，电话被人接通，"程小姐，有何指示？"

"资料我收到了，明天就会见报，不过这些还不够。"

"哦？程小姐想要什么？"

程书瑶轻笑一声，嘴角慢慢上扬，神色却是冷的，"唔，流浪街头过的女人怎么会懂得自爱？"

程家世代为商，从小她的父亲就告诉她一句话：要么不争，要么赢！

不论手段，只看结果，她程书瑶还没被谁这般羞辱过，区区一个乡镇医生，咱们等着看事情会怎么发展下去！

一夜之间，苏终笙成了全城上下最热门的人物。

飞上枝头，陆少城亲口确认她的未婚妻身份，与此同时，她过去的事情也被扒出，原先不起眼的乡镇医生也有着复杂的过去。

小镇的消息就算是再闭塞，此时，这件事也已经是家喻户晓，一整天，医院里一个挂号的也没有，苏终笙坐在办公室里，总觉得心神不宁，下班回家，她打开电脑随手翻了翻网页，震惊地发现自己的照片被挂在了娱乐版头条的位置上。

她猜到了自己今日会上新闻，然而她猜中了结果，却没猜全内容，那张乍眼的照片上，她的怀里抱着小城，因为角度的问题，她与旁边的林健南看起来格外亲密，三个人站在一起简直就像是一家三口！

诋毁、辱骂随之而来，有人讽刺她手段高，被人收留却将人家的医院据为己有，如今攀上了陆少城，还敢给他戴绿帽子，真是好大的胆子！

这样一个一无是处的女人，怎么比得上程家的名门闺秀！

"咚咚咚——"

自家的房门被人敲响，她下意识地问："谁啊？"

来人的声音低沉，只两个字："开门！"

苏终笙一怔，这声音……这是陆少城！

她满脑子里还是刚才的那篇报道，乱得厉害，随手关了电脑屏幕，她起身前去给他开门。

屋外的人大约是匆匆赶来，还带着疲惫，表情并不好看，像是结着一层霜，进了屋也没有坐，待到她关好门走过来，他直接问道："你和那个林健南到底是什么关系？"

她心里正堵得慌，他还在这时候质问她这种问题，简直就是添堵！

她气不打一处来，"我们什么关系和你有什么关系？反正我和您陆总也不过就是互相借个名而已！"

虽是负气话，但怎么想也是实情，她瞪着陆少城，就像是一只炸了毛的刺猬。

与预想不同，他似乎并没有被她的这句话气到，只是轻叹了一口气，向前两步走近了她。

"戒指呢？"

她一怔，"什么？"

"阿懒的戒指呢？"

她从口袋里摸了出来递给他，他却没接，只是以一种不容置疑的口吻道:"戴上!"

她僵在那里,没有动作,却在这时,他俯身探向她的耳畔,伸手箍住她的后脑,他轻轻地落下一吻,声音却是异常坚定,"名和人,我都要!"

脑海中回响的是不久前陈光的声音,"陆总,问了南榆镇的许多老住户,但他们都说没有阿懒小姐出现过的印象,不过也许是因为冬天,路上的人少,只有苏小姐遇到了吧……"

他看着面前的苏终笙,眸色如墨,掩去了所有喜悲。

这一瞬间,苏终笙只觉得自己的心里有一股异常的电流涌过,暖暖的、痒痒的,所有的怨气忽然都被她抛在了脑后,她怔怔地望着他,忘了自己原本想说什么。

"我……"

他放缓了语气,"把戒指戴上。"

心跳加速,她下意识地听从,将戒环戴在了自己左手的无名指上,大小刚刚好。

陆少城将她的手裹在手心,手指轻轻摸过戒环,唇角微陷,若有似无的笑意,"不许再摘下来!"

后知后觉的苏终笙这才意识到,她就这么被这个人哄着把自己给卖了!

第六章
没有水晶鞋的灰姑娘

很多人都在等着看他们的笑话，等着看这个刚刚被公开身份的陆总未婚妻第二天就因为不知自爱被分手，也等着看这个一向高高在上又神秘的陆氏继承人因为这个出身不明的未婚妻脸面尽失。

云景酒店，宴会厅，商业晚会，江城身份显赫的人都云集于此。

这一次的商业晚会可以说是众人瞩目，不仅是因为主办方宋氏集团的实力强大，更因为在照片新闻引发的风波后，这是陆氏继承人首次携未婚妻苏终笙双双出场。

已经临近晚会的开始，程家千金程书瑶一袭黑色轻纱束身长裙挽着自己的哥哥入场，靓丽惑人，尽显自己的好身材，而程书逸一身白色西装，翩翩公子，温文尔雅，这二人一出场就吸引了所有人的目光。

"程公子、程小姐，好久不见！"

一名高大挺拔的男子走了过来，剪裁合体的银灰色西装更显身形笔挺，他的唇畔噙着温和的笑，伸出手来。

程书逸回握上他的手，一旁的程书瑶扬唇道："宋公子别来无恙！"

这男子正是晚会主办方宋氏集团的继承人，宋家言。

他嘴角的笑意更深，开口是自然的赞美："程小姐今晚真是光彩照人！"

宋家言所言非虚，今日的程书瑶是特意打扮过的，一进来已引得周围赞叹声连连，不愧是程家的千金，大家闺秀。

议论声渐起，"也不知那苏终笙是个什么角色，能让陆少城弃程小姐于不顾！"

等待了许久，到现在还不见真人，另一人轻嗤了一声道："不过是个乡镇医生，能是个什么角色，这么久还没来，估计是没见过这么大的场面，走不动道了！"

"哈哈……"

两人笑在一起，余光又不禁瞄向程书瑶的纤腰，心里直想着可惜了。

正说着，突然察觉到周围都安静了，他们不约而同地向门口看去，原本只是不经意的一瞥，忽然之间，却全都呆在了那里。

先入眼的是一位身形颀长的男子，气度卓然，他的面上戴着一副黑色的墨镜，让人看不清他的神情，更显神秘与冷峻，角度微偏，他们看清了他身旁的人。

一身白色的礼服裙，裙摆曳地，天鹅绒的装饰华贵优雅，不仅没显繁复，反而衬得女子整个人大气天成，她的面上挂着淡妆，带着大方的微笑依偎在男子身边，一黑一白，似一对璧人，艳煞旁人。

先前低声议论的人此时全都没了声音，震惊地看着二人，这是……

不知是谁先说出了那一句话："陆少城来了！"

全场都倒吸了一口凉气，他身边这女人大方端庄、娉婷而立，哪里像是乡下来的？不知道的只怕会以为是哪个名门望族出身，在陆少城身边真是不逊气场！

再看前面的穿着黑裙的程书瑶，美是美，只是美得不够干净，对比之下更觉庸俗。

第一个走过去的自然是晚会的主人宋家言，视线扫过苏终笙，最终还是落在陆少城的身上，他带着一贯得体的笑，"陆先生，好久不见！"

陆少城表情未变，轻应了一声："嗯。"

两只手交握在一起，然而视线相接，却有火光隐现。

陆、宋两家是当下本市实力最强的两个财团，所谓一山不容二虎，在场的人皆明白这意味着什么，噤了声，紧盯住这二人的一举一动，生怕错过什么好戏。

笑里藏刀，宋家言的目光随后投向了苏终笙，"这位是？"

陆少城的回答简洁："我的未婚妻，苏终笙。"

宋家言唇畔的笑意愈深，"久闻大名。"

这一句久闻大名多少带了些许讽刺，一个乡镇医生，出身不高，攀上高枝，绯闻漫天，这样的名声可真是算不上好！

苏终笙淡然一笑，好像没听懂他话里的含义一般，轻描淡写地回应道："谢谢。"只当是一种恭维。

晚会开始。

衣香鬓影，觥筹交错。

周围的人三两攀谈着，苏终笙手中端着一杯香槟跟在陆少城的身旁，能明显感受到其他人时不时投来的目光，令她如芒在背。

她正有些走神，一名男子走到了他们面前，和陆少城轻声说了两句什么，陆少城随后对苏终笙道："有点事，一会儿回来，别乱走！"

她点了点头，心里却没有底，只剩下自己，一时有些无所适从。

正想着，有人主动走到了她的面前，对她道："苏小姐？"

来人一袭黑色长裙，面上带着微笑，然而苏终笙却敏锐地察觉到了一分敌意。

"你是？"

"程书瑶。"

苏终笙心里一紧，这个名字她记得清楚，分明就是前些日子陆家老爷声称与陆少城正在交往的女人，只怕此刻来者不善！

其他人也很快意识到了这一点，都聚焦在了这边。

这圈子里的人谁不知道程家小姐的厉害？这乡下来的野凤凰怕是要遭难了！

确认了来人的身份，苏终笙的心里反而平静了下来，她大方地伸出手，"程小姐，你好。"

程书瑶回握，却在碰到苏终笙指尖的时候突然将手又缩了回去，惊呼一声："啊呀，好凉啊！"

她下意识地蹙眉，而后又像是意识到自己刚刚的举动有些失礼，脸上换上了和缓的笑，"没见过这样的场面，苏小姐是不是很紧张啊？"

乍听上去似是关切，却丝毫挡不住其中的刻薄之意。

苏终笙听到周围有人在笑，面色未变，平静地答道："末端循环不好，老毛病了，多谢程小姐关心。"

程书瑶笑，"末端循环，果然是医生，用词都不一样。"她顿了一下，继续道，"说起来苏小姐近日身价可是大涨，这下在医院的出诊费是不是也该和从前不一样了？怎么也得高上几块钱吧？"

话里话外无外乎在嘲弄苏终笙的身家根本配不上陆少城。

苏终笙听得出，也不急也不恼，回以微笑，"程小姐说笑了，这世上价值高的事物未必价格高，反之亦然。"

程书瑶喜欢拿身价说事，可身价再高也不过是一个价格而已，内在价值究竟能有多少，谁说得准呢？

没有了议论声，听清这句话的人皆是一惊，谁也没有想到这只初来乍到的野凤凰竟然就这样直接驳了程家小姐的面子，一句轻描淡写的"反之亦然"，分明就是在说程书瑶徒有其表，身价再高也不过是靠着程家的面子！

好，好一个苏终笙！

程书瑶看着她，气得瞪大了眼睛，她又哪里咽得下这口气？深呼吸强迫自己冷静下来，而后开口，语气尖酸，"苏小姐这样明白事理，从小家教必定是极好的吧？还没问过苏小姐从哪里来？令尊令堂又是做什么的？苏小姐别误会，我问的是你流浪街头之前的事。"

流浪街头，在场的人谁没听说过苏终笙的这段经历，可像程书瑶这样大庭广众之下挑出来则又是另一回事了。

陆少城走回大厅听到的第一句话就是这个，他看向中央处那一黑一白两道身影，已然猜得出发生了什么。

他快步走过人群，走回苏终笙的身边，尽管她还竭力维持自己的平静，可面色却是苍白。

他不知道她十八岁之前究竟经历过什么，可从她三番五次的逃避中他也明白，必定有她不愿回想起的事情，在这样的场合被人逼问，她目光中尽是慌乱与无措。

陆少城牵起她的手，五指合拢，将她冰冷的指节捂在手心。

水晶灯的灯光耀眼，四周一片寂静，不知多少双眼睛此时就牢牢地盯在他们的身上。

陆少城回眼看向对面的人，被墨镜遮住双眼的一张脸上看不出喜怒，然而周身却散发着一种令人胆颤的寒意。

"与程小姐相比，终笙的家教自然是极好的。"

不长的一句话，清冷的嗓音，淡漠的神情，威慑力却是十足。

谁也没有想到，在不久前报纸刚爆出苏终笙与其他男子暧昧不清这样的丑闻后，陆少城竟会这般维护这个女人。

来这里要做的事情已经做完，陆少城拉过苏终笙，直接向外面走去，留下一干人看着他们的背影唏嘘。

很快，宴会厅里的议论声鼎沸，大家抑制不住心中的激动，肆无忌惮地谈论起刚刚发生的一幕，而主角之一的程书瑶站在人群中，难堪至极。

又一次，原要伤人，到头来羞辱的反而是自己！

她心里自然是气愤难当，尤其是感受到周围人对她指指点点的时候，要不是程书逸拦着，她只恨不得把手里的酒杯狠狠地摔到地上。

程书逸看着自己的妹妹，蹙起眉，极少地严厉了起来，"注意自己程家小姐的修养！"

程书瑶恨恨地咬牙，心有不甘，就在这时，音响里传来主办方的声音，"女士们，先生们，我们专程从法国波尔葡萄酒庄园空运来了一箱80年的葡萄酒，请大家一起品尝。"

"书逸？"齐志斌向他们走来，指了指葡萄酒所在的方向道，"要不要一起？"

程书逸不放心地看向自己的妹妹，程书瑶正烦躁，"你们去吧，我想一个人静一静。"

程书逸看着她，轻叹了一口气，"也好。"

只剩下了程书瑶自己在角落里，她伸手拿过一旁的香槟，仰头而尽。

"程小姐看起来心情不是很好。"

有男子温润的声音响在她的头顶，程书瑶猛地抬起头，来的是这晚会的主人，宋家言。

他们往日交际不多，她此时正是落魄，看到宋家言过来，只当他是来看笑话的，自然也做不出什么友好的姿态。

"有事吗？"

宋家言脸上依旧是一贯温和的笑，"刚刚听程小姐似乎对陆少城未婚妻的过去很感兴趣，宋某或许可以帮上一些忙。"

"你？"程书瑶不以为然地一声轻笑，她知道宋家从前是以传媒起家，人脉广、渠道多，想要找这些消息应该不是什么难事，可宋、程两家是敌非友，宋家言如今主动向她提出要帮忙，她只觉得奇怪，"你为什么要帮我？"

听她这样问，宋家言一点也没有意外，他将双手放进裤兜，笑容依旧和煦，然而目光中却透出了几分凌厉，"我只是在帮自己。"

程书瑶很快明白他的意思，陆、宋两家之争，她给陆少城找麻烦，分散他的注意力，就是在帮宋家言。

这虽不是她的本意，可此时想来也算是双赢，几杯香槟入喉，她的脑子已不怎么思考，随即问道："需要多长时间？"

"一天。"

一天？程书瑶抬眼看向宋家言，果然是宋家的继承人，还真是自信，她找了半个多月都没找出丝毫线索，他觉得自己一天就能解决？

她放下手中的酒杯，不以为意地一笑，"好，我等你消息！"

宋家言并没有虚夸，不到一天，他果然派人将东西放到了程书瑶的桌面上。

打开档案袋，程书瑶看到里面清楚地记录着苏终笙幼时的生活经历，还有零星的一些照片，证实这些资料的真实性。

孤儿，被人领养，而后被遗弃，后又被领养，再后来从寄养的家里逃出，流浪至南榆镇寄住在了郑家。

时间相接中间有断档，只是大概的情况，可能是因为生活情况太过不稳定，记录也很少，能查出这些已是不易。

何其不幸的女人，如今命运终于对她开恩，让她幸运得过了头。

看完这些的人大概都会产生类似这样的想法，这并非程书瑶原本所期待的，她更希望能从苏终笙过往的经历中挖掘出更有杀伤力的信息，但现在……

悲惨，满页满纸字里行间都只有这两个字。

也说不清为什么，程书瑶总觉得有哪里不对，昨日在晚会上，苏终笙的举手投足从容自如，很有大家闺秀的风范，可从她的经历来看，这怎么可能？

昨天晚上……

想起陆少城最后留下的那句话，程书瑶只觉得心里有一股火气在烧。

家教？苏终笙那个连家都没有的女人怎么可能有家教？

"啪"地将文件合上，程书瑶的面色冷凝，就算是这一击不致命，她也一定要让他们好好难受一下，她倒要看看这个苏终笙究竟当不当得起这样的幸运！

从前一天晚上开始，陆少城的眼睛就已经开始隐隐作痛，这几日要看的文件太多，还有陆氏的事情要关注，难免有些疲惫。

"咚咚咚——"

门被人推开，来的是陈光，他的手里拿着一摞资料，"陆总，宋氏那边的事查清了，您看一下。"陈光说着，将手中的东西放到了陆少城的面前，又继续道，"从今年三月起，齐氏通过和宋氏的合作得到了不菲的盈利，如果不是这笔钱，齐家的人是绝不敢动陆氏的股票的，而齐、宋两家的合作，与其说是合作，倒不如说是宋家在给齐家送钱，这其中必定有问题！"

这问题似乎已经再浅显不过，借刀杀人，宋家授意齐家与陆氏叫板，齐家不过是个棋子，不足为患，而后面的宋家敢这样做又是从哪里来的信心？

他的视线扫过面前的资料，低声应道："知道了。"

陈光随后退出了办公室，刚走过走廊拐角，就见不远处一名初级助理正在和一名女子争执着什么，他走近一看，那女人就是苏终笙！

初级助理很是恪尽职守，"对不起，小姐，没有预约您不能再往里走了。"

苏终笙登在报纸上的照片都是背影和侧脸，此时这名助理并没有认出眼前的人，又听苏终笙说她是来给陆少送药的，干脆把她当成了来推销药品的医药代表！

陈光赶忙过去叫助理放行，将苏终笙一路引到了陆少城的办公室，"陆总，苏小姐到了。"

这是苏终笙第一次来到陆少城的世界，一进屋，抬头打量着四周，啧啧，同样是院长，人和人的差别怎么就这么大呢！

她想起自己之前被他蒙在鼓里，还有些耿耿于怀，走到陆少城的办公桌前，她将药膏往他桌子上一拍，"没什么事我先走了。"

"上药。"惜字如金的陆少城惜字如金地说出这两个字。

苏终笙扬着下巴看着他，"你楼底下有一医院的医生和护士想给你上药，我就不添乱了！"

陆少城眼也不眨随口道："起码是个院长才够资格。"

见苏终笙瞪着他不知道该说什么，他这才稍稍放缓了语气，"别闹，过来。"

随着时间推移，眼睛的不适愈发明显，他揉着额角阖了眼，略显疲惫。

注意到这一点，苏终笙也没了脾气，轻叹了一口气，赶忙去将窗帘拉好，才走向了桌后，挪开他放在额上的手，"我看看。"

她摘下他的墨镜，拿起他桌子上的小手电，撑开他的眼皮做了简单的检查。

仔细地看过，苏终笙终于松了一口气，"结膜炎，看起来其他的还好，你要不要去眼科再做些检查？"

"做过了。"陆少城的语气平淡,"上药吧。"

"手套还有棉签在哪里?"

"右边第三层抽屉。"

苏终笙回身,正要去查看那个抽屉,弯腰的片刻她的视线原本是不经意地扫过他桌上的文件,却意外地看到"宋氏集团"这几个字眼,不止一处,她身形一顿,正想看清上面写些什么,身后的陆少城不知道什么时候睁开了眼,"怎么了?"

她赶忙收回了视线,随口应道:"没什么。"而后弯下了腰,从抽屉里将自己所需的东西拿了出来。

轻轻地替陆少城上好了眼药,苏终笙仔细地用新棉签将一旁涂多了的一些地方擦干净,面前的男人闭着眼,好似睡着了一般,眉头却还是紧蹙着。

难得看到他这样"温顺"的一面,苏终笙禁不住伸出手想要抚平他的眉心,午后的屋里格外地安静,并不明朗的光线让人心生恍惚,而就在这恍惚的片刻,苏终笙不知怎么就脱了口:"如果你不是陆少城该多好……"

腰身被人揽住,对方稍一用力,她没撑住,直接坐到了陆少城的腿上。

"如果我不是,你的银行贷款要怎么办?"

他的声音依旧清冷,却多了几分调笑的意味。

苏终笙一怔,随即反应过来,不由大喜,"解决了?"

陆少城轻点了一下头,苏终笙差点没从他腿上蹦起来,"大恩大德……"

"无以为报"四个字还没说出口,说话的机会就已经被陆少城抢走了,"以身相许。"

什么?

苏终笙一懵,就听他继续道:"明天我爸要见你。"

什么?

"下午我会让人去接你。"

什么?

"不用担心，我爸他不会喜欢你的。"

苏终笙欲哭无泪。

却听陆少城轻笑了一声道："不过没关系，因为那无关紧要。"

但事情却并没有因这一句"无关紧要"而变得轻松。

苏终笙当晚做了一场噩梦。

梦里，她还是一个孩子，一脸迷茫地看着一群陌生人闯进她的家里，将东西都搬走了，只剩下一地的狼藉。

她最喜欢的一只水晶天鹅被人抬手间碰碎掉到了地上，她一急，正要冲过去，索性被母亲牢牢抱在了怀里。

她哭喊着向母亲诉说，然而母亲却只是将她往更远的角落里带，不停地摸着她的头，一言不发，她感觉到自己衣襟处湿了，才后知后觉地意识到母亲哭了。

她不知道究竟发生了什么，一切会突然变成这个样子，慌乱中，她想要去找自己的父亲问个究竟，却突然发现已经是深夜，父亲却根本没有回来！

她害怕，不停地询问母亲"爸爸在哪里"，母亲颤抖着说不出话来，只是不停地摇着头……

苏终笙惊醒，猛地从床上坐起，抬手抚上额头，满是冷汗。

她看向窗外，时日尚早，天色依旧昏暗，她却已经了无睡意，睁着眼坐到了天明。

但她并没有休息的机会。

运气不好，苏终笙再上头条，身世大起底，她又成了人们街头巷尾、茶余饭后的谈资。

凄惨身世引得众人一把同情泪，却又让人更加嫉妒她此时的幸运，就算是灰姑娘也该有一双水晶鞋，苏终笙什么都没有，凭什么能成为陆少城的未婚妻。

不配，短短两个字，却是最精准的概括。

不过，陆家……

圈里的人谁不知道陆家老爷陆秋平为人行事一向狠辣，苏终笙在陆家注定讨不到便宜!

清早，江边别院。

近日工作、家庭两方面压力大，陆秋平起得很早，吃过早饭，周玉玲帮他穿好外衣，一边问："今天要回老宅子?"

"嗯。"陆秋平低应了一声，"去打发了那个自不量力的乡镇医生。"

周玉玲心里早就有想法，"要我说啊，陆少城对她也未必是认真的，估计就是存心想找这么个人气你!"

这么一个家世、身份一样没有的女人，若真是进了陆家，简直丢尽了陆家的脸面。

陆秋平没有接话，周玉玲所说的可能性的确很大，可这么多年来他对自己的儿子了解甚少，谁又说得准?

周玉玲见他不说话，又继续道："其实当初陪在陆少城身边的那个女孩你如果不赶走，要说起来，那个也算是出身名门，总比现在这个好。"

她正替陆秋平理着大衣，没想到对方突然向一旁走开了。

她一怔，抬头看向陆秋平，就见他眉心紧蹙，神情严肃道："你不了解情况，别瞎说!"

第七章 久违

圣索罗医院顶层，院长办公室。

陆少城正看着今日陆氏的股价情况，相比于前几日，陆氏今日的股价波动更大，宋家那里已经知道他查上了那边，消息还真是够快。

陆秋平依然没有明确的解决办法，态度暧昧。

陆少城对自己的父亲何其了解，现在这样的态度只怕和周玉玲脱不了干系。

他抬起头看向陈光，"项目那边跟进得怎么样了？"

陈光应道："已经联络妥当，安排好人员跟进，现在的问题应该很快可以解决。"

"嗯"陆少城点了点头，"资金呢？"

"按照您的吩咐，准备好了。"

宋家这一次的举动很大，陆少城必须要做好应对准备，时间被拖得越长对他们就越没有利，想要治本，还是要先解决项目本身的问题。

陆少城正想再说些什么，办公室的房门被人敲响，他听到外面的人问："陆少城，能进吗？"

是苏终笙的声音。

陆少城将桌子上的文件合好放到一边，才道："进吧。"

门被推开，他意外地看到苏终笙竟然还穿着和平时一样的简单衬衫和牛仔裤，扎着一个马尾辫，虽然干净利落，但很难想象是要去见未来的公公，难免显得有些漫不经心。

陆少城并没有立即作出评价，只是先转过头去对陈光道："如果明天下午两点前情况还没有好转，通知该通知的人，三点开会，我会亲自过去。"

"陆总，要通知董事长吗？"

陆少城的食指轻叩着桌面，有片刻的思索，而后简洁道："不必。"

这次的事情，陆秋平本来就是一个不确定的因素，若是告诉了他，在这一个小时的时间里，他为了不让自己的儿子"夺权"，难免会有什么特殊的举动，干扰全局。

陈光点头应道："好的，我知道了。"

他说完走了出去。

只剩下了苏终笙和陆少城两个人，陆少城从椅子上起身，走到苏终笙的身边，蹙起了眉尖。

看他的表情苏终笙就已经猜到了他在想什么，赶忙解释道："我真的很认真地准备过了，甚至还去找人借了衣服，可是穿上以后实在是别扭，都出了家门，又返回去换了回来。"

陆少城看着她一脸紧张，索性不再计较，又见她手里拎着一个小袋子，不由问："这是什么？"

苏终笙故作神秘的一笑，"礼物。"

她这笑容让陆少城觉得有趣，不禁想要打击她道："你该知道自己贿赂不了我爸的吧？"

苏终笙唇畔的笑意更深，眸中却是清冷，"那可不一定。"

临近傍晚，苏终笙跟着陆少城回了陆家。

市中心寸土寸金的地，圈出偌大的一个院子，建筑却仅占了其中的一小部分，周围绿树成荫，风景静好，让人很容易就忘了这里竟是在喧嚣的城市里。

第七章 久违

苏终笙看着窗外恍了神,车在这个时候停了下来,陆少城注意到院子里多了一辆车,对苏终笙轻声道:"我爸已经到了。"

到了这个时候,苏终笙却反而平静了下来,她低应了一声,而后同陆少城一起下了车。

走到大门前,苏终笙感觉到自己的心跳加快,可那不是紧张,是一种期待。

久违了。

陆少城按下了门铃,很快,张妈将门打了开,见到是他回来,松了一口气,"陆总,董事长已经等了一会儿了。"

"嗯。"

陆少城率先进了屋,苏终笙跟在后面,张妈似乎这个时候才注意到她,目光仔细打量着她,"您就是苏小姐吧?"

虽然用的是敬语,但语气却带着一种淡漠,是大家族里上了年纪的佣人独有的倨傲。

苏终笙扬起了笑容,客气道:"是的,您叫我终笙就好。"

张妈对此却并不买账,"该怎么叫家里自有规矩,苏小姐不必费心。"

这进门的第一课讲的是"规矩"二字,苏终笙不卑不亢道:"也对。"

换好了鞋,陆少城带着苏终笙向里面走去。

宅子很大,里面的人却很少,安静得有些冷清。

穿过门廊,周围各式各样的精致物品并不能吸引她的注意,她专心地看着前方,心无旁骛,甚至连陆少城都并不在她视野的中央。

她听着自己的脚步声,一下、两下……

第十下的时候,她终于来到了客厅。

豁然一片新的天地,复古的欧式沙发上,陆家之主陆秋平正坐在那里,面前的茶几上摆着一套茶具,是上好的紫砂制成,多年的精心养护,壶面很亮。

察觉到有人来了,陆秋平并没有急于抬头,只是专注于自己手中的事,热水沏开,白雾袅袅,茶香随之而来。

茶杯翻开,慢慢蓄上茶水,陆秋平开口:"十五年前,我以千万之价收来这一套茶具，求而未得的人多说不值，却不知万物皆有身价，那些人根本就配不上这套东西。"

他的语气平缓，似只是在同晚辈一叙家常，然而这话中深意却是由物及人。

不配。

陆秋平的理由永远是这样的简洁。

陆少城又怎么会不懂自己父亲话里的意思，蹙了一下眉，并没有回应他，只是道："父亲，终笙来了。"

陆秋平并未理会，而是拿起了一只茶杯，轻啜，茶味清洌，是他一贯喜欢的味道，满意的一笑。

"少城，你要记得……"

陆秋平说话间抬起头，正欲对自己的儿子教诲些什么，打量的视线不经意地扫过陆少城身后的人，忽然全身一僵，随着"哗"的一声，他手中珍贵的茶杯摔碎在地面上，里面的热水四溅开来。

这样的变故，就连一向冷静的陆少城也不由吃了一惊，不知为何，纵横商场数十年的父亲竟会在这时突然失了方寸。

陆秋平一下从沙发上站了起来，目光紧紧地锁在苏终笙的身上，"你是、你……"

心跳已渐渐恢复正常，苏终笙看着陆秋平，还能从容地扬起眉，做出一个惊讶的神情，"叔叔，您……怎么了？"

"你……"陆秋平看着她，怒目圆睁，然而深深地喘了几口气，他最终什么也没说出来，只是僵站在那里。

面上的惊讶退去，苏终笙牵起唇角，在陆秋平的注视中走到了他的面前，缓缓蹲下身去，收拾着地上的惨剧。

她捡起茶杯的碎片，轻声道："叔叔小心别伤到自己。"

似只是晚辈关切的话语，可自苏终笙的口中说出，陆秋平只觉得说不出的气闷。

看着自己父亲的神色，陆少城自然察觉到了其中的异样，他的视线扫过蹲在那里的苏终笙，还有目不转睛盯着她的陆秋平，眉心紧蹙。

他的声音微沉,"爸,你想说什么?"

刚刚激动到指尖甚至都有些颤抖的人在这一瞬间忽然就冷静了下来,陆秋平深吸了一口气,坐回了沙发上,刻意偏开视线不再去看苏终笙,"你们认识多久了?"

"有一段时间了。"陆少城含糊地答着,他猜得出刚刚陆秋平想说的并不是这个,而现在的刻意回避又是因为什么?

再看向那边的苏终笙,她正仔细收拾着地上的残片,陆少城走过去将她拉起,一面唤道:"张妈,这边需要收拾一下。"

苏终笙赶忙道:"少城,我来就行。"

陆少城的眉蹙得更紧,"我带你来不是做这个的!"

她蹲在陆秋平的脚边,这样的姿态太低,难免有些刻意讨好的嫌疑。

苏终笙和他父亲之间似乎有一些东西是陆少城说不清楚的,但他清楚的是他不需要苏终笙刻意讨好陆秋平。

他的语气有点凶,苏终笙偷偷地撇了一下嘴,站回到了他的身后。

有下人过来快速地将东西收拾好,陆秋平没有再看他们,目光落在远处,不知在想些什么,待到下人离开,陆秋平突然站起了身,拿起搭在一旁的大衣就走向门口离开。

可这并不是结束。

第二天,苏终笙接到了陆秋平的电话,这一次,陆秋平开门见山,"我在办公室等你。"

还差五分钟就是下午三点,她赶到了陆秋平的办公室,敲门得到许可后,她进屋,宽大的办公桌后,那个人原本正面对着落地窗的方向,此时突然转过座椅面向她,声音中带着极重的戾气,"你想要什么?"

苏终笙蹙眉,"叔叔,您什么意思?"

"这里只有我们两个人,你大可直白一点!"

陆秋平说着,目光紧锁在她的脸上,只恨不得在她脸上盯出一个洞一般。

这个女孩……

清秀的眉、似笑非笑的眼,六年的时间过去,对于眼前的人,他其实也并不很确定，但他确定的是这个人来者不善。

苏终笙摇头，"我不太明白您的意思……"她说着，却又忽然顿住，换上温和的笑，她将自己手中的袋子放在了陆秋平的桌子上，"叔叔，这是我的一点心意，原想昨天送给您的，可惜没找到合适的机会。"

她说着，自袋子里拿出一个精致的盒子，打开放在了陆秋平的面前。

这是……

一支钢笔。

确切地说，是一支廉价的钢笔。

看清里面的东西，陆秋平似惊醒一般抬起头看向苏终笙。

六年前，陆家老宅的庭院前，斜阳的余晖下，他拿出放在自己胸前口袋里的那支钢笔，对那个陪在陆少城身边六年之久的女孩冷笑了一声道："直白一点说，你连它的身价都没有，它在少城的心里只怕是再廉价不过，你呢？"

在商场混迹多年，陆秋平擅长看人，他自女孩的眼里看出残余的自尊与清高，却似玻璃一般易碎，他便用这一句话似刀一般刺向她，直中要害。

她最恨的，大概就是他的所谓直白。

她抿紧唇看着他，一双眼睁得大大的，他看着她的眼圈渐渐泛起红色，隐忍着，一言不发。

第二天，女孩离开了。

陆秋平命人将家中她动过的东西全部换掉，让人告诉陆少城是她自己都带走了，他记得那一日，老宅深院里，那个没有他的看护在这里安静生活了六年的少年徒手砸掉了近乎半个陆家，然而当下人告诉陆少城"老爷来了"，视力尚未恢复的少年循声望向了他所在的方向，却紧咬着牙关，什么都没有问，最终扬长而去。

再之后，陆秋平把老宅中的佣人全部换掉了，他知道陆少城从前曾几次试图追查那女孩的下落，可她消失得比陆秋平想象的还要彻底，他一直以为……

陆秋平看着眼前的人，心中了然，这廉价的钢笔分明就是她给他的回敬。

再廉价又如何？还不是一样摆在了他的桌子上！

陆秋平站起身，深吸了一口气，他质问的声音愈发严厉："你到底想要什么？"

面前的女人神色之中似带着几分茫然，"我还是不知道您在说什么。"她微顿了一下，忽而轻笑一声，"不过，您在怕什么？"

她的目光锐利，突然就向他扫来，陆秋平一窒，只见苏终笙的唇角弯成了一个上扬的弧度，带着说不出的嘲讽。

而他，在理智能够思考之前就已经动了手。

"啪——"

清脆的一耳光，伴着女人惊叫的声音响起。

他这一巴掌用了大力气，苏终笙疼得厉害，伸手捂在脸上，而外面的人大概是听到了她的叫声，门就在这一刻被人用力推开了。

苏终笙和陆秋平一同向门外望去，身形皆是一僵，站在门口的不是别人，正是陆少城。

空气一时间仿佛凝滞了一般。

陆少城的身后原本还跟着其他人，谁也没有想到会撞见这样的场面，都呆在了当场，此时见情况不对，赶忙先一步默默地转身离开。

陆少城快步走到苏终笙的身边，移开她的手，只见她的脸上红了一大片，怕是不久就会肿起来。

他的面色阴沉，也不看陆秋平，拥着苏终笙直接向外走去。

"陆少城！"陆秋平有些急了，怒喝着叫住自己的儿子，"她、她……"

却在这一刻，突然语塞，瞪大了眼什么都说不出。

苏终笙回头，半张脸殷红，却依旧笑得云淡风轻，她就那样平静地看着他，看着他哑然。

他什么都不能说。

怀疑也好，真相也罢，他什么都不能说出来，他同自己儿子之间的关系已经够僵，绝不能让他知道六年前的真相，更不要提十二年前……

咬牙许久，他终只是恨恨道："她不配进陆家的门！"

陆少城的笑意很冷，开口，声音低沉："父亲，我未娶，她未嫁，有什么不配？"

陆秋平的面色一凛，自己儿子此时话中的意思分明是在指责他辜负了顾美茹，若说不配，当初已为人夫的他和周玉玲才该是最不配的！

陆少城的话说起来含蓄，让人听起来却总有着说不出的讽刺之意。

他一向有着超出年纪的冷静与自持，极少和陆秋平提及这件事，而现在，陆少城是真的生气了！

可恶！

陆秋平混迹商场几十年，遇到各种各样的对手，却从没有谁能让他吃这样一个哑巴亏！

眼前的这个女孩……

陆秋平双手紧握成拳，他要自己另想手段解决！

可此刻的时机并没有给他机会，宋家蓄谋已久的挑衅，陆秋平在心里权衡各方利益迟迟没有做出决定，但陆少城不打算再等下去。

开会，所有重要人员全部入席，身为董事长的陆秋平却是最后一个知道的，心中自是愤怒异常。

苏终笙跟在陆少城的身边，从大厦的顶层下到大会议室，一路走来，她感受到周围员工投来的目光，她有些尴尬地低了头，向墙边的阴影里挪了挪，不想让人看到自己脸上的红印，陆少城斜眼睨她，她不理，还靠着墙边走，他索性牵过她的手将她生生拖了回来。

这样的一幕自是引来众多人的惊叹艳羡，眼看着就要到会议室，苏终笙低声对陆少城道："你快开会去吧，我在外面等你。"

一路沉默的陆秋平只怕这是她在欲擒故纵，终于忍不住开口，态度异常坚决："她不能进去！"

他的声音洪亮，语气很重，周围的人惊讶于陆秋平的态度，奇怪地向他们看来。

陆秋平语气里的是敌意。

今日开会要说的都是商业机密，绝不可以让外人听去，苏终笙的来历、目的不明，陆秋平对她满满都是戒备。

被自己未来的公公这般嫌弃，不免难堪，苏终笙却似乎已经安之若素，见陆少城面露不满，她伸出手拉了拉他的袖子，带着点儿讨好的意味，"快去开会，我都想好晚饭去哪里吃了，你要是动作太慢，我就不等你了！"

陆少城看着她明澈的眼睛，也说不清原因，心中的怒气忽然就都散了。

"等着我。"

三个字，似是命令，却更像是嘱托。

苏终笙坚定地点了点头。

"快去吧！"

会议室里已经有很多在公司里位高权重的人在等待，陆少城和陆秋平走进，会议室的门缓缓合上，她看着陆少城的身影消失在门后，笑容渐渐散去。

她伸手摸了摸自己的脸，已经有些肿了，她走进会议室不远处的一小片办公区，许多人向她投来目光，却又因为吃不准陆家父子对她的态度，没有人敢贸然上来理她。

苏终笙自己找了一个空着的位置坐下，这一等就是几个小时，她看着会议室处不断有人进进出出，紧张忙碌不亚于危重产妇的产房门口，她知道里面一定是在商量很重要的事情，此时早已过了饭点，她一会儿托腮、一会儿向后靠在椅背上、一会儿趴在桌子上看着墙上的表，分针走了一圈又一圈，到了最后，终于没撑住，睡着了。

会议结束了。

与会的人各自离去，只剩下陆少城和自己的父亲，二人分歧本就很大，又争论了两句，陆秋平气得摔门而去。

陆少城出来的时候，会议室的外面并没有苏终笙的影踪，大楼里的人已经走得差不多了，他站在原地，带着极重的疲惫，视线落在走廊尽处那扇没有关严的窗户上，有冷风从那里吹进，一直凉到了他的心底。

他记得她说的那句"你要是动作太慢，我就不等你了"，此时已经将近晚上九点，她若是等不及，离开了，也是情理之中。

想到这里，陆少城拿出手机，找出苏终笙的号码按下，南榆镇毕竟偏远，他要确认她的安全。

短暂的等待过后，电话拨出去了，"嘟——"

"嘀嘀嗒嘀嗒——"

手机的铃声响起，就在离他不远的地方，他微讶，循着声音找去，进了办公区，只见一张办公桌后还有人趴在那里，他走近，就看她大概是被铃声吵起，一只手揉着惺忪的睡眼，另一只手胡乱地向一旁摸去，大概是在找手机。

他挂断了电话，看着苏终笙打着哈欠，半睡半醒地险些又一头栽回到桌面上，他伸手敲了敲桌子。

苏终笙一个激灵，蹭地站了起来，由于坐的时间太久，腿上血液回流不好，此时麻得厉害，一个没站稳，直接撞到了他的身上。

发现来的是他，苏终笙欲哭无泪，"陆少城，你吓我干吗？"

因为刚睡醒，她的脸很红，身上很暖和，他扶着她，忽然就不想松手，索性将她拥进了怀里。

被陆少城抱了个满怀，苏终笙一僵，有些结巴："怎……怎么了？"

陆少城没有说话，只是近乎贪婪地攫取着她身上的温暖。

这一日，算计、争论，到了此刻早已疲惫不堪。

这么多年孤独惯了，对于这些似乎早已习以为常，阿懒离开六年，再也没有人会在凌晨两点的时候死守着电视不肯睡，一定要看到他平安回来才放心，却还嘴硬地说："今天的节目好看而已！"他听着电视里的声音，分明就是一档无聊的访谈节目重播而已。

习惯了没有人牵挂惦念的日子，可直到刚刚看到苏终笙，他才忽然想起，原来有一个人在等他的感觉还是好的。

他忽然觉得有些心疼，"等累了吧？"

苏终笙打着哈欠点头，"要不是刚刚睡着了，说不定我现在已经走了！"

他莞尔，看着她睡意蒙眬的样子，带着宠溺道："瞌睡虫！"

他的手轻轻捧起她的脸，因为刚刚趴在桌子上睡觉，她的脸上被压出了一片片红印，左脸的脸颊因为陆秋平不当的举动已经肿起，他用拇指轻轻摩挲过她的脸颊，忽而俯身，在她受伤的地方轻轻落下一吻。

苏终笙只觉得心里一动，有些震惊地看着他，陆少城轻笑，"看着我干什么？不饿吗？"

"饿……"

她的手被人抓了过去，陆少城牵着她向外走去。

他看着办公楼的玻璃门上映出他们两个的身影，唇畔噙起一抹笑。

细想起来，苏终笙不算最漂亮的、不算最聪明的、不算会说话的、不算会来事的，可偏偏就是她，在他的心里生生找到了一个位置，安营扎寨。

他喜欢她清澈的眼眸里一闪而过的狡黠、喜欢她笑容明媚时露出两排齐齐的小白牙，事事计较、认真，带着点孩子气，却让人觉得与她相处的时候自在舒服。

这一切的一切，都是那样的美好，是他从前的生命中从未出现的，就像是被人精心编织出来的一场梦境。

而他，一向不喜欢梦境。

第八章
就在这里等她归来

出了陆氏大楼，司机在外面恭候已久，"陆总，请问应该去哪里？"

陆少城偏头看向一旁的苏终笙，"你之前说想好要吃什么了，在哪里？"

"啊？"苏终笙一怔，刚刚睡醒，脑子转速不够，"什么？"

陆少城面无表情，"开会之前你说过。"

被他这么一提醒，苏终笙恍然，没想到他居然还记得，心里一暖，赶忙道："是家很好吃的小店，在南川街那边，不过也不知道现在是不是关门了……"

她说着，撇了撇嘴，有几分失落。

陆少城没有回答，转而对司机简洁道："去南川街。"

相距并不算远，十分钟后，他们已经站在了南川街的街口，苏终笙循着记忆中的方向向里面找去，惊喜地发现小店还没有打烊。

被老板娘迎进店，坐到位置上，苏终笙笑得满足，"还真是幸运！"

她的眉眼弯弯，陆少城看着，一向淡漠的神情中竟也染上了些许笑意，小店里简陋的环境和杂乱的摆设也变得没有那么让人反感。

他的目光落在她对面的座椅上，还是禁不住有些嫌弃地蹙起了眉，苏终笙见状，赶忙起身过去用纸巾替他擦拭干净，念头一起，又特意在上面垫了一层纸，做了一个请的手势，"您请坐，别弄脏您五位数的衣服。"

陆少城神色未变，简洁道："六位数。"

"六……"苏终笙被着实噎了一下，早知道他这么有钱，她何必费尽周折去争取银行贷款？从他身上扒几件衣服下来不就好了。

点完菜，等了一会儿，由于店里的人少，饭菜很快就上来了。

苏终笙将拌饭拉到面前，拿过陆少城的碗，开始贤妻良母的为他盛饭。

唔，胡萝卜给他，肉留下来，洋葱给他，泡菜留下来……

苏终笙在研究生阶段主攻眼科，精细的活干多了，挑起菜来手下也格外仔细，待到她将分好的饭放到他的眼前，陆少城一看，胡萝卜丁整齐地排布在上面，那边苏终笙一脸认真地看着他道："你眼睛不好，胡萝卜都吃了不许剩！"

什么叫滥用医生职权？陆少城轻笑了一声，倒也没有反驳，反而对她道："你的手法不错。"

这些胡萝卜丁有的很小，她都能毫不费力地挑出来，已是难得。

苏终笙正要得意的一扬头，嘚瑟地说一声"那是自然"，放在桌子上的手机在这个时候响了起来，上面显示着是林健南的电话。

也不知电话那边的人说了些什么，陆少城就见苏终笙微微偏过头避开了他的目光，他听到她声音轻柔地应道："我没事，一会儿就回去，别担心。"

又是片刻的停顿，而后苏终笙继续道："别等我了，没事的。"

而后他们又说了两句，待到苏终笙挂断电话，陆少城的眉心已经蹙紧，"林健南？"

苏终笙若无其事地拿起筷子，应了一声："嗯。"

她依旧是在回避，始终没有说清她同林健南之间到底是什么关系，他猜得出刚刚电话那边的林健南一定对她关切得很，早已超出了普通朋友，陆少城轻叹了一口气，"苏终笙，我是会生气的。"

躲不过去，苏终笙索性放下了手中的筷子，目光迎上陆少城的，直接地问："你要气些什么？"

"坦诚。"两个字，陆少城言简意赅。

所以他真的是不问清不行?

苏终笙亦是叹息，迟疑了片刻，才最终道："健南他……是我的家人。"

"家人?"陆少城看着她，唇角似笑非笑地牵起，"我还以为你的家人姓郑。"

苏终笙蹙眉，"不是那个意思。"回忆起当年的事情，她的心里多少有些涩意，抿了下唇，才继续道，"他是除了爷爷以外，唯一真正关心过我的人。"

她说着，低了头。

刚到郑家的那年，她狼狈不堪，郑爷爷和郑浩然相依为命多年，家里没有女人，连件她能穿的衣服都找不出来。

爷爷对她很好，可家里清贫，她想节省，冬天的大衣也只有一件，不小心弄脏了，回去赶紧洗了第二天还没干就穿上，凛冽的冬风把她从里到外冻了个透，她发烧，怕爷爷担心不敢说，随便翻了点药吃下。

第二天一早顶着寒风再去上学，路上几次头晕得快要摔倒在地上，被偶然撞见的林健南发现了，在她的一再坚持下扶着她去了学校，将她带到了医务室帮她忙前忙后，他自己旷了课被老师狠批了一通，他倒是丝毫不在意，课间还几次跑来看望她，他们由此渐渐熟识了起来。

"健南他人很好，这些年我遇到难处的时候，他总是会来帮我，爷爷去世以后，也只有他给我打电话的时候，我才会意识到，原来还有人会惦念着我。"

苏终笙的语气很轻，小店里暗黄的灯光下，她眸中的神情被睫毛投下的阴影掩去，整个人异常安静。

惦念，何其奢侈的两个字。

这么多年来，她过得也很辛苦。

陆少城微窒，他一向内敛，并不喜欢表达自己的情绪，此刻看着苏终笙，却自然地脱口道："今后他不会再是唯一一个。"

苏终笙一怔，才反应过来他是说真正关心她的人还会有他，心里有暖意渐起，却很快被她的理智压下，她的目光依旧躲闪。

陆少城轻叹息，"以后再遇到难处，告诉我就是。"

他平日淡漠，苏终笙同他接触，总是觉得他人很冷，就算是帮她，也要硬邦邦地扔下一句"我喜欢简洁明了的交易"，刚刚的这两句话已与平日的他截然不同。

苏终笙的心里乍寒乍暖，一向逞强的她眼泪都快被逼出来。

她拿起筷子，低着头扒饭，天冷，饭菜凉得快，上面的饭粒已变得冷硬，她却仿佛不知，不停地咀嚼着，咽下，就在陆少城以为她不会再说话的时候，她忽然开口，极轻的一声，"不敢的。"

晚饭过后，陆少城送苏终笙回家。

已经十点过半，司机开车在城市的马路上疾驰而行，路途漫长，苏终笙坐在后座上，看着外面飞快向后退去的城市风光，慢慢地、慢慢地，靠着窗户就睡着了。

路灯的光芒从窗外照进，投在她的脸上，时明时暗，他伸出手去，轻轻地将她额边的碎发捋到耳后。

他想起今早陈光面露担忧地对他道："陆总，按照您的吩咐查下去了，本市包括郊区的孤儿院，没有找到任何与苏小姐有关的记录，媒体负责人说消息是从程小姐那边得来的，程小姐的消息从何而来还不得而知，但这消息的来源……怕是有些问题。"

对于苏终笙，陆少城查到现在，唯一确定的就是她是在阿懒离开的那年冬天出现在南榆镇的，还有就是，这几年来，她过得很辛苦。

他的手指轻轻摩挲过她光洁的脸颊，眸色渐渐变暗，如同外面的夜色，不辨阴晴。

下雨了。

淅淅沥沥的雨滴自天上飘下，车速不得不慢下来些许。

睡梦中的苏终笙似乎感觉到了凉意，向里面缩了缩，陆少城打开暖风，将自己的西装外衣披在了她的身上，她渐渐又安稳地睡去。

鼻端萦绕的是他身上那种特别的味道，迷蒙中，苏终笙轻喃，两个字，不断地重复。

陆少城屏息细听，忽然一僵。

那两个字是：阿城。

车停了下来。

南榆镇的路口，不知为何，此时正立着一个墩子，禁止车辆通行。

"陆总，怎么办？"

司机转过头来请示陆少城，就见他迟疑了片刻道："伞拿来。"

这一来一往的对话间，苏终笙已渐渐转醒，她自他的西服下面伸出一只手，揉了揉眼睛向窗外看去，一面问道："怎么了？"

陆少城简短道："到南榆镇了，前面不让走，把我的外衣披上，我送你回去。"

苏终笙赶忙坐直了身子，"不用不用，我自己能回去，你眼睛不好，对这边不熟悉，别走夜路。"

她在这个时候想起的第一件事居然是他的眼睛，陆少城正要说"无妨"，车窗在这个时候被人敲响。

苏终笙摇下车窗，他们同时向外面看去，一名男子手撑着伞站在那里，不是林健南是谁。

陆少城就见苏终笙的神色一亮，对外面的林健南问道："你怎么在这里？"

"下雨了，前面的路出了点问题，不放心你。"

苏终笙莞尔一笑，转过头来对陆少城道："我先走了！"

说完，也没等他回答，直接推开车门下了去。

雨雾中，陆少城看着那二人挤在一把伞下，慢慢地向里面走去，男人个高，特意将伞向女子这边斜了斜，那样的关切让看到的人都能感受到男子温暖的心意。

他们的身影渐渐变小，直到最后消失不见，陆少城合上窗户，收回了视线，声音清冷道："走吧。"

夜深，静寂，细雨朦胧。

走了半路皆是沉默，折伞下，苏终笙终于忍不住开口问道："等多久了？"

林健南轻描淡写地答道："二十多分钟吧……"

"健南！"

见苏终笙有些急了，林健南这才不得不说了实话，"其实……给你打电话的时候我就已经在这里了。"

苏终笙心里生出了几分愧疚，轻叹了一口气，认真道："阿南，以后我可能会越走越远，不要再等我，因为我也不知道自己还能不能回来。"

陆少的未婚妻、全城女人艳羡的幸运儿，她已经不是当初那个要靠他搀扶着走到学校的女孩。

圣索罗医院、陆氏财团，她去的地方越来越远，她不能确定她会走到哪里，她只希望这个会在深夜为她撑伞的"贱南"能够一切安好如初。

一旁的林健南却似没有听懂她的话一般，抬手推了推自己的眼镜，露出了一个温暖的笑容，看着她慢条斯理道："不管笙姐走到哪里，这里是家，我都会在这里等着笙姐回来。"

风雨欲来。

陆家的江边别院。

他一进屋，周玉玲就看得出他今日的情绪不对，她猜得出必是陆氏那边又出了什么状况，试探地问道："齐家又动了什么手脚？"

陆秋平的声音恨恨的，"若是这样倒也简单了！这次的事宋家是背后主使，陆少城这个逆子，他要由着宋家去闹，借此机会让部分股份套现，获得储备资金，他会去解决项目那边的问题，逼迫宋家提前动手抛出陆氏股票，而后……"

如果资金回笼不及，陆氏的股价就会陷入极大的危机！

周玉玲听着，眼珠微转，心里一动，却还是安慰陆秋平道："你也说陆氏迟早是他的，那不如先看看他能做成什么样！"

陆秋平没有回答，却是长叹了一口气，满是担忧。

回到屋里，周玉玲快速拨通了自己弟弟周御通的电话，短暂的等待后，那边的人终于接了电话，"喂，姐，什么事啊？"

听筒里传来嘈杂的背景音，周御通的口齿含混，大概是刚喝了不少酒。

周玉玲又怎么会不知道自己弟弟一贯的德行？索性也懒得去管，直接道："把之前我放在你那里的钱都去买陆氏的股票，分开几个个人账户走，最晚后天，全部抛出！"

她的资金量虽不算多，但这一次也能狠狠地赚上一笔，而后大量抛出，动作在陆少城预料之前，即使无法一举定乾坤，却也足够让陆少城难受的。

既然这父子二人并不打算把应有的那一份给她，那就别怪她利用这机会把陆家的钱套走！

苏终笙一夜没有睡熟，醒来的时候头有些晕，她伸手探了探额头，微微有些热，大概是昨晚着了凉。

她今日还有一个重要的学术会议要去，是主办方看在傅老师的面子上破例给她的机会，要紧得很，她简单地梳妆了一下，特意用粉底盖了盖左脸浮肿的地方，出了门。

会议在一个五星级酒店的会场举行，她本就低烧，空腹坐公交车一路颠簸，此时已是狼狈。

好不容易在几个同期会议的海报中找到了自己要去的那个，看清了地点，哪里会想到进了会场第一个遇到的竟是郑浩然和胡依澜！

胡依澜带着她一贯虚情假意的笑向苏终笙走来，"呀，终笙，你的脸色这么差，陆少怎么放心让你一个人来？"

霎时间，会场里所有人的目光都向苏终笙投了过来，仿佛要在她脸上看出一个洞一样。

苏终笙只觉得难堪，在座的除了很少的几个年轻医生以外，大多是教授级的专家，他们看着她的目光就像是看着一个绯闻缠身的三流女星，走错了地方。

在这个时候，话说得越多越是错，苏终笙不说话，放下东西，转身去了卫生间。

她看着镜子里的人面色苍白，左脸颊处终究还是没遮好，显得奇怪得很。

也不知怎么，忽然就想起昨晚陆少城的那一句，"以后再遇到难处，告诉我就是。"

她自嘲的一笑，心想自己当真是越来越娇气，不过是点小伤小病，怎么连这点抵抗力都没了。

从卫生间出来，狭长的走廊里，苏终笙迎面撞上了一个人，一股古龙水的味道钻入鼻中，她一面说着"对不起"，一面慌乱地想要站稳，可脚上又不巧地踩到了人家脚上。

还是对方在她的腰上扶了一下她才终于站稳，赶忙向后退了两步，拉开他们的距离，"谢……"

一抬头，却发现眼前不是别人，正是前段时间晚会上刚刚见过的宋大少爷，宋家言，他的身后还跟着一人，苏终笙觉得眼熟，但叫不出名字。

她正要向宋家言道了谢离开，对方却先一步开口道："唔，苏小姐，我这双鞋可是在意大利买的限量版，被苏小姐这样一踩，算是废了呢！"

苏终笙低头看去，果然看到他原本抛光良好的黑皮鞋上突兀地多了一个脚印。

被宋家言乍一问，苏终笙愣在那里一时竟不知该怎么回应！

赔？意大利买来的限量版，她没那个身价，赔不起。

不赔？她看着挡在她身前的宋家言，只怕没那么容易。

先前一直在宋家言身后沉默的那名男子在这个时候忽然开口："家言兄，苏小姐原非故意，不如算了吧！"

宋家言挑眉看向他，"我原想帮你妹妹出口气，你这当哥哥的倒是大度！"

程书逸一笑，目光落在了苏终笙后方的某个地方，"不大度又能如何？人家还能由着你把他未婚妻欺负去？"

苏终笙意识到了点什么，回头看去，就见陆少城不知道什么时候出现在了那里。

今天还真是够巧,她想得到的、想不到的人,都在这里让她遇上。

眼见着陆少城向他们越走越近,苏终笙低了头,这两天总是在最难堪的时候撞见他,她着实想不清这是个什么缘分。

"怎么了?"

男人低沉的声音入耳,他的脚步就停在了她的身后。

苏终笙抬眼去看他,没承想陆少城也在这时向她看了过来,视线相对,她有些尴尬地低了头。

宋家言面上的笑是一贯的温和,可目光却是格外地锐利,"陆少带来的人还要照顾好才行,苏小姐病得快要站不稳了呢!"

听到"生病"这两个字,苏终笙一怔,不知宋家言这句话是真意还是戏言,若他是当真的,他又是怎么知道她生病的?

陆少城先前并没有意料苏终笙会出现在这里,但此刻他也看出她脸色不好,伸手探了探她的额,果然有些发热。

他伸手将她揽过去,在她耳畔轻声问:"很不舒服吗?"

他说话时温热的气息拂过她的耳畔,苏终笙只觉得自己的脸热了几分,摇了摇头,"没什么大事,就是刚刚有几分头晕。"

一旁的程书逸圆场道:"苏小姐刚刚没站稳,不小心踩到了家言兄,家言兄借此同苏小姐戏言了几句。"

陆少城抬头,眼神亦是凌厉,"戏言?"

苏终笙拉了拉他的袖子,摇了摇头示意他不要计较。

宋家言原意是还要说些什么的,适逢手机响起,程书逸见状,赶忙借机将他推走。

苏终笙这才松了一口气。

不知哪边的窗户开着,一阵冷风吹来,她禁不住打了一个喷嚏。

陆少城将外衣脱下,披在了她的身上,问:"刚刚到底怎么了?"

苏终笙轻描淡写道:"我刚刚不小心踩到了他,他有些不高兴而已。"

陆少城蹙了蹙眉尖,"他为难你?"

她撇了一下嘴,"可能有点吧。"顿了一下又说,"刚刚我就在想,他要是脚伤着了我可以帮他'修',可是他那双金贵的鞋我是真的没办法了。"

陆少城被她半诉苦半玩笑的语气逗乐了,伸手揉了揉她的脑袋。

苏终笙又问:"你们俩是不是不对付?"

陆、宋两家在生意场上正争得眼红,他们怎么会对付。

他点了一下头,苏终笙随即一副了然的样子,"怪不得他那么不待见我,原来都是你的错。"

陆少城讶然,想了想却又无从反驳,索性应下,"都是我的错。"

苏终笙这才释然,拿出手机看了一眼时间,整个人突然一僵。

糟糕,会议已经开始了,她迟到了!

她撒腿就要跑,却被身旁的人生生拉了住,"怎么了?"

苏终笙哭丧着脸看他,"我是来开一个医学研讨会的,现在已经晚了五分钟,里面基本全是大教授,我可怎么进去啊!"

更关键的是她就算是想不进也不行了,她的东西还在里面呢!

"哦,那个医学会啊。"陆少城沉吟了一声,"我正好也要进去找我们医院的两位教授有事,一起走吧。"

"你也要进去?"苏终笙心里一下子轻松了许多,就像是迟到的时候遇到了同学,挨骂也有人一起分担的感觉,她禁不住偷笑了起来,一不小心,又打了一个喷嚏。

陆少城搂住她,拥着她向会场走了过去。

苏终笙起初的喜悦渐渐淡去,站在会场的大门前,她忽然意识到了一个问题,这一次受邀的都是公立医院的医生,连她都是以傅老师A院学生身份来的,陆少城的医院怎么可能有人在里面?

她被骗了!

可此时已经晚了,陆少城已经推开了会场的大门,他们出现得如此突兀,所有的人都向他们看了过来,包括不久前刚刚嘲笑过她的胡依澜。

完蛋!

心里哀号了一声,苏终笙只恨不得找个地缝钻进去算了,偏偏身旁的人若无其事地牵着她进去，好像完全没有注意到她的面色不对。

会场里所有的人都安静了，连场上的主持都忽然住了声，陆少城轻声问她："你坐在哪里？"

苏终笙尴尬得脸通红，指了指左边，"那里。"

其实他们的动静算不上大，只是门的位置太靠前，大家都会自然地向他们投来目光，一看发现陆少城竟然陪着这女人进来，惊讶之余也就忘了移开目光。

苏终笙坐的地方前后左右都是满的，只有她放东西的那一个椅子有空，她心里正发愁，想着她和陆少城要有一个人站在那里可真是尴尬，正不知该怎么办，主办方已经积极地从后面搬来了一把椅子，笑着对陆少城道："陆院长请坐。"

陆少城大方应下，"谢谢。"

他们这一来一往很是自然，倒是一旁的苏终笙很是意外，感受着众人投来的目光，苏终笙听报告听得心不在焉，她身边的陆少城反而频频点头对报告专家的话表示认同，时而转过头来低声对她道："你们医院整修后这个技术应该引进。"

苏终笙有些恍神，下意识地点头。

"另外这一点要特别注意……"

"还有这里需要改进……"

陆少城的话不多，但句句切中肯綮，苏终笙一边听一边做着笔记，忽然笔尖一顿，等等，她才是医生，怎么他一副比她还专业的样子？而且从他的话里她竟然挑不出来任何问题！

她的疑惑很快得到了解答，休息时间，陆少城带着苏终笙向讲台前走去，她起初只觉得奇怪，看着一群专家所站之处，她拉了拉陆少城的衣角，"我们还是不要过去了吧……"

话音刚落，站在人群中间被众星捧月一般围住的国外知名教授John忽然向他们所在的方向唤道："Lu！"

陆少城牵唇，走上前，与John握手，而后用英文同对方交谈了起来。

John："陆，好久不见，没想到会在这里遇到你！"

陆少城："陪我的未婚妻来听讲座，没想到主讲竟然是老师您。"

John随即向苏终笙看了过来，目光敏锐却并没有其他人对她的敌意，一头白发让他看起来更显和蔼，他夸赞道："陆，你的未婚妻很漂亮，恭喜了！"

众目睽睽之下被人夸了，苏终笙也有些不好意思，"谢谢。"

一旁还有人急着要找John，他临走前不忘嘱咐陆少城道："有机会好好聚一聚！"

陆少城点头，"一定。"

离开人群，陆少城在苏终笙耳边轻声解释道："John是我在英国读医学研究生时的导师，很多年没见了。"

"医学研究生？"这几个字完全出乎了苏终笙的意料，"你学过医？"

"这么惊讶？"

苏终笙没有说话。

陆少城轻叹了一口气，"看来你对我的了解果然很少。"

苏终笙还想狡辩一下："也不是……"

他打断她，忽然扬唇一笑："没关系，我们来日方长。"

她的心跳在这一下忽然变重，她隐约有一种感觉，好像自己在不知不觉中跳进了一个很深的陷阱。

一下午的会议很快结束，和陆少城进行的少有的专业交流让她对他的印象发生了很大的改变，她曾以为他的心里只在乎利益盈亏，就像她所说的，"那种私立医院的人最势利了"，可此番，她意识到陆少城远比她想象的要专业，眼光长远并且考虑周全。

她忽然明白了为什么陆少城明明有机会直接吞了她的小医院，却选择帮她争取银行贷款，是因为他认同了她所说的，他也觉得或许保住她的小医院对当地人而言更好。

散场的掌声响起，苏终笙伸了一个懒腰，伸到一半，忽然想起了一个重要的问题，"对了，你今天本来是来这里做什么的？"

陆少城起身，"也没什么，隔壁有个项目招标会，来看一下情况。"

项目招标会？苏终笙心里一紧，赶忙追问："重要吗？"

陆少城揉了揉她的头，"别担心。"

项目本身牵扯上亿，对于未来股市行情的影响可以放大十数倍，若不重要，他和宋家言也不会同时前来。

不过对于这件事他早有安排，方才陈光也已向他汇报了情况，一切进行顺利。

看着苏终笙蹙着眉不肯释怀的样子，陆少城索性将话题岔开，"对了，过几日还有一场专门为私立医院医生召开的学术会议会在我们医院举办，还想听吗？"

苏终笙点头，"自然是想的，可是我的级别不够，来这场都是借了傅老师的面子，别提下一场了……"

见她苦了脸，陆少城唇畔的笑意更深，"那就换一个身份参加，比如……"

苏终笙："比如？"

"院长夫人。"

学术会议院长还要带家眷参加？不知道为什么，苏终笙的脑海中赫然浮现了几个大字：后宫不得参政。

但想到机会难得，苏终笙还是干脆地应道："好啊。"

收拾好东西，苏终笙和陆少城向会场门口走去，人多，苏终笙本能地停下脚步让老教授们先走，陆少城陪在她的身边，并没有催促。

胡依澜和郑浩然跟在人群后面走来，见他们站在门边，胡依澜特意带着满面的笑，迎着他们走来。

她走到苏终笙的面前，视线却不断向苏终笙的身后瞟去，"终笙啊，你看你脸色不好，陆总陪着你来坐了半天，还真是体贴呢！"

苏终笙也说不清陆少城究竟是为什么会陪她过来，只知道肯定和自己有点关系，但到底是因为她说她迟到了还是因为她生病了，她也无从知晓。

她心里对陆少城多少是感激的，但像胡依澜这样的卖乖讨好她一向不会，不以为然道："他也来学习了，我也陪他坐了半天，同样体贴。"

胡依澜的笑有点干，没想到苏终笙敢当着陆少城的面这么不领他的情，余光不断地向陆少城瞄去，想着能看到他被惹得不悦，同苏终笙翻脸，哪知陆少城的神色如常，眼角还带着浅浅的笑意，并没有要同苏终笙计较的意思。

她当下嫉妒之意兴起，不知这苏终笙有什么好，竟让陆少城如此放在眼里。

可当着陆少城的面，胡依澜也不敢再对苏终笙恶语相向，只得又客套了两句，挽着郑浩然正要离开，先前一直沉默的郑浩然却在这时开口对苏终笙道："爷爷的忌日就要到了，既然你已经订婚了，总要把人带给爷爷看看吧？"

原本听上去再正常不过的一个要求，却让苏终笙沉默了。

她和陆少城现在看起来一切都好，可这所谓的订婚、未婚妻，不过是他一句话的事情，她自心里是觉得当不得真的，平日里怎么说都好，可对郑爷爷的在天之灵总不能儿戏，这人不是说带就带的！

郑浩然很快察觉到了她的不对劲，追问道："怎么了？有什么问题吗？"

她正犹豫着该怎么回答，身后的人忽然上前一步将她揽入怀中，"我会陪终笙前去的，郑医生放心。"

苏终笙心里一沉，猛地回过头去看他，他却是云淡风轻地笑着问她："终笙，你说是吧？"

她避开目光，抿了一下唇，含糊应道："嗯……"

"既然这样，那我就放心了。"

郑浩然说完，同胡依澜一起离开了。

苏终笙的情绪变化太过明显，陆少城见她低着头不说话，不由问："怎么了？"

她心里真正的顾忌没有办法和陆少城明说，以他的立场若听她说出那样的理由只怕会以为她在借这个机会确定她这个未婚妻的真实地位，借以"上位"吧？

她的眉蹙得更紧,"没事。"
算了,到时候就当是自己忘了叫他吧!
"我们走吧。"

第九章
对　峙

又到了吃饭时间，前一日晚上是她选了地方，所以今天，她就理所应当地要跟着陆少城走了。

陆大少爷果然"没让她失望"，转了个身，就进了这家五星级酒店的西餐厅。

这一次进这样的餐厅，苏终笙已经没有上一次那么不自在了，虽然看着价单还是满心的不欢喜，但想到反正花的不是她的钱，就当是用他衣服的半只袖子换了一顿饭餐，想一想居然还觉得挺值的！

侍者站在他们的身边等着他们点餐，陆少城很快点好了两个人的份，核对菜单，侍者问："请问两位牛排要几分熟？"

陆少城还没来得及说话，就听对面的苏终笙格外坚决道："十分！"

她的声音清脆响亮，引得周围的人都回头看她，一旁的侍者耐心地试图向她解释："小姐，十分熟的牛排可能口感就不那么好了。"

苏终笙依旧坚决："没熟透的牛排里可能有弓浆虫、牛带绦虫等等，弓浆虫密密麻麻、绦虫可以长得很长，相信我，你觉得它们口感好的时候，它们觉得你口感更好！"

上学时学到的寄生虫相关知识犹在眼前，苏终笙想起书上那一幅幅图片，至今还觉得头皮发麻。

听她这样说，一旁正吃着一份牛排的中年妇人默默地放下了自己手中的刀叉，那侍者不由擦了擦汗，有些后悔自己刚刚多嘴。

见他这表情，苏终笙知道自己将自己的想法传达得很好，以手支颐，故意看着陆少城问："你呢？"

她还真是孩子心性！

看着她，陆少城不仅摇了摇头，对侍者道："两份牛排都是全熟。"

眼见着菜点得差不多了，陆少城放在桌子上的手机忽然振动了起来，他的眸光淡淡地扫过屏幕上显示的号码，是江边别墅那边打来的电话。

手机不停地在振动，他却一点儿接的意思都没有，苏终笙见状，猜出这通电话不简单，若是陆少城真的不打算接，直接挂断就是，可是他此时的样子更像是在等着什么。

"为什么不接电话？"

她小心地问道。

陆少城没有回答，只是看着手机的振动停了又起、起了又停，不知道是第几遍，他终于按下了通话键。

"喂。"

听筒里面，有男人低沉的声音传来。

江边别墅里，周玉玲此时脑海中忽然一片空白，原来想要指责、咒骂的心情都在这一点又一点的等待中被消磨殆尽，理智渐渐回来，她明白此时的自己根本没有资本和陆少城硬碰硬。

昨日从陆秋平这里得到消息后，今日清早，周玉玲让周御通用她这么多年攒下的几乎全部积蓄去买进了陆氏的股票，原想借这个机会狠赚一笔，若是能打乱陆少城的计划让他着急一番更好。

今天一天，陆氏股价行情正好，她犹豫再三决定再晚一日转手，本想赚个盆满钵满，哪知在收盘前最后半个小时，股票忽然开始大幅下跌！

她的资金流入，股价出现异动，她猜想到陆少城势必会采取一些行动，却没有想到他这么快、这么狠，这就意味着这原本就是陆少城已经安排好的，陆秋平得到的消息不过是陆少城出的诱饵罢了，对付的就是像她一样在陆氏内部贪心不足的人！

她半生的心血眼见着就要付诸东流，这件事绝对不能让陆秋平知道，走投无路之下，只得找到了陆少城。

心有不甘，打电话之前，她想到了各种各样质问他的话语，然而经历了刚刚那样漫长的等待，她终于冷静下来，此刻的陆少城，是她唯一的出路。

"请你……帮一帮我。"

她开口，虽然语气依旧带着她一贯的冷硬，却不再似她往常的骄傲。

她低估了这个男孩……不，是陆家未来的掌门人，所以她付出了代价。

电话那边的人并没有立即应声，周玉玲的心里有几分不安，只怕被拒绝，赶忙又道："算我求你！"

"快到饭点了，我爸要回去吃饭了，阿姨快去准备吧。"

陆少城开口，不紧不慢的调子，声音深沉如水。

周玉玲的心里一凉。

"陆少城！陆……"

"嘟嘟嘟嘟嘟——"

那边的人已经挂了电话，周玉玲再拨，怎么也拨不通了。

陆秋平要回来吃饭了……

陆少城这意思分明就是在说，他不会管她已经投进去的钱，但只要她在陆家服侍陆秋平一天，她就可以不愁吃穿。

想到这里，周玉玲一怒之下，抬手将茶几上的东西扫了下去。

这两父子到底把她当作什么？管家，保姆，普通的佣人？

该死！她半生辛苦，怎么甘心就这样放手？不行，绝对不行！

陆少城，我就不信没有人能管得了你！

拿出手机，周玉玲拨通周御通的电话，"喂，帮我联系宋氏集团的宋家言，告诉他我有一笔非常重要的生意要和他做！"

与此同时，饭店里，苏终笙看着只说了一句话就挂掉了电话的陆少城，有些奇怪。

"刚刚那位是？"

陆少城平静道："我的继母。"

"有什么重要的事吗？如果有事的话你大可以先离开，不用管我的！"想了想，又觉得不对，赶忙补充道："不过你得把饭钱先结了！"

她这句话让陆少城的心情又和缓了许多，看着她脸上认真的表情，他莞尔道："我没事，不会留你在这里刷盘子的！"

见他的情绪比刚刚好了一些，苏终笙松了半口气，正赶上他们点的色拉被送了上来，苏终笙一面拿叉子拌着菜，一面问："刚刚阿姨打了那么多通电话，是很要紧的事吧？"

想起周玉玲，陆少城的眸色渐渐变冷，"嗯。"

"你真的不打算管？"

"管？"陆少城冷笑了一声，"贪心长在自己的身上，别人如何管得了？"

他的语气有点凶，苏终笙想了想道："所以不是家里的事？"

"生意的事，陆氏近日遇到了点问题，她想借机从中赚上一笔，我怎么会那么容易让她如愿？"

苏终笙似是被吓了一跳，"陆氏遇到了问题？很严重吗？"

"比较严重，不过好在今日的会议过后，事情会变得简单一些，接下来就要等待对手的动作了。"

苏终笙咀嚼的动作慢了下来，似是在思索着什么，片刻之后释然道："好高深，听不懂。"

陆少城倒是满不在意，"要是那么容易懂，陆氏要那群留洋博士做什么？"

苏终笙颇为赞同地点了点头，举一反三道："问题要是都那么容易解决，要你们这些老板做什么？"

陆少城："……"

也不再多打探他工作上的事，饭店里的环境正好，苏终笙转念，索性举起装着水的酒杯对他道："对了，银行贷款的事，我还是想再正式地和你说一声'谢谢'，如果不是你，我可能真的不知道该怎么办了。"

陆少城微微牵唇，"无妨，我虽学过医，可现在也不过是个生意人罢了，这样的事情在生意人眼里并不算什么。"

对于他而言或许微不足道，但对于苏终笙而言却是"性命攸关"的，她是真心想要致谢，却又想不出合适的东西报答，踟蹰了一下，道："等医院新建好了，你挑一间实验室以你的名字命名如何？"

陆少城不以为意地轻笑了一声，"我可以把国内最大的私立医院以我的名字命名。"

苏终笙咬唇，一时有些尴尬，他说得没错，他拥有的太多，每一样都不是她能相比的。

见她的神情有些沮丧，陆少城忽而又道："你若真想让我冠名些什么，把我的姓氏加在你的名前也可，所谓'冠夫姓'……"

苏终笙蹙眉，"陆少城，别老开这种玩笑！"

事关承诺，她会当真的！

陆少城拿起一旁的餐巾擦净手，身体微微向前倾，带着一种压迫性，他的十指交叉收拢，双眼紧锁在她的身上。

"我没有开玩笑，苏终笙，我说的话从不收回，我说你是我的未婚妻就是当真的，你呢？"

沉默。

轻扬的钢琴声似在将一个故事娓娓道来。

苏终笙也放下手中的叉子，将手放回了腿上，犹豫再三，她最终还是开口道："哪种当真？是一生一世绝不悔改的当真，还是不算讨厌走着试试的当真？"

相视，目光中，原似熟悉的彼此却在不知不觉间渐渐疏远，静寂半晌，陆少城抿了下唇，"你呢？"

漫长的一夜。

对于周玉玲而言，尤是如此。

周御通最终还是帮她联系到了宋家言，她毕竟是陆秋平现任的妻子，在这个特殊的时候约见宋家的人还是得到了特殊的对待。

临近中午的时候，周玉玲来到了宋氏集团的大厦，和前台说明是有预约的过后，前台主动将她领到了宋家言的办公室门前。

"咚咚咚——"

"进。"

"宋总，周女士来了。"

此时宋家言一身白色西装，正站在自己办公室里这扇明亮的落地窗前向外不知在眺望些什么，背影挺拔，听到这话，没有转身，只是道："请她进来。"

周玉玲走到宋家言的办公桌前，前台离开，将门带上，屋里只剩下了他们两个。

宋家言依旧没有转过身来的意思，似是漫不经心一般问道："您今日来找我有什么事吗？"

陆家深居简出的夫人，在陆、宋两家争夺正激烈的时候私下约见宋家的少爷，着实是不合逻辑。

宋家言的办公室很大很空，也不知怎么，站在这里，周玉玲忽然就有了几分冷意。

对方并没有丝毫要招待她的意思，她索性也直接亮明来意："我是想来同你谈一笔交易。"

"我听说了。"

周玉玲继续道："我知道陆少城的打算，也知道他未来的动作，我要用这些信息和你做一笔交易，你要的是消息，而我要钱！"

听到这话，宋家言并没有如她所期待一般表现出强烈的兴趣，反倒是冷笑着摇了摇头，"你根本做不到你所说的。"

周玉玲心里一紧，"什么？"

宋家言说得斩钉截铁："你根本不知道陆少城要做什么，如果你知道，你现在就不会站在这里要和我来做交易了！"

周玉玲的双眼蓦地瞪大，他知道了，他知道她在股市赔钱的事了，他说的一点也没错，如果不是因为陆秋平的信息有误、如果不是她低估了陆少城的心思，她此刻大可以在陆家别墅里当她体面的陆家太太，何必站在这里让人嘲弄。

她还是不甘心，"我是疏忽了，但我依旧知道陆少城打算怎么对付你们，我是离他们最近的人，如果有新的消息，我随时可以知道！"

"不，你不知道。"凝视窗外良久的宋家言忽然转过头来看向她，眸光很冷，"但我知道。"

迎着他的目光，周玉玲震惊地一窒。

苏终笙发烧未退。

在外面折腾了一整天，低烧活生生演变成了高烧。

接到曹经理的电话时苏终笙才忽然想起今天和曹经理约了要去见面再商讨一些贷款的细节，电话那边的曹经理听到她的声音不太对，有些担忧地问："苏小姐，你那边没有问题吧？我可已经都通知我们银行领导了啊！"

苏终笙的头沉得像被人压了个沙袋在上面，可听着曹经理这样说，也只能咬牙道："没事，我一定按时赶到。"

许久不发烧，烧一次就成大病。

苏终笙艰难地从床上爬起来，好不容易收拾好自己，一路也记不清都做了些什么，摸到楼前一抬头看到"荣光银行"这几个字，总算是松了口气。

"哎呀，苏小姐，你总算是到了！"

曹经理赶忙迎了出来，一面将她往里面带，一面道："我们行的其他领导都已经到了，苏小姐这个贷款我们银行很是重视啊！"

苏终笙感激地应声，却已听不太清自己在说些什么了。

走到三楼的办公室，里面竟还开着空调，她一进去，整个人一个激灵，一旁的曹经理问她"怎么了"，她摇了摇头，只想快点解决早点离开。

可今日这些领导们的话似乎格外地多，明明半个多小时就能解决的问题竟然拖了将近两个小时还没有说完！

苏终笙已经有些看不清纸上的字了，黑乎乎的一片，脑子里"嗡嗡"的，她强撑了许久，此时终于到了穷途末路，忽然之间，她的眼前一黑，整个人就晕了过去。

曹经理哪里料到会发生这样的情况，也不知是怎么回事，先是呆在了当场,随后慌乱了起来,赶忙打了"120"。

急救车呼啸了一路,将苏终笙拉到了附近的医院,想着陆总的未婚妻昏倒在了自己的银行里,曹经理有一种自己摊上了大事的感觉,想着赶紧知会陆总一声免得后面怪罪,拨通了给陈光的电话。

"喂,陈助理吗?"

"我是荣光银行曹经理,刚刚苏小姐来我们这边谈贷款细节的时候突然昏倒了。"

"在……在友好医院。"

"是,是,我们一定帮苏小姐办好所有手续,请陆少放心!"

陆氏大厦会议室里,时隔一日,再一次重要的董事会。

陈光正坐在陆少身后,感受到兜里的手机振动,他拿出一看,是曹经理。

他猜想事情和那位苏小姐有些关系,当着这么多领导的面,他一时有些拿不定主意该不该接。

索性将手机递到陆少城的面前,就见自己老板的眉头微微蹙起,并没有拿过手机,而是对他道:"问他有什么事。"

他的手机声音不小,此时正坐在陆少城身后,曹经理又因为着急,声音稍微大了些,听到"突然昏倒"这几个字,陈光用余光去看自家老板,他的面色果然不对了。

打断了正在说话的人,陆少城快速将重要的事情交代了下去,他随后站起身来走出了会议室,不顾陆秋平的阻拦。

陈光嘱咐司机一路加速直到苏终笙所在的医院,行程中陆少城看着窗外一句话也没有说,他们到医院的时候苏终笙的情况已经稳定了下来,只等苏醒。

陈光特意去问了医生具体情况,医生说是高烧和劳累导致的昏迷,需要适度休养一番,他将这话去对陆少城说了,陆少城听完只是冷笑了一声道:"她怎么会知道什么叫作适度?"

陈光自陆少城的语气里听出他心情不好,住了嘴不敢多说下去。

第九章 对峙

不到一个小时的时间，陈光的手机已经被打爆了，各种各样的人因为各种各样的急事都在着急找陆少城，然而正主却坐在病床旁边闭目沉思，完全没有理会的意思。

陈光一一地将来电处理，一个头变两个大，心里只希望苏终笙早点醒过来才好。

他正想着，手机又响了起来，他正要同其他一样应付过去，然而一看来电显示，神经顿时绷紧了。

是陆秋平。

"喂，董事长好。"

"陆少城呢？让他给我接电话！"

"陆总正在苏小姐身边，可能接不了电话。"

陆秋平被这一句话一下子惹火了，"有什么接不了电话的？你们在哪里？"

"友好医院。"

陆秋平冷冷地撂下一句命令："看好陆少城，在那里等着我，不许走！"

一瓶抗生素输进去，苏终笙终于有了醒转的迹象，鼻尖萦绕着消毒水的味道，她艰难地睁开眼，入目是天花板上日光灯刺眼的灯光。

她张嘴想要说话，嘴唇却因此干裂开来，有血腥味蔓延，她艰难地说出一个字："水……"

"还知道渴，看来没烧傻。"

陆少城看着躺在病床上的人，心里的气就不打一处来，她今天这是晕在了人家银行里面，要是一不小心倒在了路上，伤到自己可怎么办？

就算是逞强也该有个限度，她到底知不知道什么叫怕？

用棉签蘸着水在她的嘴唇上拭过，他才将水杯递到了她的嘴边。

她因为渴，也不顾自己手上还扎着针，抱着水杯子就"咕咚咕咚"地灌了起来，喝到最后还一不小心被呛了一下，苏终笙想要坐起来却浑身无力，只能盯着陆少城看，等他将她扶起。

他却像是故意同她作对,就在一旁冷眼看着,等到她终于平复下来,他才伸手过去将她扶起,在她的背后垫了个枕头。

她很瘦,在他的怀里只能刚刚占满,因为发烧,她的身上有些热,满额头都是汗,头发就黏在上面。

他去扶她的时候,苏终笙顺势将下巴压在了他的肩膀上,随后将脸埋在了上面,左右蹭了蹭,呢喃道:"好难受……"

他的心里原本是有气的,可此时见她这样,忽然就什么都说不出了,只剩下了一声叹息:"笨蛋。"

她此时有病在身,也懒得反驳了,觉得他身上沾的凉气很舒服,只要他让她压着,她也就由着他说去了。

陆少城还想再说她些什么,忽然就听外面一阵很重的脚步声传来。

陈光在后面焦急地喊:"董事长、董事长,您等等……"

下一刻,陆秋平就面带怒意地走了进来。

"董事长……"陈光追了过来,见到陆少城从椅子上站起身来,又道:"陆总,董事长他……"

陆少城面色未变,"没事,你去吧。"

陆秋平却没有他此时的好耐心,将一份报表摔在了苏终笙的病床上,指着苏终笙对陆少城道:"你知道她都干了些什么好事?"

他这一句话让在场的人都是一愣,陆少城拿起报表,扫了一眼,随即蹙起了眉,"宋氏提前动了?"

陆秋平冷哼了一声,"不止!"

的确不止,陆少城原意想让宋氏看着他们先一步的动作慌乱,项目会议那边似乎也的确达到了预期设想,可没想到宋氏转眼间竟不惜付出赔钱的代价,此时的举动与他们原先所想背道而驰。

陆少城敏感地察觉到这绝非一个偶然,如果没有可靠的消息得知陆氏的下一步行动,很难想象有人敢冒险做出这样的举动,陪陆氏打一场不知期限的消耗战。

就算宋家言做事一向不合常理,陆少城也并不觉得他会有如此大的胆子。

抬起头,他看着自己父亲此时的神情,很快明白了什么,"您什么意思?"

"我什么意思?"陆秋平冷笑连连,"陆氏出内鬼了!不,不是内鬼,是外鬼!"

陆少城的眉蹙得更紧,"有什么话请您直说!"

"陆氏的保密工作一向做得极好,为什么这一次会突然出现这种情况?这个女人为什么出现到你身边,你想过吗?"陆秋平看着陆少城,咬紧了牙,话说到这个地步,再多说一句都不行,可让他咽回去,他亦做不到。

陆少城回头看向躺在病床上的苏终笙,她的形容憔悴,面露惊讶,似乎完全不明白陆秋平为什么会突然这么问。

陆少城开口,声音清冷:"父亲该不会怀疑这件事和苏终笙有什么关系吧?"

岂止是怀疑?他的直觉告诉他这件事和这个女人一定脱不了干系!

在陆家老宅的那一天,这个女人的从容与冷静,分明应该是认出他的,他越回想越觉得这女人的笑容中有深意,她在这个时候出现在陆家、出现在陆少城的身边,绝不简单!

他在陆氏这么多年,一向重视决策的保密,就算是同周玉玲说起也是避重就轻,更何况这次陆少城究竟是如何想的连他最初都并不清楚,问题只有可能是出在了陆少城身边的人身上!

"不是怀疑,是确定!"

陆秋平态度坚决。

"您该不会忘了开会那天是您亲自要求将苏终笙留在外面不让进会议室的吧?"

陆秋平的怀疑没有切实的根据,让人听起来就像是无稽之谈,更何况陆少城很清楚自己父亲对苏终笙因为出身问题所抱有的敌意,他更记得那天开会前不久,自己的父亲刚刚给了苏终笙一耳光!

"我也很想知道事情的真相,但如果是这样的猜测,我还是希望父亲能拿出证据来为好。"

况且苏终笙和宋家那边目前看来并不像是有什么关系，苏终笙帮他们的目的何在？

证据……

陆秋平被陆少城这一句话气得直咬后槽牙，那边，病床上沉默许久的苏终笙终于忍不住开口道："那个……我能问一下你们在说什么事，和我有关吗？"

多嘴！

陆少城一眼瞪过来，这个苏终笙，什么叫引火上身她到底知不知道？

他原想替苏终笙将事情挡下，她此时生病，没必要再为这样的怀疑耗费精力，可她此刻既然开了口，陆秋平自然不会放过她！

"什么事？你到少城身边为的什么事你不知道？"

陆秋平的语气很重，苏终笙不由撇了一下嘴，随后坦然道："之前是为了钱啊，不过已经快要到手了，今天原本正在走最后的程序呢……"

话说到一半，被陆少城生生瞪了回去。

她还真是直白，人家问什么她就说什么，偏偏就他陆少城，想从她嘴里问出一句实话来比什么都难！

陆秋平讶然，"什么钱？"

陆少城简单道："一笔银行贷款而已，父亲不必挂心。"

不必挂心，什么事都不必挂心，他又什么时候把他陆秋平这个父亲放在心上了。

陆少城顿了一下道："对于眼下陆氏的情况苏终笙的确并不清楚，父亲若是警觉，还是多防备一下自己身边的人为好。"

陆秋平自是不满，"你在说谁？"

"没什么。"陆少城却及时收住了话锋，"时间紧迫，父亲还是赶快回陆氏主持大局才是！"

这就是逐客令了。

陆秋平还想再说些什么，可看着陆少城的神情，陆秋平知道自己说了他也不会信。

证据，他需要更确切的证据，这苏终笙一日不除，他就不能安心。

陆秋平的目光恨恨地扫过苏终笙，最后对陆少城道："你就真的没有怀疑过她的出身和来路吗？"

他看了一眼自己的儿子，眼中有不甘，却终是转身离去。

怀疑？她的出身卑微到让人甚至会忘记怀疑。

眼见着陆秋平走了，陆少城转过身来看向苏终笙，这边的人警觉，有些戒备地看着他道："陆少城，我不会和你聊我的辛酸史的！"

她一向回避和他讨论从前，这一点他们二人都清楚，她从未向他坦白过她十八岁以前的人生，报纸上横空出现的报道有待考证。

他面无表情地看着她，"我也没空听。"

他将她的包拿给她，"我要去处理一些事情，你再休息一下，留心手机，我会让人一会儿来接你。"

她条件反射式地问："去哪儿？"

陆少城睨了她一眼，"回家。"

苏终笙其实还想再问一句"回谁的家"，话到了嘴边，看着他略显阴沉的脸色，又生生咽了回去。

应该是送她回南榆镇吧？她又何必多此一问。

陆少城随后离开，看着他的背影，苏终笙心里松了一口气。

他对她还能有现在这个态度，她其实应该知足了吧？

想起昨日，在那个开会的酒店里，他反问她是哪种当真，她当时正要切牛排的刀叉一顿，想了想，说："都不是。"

不是认真的当真，也不是随意的当真，那剩下的就是……

没当真。

她看着陆少城的面色一暗。

第十章
苏家的小姐

出了医院,陈光紧跟在陆少城的身后,前面的人脚步很快,同时对他叮嘱道:"再去看一下其他那几位董事的动向。"

陈光应下:"是。"

这两天因为陆少城的提前吩咐,他已对这几人多加关注,他们这几日都还算老实,应该没那么大胆。

他想起刚刚陆秋平在屋里与陆少城的争执,小心地问:"陆总,如果刚刚董事长说的是真的……"

陆少城凌厉的眼风扫过他,"如果?"

陈光低了头,解释道:"看董事长刚刚那么生气,总归不会是完全没有来由地将事情都怪罪在苏小姐的身上吧……"

的确,今日陆秋平态度坚决,却说不出丝毫原因,这并非他一贯的作风,如果不是他年纪越大做事越没分寸,就只能说明这其中另有隐情。

脑海里浮现出那一日带苏终笙回陆宅时陆秋平手中摔落的那只茶杯,还有那天在陆秋平办公室里苏终笙挨的那一巴掌……

大失方寸,用这四个字来形容陆秋平丝毫不为过。

"你就真的没有怀疑过她的出身和来路吗?"

陆秋平这句话到底是在暗示什么?

陆少城回想起同苏终笙相处的细节，之前同他进饭店的时候她似是因为不适应里面的环境很是局促，但她用餐的时候……

她用餐的时候举止大方、动作堪称优雅，如同大家族中长成的小姐！

可如果陆秋平真的发现了什么，以他以往的作风，大概早就说出来了，又怎么会像现在这样什么都不说。

他沉思了片刻，开口对陈光道："我目前不会怀疑苏终笙，除非……"

"除非？"

"除非能找出她和宋家言之间特别的牵扯。"

"我明白了，那您现在是要回陆氏吗？"

"不了，现在我们没什么要做的，就看宋氏能支撑到哪一刻，你回去就可以了。"

陈光疑惑，"那您呢？"

车已经到了，司机为陆少城拉开车门，他坐进去，临关门的那一刻道："我要去趟程氏。"

陆少城这一趟是专程为找程书瑶而来。

对于他的突然来访，程书瑶也显得很是意外，猜不出他这一趟来的目的，却还是端着自己大小姐的架子对他道："既然来了，请坐吧。"

陆少城神色淡漠，"不必。"他顿了一下，直接说明来意，"我知道前一段时间关于苏终笙过往的报道是你给报社的，我要知道你是从谁那里得到的消息？"

他先前让她那样难堪过，此时明明是有求于她，却还是一副居高临下的样子，程书瑶又怎么会轻易告诉他。

也冷了声音道："我自有消息来源，陆少若是对那报道有意见，现在说也已经晚了。"

"如果我没猜错，程小姐获取这种消息的手段并不多，不过是私家侦探跟踪尾随、四处探访，加之在网上搜索相关信息罢了，这几样估计你在苏终笙身上应该都已经试了个遍，成效如何你自己清楚。"

陆少城的话说得直白，程书瑶的脸色不由白了一白。

之前找人在南榆镇四处询问苏终笙的情况，也是她让人去做的，可到了最后得到的可用信息少之又少。

苏终笙的过去干净得让人震惊，就像是一片空白，直到她后来看到宋家言找到的东西。

"突然之间得到苏终笙的详细背景资料，程小姐该是得到了高人指点，而我要知道这个人究竟是谁？"

陆少城猜得没错，程书瑶索性也懒得再遮掩，双手环胸，向后靠在了椅背上，仰起头看向他，"我凭什么要告诉你？"

陆少城对此早有准备，他一向崇尚简洁明了的交易，此时亦然，简洁道："盐城的项目里我可以给程氏留一个位置。"

这项目很是重大，不知多少双眼睛在暗中盯着，想要从中分走一杯羹。

陆少城愿意做这样的让步，一是为了得到程书瑶的消息，二则是因为陆、程两家先时毕竟走得很近，他与程书瑶的事让两家关系闹得多少有些僵，也算是借此缓和一下两家的关系。

程家看似得了一个便宜，而于他也并不亏，他是生意人，利害得失自然算得清楚。

听他这样说，程书瑶却是一声不屑的轻笑，"那是程氏和陆氏之间的事，和你我二人无关。"

一私一公，程书瑶一向分得清楚。

没想到程书瑶会这样说，陆少城微怔，随即道："那你说要如何。"

程书瑶走到他的身边，"你有你想知道的事，我自然也有我想知道的，我要你告诉我你和苏终笙之间真的是如那报纸上的报道一般，在我见到你之前就已经在一起了吗？"

她始终对于当初的事情介怀，如果陆少城当时真的已经订婚了，自己的父亲和陆秋平不会还想要促成他们，可如果当时陆少城还没有订婚，为什么那么短的时间里……

为什么那么短的时间里她就已经输了？

虽然程书逸一直在告诉她这件事已经不重要了，结果已经出来，陆秋平代替自己的儿子向程家表示了歉意，无论是于人于己，这件事都是越快过去越好。

可她做不到。

"可以。"连理由都不愿多问一句，陆少城直接道，"不是，在这之后。"

答案干脆简洁，掷地有声。

程书瑶的脸色更白了几分，那苏终笙在这之前就声称自己是陆少城的未婚妻，而陆少城竟然丝毫没有计较，这其中到底是怎么回事？

她还想要再问，可陆少城却先一步开口道："该你了，程小姐。"

所谓交易，有来就该有往。

程书瑶咬唇，片刻的迟疑后，还是道："宋家言。"

"什么？"

"那些资料是宋家言找到给我的。"

陆少城的面上是未经掩盖的震惊，他一向内敛，很少显露自己的真实情绪，可此时……

宋家言，他怎么也没想到这个人竟会掺和在这件事中。

"他为什么会给你那些东西？"

程书瑶答道："那次商业晚会上他来找我说可以帮我，只要一天时间……"

说完程书瑶又忽然有些后悔，自己竟就这样简单地和盘托出。

宋家以传媒起家，陆少城很清楚这一点，可按理说，宋家消息再灵通，也不可能将他查了许久都没有查清的东西短短一天之内就找到！

他忽然就想起了自己刚刚对陈光所说的那句话：除非能找出苏终笙和宋家言之间的特别牵扯……

宋家言和苏终笙……

陆少城想起之前不多的见面，似乎是因为他的关系，宋家言对苏终笙总是恶语相向。

苏终笙有一个悲惨的童年，不想被人知道，宋家言将它挖出，交给了程书瑶，明知道程书瑶会就此大做文章。

这似乎与宋家言平日表现出的对苏终笙的态度无异，很是敌对，但就他拿出的那些资料来看，除了悲惨，这样的过往被翻出来却并没有那么让人难堪，对于苏终笙的伤害也就没有那么大。

宋家言参与到这件事中，目的就只是为了帮程书瑶给他陆少城找点像这样的小麻烦？

不应该吧……

"谢谢。"

留下这两个字，陆少城转身离开了程书瑶的办公室。

医院里，苏终笙靠在枕头上，看着头顶上的日光灯，思绪一时变得并不十分清晰。

病房门忽然被人敲响，"咚咚咚——"

"苏小姐吗？陆总让我来接您。"

她抬头向门口看去，就见一个差不多与她同龄的男子站在门口看着她。

她还没有从刚刚那通电话里缓过神来，随口应了一声："哦，好。"

她此时已经输完液了，也没有什么特别的东西要收拾，站起身，拿过包，向四周有些迷茫地看了一圈，才意识到自己已经可以走了。

司机将车就停在了医院大楼前不远的地方，他先几步走过去替苏终笙打开车门，医院门前人来人往，她有些尴尬地坐进车里，心里庆幸还好这附近没有熟人。

这一路因为疲惫，虽然眼睛一直看着车窗外的景象，却丝毫没有意识到有哪里不对，等到车子终于停了下来，司机转过头来恭敬地对她说："苏小姐，到了。"

她定睛一看，只觉得这地方有点眼熟……

等等，这不是陆家老宅？

她怎么稀里糊涂的到了陆少城的家里！

她不肯下车，对司机道："你送错地方了！"

司机比她确定，"没有错，是陆少吩咐我将您送到这里来的。"

不等她再多说，他已经下了车，自觉地走过来替她拉开了车门，"苏小姐，陆少请您在这里休息一下等他回来。"

这回苏终笙是不下也得下了。

她上次来这里待的时间不长，印象中这里的人很少，走到门前，司机替她敲了敲房门，门很快被人打开了，开门的依旧是张妈。

她面上的表情很淡，向后让开，"苏小姐来了，请进吧！"

"谢谢。"

房子里是一种复古的风格，华丽大气却又不显繁复。

墙边，造型古朴的支架上摆放着各种价值不菲的摆件，苏终笙对古董这种东西一窍不通，却也能看得出这些东西非同寻常。

她抬起头环视着这个偌大的陆家老宅，黄金地价、恢宏气势、屋顶上高高吊起的是华丽非凡的水晶灯饰，站在这个异常富有的地方，苏终笙却只觉得周围好像空空的，什么都没有。

那样的冷清、那样的单调乏味，而陆少城就是在这样的环境里生活。

她的胸口有一点闷，走到沙发前坐下，茶几上摆着一本书，她拿起，是列夫·托尔斯泰的《战争与和平》。

并没有什么格外精美的包装，书页已经微微有些泛黄打卷，是本老书。

她自然地翻阅了起来，四下安静，正适合读书，不知过了多久，门铃响了，大概是陆少城回来了。

果然，很快就听见从外面传来有人说话的声音："她呢？"

而后是张妈答话的声音："苏小姐在里面，在看书。"

苏终笙紧接着就见陆少城向里面走了过来，一面扯掉自己的领带，一面对她道："到了多久了？"

苏终笙想了想，"二十多分钟？"想起了正事，她赶忙问："为什么带我来这里？"

陆少城的回答是他一贯的简洁，"你高烧。"

"我知道，现在退了一些了。"

"你那地方又偏又远，这一路过去如果再烧起来该怎么办？"

知道他是关心她，苏终笙低了头轻声道："没事的，我会照顾好自己的，而且还有……"

她说到一半忽然停住，陆少城是何其敏锐的人，很快猜到了她想说什么，"还有林健南能照顾你？"

苏终笙撇了一下嘴，知道自己说错了话。

陆少城走到沙发前坐下，"陈光刚去和曹经理见过面了，还差一点手续就都办完了，很快就可以批下来了。"

苏终笙一喜，她刚还想着今天这事要怎么解决，没想到他的速度还真是够快！

陆少城的话还在继续："不过你别高兴得太早，我看过你的建设方案，很多地方需要改。"

想到他是自己的"恩人"，苏终笙的态度格外好，连连点头道："我知道我知道，过两天我就去……"

陆少城的声音冷冷的："今天就开始。"

"什么？"苏终笙只觉得头大，"这件事情我自己有数，你不用费心的……"

"我是你的担保人。"

短短七个字，苏终笙僵在了原地，说不出话来。

他是她的担保人，若说起来，他的确有权利"督促"她，确保医院整修的顺利进行、确保她能及时还上银行的钱……

简而言之，他现在也是她的债主。

"既然你觉得你能回去南榆镇，看来你恢复得的确差不多了，我们现在就开始吧。"

苏终笙："……"

陆少城却并不打算放过她，"对了，明天我要飞一趟盐城跟进项目，你和我一起去。"

"啊？为什么？"

陆少城惜字如金，"物尽其用。"

苏终笙咬牙，他这是觉得和她做的银行贷款这笔交易亏了，所以勉为其难让她发挥最大效用值吗？

陆少城闭上眼，揉了揉额角，最近他的眼睛疼得越来越频繁，他需要她这个医生陪在他的身边。

那边的苏终笙对此却并不知情，只是想着想着忽然意识到："你这是出公差，还让我跟着一起去，是不是也就代表着你还是相信我的？"

沙发那边的人眉心蹙起，以手支着自己的额头，眼帘闭合，许久没有出声。

就在苏终笙要在心里嘲笑自己自作多情的时候，她忽然听到他极轻地应了一声："嗯。"

陆秋平很快就知道了这件事。

先前消息莫名地泄露，陆秋平已经大为光火，此时盐城项目干系重大，他怎么能由着陆少城胡闹，将苏终笙这么一个不确定因素带过去。

一大清早给陆少城的手机打了不知道多少通电话，那边的人却并不理会，就连陈光的电话都是无人接听，陆秋平气得只恨不得把手机摔碎在地上。

当即给自己的助理打去电话，"给我订今天飞盐城的飞机票，越早越好！"

他的早饭还没有吃完，一旁的周玉玲看着，不由谨慎地问道："怎么了？"

"我昨天刚刚和陆少城说了苏终笙的来路有问题，他今天还带着苏终笙去盐城项目那边！"

周玉玲的筷子一顿，"苏终笙？那女孩子……有什么问题？"

"她的问题可大得很！这一次我们的意图被宋家那边提前预判到了，原本很快可以结束的争斗由此被拖长，我正让人在陆氏上下清查内鬼！"

听陆秋平这么说，周玉玲的脑海中忽然想起自己去见宋家言时对方所说的那句话，"你不知道，可我知道。"

她的心中一凛。

陆秋平的怀疑没有错，宋家言的确提前得知了本不该得知的消息，有人告诉给了他。

陆氏重要的决策一向只有位置最高的几个人才能知道，周玉玲整日围绕在陆秋平的身边，宋家言却依旧觉得她无法提供有用的信息，也就意味着为他提供消息的这个人离陆家父子二人的距离比她更近……

周玉玲的脊背一凉。

她想着，走了神，一旁的陆秋平见她不太对劲，问道："怎么了？"

周玉玲赶忙摇了摇头，"没事。"

稍微停顿了一下，她进而问："你觉得是陆少城身边那女孩走漏了消息？可她怎么会得知你们的计划？"

的确，这个问题不解决，陆秋平知道自己的说法很难有说服力，他仔细考虑过，也许是陆少城在和她的谈话中泄露了蛛丝马迹，可是陆少城这一点他陆秋平是了解的，他并非是如此不知深浅的人。

难道是那天他们开会的时候她在外面听到了什么？

陆秋平蹙紧眉，"我总会查出来的！"

周玉玲却依旧不太认可，"即使她知道了，她又真的会把消息传给宋家吗？她和宋家似乎并没有什么关系吧？"

她的话说到这里，陆秋平却反而坚定了自己的想法，"现在这个苏终笙的确没有，可六年前那个女孩有！"

"六年前那个女孩……"周玉玲还是没能明白他的意思，"你是说……"

"南江苏家。"

听到这四个字，周玉玲如梦惊醒。

南江苏家，十几年前在江城曾经盛极一时的家族，十几年后再谈起，已是化为乌有的过往罢了。

若说起苏家，他们其实同陆家一样，也是以地产项目起家，而后渐渐壮大，做成了一大财团。

那个时候苏家势力大、人脉广，发展得很快，苏、宋两家上辈相熟，也不知道是哪里有个姻亲关系，两家走得很近，据说两家大人曾有戏言要将下一辈子女的姻缘定下。

苏家独女、宋家长子，若说起来，这里也有一层了不得的关系。

可那时这二人都还小，哪里懂得什么，后来风云突变，最危难的时刻，宋家终也只是做了一个袖手旁观的看客。

那个时候苏家还鼎盛，提起"南江苏家"这几个字，江城的人无人不知无人不晓。

后来其他的集团总算是也找到了自己的生存模式，苏家的势头虽不如从前，却也依旧是行业中的翘楚，人人畏惧三分。

直到有一天，突然之间，一切发生了逆转性的变化。

苏家在一个项目上突然失手，正在进行中的项目也被查出了严重的质量问题，被当作了反面典型连上了几日新闻，苏家的股价一夜之间崩盘，顷刻之间，倾家荡产！

更重要的是，因为项目的质量问题影响极其恶劣，苏家的男主人被收押入狱，等待法院提起公诉，苏家夫人无法承受这一切，绝望之中结束了自己的生命。

由于项目质量出现问题，苏家的名声也一夜差到底，听说苏家人被抓，不知道有多少人当时跟着骂了那一句"活该"！

从前树大招风，人人艳羡，而今人人唾弃之。

所谓家破人亡，莫过于此。

这件事让数不清的人为之唏嘘感叹了良久，周玉玲记忆中，那一整个月，江城的天似乎都是连阴不晴的，想起来便让人觉得压抑，更确切地说，应该是惨烈。

这之后，这个南江苏家似乎成了大家心中共同的禁忌，圈外的人看个热闹，圈内的人对此不约而同地三缄其口。

有风言风语传，苏家的落败是因为打点不善，惹到了不该惹的人，也有人说是这其中另有玄机，有人在背后对苏家下手。

可真相如何，似乎已经不那么重要了，所有人更看重的都是这件事的结果：苏家的位置空下，其他人的空间顿时大了起来！

那之后业界曾经有一段时间一片混乱，但最终还是势力更强大的陆家独占鳌头。

周玉玲记得曾经有一次晚饭时，电视里新闻正播着对苏家的处理结果，她当时禁不住感叹了一句："人祸果然比天灾还可怕。"

而那个时候，陆秋平抬起头，眸光淡淡地扫过电视，开口只说了没有温度的两个字："天意。"

她跟着叹息，所谓生死由命，富贵在天，苏家之前的风头那般盛，转眼之间就什么都不剩，多少人怎么算也算不到这一天，可不是天意？

可这话说起来多少也似是看戏一般，他们不过是个看客而已，直到六年前的一天。

周玉玲至今还清楚地记得那天陆秋平回来的时候，形容冷峻，似披着一层厚厚的冰雪。

他对她道："现在在老宅同少城在一起的那个女孩，是原来苏家的小姐。"

第十一章 设 计

盐城是一个中型城市，离江城并不远，靠海，有港口，近几年发展很快，被众人所看好。

也正是因为这样，这一次盐城的地产项目成了兵家必争，陆少城也将它看作与宋家之争的关键，外人眼中远离陆氏财团多年的陆总亲自坐镇谁都能看得出其中不一样的意味。

苏终笙一夜未归，被扣在了陆家。

陆少城的理由很简单，第二天一早的飞机出发，没有时间等她，陆家宅子没别的特点，就是空房间多，她大可随便找一间住。

这一天几番变化，早上出门的时候苏终笙哪里会料得到这一天会这样收尾？尚有几分不敢，向陆少城道："那个……我总要回去收拾一下东西什么的，没拿换洗衣服……"

陆少城揉着额角，惜字如金，"去买。"

"没钱。"

"借你钱。"

"医院的工作还没安排。"

"来去两天，我会从我们医院派医生过去援助，顺便支援你点儿物资。"

苏终笙看着陆少城,啧啧,这语气怎么像是在援助难民一样?她这会儿是不是应该好好感谢一下他的慷慨?

"还有医院的管理工作……"

陆少城突然睁开眼,斜睨向她,"你们医院总共不过十来个人,我随便找个人派过去都比你会管理!"

"……"

这话实在太伤人自尊心,苏终笙不干了,挺起了胸膛很有骨气地瞪着他,"我才没有你说的那么没用!"

陆少城也不反驳,只是淡淡地扫过她前面的桌子上摆着的计划书,"把这个改完再说。"

苏终笙一下就蔫了。

她总是凭借着一腔热血在做事,永远觉得怎么想的就应该怎么样做,计划书也写得很是理想,方才被陆少城几句话把她的方案问题不留情面地指出,她起初还想和他争辩争辩,到后来红着脸只想假装这东西和自己没关系,不是她写的。

她先时打心底并没有觉得他这个全国最大私立医院的院长有什么比她厉害的,顶多就是比较有钱,可此时想想,简直就是人生觉悟上的差距。

苏终笙趴倒在了桌子上,脑子里又开始"嗡嗡"作响,一副生无可恋的样子。

见她这样,陆少城终于也不再逼她,伸手揉了揉她的脑袋,对她道:"去休息吧。"

时间已经不早,张妈已经将房间收拾了出来,苏终笙犹豫了一下道:"我想先去打个电话……"

"给林健南?"

他果然猜到了,苏终笙忽然有些紧张,只怕他因此不高兴。

"去吧。"

听说她临时有事,电话里,林健南并没有多问,只是嘱咐她要记得照顾好自己。

第十一章 设计

大概是因为生病的原因，换了一个新环境，苏终笙也并没有觉得很不适应，一晚睡得很沉。

第二天早上醒来，她下意识地想要去摸自己床头的闹钟，然而手够了半天，什么都没有摸到，她恍然清醒，这里是陆家。

烧已经退了下去，剩下的是感冒、咳嗽、嗓子疼外加鼻子不通气，苏终笙站在卫生间的镜子前，看着镜子里的人面色发暗，正烦躁着，房间的门被人敲响。

"苏小姐，陆总在等你用早餐。"

是张妈。

苏终笙闻言，赶忙道："我马上就到！"

赶紧加快速度整理好自己，苏终笙出了房门，有年轻的女佣将她引向餐厅的方向，长桌的一端，陆少城正看着手中拿着的一份报纸。

"早！"她主动向他打招呼，却因为感冒，声音闷闷的。

陆少城自报纸前抬起头看向她，"早！"

他随后将报纸放到了一边，用一旁的湿毛巾拭了拭手，"吃饭吧。"

苏终笙特意找了个离他远的地方坐下，不想把感冒传染给他。

早饭很简单，面包、鸡蛋还有牛奶，餐桌越大，人与人之间的距离越远，也就愈发显得清冷了起来，压抑得连苏终笙这种话痨都没了说话的心思。

陆少城对此早已习惯，苏终笙却觉得说不出的不自在，囫囵将饭吃下去，苏终笙拿起自己的碗盘想要去清洗了，一旁的佣人已经自觉地伸手接过。

"十分钟以后出发。"

空了手的苏终笙正有些无所适从，就听陆少城这样说。

他此时也已吃完饭，站起身来，走到她的面前，伸手探了探她的额头。

"烧退了就好。"

他的手心微暖，贴在她额头上的时候她只是觉得心里说不出来的哪里软了一点。

她微低头，开口，鼻音很重："烧是退了，但是感冒很重，你最好离我远点，免得被传染。"

陆少城看着她，不置可否地一笑。

一个多小时的航程，到达盐城的时候已经临近中午，陆少城亲自前来，迎接的人自是不少，自机场往外走的路上，项目经理就几乎没有停过嘴，苏终笙想笑又不敢笑，忍得很是辛苦。

那经理最后问："陆总是要先去吃饭还是先去酒店？"

他们其实也算是远道而来，虽然这一路都是坐着，苏终笙已经有些疲惫，倒是陆少城状态丝毫未受影响，他眼也未眨道："去你们工作的地方。"

这是个工作狂！

苏终笙在一旁跟着，忽然一阵冷风刮起，她迎风打了一个喷嚏，因为感冒，紧接着又打了一串。

他们的谈话被打断，一行人都转过头来看向她。

陆少城回头，就见她双手捂着鼻子，一双眼睛可怜巴巴地看着他，"有纸吗？"

好丢人……

她的话刚说完，一旁已有人抢先递上了纸巾，众目睽睽之下，苏终笙正尴尬，就见陆少城将西服外套脱下，自然地披在了她的身上，顺势将她揽在身侧就势挡住。

周围的人都安静了一瞬，早就听说陆总对这个未婚妻格外宠爱，而今一见果然并非虚言。

车早已备好，直接开到了分公司，陆少城下了车，直接进了会议室。

这也很合苏终笙的心意，她正没精神，正好借这个机会找个桌子趴着眯一会儿刚刚好。

陆少城自然会问她想不想进去一起开会，她将头摇得跟拨浪鼓似的，答得斩钉截铁："我困！"

开玩笑，她没进去都已经被他父亲怀疑成那个样子了，要是进去了岂不是更说不清？！

陆少城也没强求，由她去了。会议一开又是许久，眼看着就要和下午的工作时间连在一起，苏终笙终于还是横了心，走过去敲了敲门。

"请进。"

是陆少城的声音。

她将门推开一点，并没有走进去，只是站在门口的地方礼貌地道："抱歉打扰，但陆少城该上药了，还请大家先去休息一下，一会儿再回来继续。"

她这话的意思是直接先散会了，众人一齐看向陆少城，见陆少城虽然依旧绷着脸，但还是轻点了一下头表示认可，这才敢起身离开。

会场里只剩下了他们两个，苏终笙顺手将门合上，走到陆少城一旁的位置坐下。

"忽然发现我给你的权力还不小。"

陆少城看着她开口，声音中带着些许浅淡的笑意。

他们刚刚开会正在胶着的时候，他已有些不悦，若不是她突然进来打断，他此刻说不定已经在对里面的人发难了。

方才注意力都集中在工作上面，还没有感觉到什么，此时放松下来，眼睛的不适就显得愈发明显。

他伸手揉向额角。

苏终笙将眼药水还有药膏放在他的面前，理直气壮道："那是因为我重要。"

她将椅子拖得离陆少城更近了几分，也不客气，直接行使医生的权力命令道："抬头。"

"我自己来。"

陆少城伸手要去拿她手里的药水，却被苏终笙手向旁边一伸，躲开了。

"大脏手，眼睛想感染吗？"

这样一说倒也的确是，陆少城辩驳不了，只好由她来。

身高问题，坐在椅子上，苏终笙根本无法完成，只得站起身，离他更近了几分。

她的手快速地撑开他的眼皮，将眼药水滴入，再换眼药水，再来一次。

完成以后，苏终笙难得"居高临下"地看着半仰着头、正适应眼药水药效的陆少城，忽然忍不住轻笑了一声。

她忽然想起了网上一个关于自拍角度的帖子，像她现在这样的角度，一贯威风气度的陆大少爷竟然有点文弱书生的气质！

他睁开另一只还没有滴眼药水的眼睛看她，"在笑什么？"

这个动作与他平日严肃的作风更加大相径庭，她强忍着笑，"嗯……没什么……唔！"

事实证明，敢取笑陆少城是要付出代价的！

苏终笙只觉得自己腰上被一个力道一推，也不知怎么就那么准，唇贴在了陆少城的唇上。

喂！怎么可以这样！

可陆少城并没有要放过她的意思，苏终笙的鼻子不通气，现在嘴也被人堵上了，眼见着就要被憋到窒息，整个人也软了下去，陆少城总算放过了她。

她大口喘着气，好一会儿，瞪着陆少城第一句话就是，"你要是感冒了就是你自作自受！"

苏终笙以为陆少城起码会流露出一点儿介意的神色，哪知这厮竟然异常平静道："这世上没有那么圆满的事，有所得有所失，正好。"

他还真是哲学家，思想境界开阔！

苏终笙睨着他，愣是一句反驳的话都没说出来。

这么多年过来，在他成为生意人之前，陆少城就已经开始信奉这一句话，所失所得，所得所失，也正是因此能够在各种各样的事情之后得以平静。

陆少城看着眼前的女人，忽然有一瞬的犹豫，她于他到底是得还是失？

胃口不好，不太想吃东西，陆少城问苏终笙要不要特别给她准备点什么,她摇了摇头,"算了,吃不完浪费。"

蹭着陆少城的伙食吃了点菜垫肚子,很快陆少城继续开会去了,苏终笙接着趴在外面的桌上百无聊赖,想睡觉,可鼻子难受,头晕脑涨,又睡不着。

正不知该干点什么,就在这时,她忽然感觉周遭的气氛一变,就听周围的人恭恭敬敬地道:"董事长好。"

她一惊,赶忙抬起头来看,意外地见到陆秋平竟风尘仆仆的一路赶来,此时正从楼层门口的地方走进来。

她下意识地蹙起了眉,僵在那里不知道该不该主动跟陆秋平打招呼,见到长辈不说话必定不礼貌,可如果陆秋平对她尽是敌意,这招呼打了也是尴尬。

她正想着,陆秋平的目光忽然向她所在的方向扫了过来,那目光很冷很硬,她一僵。

但也只是短短的片刻,紧接着,陆秋平就看向了一旁,并没有要理会她的意思,苏终笙一时有些吃不准,他到底注没注意到她的存在。

她哪里知道,若不是因为她,陆秋平才不会专程跑这一回。

这一路上,陆秋平前后考虑了良久,关于苏终笙,再空口争执下去也是无益,他这一次来了,就一定要把问题解决。

陆秋平也进了会议室。

这之后,会议室门前,人员来来往往,愈发忙碌了起来。

盐城这里本来就是陆氏的一个分部,人员不多,这一连来了两个最重要的人物,全员都紧张了起来,很快,苏终笙成了办公区里唯一一个闲散人员,坐在那里看着周围的人或者在着急地做着什么文件、或者在打着一通要紧的电话、再或者还有不停在给会议室里送东西的等等。

不一会儿,一个助理从会议室里出来,手里拿着一沓纸,走到这边,对一个坐在苏终笙旁边的人道:"李媛,快去把这个复印十份,里面的人等着要呢!"

那个叫作李媛的女人转过头来,一脸苦相,"刚刚要的那个报表还没做完呢,腾不出手啊!"

"那怎么办?"那助理也急得满头是汗,"我还要去催合作方那边,都是急事啊……哎,小王,你有时间吗?"

那边的小王猛地转过头来摆了摆手,那助理这才看到他的耳朵上正别着一个蓝牙耳机,正讲着电话。

"糟糕、糟糕、糟糕!"那助理懊丧地连说了三遍,转身认命的只能自己另想办法了,苏终笙叫住他:"你好,我没什么事,可以帮帮忙,你看合适吗?"

有人主动说要帮忙,那助理心里正求之不得,然而转过身来一看是自家老板夫人,难免犹豫,"这样……是不是太麻烦您了?"

"没事,我正闲得无聊,能帮上点儿忙就好了。"苏终笙倒是没把自己放那么高的位置,"只不过你们这个不要是什么商业机密不能让外人看的就好了!"

那助理连忙道:"不是不是,再说了,我们才是外人,不让谁看也不能不让您看啊!"

因为她是陆少的未婚妻,那陆少城本就直接把她当成了陆家的人,这集团姓陆,人家才是真正休戚相关的一家人。

"那你给我吧,告诉我复印机在哪里就好!"

苏终笙接过那助理手中的东西,顺着那助理手指的方向看去,果然在墙角的地方看到了一台复印机,她利落地说道:"你去忙吧,我尽快送进去。"

文件的页数不少,一页一页复印起来再整理,也的确花费了一些时间。

大概是等得急了,会议室里出了一个人来问:"刚刚让复印的那个文件呢?怎么还没好?"

苏终笙赶忙应声:"在这里在这里!马上就好。"

她拿过订书器,将文件一份一份装订好,而后走到会议室门口,将东西交给了出来催的人,"不好意思,动作有点慢。"

因为对这里的复印机不熟,苏终笙的速度的确没快起来,可这是陆少的未婚妻,那人哪里敢再多说什么,讪笑着道:"没事,没事,我这就送进去!"

他们说话间,会议室有人进出,门开合之间,苏终笙的声音传了进去。

离门口方向正近的陆秋平敏锐地察觉到了这一点,待到那人拿着苏终笙复印好的文件进来,陆秋平将他拦下,"刚刚是谁在外面和你说话?"

"是陆总的未婚妻苏小姐。"

陆秋平自他手中拿过一份文件,快速地扫了一眼,"这是她给你的?"

"是,刚刚苏小姐去复印的。"

陆秋平沉吟了一声,而后道:"你去发了吧。"

这是项目旧版的企划书,新版修改几遍还是不如人意,陆少城因而决定重新参考旧版,再做一些调整。

因为是曾经部分公开过的旧版,这算不上是什么真正的商业机密,可是里面却未必没有对方想要的信息。

苏终笙明知道他对她的怀疑,却还是动了项目的资料,她是铤而走险还是想要借此证明自己的清白?

无论如何,这于他而言都是一个机会。

会议室里很快又出来了人,还是上次的那个助理,他的手里拿着一份两张纸的文件,这一次是直接向着苏终笙这边而来。

"苏小姐,可能需要您再把这个复印一下。"

苏终笙站起身,接过,"好的,需要多少份?"

她一边说,一边看着页首的标题:盐城项目前期预算。

是财务报表。

"五份。"

她蹙眉,"这个我去印不太好吧?"

听他这样说,那助理似是十分意外,"怎么了?"

苏终笙对财务这种东西比较敏感,她虽然对商业上的事了解不多,但也知道项目预算这种东西不是小事,"我是外人,财务上的内容不方便多了解。"

那助理听她总是强调自己是"外人",不由也有些诧异,心想这是陆秋平董事长亲自告诉他让她去复印这个东西，应该是信得过的自家人才会这样做的吧？可为什么眼前的女人总是刻意撇清自己和陆氏的关系？

"没事，您快去印吧，这只是一部分，还要修改，您不用多虑。"

那助理说完，转身疾步回了会议室，不给苏终笙再推却的机会。

东西就在手里，苏终笙也只得快速去将东西印好，整理的时候，忽然发现原件的背面有几个字："6月8日，南山。"

字体遒劲有力，是一个男人的字。

6月8日，南山……

有什么？

"印好了吗？"

苏终笙正想着，身后有人问她，她回头，是刚刚那个助理又来催了。

她快速地把原件压在复印件上面，递给他，"好了，给你。"

"有劳了。"

那助理接过，客套了一句，随即离开了。

6月8日，6月……

已经不远了，这个日期和地点，为什么……

这么熟悉？

苏终笙站在原地，想得有些出神。

会议室内，与陆少城分坐会议室两头的陆秋平拿过助理手中复印回来的东西，"是她去弄的？"

那助理点了一下头，"是，都是按您的吩咐，苏小姐起初可能是想要避嫌，并不想接，不过最后的确还是她去印的。"

避嫌？

陆秋平冷笑了一声，"我知道了，你不用再开会了，现在就出去小心一点看着她，她有什么动作立刻向我汇报！"

那助理闻言一怔，自家董事长这是要让他去监视陆家未来的儿媳妇？

他原以为陆秋平会让苏终笙去做这些事是因为对她的特别信任，可此刻……

不太对啊！

可陆秋平既然这样说了，他也只能照做，"是。"

身边的人离开，陆秋平向后靠在椅背上，看着房间那边自己的儿子，轻舒了一口气。

既然他们都觉得口说无凭，那他这一次就找出点儿证据给他们看看！

手机在这个时候响了起来，陆秋平接起，电话那边的人恭敬道："董事长，我刚刚已经查了苏小姐近期的通话以及消息往来记录……"

在商场混迹多年，陆秋平的耐性一向很好，他分得清在什么事情上值得花费时间，在什么事情上不值得。

大约过了半个小时，就在屋里的会议快要开完的时候，陆秋平收到了那个助理发来的消息，苏终笙那边有了动静。

会议室里，项目经理正在就今天确定的项目方向侃侃而谈，陆秋平毫不客气地站起身来，打断："少城，跟我出来一下。"

他的神情严肃，其他人不清楚究竟发生了什么，屋里一片寂静。

陆少城蹙了一下眉，却还是起身跟着自己的父亲离开了会议室。

漫长的会议眼看到了尾声，自己的父亲这个时候打断，他想不出究竟是因为什么。

出了房间，陆秋平的脚步却一直没停，向办公区外面走去，并没有做什么特殊说明。

陆少城觉得蹊跷，终于忍不住拦住自己的父亲，"这是要去做什么？"

陆秋平回头看他，声音冰冷，"去看一看你的未婚妻。"

"终笙？"陆少城的眉蹙得更紧，目光下意识地开始在周围寻找着苏终笙的身影，没有，苏终笙并不在这里。

他再看向自己的父亲，"她又怎么了？"

"你不是一直想要证据？我就找证据给你看。"

陆少城是何其敏锐的人，听他这样说，当即猜出他一定做了些什么，心里警觉，"您究竟要让我看些什么？"

"我在不久前让人找苏终笙去复印了项目的预算，你觉得她现在在做什么？"

陆少城冷笑了一声，"不过是一份未定的预算，就算她真的是内贼，这点消息也没有多大的作用，卖不了多大的价钱！"

陆秋平不以为然，"如果加上我们接下来要主攻的目标呢？"

陆少城的目光一凝，"什么意思？"

"我在纸的背后加了几个字，如果我没猜错，此刻苏终笙一定以为我们准备插手即将在南山招标的项目。"

陆秋平的话只说到这里，陆少城却明白了他的意思，为了抢先他们一步，在对手眼里，陆氏现在的财政预算就变得格外重要。

陆少城面色微沉，没想到自己的父亲没有和自己商量就做出这样的举动。

"我不管苏终笙现在在做什么，那是她自己的事。"

陆秋平冷哼了一声，"我从前可没教过你这样武断！"他说着一顿，拿出手机，按下自己之前查出的苏终笙的手机号码，"你自己听听看，她在做什么！"

扬声器里传出女人机械的声音："对不起，您拨打的电话正在通话中，请您稍后再拨。"

苏终笙此刻，确确实实是在打电话。

而打电话的对象……

"如果你还知道自己姓陆，现在就跟我过来！"

撂下这样一句话，陆秋平转身向外面走去。

苏终笙此刻正在楼梯间里，陆秋平吩咐来看着她的助理就在楼梯间门口，此刻看见陆秋平，点了下头致意，转身离开了。

陆少城最终还是跟了过来，有一些事他也想有一个答案，而他此刻，只希望这个答案是他想要的。

透过门玻璃，可以看到苏终笙此刻就在里面举着手机在打电话，陆秋平回眼看了自己的儿子一眼，手上已经推开了楼梯间的门。

他走近苏终笙，抬手按住了她放在耳边的手机，声音中透着狠戾之气："让我猜猜看，这通电话那边的人姓宋？"

苏终笙猛地转回了身来。

身后，是带着敌意而来的陆秋平，视线在他的身侧望去，苏终笙看清了门口那里的陆少城。

她一怔，就在这片刻之间，陆秋平就要从她的手里将她的手机拿过来，苏终笙下意识地收拢手指，陆秋平没有得手。

可越是如此，陆秋平就愈发认定这其中必有蹊跷，毕竟是有身份的人，他并没有强行去抢，只是转过身来看向在一旁沉默的陆少城，"事已至此，你还觉得她是无辜的吗？你知不知道这个女人和宋家的关系……"

苏终笙此时终于回过了神来，她总算是听明白了些许他们前来的目的，禁不住笑出了声来，可明明一点笑意也没有，"你们还是在怀疑我是不是？"

前后联系起来细想，苏终笙多少也明白了些什么，"项目的资料是故意要拿给我看的是不是？想要借此试探我是不是？"

陆秋平冷眼看着她，"是又如何，若你真是清白，此刻就不会被抓住！"

陆秋平的怀疑并非空穴来风，大家不是在开会就是在忙别的事，办公区内没有剩下多少人，也并没有静音要求，如果真的只是普通的电话，苏终笙又为什么要特意跑到这么一个无人的角落来？

更何况那个助理还向陆秋平汇报过，刚刚苏终笙用一台电脑搜了一个地名：南城。

她果然还是动心了！

苏终笙没有回答他，只是看向了另一边的陆少城，"你来这里，也是这个目的？"

这一刻，狭小的空间里，空气好像都变得稀薄。

苏终笙看着他，等着他的回答。

"挂掉电话。"

陆少城终于开口，却是异常坚决的四个字。

"陆少城！"

陆秋平看着自己的儿子，一副恨铁不成钢的样子，只觉得着急。

陆少城却是平静地重复了一遍那四个字："挂掉电话。"

可已经晚了。

面对着质疑的苏终笙快速摁开了手中电话的扬声器，她的视线牢牢锁在陆少城的身上，对着电话那边的人道："我身边的人想知道你姓什么，替我告诉他们可以吗？"

她的眸光澄清，然而因为生气，目光也变得凌厉。

有片刻的沉寂，终于，听筒里传出一名男子的声音："我姓林，林健南，请问有什么问题吗？"

陆秋平的面色一变。

他哪里知道什么林健南，可此时见苏终笙的神情，他可以清楚地明白，他并没有找到他想要的证据。

刚刚电话里，他的属下告诉他，苏终笙的通话记录、信件来往没有异常，此时又是这样，看起来真的就像是一场误会，可是……

陆少城没有说话，目光扫过陆秋平，随后转身离开。

苏终笙紧走两步追过去，连名带姓地叫住他："陆少城！"

他的脚步微顿，就听身后的人质问道："你将我带到这里来就是为了这样设局算计我吗？"

他并没有立即回答，只是回过身来看向她，面前，苏终笙目光灼灼。

"我没有算计你。"陆少城开口，每个字铿锵有力，"我若真的怀疑你，就不必如此大费周折，你完全不会有机会接近我。"

他说的没错，可偏偏这对于苏终笙而言并不足够，她冷笑了一声，"我是不是还要谢谢你？"

他并没有被她的态度激怒，只是冷静道："但苏终笙，你又是在刻意隐瞒着什么？"

苏终笙警觉，"你什么意思？"

"通过各种途径都无法查出你十八岁之前的任何情况，这真的正常吗？"

她的面色一白，"你查我！"

他坦然地应下:"是。"

怒极,苏终笙反而笑了出来,"这就是你所说的对我的相信?"

看着她这样的神情,陆少城蹙起了眉,片刻,开口,却是冷静到近乎绝情:"我可以相信,却不是轻信。"

苏终笙注视着他,忽然就什么话也说不出来。

以陆少城的身份和性格,又怎么会留一个全然不知底细的人在身边?关于她过去的事他一直没有答案,能容忍她到现在只怕已经是格外"开恩"了吧?

沉默,苏终笙低下了头,看着地面铺着的白色瓷砖,模糊映出他们头上的日光灯。

她想来想去,终于还是问出了口:"这么多年来,你有没有无条件地相信过一个人?"

他的回答果断:"有过。"

她抬起头,下意识地追问:"谁?"

他轻抿了一下唇,目光在这一瞬微暗,"你手上这枚戒指原来的主人。"

原来是这样。

完全没有可比的余地,在他的眼里,现在的她只是一个不算招人讨厌的存在而已,那一日在酒店,她曾问他是一生一世还是随便试试的当真,而今她明白了他的答案,是后者。

既然无论如何也要有一位未婚妻,她看起来又天真又笨又不会算计,比那位程小姐好对付多了,那就姑且让她先当着好了。

她忽然想起那晚,在街巷中的小饭店里,陆少城曾经对她说"今后他不会是唯一一个"。

她差一点点,当真了。

那个时候,她大概只是将自己说得太过可怜了点儿,让他都觉得可怜,就像他们相处的大部分时间,虽然陆少城总是在说自己喜欢简单明了的交易,但那明明更像是他对她的救济。

救济……

苏终笙在心里苦笑一声，价值七位数的救济，也不是人人都能得到，她应当感到满足。

现在的她，在他的世界里依旧卑微，想要再走回他的生命，谈何容易。

苏终笙偏开目光，牵唇，似是想笑，却殊无笑意。

半晌开口，只剩下了四个字，很轻，似喃喃自语："我知道了。"

大概，这样也好。

她的神情有些落寞，落在陆少城的眼中，只觉得心里有一点儿说不出的难受。

他想要再说些什么，可正要开口却发现无话可说，他轻叹了一口气，转身回了会议室。

第十二章
成为他的眼睛

接下来的时间在不经意间过得飞快。

陆秋平另有安排去了酒店,陆少城忙完的时候已经临近晚饭的时间,这一天下来,公司里的员工们也已经累得够呛,苏终笙就见陆少城对着项目经理说了一句什么,紧接着,那经理眉目一喜,叫住办公区里的工作人员道:"大家等一等,陆总觉得大家都辛苦了,决定请我们去吃饭!"

"哇!"

随之爆发的是一阵欢呼声,一天的劳碌似乎也没那么令人疲惫了,大家快速地完成了手里剩下的工作,前推后拥着过来这边集合。

"要吃什么?"

有人问了这么一句,大家的目光充满了期待,随即都落在了陆少城的身上。

"你们定。"

他这样的一句话,让大家再次沸腾,你一言我一语地争了起来。

"去吃自助吧,这边新开了一家海鲜自助,一直想去尝尝呢!"

"海鲜自助有什么好吃的,还是去特色饭店吧,这么多人,围一大桌才有气氛!"

苏终笙站在一旁,看着大家说得热闹,心里却相反的愈发冷清起来,她竭力想让自己看起来高兴一点，却想不到什么事能让自己开心起来。

热闹的人群中，陆少城向苏终笙走了过来，他的脚步停在苏终笙的身旁，开口，依旧简洁："有什么想吃的吗？"

苏终笙抬起头看向他，生硬地扯出了一个笑，说话还带着很重的鼻音："我无所谓，看大家想吃什么吧。"说完，又吸了吸鼻子。

她的脸色并不太好，陆少城忽然就抬起手来探向了她的额头，她下意识地想躲，没有躲开，就听他轻声道："还好，没再烧起来。"

苏终笙向一旁偏了一下身子，避开了他的手，含糊地应了一声："嗯。"

那边，大家的讨论已经有了结果，初次来到盐城，苏终笙跟着陆少城被带到了一家菜品颇具盐城特色的酒店，这家酒店体面大气，但又不是那种靠高价撑门面的，项目经理介绍道："这是盐城很有名的一家地方特色菜馆，大家希望陆总和苏小姐能借此了解一点儿这座城市。"

很是体贴的心意，不过因为定得略晚，包间已经都有人了，大家只能坐在大厅里的大桌旁，周围人多，很是热闹，气氛很快活跃了起来。

大家轮着点了很多道菜，等待过后，众人期待中，菜品终于被一样样摆在了桌上，菜相精致、香气四溢，果然不负众望。

这些被派来盐城的员工虽然都是公司里的精英，但也难得能有机会这么近的见到自家Boss，更何况是像现在这样坐在一起吃饭，此时已是心血澎湃，虽然陆少城依旧戴着墨镜，但无论从哪个角度上看都是英俊绅士、气度非凡！

酒水入杯，项目经理抬起头来敬陆少城道："陆总不辞辛苦，亲自前来带领我们整理好项目内容，这杯酒我们向您表示敬佩与感激。"

听经理怎么说，周围的人频频点头，陆少城的能力今日大家是有目共睹，原本如同一团乱麻的各方各面，被陆少城雷厉风行的一件一件解决得十分清楚，虽然劳累，但这一天下来大家都觉得受益匪浅。

陆少城的面前也放着一只酒杯，盐城当地喜喝白酒，他的杯子里也正是旁人替他倒上的白酒。

他举起杯，微微点头致意，眼看着他就要喝下，一旁的苏终笙原本并不想多管，可此时终于也忍不住伸出手去，拉了一下他的袖口。

他的眼睛不好，不能喝酒，尤其是白酒！

她的手被陆少城反握住，他仰头，还是将杯中的酒一饮而尽。

此刻坐在这里的都是他公司的员工，未来的一段时间里，他们将承担着很重要的任务，他们的努力他都看在眼里，这一杯酒就是他的诚意。

众人一齐鼓起了掌来，还有起哄的声音，那经理对陆少城一番赞美之后，又转而向苏终笙道："苏小姐，您今日同陆总一同前来也辛苦了，我们人手紧张，还要多谢您在外面帮我们复印资料，这一杯酒聊表敬意。"

人手紧张，她帮忙复印资料，这经理不说还好，真说起来，她自心底苦笑了两声。

经理却不知道这些，他说完，直接将刚刚斟满的酒都喝了干净，而后一双眼落在苏终笙的身上，这意思再明显不过。

苏终笙没有酒量，是完完全全的没有酒量，别说是白酒，就是一杯啤酒也能让她面红耳赤上一阵。

众人的注目中，苏终笙微微抿唇，半响，开口道："我不能喝……"

她只是也想让自己清醒一点，在这个时候，在那个人面前。

活跃热络的气氛一下就冷滞了下来，大家看着她，一时有些尴尬，就在这时，她身边的陆少城拿起了原本放在她面前的酒杯，"我替她喝。"

苏终笙完全没有预料到，猛地抬起头，瞪大了眼睛看着他。

"你干什么？"她伸出手去抓被他拿走的杯子，一不小心用力过大，杯中的酒洒出来了一点，就洒在了他的手上。

他的眼就那样看着她，蹙了下眉，"别动！"

苏终笙瞪着他，"你要是不要眼睛了你就喝！"

她抢回了酒杯，索性横了心，直接仰头喝净。

将杯子口倒过来朝向在座的其他人，苏终笙的声音很淡："多谢大家的心意。"

在场之人莫不是被她刚刚那一句"不要眼睛了你就喝"吓住了，此时脑海中不断回响着几个字：糟糕，做错事了！

小心翼翼地去看陆少城，他们就差将呼吸也屏住，真是祸害无穷的两杯酒!

那项目经理此刻也已经是惊呆了,站在那里一时进退不得。

"陆总……"那经理轻唤,声音微颤。

"没事。"陆少城形容平静,声音低沉似大提琴饱满的弦音,"吃饭吧。"

众人顿时松了一口气。

这之后,大家安静老实了许多,原本有人等着提议玩一玩"真心话大冒险"之类的游戏,进一步了解一下自家老板,此时都已经是不敢了。

好在饭菜的味道可口,时而有人夸赞两句,倒也不至于全然冷场。

整个晚饭过程中,苏终笙看也没再看陆少城一眼,像是在赌气,可其实她也不知道自己到底是站在什么立场在赌个什么气。

原本可能延续整个晚上的聚餐在这样的情况下被缩短到了一个多小时,眼看着大家都吃饱喝足了,项目经理赶忙道:"我们就不耽误陆总时间了,陆总快回去好好休息吧!"

陆少城点头应下,大家都笑着向陆少城表示感谢,很快各自散场。

跟着陆少城出了饭店,一阵晚风袭来,苏终笙禁不住打了一个寒战,往衣服里缩了缩。

空腹喝下一小杯白酒不算多,但也足够让苏终笙面色潮红,脑子有点晕晕乎乎的。

这家饭店离陆少城订的酒店很近,不过两条街的距离,刚刚吃完饭,他们索性直接走回去。

因为是晚上,陆少城视物并不方便,因而脚步也会相对慢一些。

苏终笙虽然与他走在一起,但却是低着头,想起了一些特别的事,一时有些走神。

一条不算宽的马路,心不在焉的苏终笙抬头看了一眼信号灯,绿的,很快又低下了头,继续走她的路。

却在突然之间,手臂被人从后面用力抓住,她的脚下一滑,重心不稳,人就被拉了过去。

她完全没有准备,险些摔倒,手下意识地往后胡乱一摸,就感觉一不小心把什么东西碰了下来。

踉跄着后退,她只觉得自己的心跳都似是漏跳了一拍,紧接着,一辆车自她面前呼啸而过,她抬起头,只见对面的绿灯不知什么时候变成了红灯。

惊魂未定,就听身后传来陆少城咬牙切齿说出的三个字,"苏终笙!"

她站稳,心有余悸,转过身去看自己身后的人,只见他双眼紧闭,眉心凸起,她一惊,这才意识到自己刚刚竟然在无意中将他的眼镜扒了下去,车前大灯光线强,刚刚的片刻,他大概是已经伤了眼。

她有些慌了,弯腰去捡那副墨镜,心里悔恨得厉害,"对不起、对不起……"

可捡起了墨镜才发现现在已经没用,她在慌乱之中失了方寸,赶忙将他扶到一旁,"你现在感觉怎么样?"

陆少城没有说话,并不好,刚刚那一下刺激很强,此刻眼睛很疼,他这一段时间原本状态就不好,现在只怕是更糟了。

看着陆少城的表情,苏终笙已经猜出了答案,她当即道:"我们去医院!"

人生地不熟,苏终笙也不知道最近的医院在哪里,只得打了120,报了地名,向前台人员询问情况。

打了车,一路紧催着司机到了医院,车一停,苏终笙推开门就要冲下车,被司机叫住:"姑娘,你还没给钱呢!"

苏终笙慌乱之中赶忙找钱,又去后面将陆少城的车门打开,扶着他下车。

"小心点。"

她格外仔细地嘱咐。

其实对于黑暗的世界,眼睛最初伤了的时候,那么多年,陆少城其实早已熟悉,此刻重新陷进,虽然难免会有担心,但也并没有特别的恐慌。

他这一路由苏终笙扶着,走得却从容。

急诊里人来人往,苏终笙将他扶到一旁的椅子上让他坐下,自己忙帮他去挂号。

因为是晚上，眼科的医生并不在急诊，急诊室的护士给医生打过电话后，告诉苏终笙要去住院部眼科。

她又赶紧扶着陆少城过去，好不容易找到了医生，是一个比她大不了多少的医生。

她对那医生焦急道："你好，我……未婚夫十二年前眼睛受过外伤，曾经眼盲过六七年，后来视力逐渐恢复了一些，但畏强光刺激，刚刚在路上受到车前灯的强光照射，现在眼疼而且看不见东西，需要做一些检查。"

她是医生，再清楚不过医生究竟都需要些什么信息，尽可能简要地叙述了陆少城的情况，而后双眼紧盯着那医生，等着他回复。

关心则乱，此刻的她并没有注意到自己身边的人身形明显一僵，虽然眼疼尚不能睁开眼，他还是偏头朝向她所在的方向。

她为什么会对他的病史这样熟悉？就算他们初见的时候，他曾被她当成是来看病的病人，可那时她也未曾对他的病史过问如此之细，她甚至知道他是什么时候受的伤！

不对，一定有哪里不对！

他正想着，那医生打量了一眼他们，终于开口了："既然如此，跟我过来吧。"

检查室。

苏终笙心急，扶着陆少城已经在仪器前坐好，那医生又跟护士站的护士说了两句话，这才不紧不慢地走了过来。

坐到椅子上，医生一面打开仪器一面道："把下巴放在上面！"

陆少城眼睛看不见东西，自然不知道仪器确切的位置，苏终笙伸手去扶住上方的架子，免得他碰伤，一面指挥他："向前一点、再向前一点，好了！"

医生快速地检查过后，沉吟了一声道："状况不是很好，休养几天看看吧，现在都在用什么药？"

陆少城简要地说了几个药名，那医生"哦"了一声，随后拿过单子龙飞凤舞地写了几行字，对他道："我给你再开几种药吧。"

苏终笙艰难地从纸上辨认出了他到底写了什么，坚决道："这几种药和刚刚他说的药药效相似，但因为纯度不够，需要使用更大的剂量，对于他而言并不需要！"

她顿了一下，又道："他现在眼球和角膜的情况究竟如何？休养几天是休养多久？视力还可以恢复吗？"

那医生蹙起眉，抬头看她，已有些不满，拖着尾音道："啊，休养几天现在也说不准，要看他自己的恢复情况，可能一周也可能几个月……"

苏终笙着急，不自觉中已经有些咄咄逼人，"一周和几个月二者的预后截然不同，不能这样一概而论！"

那医生由不满变为了生气，"我是医生这我当然知道，你是做什么的，这么听不得医生的话！"

苏终笙看着他，有片刻的停顿，她深吸了一口气，向那医生伸出手去，"江城A院眼科王继玲主任12级毕业生苏终笙。"

江城A院，全国最好的综合医院，眼科尤为擅长，更何况是王继玲主任的学生。

那医生一怔，盯着她半响，一时说不出话来。

"你……"

苏终笙只是报了自己的毕业院校，还没有告诉他此刻坐在他对面的病人就是圣索罗医院的院长！

她索性也不再同他磨叽，"不好意思，可不可以借用一下你的机器，我来给他做一下检查。"

那医生迟疑了一下，还是为她让开了位置。

再次打开仪器，苏终笙仔细地查看着陆少城眼睛的情况。

有所损伤，现在是暂时性的失明，不过不幸中的万幸，还有恢复的可能，一周到半个月之间，视力应该会渐渐开始恢复。

苏终笙稍稍松了一口气，走过去将陆少城扶起，离开了检查室，临走前不忘回头向那医生道："多谢。"

扶着陆少城回到酒店，找到预订好的两个房间，她先将陆少城扶了进去，替他脱下了外衣。

帮陆少城上好眼药，直到他和衣躺在床上，苏终笙还是觉得不放心，只恨自己没有带纱布和绷带来，就怕陆少城一不小心忽然睁眼，再被灯光刺激到。

她抬手关了灯。

屋里一时异常安静了下来，苏终笙就听陆少城出声："还没走吗？"

她轻应了一声："嗯。"

他的声音很轻："回去休息吧。"

她摇了摇头，想起他看不到，她赶忙解释道："不了，我就在这里看着你。"

她接了水放在了他的床头，将拖鞋整整齐齐地为他摆好，她还是担心他晚上万一有什么需要自己不方便，需要一个人帮忙，她想要留下来。

黑暗中，陆少城蹙了下眉，"这是单人间。"

"我知道，我就坐在你床边趴着就好，反正在医院这么多年，对陪护也算熟悉，相信我还是可以做得很专业的！"

她试图让自己说得幽默一点，可说完却发现自己一点儿也笑不出来。

"不必这样，回去休息吧。"

她听着，不说话。

这事都是她惹出来的，她总要负责，就算负不起，也要扛一扛。

陆少城轻叹了一口气，声音中却透着一种坚定，"会好起来的，觉得艰难的时候就想一想这句话，阿懒从前总是这样说。"

他最想放弃的时候，那个女孩每次都只是这几个字，好像词穷到换一句话都不行，可偏偏就是这五个字，温柔了时光，让那些艰难的岁月淡去。

他的眼睛一点一点好了起来，在那之前，谁能预想得到？

苏终笙只觉得鼻子一酸，忽然就有眼泪蓄满了眼眶，她不是一个软弱的人，此刻不是因为恐惧、不是因为担忧，而是……

从前的话，他还记得这样清楚，当初的那个阿懒，真是幸运到让她嫉妒。

"会好起来的……"她喃喃地重复着这几个字。

他轻应："嗯。"

苏终笙低头，趴在了他的床边，没有再说话。

"回去休息吧。"

他再开口，语气已经带了命令的意味，她却一偏头，坚决地道："不。"

停了停，她轻扬起唇角，"我是你的未婚妻，理当留在这里。"

夜，静谧。

一晚睡得不甚安宁，第二天苏终笙醒得很早，为陆少城买回了早饭。

虽然眼睛受了伤，但是陆少城依旧要去公司完成剩下的部分，他坚持，苏终笙没有阻拦，将他扶进会议室里坐下，对他道："我在外面等你。"

她转身要走，却被陆少城拉住了手臂，她回头，只见他神色平静道："你留在这里，给我读他们拿来的文件。"

苏终笙一怔。

昨日就是在这里，她只是复印了文件就已经招来了怀疑，他告诉她他不会轻信，而今天……

她苦笑了一下，摇了摇头，"你昨日所说的不轻信是对的，我去帮你找你公司的员工来。"

她要走，他不放，蹙起眉有些不满道："回来！"

待她转回身，他才道："今天各部门呈上来的文件大部分只有我一人有权限可以看，也就意味着，这些文件中的内容，你是唯一一个了解全局的人，这是一次你证明自己清白的好机会。"

苏终笙微怔，有些犹豫，她明白陆少城的意思，她是唯一一个看过全部文件的，如果有内容泄露，她就是最大的嫌疑人，而相反，面对着这么多如此重要的信息，如果她都没有动心将消息传出，从一定程度上，足以证明她的清白。

她忽然就想起昨日陆少城曾经说："我若真的怀疑你，就不必如此大费周折，你完全不会有机会接近我。"

现在，他说让她借这个机会证明自己的清白，也就意味着他其实是相信她的对吗?

如果不信,他根本不必冒这样大的风险……

又或者,她是他在这里唯一愿意相信的人,所以即使是她说要去找他们公司的员工,他也并不同意?

细想似乎也的确如此,在这里工作的每个人都是这个行业的圈内人,商业间谍、行业竞争,就算是自己单位的员工也没有办法保证一定可靠,只有她这个乡镇医院的院长看起来是个毫无关联的圈外人。

"那……"她迟疑了一下,"我是每个文件上的每个字都要读给你听吗?"

她说着,不禁蹙了下眉,这根本就不现实,如果这样的话,在座的其他人也就知道了文件内容,不再保密!

陆少城早已有所考虑,"不必,拿到文件以后你把文件的标题告诉我,我会问你几个问题,你只需要答'是'或者'不是',肯定的话捏一下我的手,否定的话两下。"

这个方法……

苏终笙闻言不由得挑了一下眉,不得不说,陆少城考虑得还真是周全,最重要的是他对自家公司的项目也真是了解!

作为一个高层管理人员,陆少城有这样的自信,亦让苏终笙觉得愕然。

人陆陆续续的到齐,会议开始了。

项目经理开始向陆少城详尽地汇报着早上开始重新整理出的情况,同时呈上一份详细的文件,"陆总,请您过目。"

苏终笙伸手去接过,纸还带着热气,估计是刚刚印好的。

她按照之前陆少城的吩咐念出标题:"盐城地产项目计划书,新版。"

"材料供应商确定了吗?"

"啊?哦,等一下……"

苏终笙一边说,一边拼命地翻,材料材料,到底在哪里啊?

陆少城想出的办法又周全又严密,却独独忘记了她这个圈外人怎么会对他们这些计划啊、报表啊什么的熟悉。

听着一旁纸页翻来翻去的声音，陆少城就已经猜出了这一点。

他耐心地指导她："别往后看，在前面的部分，材料，具体内容之后就是供应商信息。"

前面、前面……

苏终笙一面在心里默念着这几个字，拼命地看，整个会议室里异常安静，所有的人都在等着她这边的情况，这感觉有一种说不出的诡异，那项目经理终于意识到了什么，声音颤巍巍地问出大家心里的疑惑："陆总，您的眼睛……"

他并不知道昨天晚上后来发生了什么，只怕是饭桌上那一杯酒把陆少城给喝坏了，心里直打哆嗦。

陆少城面无表情平静道："没事。"

那经理愈发摸不到头脑，看着一旁努力翻着文件的苏终笙，心里想：那您这是闹的什么？

他索性提议道："要不，苏小姐，我来吧……"

话音未落，就被陆少城干脆地打断："不必。"

"陆总……"

他的态度坚决，"不必，她会熟悉起来的。"

短短几个字，陆少城说得斩钉截铁，他戴着墨镜，众人看不见他的眼，却只觉得有凌厉的目光自那墨镜后面向他们扫来，气场极强。

那项目经理噤了声，不敢再多说什么。

"找到了！"

那边，苏终笙惊喜地大喊了一声，就感觉所有人的目光在这一刻齐刷刷地向她投来，她这才感觉到自己反应太过，抿了下嘴，手自桌子下面伸了出去，握了一下陆少城的手。

确定了。

他继续问："材料标准全部国标以上？"

"等一下啊，我看看。"

苏终笙这边还没开始找，那边，项目经理就已经有些慌了，连忙解释道："有两项是走的地方标准，没有差很多……"

"打回去。"

陆少城的神情微凝，声音很冷，众人只觉得会议室里的温度一下子降了许多。

那项目经理只觉得心里"咯噔"一声，他都已经和那公司的公关和经理谈好，现在……

可看着眼前的陆少城，他咽了一口唾沫，咬着牙应了一句，"是。"

这之后，会议的进程渐渐加快，"功劳"主要在于苏终笙的学习能力还算不错，到了后面总算渐渐习惯。

一下、两下、一下……

等等，捏错了，应该是两下！

陆少城宽厚的手掌在她的手心里，开会时间太长，她觉得无聊，等他给别人说话的时候就捏着他的手玩，若是把他闹得开不下去会，他就将她的手收拢到手掌里，用力钳固住她。

昨晚没睡好，苏终笙终于还是没撑住，低着头捂着嘴，哈欠连连。

当着陆少城的面敢这样，全会议室里找不出第二个，偏偏她还就坐在他的身边，陆大少爷严肃正经的气场作风一下子就荡然无存。

她在心里暗自庆幸，还好他这会儿看不见，哪知散了会，他第一句话就问她："刚刚你在这里气息不对，一直在干什么？"

她撇嘴，"我困……"

他猜得到她昨晚必定没有睡好，因而道："怎么不直接睡？"

她原本正等着被批，完全没有想到他会这样说，怔了一下，随即问："你们员工开会累了都直接睡？"

陆少城神色淡漠，声音亦淡漠道："他们不敢。"

苏终笙："……"

她在心里默默接了句：我也不敢。

临时的这一趟出差终于结束了，熬过飞行之旅，天黑前，他们终于回到了江城。

苏终笙考虑了一路，最终还是向陆少城提出了申请："这几日我先不回南榆镇了，留下来照顾你吧？"

毕竟他是因为她眼睛才受了刺激，她心里愧疚，要是就这么回去，她于心不安。

"不必，陆家的佣人都比你会照顾人。"

苏终笙看着他，"……"

陆老板、陆院长、陆大少爷，你能不能不要这么会戗人？

她还是坚持，"那换药呢？"

她再怎么样也是读了那么多年医学专业的，她就不信她连这个都比不过他家的佣人。

他果然没有再反驳，只是想了想，应道："那好吧，你先回去休息一晚，明天我让司机去接你。"

这样也好。

苏终笙点了点头，"那你今天小心点儿，告诉张妈要多洗几遍手，把手完全洗干净了再给你上药膏，避免感染，晚上不要拆纱布了，早点休息，一定把屋里灯光都关掉。"

陆少城耐心地听着，直到最后才应了一声："嗯。"

苏终笙深吸了一口气，还是有些不安，看着他，开口，像是在安慰他，更像是在安慰自己："会好起来的。"

第十三章
万　幸

可偏就没有。

陆少城刚刚说完这是证明她清白的好机会，第二天，昨日会议上的内容就泄露了出去，而且见诸各大报纸。

报纸的头条是：陆氏为节省成本，降低材料质量标准。

报道的切入点就是那两项地区标准的材料，完全是赶在材料还没有按照陆少城的要求改过来之前狠狠地给他们记上了一笔账！

如果单单是这样，昨天参没参加会议的人都可能有嫌疑，但文章中还提到了陆氏的项目预算，新旧预算，除了财务科的人和陆少城，按理就只有她清楚地见过全貌。

因为从前出了苏家的事情，大家对于材料质量格外地重视，现在传出这样的消息，一时之间，陆氏的风评跌到谷底，连带着各方各面，牵一发而动全身。

陆秋平震怒，从江城陆氏总部开始挨个儿盘查财务方面的人。

苏终笙虽在南榆镇，消息却并没有那么闭塞，看到报道，她知道消息走漏，自己脱不了干系，赶紧拿出手机给陆少城打电话。

没人接，苏终笙心急，连着重拨了几次，依旧没有回音，她的心里只觉得更加糟糕，心知不能再坐等下去，她匆忙中给林建南打了一个电话，

第十三章 万幸

"喂，'贱南'，陆少城有点事，我得过去一趟……"

林健南显然也看到了今天的新闻，问她道："是因为他们降低材料质量标准的事吗？"

苏终笙一面锁着门，一面偏头将手机夹在左耳边，含糊应道："嗯……也不全是……"

林健南显然有些不解，"但那是他们公司的事，和你有什么关系？"

有，关系还大了去了！

详细的细节此时显然不方便和林健南多说，苏终笙简要答道："现在也说不清，但跟我的确有关系，如果这边有什么事你及时和我联系啊！"

"好……"

听林健南应了，苏终笙赶忙挂掉了电话，奔向市里。

路途远，公交车耗时长，她心急，终于也等不及，进了市里找了个好打车的地方坐上出租车直奔陆氏大厦。

那司机听说她要去那里，热心地和她聊了起来："小姐，你是那公司的员工吗？听说那公司出事了啊……"

这消息传得还真是快，已然成了街头巷尾聊天的话题了。

苏终笙摇了摇头，"不是。"

那司机疑惑，"那您这是去……"

她避重就轻，"我未婚夫在那里工作。"

"哦。"那司机豁然，"原来是去找人啊。"

"嗯。"

那司机因此放宽了心，和她闲聊起来："报纸上都报了，那公司在盐城有个房地产项目，不好好干活，降低材料质量糊弄老百姓，太缺德！到头来坑的是谁？还不是自己！"

苏终笙听到这话，抿了下唇，没有立即回答。

她很清楚这司机所说并非事情原貌，只是这个报道的时机抓得很好，经过几度传播，自然也就走了形。

她忽然想起一句话：每个人都只会相信自己愿意相信的事情。

因为他们喜欢看热闹，大公司出现问题，自然热闹不过；因为他们听多了那样可恶的人做出的可恶的事情，所以下意识地会往那方面联系，然后恨得牙根直痒地说"活该"。

媒体煽风点火，事情一发不可收拾，就如现在的陆氏，就如当年的苏家。

苏终笙听着，没有说话。

那司机言犹未尽，继续道："没想到那么大的财团也会出现这种问题，人心真黑，您还是快劝您未婚夫不要在那里干了吧！"

不要在那里干……

苏终笙扬起眉，依旧没接话，要是陆少城不在那里干了，陆氏未来就可以直接关门了。

她看了一眼表，此时已经临近中午，给陆少城打电话，依旧没有打通，她心里有些着急，对司机师傅道："不好意思，我有点急，请您快点儿。"

终于到了陆氏，走进大厅，苏终笙却忽然无所适从，她上次来是来找陆秋平的，至于陆少城在哪儿，她并不清楚，更何况这会儿已经临近午休时间……

她走到前台，问接待道："请问你们陆少城陆总办公室在几层？"

"请问您有预约吗？"

"没有。"苏终笙赶紧又说，"我是他未婚妻，有点儿急事要找他。"

那接待抬起头又仔仔细细地打量了她一番，素颜、衣着普通，没有半点身价千亿的陆少未婚妻的感觉，也正是因此，她先前并没有注意，只是此刻仔细一看，这张脸的确有些眼熟，似乎是在之前新闻报道里看到过的。

她赶忙道歉道："不好意思，苏小姐，刚刚没有认出您。"

苏终笙连忙摆手，"没事，可以带我去找一下你们陆总吗？"

"您稍等，我给您确认一下陆总的位置。"

接待拿起电话，快速地按下了一串号码，很快，电话那边被人接通，"喂，请问陆总现在在办公室吗？"

不知道电话那边的人说了什么，她很快应道："好的，我知道了。"

第十三章 万幸

挂掉电话，她对苏终笙道："陆总现在在董事长的办公室里，请您跟我过来。"

董事长的办公室，也就是陆秋平的办公室……

苏终笙面色一凝，两次来陆氏都是去陆秋平的办公室，上一次挨了一巴掌，这一次……

她只觉得自己来的这个时机真是糟糕透了，她本来是想先和陆少城单独了解一下情况，现在去见陆秋平只怕会正撞在枪口上，可已经赶上了也就别无退路，她只能跟着前台小姐过去。

将她带到陆秋平的办公室门口，前台小姐向她致意后就转身离开了。

苏终笙看着标牌上"董事长办公室"这几个字，只觉得头皮发麻，最后再试一遍陆少城的电话，他还是没接，她只得抬起手敲了敲门。

"咚咚咚——"

房间里的人声音微沉，"谁？"

她听得出是陆秋平的声音，深吸了一口气，答道："苏终笙。"

门那边的人有片刻的沉默，她随后听到陆秋平说："正想找你！"

下一刻，房门在苏终笙的面前被人拉开了，她心里一紧，紧接着震惊地发现房间里不似她的预想，并不只有陆秋平和陆少城两人，还有其他的几个中老年男子，身穿西装打着领带，戴着一副金丝眼镜，有些人的头发已是花白，应该都是些有身份的人。

她迟疑着走近，只见坐在屋子最里面的人此刻眉头紧蹙，面色凝重的看着她。

她的心里大叫一声"糟糕"，心知自己一定来得非常不是时候。

果然，现实没有辜负她的预想。

办公室的房门被关上，陆秋平用来迎接她的，是劈头盖脸的质问。

"苏小姐，据我们公司的员工称，昨日你全程参与了盐城分部的项目会议，并且看过了所有呈给陆少城的文件对吗？"

苏终笙心知陆秋平的意图不善，咬牙认道："是。"

"你看到了项目计划书以及预算，对吗？"

苏终笙警惕地看着他，"是。"

"你知道那些文件是机密吧?"

"是。"

"现在其中很重要的内容遭到了泄露,请问你要做何解释?"

之前一连串的问话都是是非问句,根本不给她任何解释的机会,而现在单单让她解释内容泄露这一项!

苏终笙自心底冷笑了一声,"我没什么好解释的。"

陆秋平强势地追问:"那么,苏小姐是承认了?"

真是强盗逻辑!

"我没什么好承认的,陆董事长,现在是您的公司里出现了问题,如果你单单纠缠在我的身上而忽略了自己公司里的问题,只怕日后会酿成大祸!"

苏终笙直视着陆秋平,坚定地说出这句话。

"大祸?"陆秋平冷笑,"我还不用你来教育我这些!苏终笙,陆氏向来有严格的保密制度,能够同时得知计划书以及新旧预算的人并不多,我们当然会挨个儿筛查过,现在,到你了!"

转眼之间,这俨然已经变成了一场呈堂证审。

苏终笙双手紧握成拳,她能感受到周围人充满敌意的目光。

就在这时,有人忽然开口道:"苏终笙不是公司里的人,没有被筛查的义务。"

所有的人同时循声望去,是陆少城。

他站起了身来。

虽然依旧看不到眼前的事物,但他猜得到苏终笙应该就在他前面不远的地方,他面无表情地开口:"苏终笙,过来。"

苏终笙犹豫了一下,还是听话地走了过去。

"昨日让苏终笙看项目资料的人是我,有什么问题大家问我吧。"

陆少城这样说,姿态再分明不过,陆秋平看着,不禁怒道:"陆少城,你这话是什么意思?"

陆少城却是异常平静,"我说过了,昨日让苏终笙看项目资料的人是我,我该为自己的决定负责任,如果诸位有什么问题,尽管问就是。"

第十三章 万幸

苏终笙不是这公司里的人，没有被筛查的义务，但他是。

陆秋平被他气得面色铁青，却再没说出一句话来，他总不可能真的和其他几位董事一起在这里筛查自己的儿子、公司里最大的股东！

可恶，这个苏终笙真的是太可恶了，利用了陆少城对她的信任……

有董事见状，赶忙圆场道："要不今天先到这里吧，大家都累了，都回去休息休息，整理一下，明天再说。"

一旁有人赶忙附和道："是啊是啊，明天再说，明天再说。"

共事这么多年，大家谁不知道陆秋平家里有一本难念的经？现在陆少城少年老成，势头正盛，又是公司最大的股东，大家自然不想得罪，那女孩子又是他陆家未来的儿媳，陆家自己的事还是自己关起门来解决吧！

有人带头站了起来，"陆老弟，我们就先回去了！"

陆秋平自然也不想让家丑外扬，没有说话，算是默许了。

大家陆陆续续地散了，陆少城扶着苏终笙也要离开，却在这时，陆秋平突然出声叫住他："等一下，陆少城！"

陆秋平起身向他走来，站定在他的面前。

"我问你。"陆秋平深吸了一口气，语气、神态皆是严肃，"你这么相信这个女人，是因为你相信今天站在你面前的这个乡镇医生于人无害，还是因为……"

陆秋平言语微顿，眸光锐利似剑，仿佛要看穿人的身心，"你觉得她像六年前的那个女孩，你相信的其实是那个人？"

这个问题问出来，就连苏终笙也不由偏过头去看向一旁的陆少城，心里有些紧张他的回答。

陆少城神色未变，仍是平日里的淡漠之色，唯有微微抿起的嘴角泄露了他此时不一样的心思。

"父亲觉得是什么？"

他开口，不答反问。

"是后者。"陆秋平说得坚决。

陆少城没有肯定也没有否认，只是说："既然父亲心里已经有了认定的答案，又何必再问我？"

陆秋平看着自己的儿子，没有再说话，只是半晌，轻舒了一口气。

他的目光落在陆少城身边的苏终笙身上，已是带了狠意。

不管陆少城承不承认，不管有没有确切的证据，这个苏终笙已经不能再留。

他要找一个人替代她的位置。

既然别人陆少城都不会接受，那么，他就再找一个"她"出来，再找一个陆少城肯相信的人。

离开陆秋平的办公室，苏终笙脑子里紧张的神经终于能够得以暂时的放松，她轻舒了一口气，就听陆少城问她道："你今天怎么会突然过来？"

的确是突然，他刚刚正在里面同董事们说着筛查内鬼的事情，大概是盐城那边的人给陆秋平送了信，说她昨日在里面一同开会，并且看过了资料，陆秋平当即就怀疑到了她的头上。

昨日会议室的人不少，那项目经理解释那两项地方标准的材料是大家都在听着，这样未免太过武断。

正是矛盾激化的时候，偏偏她到了！

她本来就与陆氏无关，想要找机会筛查她并不容易，现在自己搅和进来，再想全身而退，若不是他在，只怕并不容易。

苏终笙也是委屈，"我今天早上看到新闻爆出来的消息，当即就想到一定是被人泄露出去了，意识到自己也是嫌疑人，就着急想找你，说起来，为什么我之前给你打电话都没人接啊？"

给他打电话？

"我并没有收到……"

"怎么会？"苏终笙急了，"我可是给你打了一上午的电话啊！"

打了一上午的电话，他也没有收到，因为……

陆少城忽然想起，她手机里他的电话大概还是他们第一次见面时，他留下的陈光的号码，陈光今天被他派出去办事了，看到她的电话大概也是不敢接又不敢挂，就那么响了一上午吧。

"把你的手机拿过来。"

第十三章 万幸

他向她伸出手去，苏终笙一怔，不明白他要做些什么，还是将自己的手机交了出去。

他快速地按下一串号码，存成了他的名字，而后将手机还给她，对她道："以后有事打这个号码。"

"你有两个号？"

他的回答简短："不是。"

苏终笙立刻意识到了什么，"之前的那个号码不是你的对不对？"

他没有点头也没有摇头，只是推开自己办公室的房门走了进去。

苏终笙知道自己猜中了，心里对自己也真是服了，连人家的手机号都没有问清楚，居然就成了他的未婚妻，哪天要是找不着他了，她估计都不知道该怎么办！

她想一想都觉得丧气，跟着他走进屋里，她随口道："我现在觉得从我第一次见到你到现在，我唯一确定的就是你的性别，要是哪天……"

她原本想说，"要是哪天你性别也要变，可千万第一个告诉我，我可不想从报纸上知道"，但看了一眼不远处的陆大Boss，还是生生把这句话咽了回去。

陆少城的声音凉凉的传来："怎么不说了？"

她改了口，"要是哪天你再换手机号，记得告诉我一声。"

"不会的。"陆少城轻叹了一口气，"我在用这个号码等一个很重要的人。"

六年前的那六年，他和阿懒两个人如果谁要单独出门，总会在返回的时候给对方报一句平安，可唯独六年前最后那日，她离开之后，杳无音信。

他从未换过电话，只是想等着她哪一天想起了，会再来给他补一句平安。

无论如何，"平安"二字最金贵。

明知陆少城此时已经暂时性的失明，却在这时，苏终笙只觉得似乎有人的目光炯然，落在她的身上。

她忽然就想起了刚刚陆秋平的那个问题，他肯相信她，是因为她无害,还是只因为她手上这枚戒指的主人?

她低了头,没有接话,只是换了话题,"你真的不怀疑我吗?"

"怀疑,不过会把你放在最后一个。"

如果出了事,第一个怀疑的就是她,那只能证明他一点儿也不相信她,那么就此而言,他用她这个决定就是错的。

陆少城停顿了一下,继续道:"你昨日不是说要同我一起回陆家?一会儿司机来接我,准备走吧。"

苏终笙一怔,"出了这么大的事,不用再安排工作还有筛查人员什么的吗?"

"该安排的已经都安排下去了,至于筛查人员,我父亲他自然会做。"

她小心地问:"如果最后相关的其他人员都筛查过了,没有任何人可疑,你们……会怎么办?"

陆少城看不到,却能感受得到她此刻的紧张。

他沉默了片刻,"你最好还是希望能查得出来。"

苏终笙心里一紧,只一句话,她已然明白了其中的利害关系。

这样的事情里,不可能没有任何人可疑,如果没有,那就只能证明……

可疑的是她。

万幸的是,查出来了。

因为苏终笙收拾好的东西并没有带来,陆少城特意让司机送她回了一趟南榆镇,来回往返,剩下的半天也就基本报销了。

再折腾回陆宅的时候,张妈将她带去了她先前临时借宿的那间房间,房间已经被事先收拾齐整,苏终笙将自己的东西放进房间里合适的位置,当东西全部归置齐整,就好像自己也随之安顿下来。

很快到了晚饭时间,张妈在外面轻敲了敲门,叫她:"苏小姐,可以吃饭了。"

她赶忙应道:"好的!"

快速走出来,张妈还在那里,苏终笙一面跟着她向餐厅的方向走去,一面问道:"请问陆家经常会有客人来这边留宿吗?"

张妈有些奇怪地看了她一眼,"没有,连来过家里的客人都极少。"

"所以这里大多数的房间都是闲置很久了的?"

"是的。"

苏终笙点了点头,没有再说什么,很快,她们也已经走到了餐厅,很大的一张桌子,但周围一个人都没有,陆少城还没到,苏终笙赶忙问:"陆少城呢?"

"少爷还在书房,请苏小姐稍等。"

苏终笙一拍脑门,赶忙向书房走了回去,她来这儿的正事是照顾陆少城才对,怎么能把他扔在那里,让他自己走到餐厅来?

她脚程飞快地赶回去,陆少城还没有从书房里出来,她敲了敲门,刚一用力,门就被她给推开了,她才发现原来之前的门只是虚掩。

她走进去,就见陆少城背靠在自己宽大的座椅上,闭着眼不知在想些什么。

她更用力地敲了敲一旁的门,"吃饭了。"

"嗯。"

书桌后的人轻轻应了一声,却并没有动,她走过去想要扶他,却在靠近他的时候听到他忽然出声道:"泄露消息的人找到了。"

苏终笙的脚步一顿,"哦?"

"是盐城那边一个无足轻重的小员工,昨日开会的时候刚好在会议室里,听到了关于材料的事,做预算的时候又因为忙不过来,让他去帮忙印的,他因此知道了一些细节,又认识做记者的朋友,听说提供这样的新闻素材可以得钱,就抱着侥幸心理把消息泄露了出去。"

陆少城的语气很淡,语速也很慢,他一向惜字如金,此时却说了这么多,苏终笙很快意识到了有哪里不对。

"你不相信?"

他摇了摇头,"不是不相信,是不知道该怎么相信。"

她不解,"有什么问题吗?"

陆少城轻叹了一口气,"他是今天下午盐城那边项目经理抓出来的,据说是一听说要清查,脸都绿了,项目经理只是吓唬了他几下,他就全都招了,这样的人根本不足为患。"正说着,他一顿,话锋随之一转,"然而能敏锐地洞察到材料质量标准问题是个机会、并能赶在陆氏还来不及改正之前抓住如此契机,让记者发出报道毁掉陆氏名声,这个人绝不简单!无论是材料质量问题这个切入点也好,还是这个时机的把握也好,都是恰到好处。"

苏终笙牵唇,有些戏谑之意道:"你说了这么多,我怎么觉得你有一点儿欣赏这个人?"

没想到陆少城并没有否认,反倒是沉思了一下,点了点头道:"我的确有些欣赏他,若是能找出他为我所用就是最好。"

听他这样说,苏终笙抿了一下唇,神色一默。

再开口,她笑着道:"找到了嫌疑人总比找不到的好,走吧,我们去吃饭。"

第十四章
谁在回忆，她入风景

晚餐过后，鉴于苏终笙在短期内要成为陆家的常住人员，陆少城带着她在院子里转了一圈，不，确切地说，是苏终笙带着陆少城在院子里转了一圈。

拂花穿柳，陆家老宅的院子里生机盎然，小径通幽。

陆少城对这院子显然已经非常了解，苏终笙只需虚虚扶着，他自然知道要向什么方向而去。

有暗香袭来，陆少城轻叹道："岁岁年年，人间大不同，这花草却总是相似的面容。"

苏终笙笑，"其实这花草也早已不同，只是没人关心罢了。"

她这话说得有些悲观，陆少城走到一个长椅处坐下，"这些花许多是从前阿懒种下的，那时我看不到，不知道她在做些什么，后来看到花长得很好，可是她的人，已经不在了。"

苏终笙看着，似是漫不经心一般地应了一声："阿懒真是心灵手巧。"

可陆少城话中的本意并不在此，他的声音淡淡的："每个人都有自己的过去，这是我和阿懒的过去，苏终笙，你呢？"

该问清的事，他终究还是要问清的。

她现在已经住进了陆家老宅，看似简单的住处变化，其实却有着格外重要的意义，这几年来，能进入这里的人都是少之又少，何况入住？

苏终笙站在原地，没有跟到他的身边，咬了咬唇，"为什么……一定要问？"

陆少城没有回答，反而继续问道："为什么那天在盐城的医院，你能清楚地报出我的病史？"

苏终笙先时对这件事完全没有在意，此时经陆少城一提醒，不由倒吸了一口凉气。

那天在盐城她是乱了方寸，将那些事情脱口而出，没有想到、没有想到……

话说到这里，苏终笙明白了，今天有些事情她不想说也不行了，陆少城是一定要一个结果的。

"我……"她深吸了一口气，脑子里千百种念头闪过，她支吾道，"我是……"

忽然，说不下去了。

陆少城并没有催，只是静静地等着，他很少对谁这么有耐心，苏终笙愈发确定了今日是怎么也躲不过去了。

"我之所以知道你的病史是因为我知道你去找傅老师看了病，后来再去找傅老师要药膏的时候，我借研究病例之名，向他询问了你的情况。"

苏终笙飞快地一口气说完。

"傅老？"

陆少城不置可否，只是重复了一遍她提到的那个名字。

苏终笙点头，"是。"

陆少城没有再回应，安静地不知道在思考些什么。

"还有，关于我的过去……"苏终笙停了一下，走到陆少城的身边，"我一直不想提，是因为那是我记忆里最不想回忆的部分，如果再给我一个机会，我宁可那会儿的自己变成一个瞎子，也不想亲眼目睹那样的场面。"

她的语气里带着很强烈的恨意，是与她平日里一贯展现给他的阳光和开朗截然不同的部分，陆少城微怔。

"我并不是报纸上所说的孤儿,在我很小的时候,我是有家、有父母的,而且事实上,我的家境不错,那时的我优越、自在,没有为什么事发过愁,父母每日教育我的都是乐观与感恩,于是我乐观、我感恩,直到有一天,几乎是在突然之间,这样的家就不复存在了,所有的人都说我父母做了缺德事,活该遭报应,我的父亲再也没有回来过,我的母亲抱着我以泪洗面,后来也……"她哽咽了一下,恍然之间,那一日似还在眼前,一切历历在目,"那个时候我还不是很懂事,后来想起来也只能告诉自己说,我的父母做了错事,这是天意的报应,不可以因此变得怨恨,要感恩、要乐观,然而……"

陆少城的声音依旧冷静:"然而?"

苏终笙赶忙摇了摇头,"没什么,后来我就成了孤儿,流浪的那些事他们也提过很多次了,现在想想也没什么,总归最后能碰到郑爷爷,我就是幸运的。"

她的话里似乎还在积极贯彻着她父母教给她的乐观与感恩,越是轻描淡写,就让人越是觉得心疼。

陆少城伸手,将她揽进怀里,他的胸膛宽厚温暖,这一刻,苏终笙终于肆无忌惮地哭了起来。

眼泪掉得很凶,这么多年没有向任何人表达出的情感,在这一刻变得异常汹涌,她想要控制住自己、想要让自己冷静下来,可是她做不到,她终究还是没有自己以为的那么厉害。

这么多年来,每当她想忘记那时的情景,然而潜意识里却有一个人怎么也不肯放过她,午夜惊醒,她用手捂住脸,明明害怕悲伤至极,然而却怎么也哭不出来,就好像所有的负面情绪都随眼泪一起凝固在了心底。

她睁大了眼睛,视线落在陆少城身后的墙面上,一点点失去聚焦,视野变得模糊不清,她其实已经渐渐冷静了下来。

她抱着陆少城,将下巴枕在他的肩上,她的目光清明。

分明清醒了。

"你从未和任何人提过这件事?"陆少城沉默了片刻,忽然问。

"包括郑爷爷在内，没有。"

他一默，"为什么不说呢?"

"说不出。"

她的家族至今还背着当初的恶名，无论走到哪里提起，都会引来别人异样的目光，还有随之而来的闲话。

他能够感觉到她那种强烈的情感，此刻她所说的应该都是真的，可如果事情就是这么简单，为什么之前她宁可冒着被他怀疑的风险也不愿透露半分?

还有宋家言，他又是从哪里查出的苏终笙是个孤儿？这消息的偏差……

想到宋家言，陆少城的眉头不由蹙紧，虽然两家是对手，宋家言完全没有必要参与到他的私事中去……

苏终笙并不爱哭，此刻抽泣了几声，也渐渐平复了下去。

她揉了揉脸，觉得自己有点儿丢人，不想再在这个话题上多说什么，她看向一旁的花，似是有些惊讶道："这盆雏菊已经有点儿不太好了，该松松土了呢!"

她说着，走到一旁，拿起工具，熟练地做了起来。

她的神情专注于自己手下的事，心无旁骛，而那边的长椅上，陆少城陷入了沉默。

他的眼睛其实并不是六七年前好起来的。

虽然阿懒离开之前，他的眼睛已经恢复了部分光感，医生说形势一片大好，应该不用多久就可以有视野了，然而就是那段时间，他因为阿懒的突然离开，病情出现了反复。

直到后来又过了一年，他才重新看到了这个世界，他后来向所有医生介绍病史的时候，并没有提中间的那一段，而是直接说五年前恢复的视力，傅老那里应该也是这样记录的。

六年……

那日苏终笙说得那样确定，会那样认定他的视力是从六七年前开始恢复的，大概也就只有……

阿懒……

院子里很静，他能听到苏终笙在那边极其轻微的动静。

夕阳照在他的身上，恍忽间，好像又回到了当初的日子，少年坐在一旁的长椅上安静地等，而女孩则专注地做着自己手边的事。

微风起，安静宁谧。

第二天，陈光接到陆少城的指令，去查了江城这二十年来所有破产家族的资料。

待在陆家，苏终笙每日的正事就成了照顾陆少城，闲杂时间办办公，在陆少城的督促下把医院重建的计划书完成。

因为陆少城眼睛受了伤，他们的交流就着重偏向了口头，导致的直接结果就是苏终笙每说完一点儿自己的意见，基本都会被陆少城简要的两个字驳回，"不够。"

所谓"不够"，就是"不够好"的意思，惜字如金的陆大少爷连打击她都打击得这么简洁。

她长叹了一口气，禁不住抱怨："好烦啊！"

得到的依旧是两个字的回应："忍着！"

苏终笙："……"

在这样的反复修改中，苏终笙的计划书总算是改得有了眉目，但即使这样，也无法平复她对陆少城的不满，于是当给他换药的时候，明知道他用的眼药水对眼睛的刺激很大，当看到他蹙紧眉的样子，她还是故意问："怎么了？"

他咬牙，"疼。"

"忍着。"

陆少城："……"

所谓有来有往，苏终笙才不会让自己一直处于下风！

但苏终笙诚然还是会照顾人的，每天早上按时出现在他的房门前，扶他去餐厅，耐心地陪他去医院，给他读文件，帮他端茶倒水跑腿打杂，也算得上是兢兢业业勤勤恳恳。

几日下来，他们之间已然有了一种默契，他一抬手她就知道他要的是什么，他刚开口她就知道他想问什么，已经可以抢答了。

陈光看着她动作越来越熟练利索，玩笑道："还好苏小姐不是管理专业出身，不然我就要担心一下自己的饭碗了。"

她开心地一笑，格外"仗义"道："没事儿，来我们医院，我聘你！"

陈光笑着应道："那就多谢苏小姐了。"

两个人正相谈甚欢，陆少城忽然开口，声音凉凉的："他两年的工资就能抵得上你的银行贷款，你聘得起吗？"

一句话，犹如一盆凉水兜头而下。

苏终笙震惊地看着眼前的陈光，半晌，"我现在真的想抢你的饭碗了。"

陈光扬唇，"苏小姐说笑了。"

临近下班的时间，陆少城去了洗手间，苏终笙帮他收拾着东西，忽然听到有手机振动的声音响起，她循着声音看去，是陆少城的电话。

她起初只是不经意地往那边瞥了一眼，却在看到屏幕上显示的那一串电话号码时忽然僵住。

等等！

这个号码……

这个号码是……

不应该啊！

她震惊地瞪大了眼睛，脑子里只觉得不可思议，就在这片刻间，陆少城已经走了过来，他的听觉一向敏锐，很快注意到了这来电的声音。

"谁的电话？"他这样问她。

"呃……一串号码。"

"什么号码？"

"136283……"苏终笙说着，又更加仔细地看了一遍那个号码，确认自己没有读错，她不由倒吸了一口凉气，说完了剩下的几个数字，"9××××。"

静默。

在这一刻，空气都好像凝滞住了。

苏终笙能看得出，陆少城的身形明显一僵。

良久。

他开口："帮我把手机拿过来吧。"

手机的振动在这一刻停了下来，苏终笙站在原地微怔，一时间有些不确定该不该将电话递给他，她正迟疑着，但很快，手机又响了起来，依旧是刚才的那个号码。

电话那边的人就是为了要找陆少城，并非是拨错了号，也不是偶然打来的诈骗电话。

苏终笙的心里一紧，有一种不祥的预感涌上心头。

听不到她的动静，陆少城蹙眉道："拿来吧。"

这个号码他记得再清楚不过，不久前，他曾和苏终笙说过，这么多年没有换手机号码，是他一直在等一个人打来电话，而现在，这个电话来了。

他深吸了一口气，竭力维持着自己的平静，心里更多的已经不是期待，而是震惊。

他按下通话键，将手机放在了耳边，极低的一声，"喂。"

有良久的沉默，电话那边的人似是因为电话突然被接通，有些无措，半晌，才终于开口，很轻、很淡，却又似带着无尽的叹息，"阿城，你还记得我吗？"

还记得吗……

连这个号码，他都不曾有片刻的遗忘，她的电话没有存在他的通讯录里，而是存在他的心上。

明明是找了许久的人，明明是等了许久的电话，可奇怪的是陆少城此时心里却觉得有哪里说不出的不对劲。

他强迫自己冷静下来，理智地问："你是谁？"

听筒里传来对方的叹气声，而后是淡淡的一声，"阿懒。"

在这一刻，陆少城只觉得脑子里"嗡"的一声，瞬间一片空白。

而电话那边的人声音还在继续，"阿城，如果我有任何其他的办法，我一定不会在这个时候打扰你……"

"阿懒……"

陆少城没有回答,只是重复着念着这两个字,就好像忽然间变得陌生了。

心里"咯噔"一声,苏终笙看着不远处的陆少城,一时不知该作何反应,只觉得心里的预感成了真。

阿懒,这个原本应该消失在六年前那个大雪漫天的冬日里的阿懒……
她轻轻阖了眼,所有的话就卡在嗓子里,她却只能沉默。

"阿城,对不起,是我唐突了。"

电话那边的女人声音中带着歉意,这歉意中又含着疏离,那是多年不见的生分。

陆少城听着,没有应声。

唐突?没有任何事情比她六年前的离开更要唐突。

"算我求你帮我,可以吗?"她的声音中已经透着哀求之意,想必是遇到了极其让她为难的事。

静默许久,他终于出声道:"你在哪里?"

"我在我们第一次遇见的地方,只有在这里,我才有勇气打出这通电话。"

他抿了一下唇,轻叹了一口气,"在那里等着我。"

他挂掉了电话。

办公室里,忽然异常安静了下来,苏终笙低着头,也说不清自己究竟在等些什么,一直没有说话。

打破这沉默局面的是陆少城,他开口,声音清清冷冷,"怎么不问是谁的电话?"

是谁的电话……

苏终笙弯唇,露出了一个自嘲的弧度,她已然猜出了十之八九,何必再多问一句给自己添堵。

她尽可能地让自己的声音平静一点,"这是你的私事,我不好多问。"

"你不问,那我告诉你,是阿懒的电话。"

果然。

她阖了眼，心里波涛翻涌而过，却也只是淡淡地应了一声："哦。"

"没有什么想要说的？"

她的手紧握成拳，指甲扎进肉里，很疼，她却恍若未觉，甚至还能微微扬起唇角，"没有。"

"那我们走吧。"

陆少城说完，转身向办公室门口的方向走去。

下了楼，司机已在门口等待，陆少城向司机说出地点，那司机一怔，满怀疑惑地重复了一遍："南平街96号？"

十几年来，江城的改变很大，陆少城报的是从前的地名，那司机是从外地来的小年轻，自然并不了解。

"在现在南川中路和东路的交界，街角的地方有一栋快要被拆的老楼。"陆少城说着，停顿了一下，转而向一旁的苏终笙道："一会儿快要到的时候你给他指一下吧。"

"我……"苏终笙蹙紧眉，"我也不认得……"

她听得出陆少城的话中含有试探，索性直接否定。

她不认得，不管是什么地方她都不认得。

陆少城沉默了片刻，将手机递给了苏终笙，"找出刚才那个电话，告诉她到路口的咖啡店等我。"

苏终笙接过，从来电记录里找出了刚刚的那个号码，她按下通话键，正要递给陆少城，他却没有半分要接的意思。

"你说。"

电话很快被人接通，苏终笙听到听筒里传出女子轻柔的声音："阿城？"

阿城……

苏终笙在心里重复着这两个字，她叫得还真是自然亲切呢！

她深吸了一口气，"不好意思，我是阿城的未婚妻，阿城让我告诉你，去路口的咖啡店等他，我们很快就到。"

电话那边的人忽然就没了声音，半响才道："是苏小姐吗？"

"是。"

对方的声音中带着歉意,"对不起,是我打搅了。"

打搅,苏终笙在心里反复体味着这两个字,不只是此刻的打扰,这话里还有一层意思,那就是阿懒的回归一定会为她这个未婚妻增添更多意想不到的麻烦。

苏终笙扬起唇,露出一个温婉的笑容,声音温柔似毫不在意,"没事,快去咖啡店吧。"

她说完挂断了电话,笑意凝结在了唇畔。

她把手机递还给了陆少城,心里正沉郁得厉害,陆少城在这时忽然开口:"等一会儿你和我一起进去,反正你和阿懒认识,这么多年不见,也该好好地叙叙旧了。"

苏终笙咬唇,陆少城的记性还真是好,她先前同陆少城提过一次,他记得一清二楚,此刻这样一说,她无言反驳,可叙旧……

呵,这个旧应该怎么叙?

司机开车熟练,很快到了两条街的交界,根据陆少城的指令找出那家咖啡店。

苏终笙下了车,轻挽着陆少城为他引路。

推开咖啡店的门,有风铃声响起,有一位服务员走过来,微笑着问道:"请问只有两位吗?"

她说着,视线向陆少城的身上看去,这个男人轮廓俊朗、身形高大挺拔,气质卓然,虽然戴着一副墨镜,让人看不清面容,却也引人遐想连连。

苏终笙摇了摇头,"我们有一位朋友已经在这里等着了。"

那服务员想到了什么,问:"是一位女士吗?"

"是。"

"请跟我来。"

咖啡店最靠里面的位置,背向着他们的方向,一名女子安静而坐。

大概是听到了他们的脚步声,那女子猛然回过头来,发现真的是他们到了,她一下站了起来。

"阿城……"一声轻唤，几乎是不受控制地脱口而出，是故人重逢的感喟与喜悦，其中又带着些许怯懦，尾音绵长，各种复杂的情绪就全都隐藏在了里面。

陆少城并没有立即应声，她有些丧气，一偏头，看到一旁的苏终笙，低低地叫了一声："苏小姐好。"

那声音之中似乎还带着些许对苏终笙的畏惧，让苏终笙恍然还以为自己哪里欺负了她。

苏终笙牵起唇，向她伸出手去，"你好，好久不见。"

她竭力想要印证自己之前对陆少城所说过的事情，然而对方却并没有配合的意思，奇怪地看着她，质疑道："苏小姐，这不应该是我们第一次见面吗？"

苏终笙的态度坚决，"阿懒，你忘了吗？五六年前你曾经到过南榆镇，还重病了一场……"

"我……是吗？"那人出现了些许犹疑，忽而又苦笑了一声，"那几年四处流浪，也不记得自己曾经到过哪里了，想一想，能活到现在已是上天的恩赐。"

苏终笙很清楚，这女人这话是说给陆少城听的，这么多年的苦楚和委屈，面对着阿懒，陆少城是会心疼的吧？

苏终笙用拇指摩挲过自己左手无名指上的戒指，心终于渐渐安定了下来。

她开口，轻描淡写的四个字，"你辛苦了。"

一旁的陆少城在这个时候开了口："坐下说吧。"

三个人，陆少城和苏终笙坐在一边，而那女人坐在另外一边，与陆少城相对。

坐定之后，他们不约而同地又安静了下来，还是陆少城先道："有什么事，直说吧。"

那女人听到他这话，眼中滑过受伤的神情，抿了抿唇，才带着隐忍出声："对不起，是这样的，我的未婚夫被诊断出肝癌，现在病情很重，医生说……说……"

她的声音中已带着哽咽,好不容易才控制住自己的情绪,继续道:"我需要一大笔钱做手术费,还需要一个好医生,阿城,我知道你现在拥有全国最好的私立医院,请你帮我这一次好吗?我真的是走投无路了才来求你的,真的对不起……"

她说着,又凝噎住。

而对面,苏终笙还沉浸在对她刚刚所说的话的震惊中。

未婚夫……

她在心底冷笑了一声,只觉得这若不是真的,那眼前的人真是何其聪敏的心思!

因为她有未婚夫,所以她回来找陆少城并没有打算同他再续前缘,仅仅是单纯的求他帮忙而已,可这样一个癌症病人的未婚夫又能坚持多久?

因为她有未婚夫,她是别人的,于陆少城而言就意味着一种失去,她是想要用失去来刺激陆少城。

苏终笙偏头,看向身旁的陆少城,神情中不自觉流露出紧张的神情。

还好陆少城现在看不见,这是她第一次这么庆幸这个事实。

陆少城的眉心凝起,不似平日的漠然,他开口,只是问:"现在他人在哪里?"

"B院。"

陆少城的眉蹙得更紧,B院只是一家普通的二级医院,如果她的未婚夫已经是很严重的肝癌,那里根本应付不了。

"怎么不去A院?"

那女人摇了摇头,"A院的病房满了,根本住不进去,而且……而且我们也没有那么多钱,我们到现在还欠着B院住院费没有交,医生说……医生说如果明天再不补上,就必须要出院了!"

性命攸关,他们却连住院的钱都没有,足以可见他们的情况有多么的糟糕,穷困潦倒,莫过于此。

陆少城轻叹了一口气,"我知道了。"停顿了一下,他继续道:"我会叫人去安排好,今天就把你未婚夫接到我们医院吧。"

那女人的眼前一亮,抬起头来目光炯炯地看向陆少城,"真的吗?"

陆少城没有回答，只是拿出手机交给了苏终笙，吩咐道："给陈光打电话，让他去安排一间病房，然后把肝胆外科还有肿瘤科的两位主任请来。"

"哦。"

苏终笙轻应了一声，接过电话，正找着陈光的号码，对面的女子充满感激地看着她道："多谢苏小姐了。"

自她的眼中，苏终笙看不出半分感激，偏偏嗓音中却是充满了情感。

这一句"多谢"让苏终笙只觉得如鲠在喉，不回应自然是不行，只会让她显得冰冷而又不近人情，她迟疑了半晌，终是说："不用谢我，是你自己这次运气好，找对了人，少城愿意帮你。"

对方等的就是这句话，苦笑着一撇嘴，"我哪有苏小姐的运气好。"说到这里，她停了下来，欲言又止，再开口，已经换了话题，"我只求这一次能够顺利渡过难关就好……"

苏终笙很清楚对方说她运气好指的是成为陆少城的未婚妻这件事，对方想要借此表明自己这次回来已经认命，不会再有非分之想，可那语气中的涩意，分明就是遗憾。

她要告诉陆少城，她已经认命，但她还没有死心。

"会的。"苏终笙淡淡地应了一声，而后按下陈光的号码，电话很快被人接通了，"陆总。"

"我是苏终笙，是这样的，你们陆总要你去医院安排一间病房，然后把肝胆外科还有肿瘤科的两位主任请来，他有一位朋友要入院，病情很重。"

陈光干脆地应下："是，我这就去办。"

这边的事情吩咐妥当，陆少城站起了身来，对对面的女人道："一会儿苏终笙会陪你去B院，帮你未婚夫办出院手续，我的司机会将你们送到圣索罗医院，医疗档案以及检查结果都需要哪些苏终笙清楚，你们整理好，带病人去医院就可以了。"

那女人如释重负，长舒了一口气，感谢的话还没有说出口，就听陆少城继续道："但我对你，还有一个问题。"

"什么？"

"你叫什么？"

十二年前，他自路边"捡"到阿懒，她狼狈、寡言，他失去了亲人、盲了眼，谁是谁在那个时候似乎并没有那么重要，她随口说她叫阿懒，他知道她有难言之隐，没有再多问，就这样一直叫了下来，可现在，他要的是真相。

苏终笙的视线也向对面看了过去，不知那人会怎样回答。

女子的声音很轻很淡，透着些许无力，"就叫阿懒不好吗？"

陆少城没有回答，对面的人看着他的表情已然明白了他的答案，不好。

她紧咬住了下唇，面色一时变得有些苍白。

许久，她终于开口回答："苏卿云。"

堪堪三个字，声音中是一种隐忍，似是被碰到了痛处。

苏终笙看着她，这一刻，只觉得大脑之中"嗡"的一声，一片空白。

"苏卿云……"

偏偏这个时候陆少城还在重复着这三个字，而后似是不以为意地一笑，语气很轻，"还真是巧，你们两个同姓。"

一句话，两个人的脸色均是一变。

这根本就不是巧合！

没有人回应，陆少城并没有再在这个问题上纠缠下去，只当作没有察觉到此刻气氛中的异常，"时间不早了，你们走吧。"

苏终笙赶忙问："那你呢？"

"另有安排。"

他起先并没有对苏终笙的姓氏多么在意，即使在苏终笙同他提到自己曾经出身大家，而后落难的时候，他也只是在一闪念之中考虑过她的姓氏，但潜意识里总觉得没那么巧合，因而也没有多想，可刚刚，当"阿懒"说出自己原名叫作苏卿云的时候，陆少城明白这其中必有玄机。

在江城商界多年，对于"苏"这个姓氏，陆少城自然明白它的特别。

南江苏家。

这些年来，江城各式各样的企业、家族也可以算是不胜枚举，兴起的、覆灭的，却几乎没有一家可以同苏家相比。

起势时轰轰烈烈，风头正劲之时几乎翻手为云覆手为雨，最后的落败则是轰然崩塌，其惨烈程度没有任何其他的家族可以比拟。

陆少城拿出手机，以快捷键拨通陈光的电话。

电话接通，那边的人主动汇报道："陆总，您刚刚吩咐的事情已经办妥。"

"嗯"，陆少城轻应了一声，并没有兴趣多问，"前几天我让你去查过江城破产的家族，南江苏家的资料你找过了吗？"

"找过了，是第一个。"

陆少城停顿了一下，而后声音更沉了几分："告诉我苏家有没有女儿。"

"您稍等，我现在就看。"

陈光说着，找出自己之前整理的厚厚的一摞文件夹，快速地翻阅，很快有了答案，"有，是独生女，今年二十五岁。"陈光想了想，又自然地补充了一句，"和苏小姐差不多大。"

"叫什么？"

"叫……苏卿云！"

第十五章
他在等的人

只剩下了她们两个人，坐在车上，有司机在场，她们一路没有说话。

气氛有些压抑，司机时不时会有些奇怪地从后视镜向后看来，苏终笙只当作不知道，偏头看向窗外。

终于到了B院，苏终笙先跟着苏卿云到了这位未婚夫的病房，他的面色发黄，状态很差，苏终笙又拿起放在他床头的片子看了看，病情的确很重。

帮他办好出院手续，让司机和苏卿云一起扶着他下楼走到车里，确认东西收拾妥当，他们去了圣索罗医院。

好在两家医院距离不算很远，车停在医院门口，陈光早已在那里等待，将他们带到了病房，将病历和检查结果交给两位主任以做诊治。

接下来的工作就是等待。

苏终笙坐在医院走廊的椅子上，回想起刚刚苏卿云同她这位病重的未婚夫相处的细节，虽然也会关切地嘱咐些什么，但这关心中又带了些疏远，并没有什么很深的感情。

她试探地问苏卿云："即使你未婚夫病重你依然不离不弃，你们之间感情很深吧？"

苏卿云苦笑了一声，"不是每个人都像苏小姐你这么幸运，可以找到一个相爱的人相守，我和我未婚夫之间更多的是恩情。"

果然不出苏终笙的所料，"你不爱他？"

"听说人真正的感情一生只有一次，我的那次用过了。"苏卿云说着，自嘲地一笑，"性命攸关的时候，谈爱情太残忍，我先去看我未婚夫了，你们聊！"

苏卿云说着，站起了身离开。

苏终笙心里一紧，转头，就见陆少城不知道什么时候站在了她身后不远的地方。

"你来了！"苏终笙起身向他走去，不等他开口，她先出声道："你交代给我的事我都办好了，要是没什么其他事的话，我就先回去了，你们这么久没见面了，应该有很多话想说，我就不打扰了。"

陆少城自然明白苏终笙指的是他和这个突然出现的阿懒，他不置可否，"你就没有什么想说的吗？"

关于阿懒、关于她自己，苏终笙就没有什么想要说的吗？

他的话中暗锋隐现，苏终笙偏开目光，牵唇露出了一个勉强的笑，就好似没有听懂他的意思，"什么？"

他明白逼问于她终是无用，索性换了旁的问："你和阿懒也是许久未见，就没有什么想要说的吗？"

苏终笙轻描淡写道："看到她好端端的就够了。"

"好端端的？"陆少城哂笑了一声，"你这话说得倒是无私，她真的是你当初见到的那个阿懒吗？"

他的话里话外皆是试探，陆少城是何其聪敏的人，若非他此刻眼睛受伤，苏终笙只怕自己此时已经被他看穿了什么。

她的声音依旧平静："这么多年没见，大家变化都不小，我也说不准，但总归冒充这样的戏码在现实中还是不多的，她既然说是，那就是吧。"

苏终笙这话不仅是在模糊自己与这个阿懒之间的关系，更是在解释为什么那阿懒见到她并没有半分熟识的样子，多年不见，大家都有变化，认不出也是正常。

"你说得还真是轻松。"

他的声音清冷，没有再说下去。

他话中的讽刺苏终笙只当没有听见，她低了头，"那我先走了。"

不等陆少城同意，她径自向外走去，却在与他擦肩的时候被他突然伸出手抓住了胳膊。

"留下。"

陆少城开口，声音淡漠，就在苏终笙要再说些什么的时候，他又道："在这儿陪着。"

他决定了要她留下，苏终笙便走不成。

她还没来得及再说话，陈光已经走了过来："陆总。"

"怎么样？"

"两位主任看过了梁先生的病历，想要请您过去商讨一下治疗方案。"

那位阿懒的未婚夫姓梁，叫梁国辉。

陆少城面无表情道："不必了，把苏小姐请过去，有什么事情让他们和家属商量确认吧。"

他并不打算过多干预这件事，陈光自然也听明白了陆少城话中的意思，应了一声"是"，随后向病房那边走去，敲了敲门，对里面的人道："苏小姐，主任那边请您过去。"

苏小姐……

苏终笙听着这三个字的称呼只觉得说不出的别扭，苏卿云……

她在心中默念着这几个字，这么多年没有听人叫起过，再提起，她竟有了几分说不出的陌生感，这绝对不是巧合，不管那个女人是何来历，在她背后的那个人一定是个极大的威胁。

她现在并不能确认这前后到底是什么情况，如果与陆秋平有关，如果他知道苏卿云这个名字，那么……

他根本就是什么都知道！

病房的门被人拉开了，那位苏卿云从屋里走出，她微垂着头，面上带着泪痕，大概是刚刚哭过。

她一面抹掉自己脸上的泪，随后强撑着笑容抬头对陈光道："多谢陈助理了，我们走吧。"

她的神色中透着强烈的担忧和不安，以至于走过陆少城和苏终笙身边的时候也没顾得上打招呼，闷着头走了过去。

陆少城随即向前，苏终笙一怔，赶忙跟了过去，"你要去哪里？"

他头也不回，扔下两个字："上楼。"

她赶忙跑到前面去，按下电梯的按键，跟随着陆少城再次到了他的办公室。

夜晚，四周静寂，宽阔的房间内只有他们两个人。

陆少城自然地走向办公桌后面坐下，并没有说话，只是背靠在了椅背上，似是在休息，不知道在思考些什么。

也不知为何，在这个时候，苏终笙有些害怕他的沉默。

她主动找话问道："我们就在这里等着，真的不去看看那位梁先生的情况吗？"

他的语气很淡，并不太在意，"你去也救不了他，结束了以后陈光会告知情况。"

"嗯。"苏终笙应了一声，随后又是一段时间的寂静，他们之间似乎突然就变得无话可说。

真是奇怪，明明今天下午的时候他们还好好的，可突然之间……

"不久前我得到了消息，宋氏决定要参加6月在南山举行的一个项目的招标会。"

良久，陆少城忽然这样说道。

苏终笙的心里一紧，"是么？这有什么特别的意义吗？"

"陆氏正在考虑这个项目，如果能拿下，对陆氏各方面都有利好，宋氏在这个时候决定加入竞争，会给陆氏带来不小的麻烦，而这个决定对于他们而言也是一个很大的压力。"

如果不是得到了确切的消息，想要给陆氏造成阻碍，宋氏必定不会轻易做出这个决定！

换言之，有人泄露了消息。

苏终笙蹙紧眉，"不是说泄密的那个商业间谍已经被抓住了？"

他的语气依旧淡漠："看来没有。"

他先前就曾说过，他怀疑那个小角色并不是他们要找的人，而今他再次确信这一点的根据。

苏终笙下意识地咬住了下唇，这个小动作透露了她心中的紧张，她迟疑了片刻，终还是道："你说的南山这个地方，我曾经在盐城你们会议室拿出来复印的一份文件后面看到过。"

"哦？"陆少城轻笑了一声，"你是在让我怀疑你吗？"

她赶忙辩解："我当然不想，但我想你应该知道这件事。"

她说着，有些丧气地叹息道："你已经在怀疑了是不是？"

沉默。

陆少城并没有回答。

也不知过了多久，电话终于响了起来，是陈光来通报梁国辉病情诊治的方案已经确定了。

放下电话，陆少城对苏终笙道："走吧。"

这段不长的时间，在陆少城的沉默中，苏终笙只觉得度日如年，此刻总算是松了一口气。

然而刚刚站起身走到门口，她就听陆少城忽然开口问："在今天之前，你听说过苏卿云这个名字吗？"

没有防备他会突然问起这个，苏终笙一僵，手握紧成拳，否认，"没有。"

"那我告诉你，苏卿云是十几年前南江苏家唯一的后人，南江苏家因为项目中严重的材料质量问题变得声名狼藉，而后破产，苏卿云父亲入狱后不久病逝、母亲不堪重负选择放弃，她很快成了孤儿。"陆少城说到这里，忽然一顿，"她和你的经历倒是像得惊人！"

苏终笙仿佛连呼吸都变得不再自然，手上一用力，指甲嵌进了肉里，她却好似没了知觉。

"你到底想说什么？"

她竭力让自己的声音听上去更镇定一些，然而尾音中的颤抖却泄露了她的不安。

他的声音更沉:"我不知道,不如你来告诉我我该说什么!"

这几乎已经变成了一种逼问,苏终笙看着他,哑然。

整个场面对她已经十分的不利,先是商业间谍的事情,现在又是这样。

她来告诉他……

告诉他什么?感叹一句巧合?可她明知道这根本不是!

脑海中有许多想法闪过,苏终笙什么都说不出,就在这时,只听陆少城忽而冷笑了一声道:"苏卿云,南江苏家,我先前从未想过,那个总是无拘无束的阿懒,竟能牵扯出这样的背景!"

苏终笙终于冷硬了声音,"我不知道你想听什么,不管是什么样的背景,那都是你和她之间的事,与我无关,我关心的就是那些银行贷款,希望陆先生不要变卦才好。"

陆先生?变卦?

他冷笑了一声,她还真是"高看"他!

"言而无信?为那点钱?苏小姐大可以放心!"

话不投机,多说一个字都是浪费,场面正僵,陆少城的手机再次响起来,接通,依旧是陈光的电话,只是这一次,对方的声音中有些焦急:"陆总,苏小姐在医生办公室晕倒了!"

长时间的劳累,再加上极大的精神压力,这位瘦弱的苏卿云显然有些支撑不住了。

打了点滴,在医院中休息了一段时间,苏卿云总算渐渐醒转,睁开眼,第一个看见的人是在她身边的苏终笙。

"醒了?"苏终笙虽是疑问的语气,却并没有要等她回答的意思,"你刚刚因为劳累过度昏迷了,你现在需要休息。"

苏卿云没有接话,只是不断向四周看去,在找些什么。

苏终笙不留情面地打断她:"不必找了,你未婚夫在他的病房里,至于陆少城,他去处理事情了,也不在这里。"

被人戳穿了心思,苏卿云倒也并没有觉得难堪,反而像是怕苏终笙误会一样，解释道："苏小姐千万不要多想，我和阿城之间现在已经没什么了。"

苏终笙一直觉着这样的话说出来就是让人反着听的，她也懒得理会，她站起身，口中轻唤道："苏卿云？"

那女人先是愣了一秒，随后反应过来，应声道："什么？"

苏终笙的声音很冷："南江苏家，陆少城已经查到这里了，接下去的话要怎么说，我劝你还是要先掂量好才是！"

苏卿云并不在意的一笑，"虽然我不太明白你的意思，但我还是要谢谢你的关心。"

她的背后果然有人指使，所以她对此毫不担心。

这个女人很谨慎，即使在没有其他人在场的情况下也绝不说多余的话，不会留下任何能被抓住的把柄，机警得很。

适逢外面的走廊处有人的脚步声传来，还有陈光的声音，虽然听不太清，但应该是在汇报一些情况，苏终笙并没有就刚才的话再说下去，转而道："今天晚上我们会找人替你在这里看护梁国辉，你不必担心，回去休息吧。"

苏卿云赶忙说："不，不用的，我已经很麻烦你们了，我留在这里照顾国辉就可以了！"语气焦急，似乎真的是因为自己给别人添了太多麻烦而感到良心不安。

苏终笙蹙眉，"你已经劳累过度，身体吃不消，别说照顾你未婚夫了，就连你说不定都要别人照顾，回家休息去吧！"

听到苏终笙的话，苏卿云伸手捂住了脸，半晌，摇了摇头，"回家？我们的住处原本就是租的，付不起房钱已经被赶了出来，为了凑钱治病，东西能卖的都卖了，我没有家可回了……"

山穷水尽，她在这座城市中连一个落脚的地方都已经没有了。

"没事，我没事的，之前再难的情况我都熬过来了，现在只是有点虚弱而已。"

苏卿云这样说着，似是在安慰其他人，但更像是在安慰她自己。

她深吸气，尽力平复好自己的情绪，而后放下手，似是想要证明自己没事儿一样,她试图站起身来,可她已是虚弱得厉害,头晕,双脚轻飘飘的,根本站立不稳,眼见着就要摔倒,还是一旁的苏终笙扶住了她。

这样的逞强,倒真的是像六年前的阿懒,从未改变。

刚好走到输液室门前的陆少城将方才二人的对话听得清清楚楚。

"会好起来的。"

苏卿云轻叹了一口气,忽而开口念着这几个字,声音温润,其中还带着浅浅淡淡的自嘲笑意。

苏终笙扶着她的手一僵,这样的话、这样的语气,似是漫不经心,并不显刻意,可这句话分明是说给已经站在不远处的陆少城听的。

她恍神的片刻,一旁的苏卿云松开她的手就要往外走,脚下一个踉跄,幸好手上扶住了一旁的桌子才没有摔倒。

这一下倒是让一旁看着的人惊出冷汗,跟在陆少城身边的陈光不由问:"苏小姐,您没事吧?"

苏卿云迟迟没有回答,只是闭紧了眼,站在原地,面露痛苦的神色。

头晕得厉害,睁眼只觉得天旋地转,她这样子怎么可能没事?

表情、动作还有语言都可以做假,但检查结果容不得她做假,贫血、营养不良,这个苏卿云此时的样子并不全然是装的。

苏终笙走到陆少城的面前,"她现在需要休息和营养,但她现在除了医院无处可去,要不……"

她迟疑了一下,还是横了心道:"要不先让她和咱们一起回陆宅住一晚?"

苏终笙说这话并非是真的如此期盼,多少带了试探的成分,陆宅并不是谁都可以进的地方,更何况是借宿,她可以借此试探出陆少城对这个阿懒的态度。

她的话刚说出口,苏卿云就赶忙阻止道:"不不不!真的不用那么麻烦,我在国辉床边趴一晚就好!"

这苏卿云似乎是在拒绝,可她所说的在病人的床边趴一晚,只会让人觉得她更加可怜。

陆少城并没有理会苏卿云后面所说的话,只是对苏终笙道:"既然你这样说，那就这样定。"

攥成拳的手渐渐松开了，陆少城同意了，这样轻易。

他话中的意思是听从了她的建议，可如果他在心里不同意，谁又能勉强得了他。

那苏卿云似乎还想再推拒一下，"不用的……"

可刚开口，就被苏终笙平静地截住了话头："少城既然已经同意了，你如果再坚持，就是不领情了。"

"那……"苏卿云露出了一个为难的表情，随后低了头，"那就打扰你们了。"

一辆车，四个人，除去司机，各怀心思。

终于回到了陆家老宅，先前接到电话的张妈已经另收拾好了一处房间。

进了屋，陆少城直接吩咐张妈将苏卿云带到准备好的房间去，彼时苏卿云正仔细打量着四周，半晌，忽然感叹了一句："这里变化好大……"

整个陆家都被陆秋平下令重新装修过了，可不是变化大？

苏终笙顿时警觉，隐隐已经猜到她接下来要说些什么。

她一边说一边用手比画着，"我记着这里原来有一面镜子，大概……这么高吧？我记得从前我总是说它像照妖镜……"

她微微仰着头，眼神有些迷离，似是在回忆，忽而变得伤感，"算了，不说了，是我多嘴了，不好意思。"

一旁的苏终笙和陆少城皆是一怔，她说得没错，那里原本的确是有一面镜子。

但这不是最关键的，原先的物件谁都有可能知道，可从前阿懒说过的话……

陆家的佣人做工仔细，每一日镜子都是一尘不染的，一进屋，看到镜中的自己，或狼狈，或悠然，或兴高采烈，或眉飞色舞，不管是哪一种，与镜中的自己面对面的那一刹那，就好像又回到了现实一般。

从前的阿懒总是说："我害怕这面镜子，它就像是一面照妖镜，不知道哪一天就会把我这个偷逃出来的小妖精打回原形。"

家族遭难，她是唯一的幸存者，就像是从地狱里偷逃出来一般的感觉，不知道哪一天又会被抓回去。

陆少城抿起唇，心里说不清只觉得哪里有一点不对。

苏卿云原本已经跟着张妈向里面走去，就在这时，她像是突然想起了什么，又专程走了回来，在陆少城面前站定，"对了，阿城，我有一件东西要给你。"

她说着，自脖颈处拉出了一根绳子，绳子上挂着的，是……一枚戒指！

一枚和苏终笙手上的一模一样的戒指！

苏终笙倒吸了一口凉气。

那边，苏卿云平静地从自己的脖子上解开绳子，拿下戒指来，伸手拉过陆少城的左手，他的无名指上还戴着那个银色的戒环，她轻轻摩挲过，眼中是万千的不舍，将自己的戒指放在了他的手心里。

"这是当初那个对戒我自己留下的那一枚，现在我把它也送给你，不，是你们。"

苏卿云说着，面上有笑容带着涩意微微漾开，"愿你们一生，不离不弃。"

陆少城的手指仔细摸着戒指上的纹路，一点一点，越来越难以置信，竟然真的一模一样。

这戒指上的纹路是当初阿懒亲手刻上去的，这世上绝不可能有这样的巧合！

蓄意、人为，如果这两枚戒指一模一样，就只能说明她们两个有一个人一定是在说谎，为了什么特别的目的刻意接近他！

刚刚苏卿云所说的话……

自从进了陆家之后，她的每一句话都似乎是在与当初呼应，每一句话都似是充满了回忆，而苏终笙则是一直沉默。

他唤她："苏终笙。"

她不知道在想些什么，此时猛地回过神来，"啊？"

陆少城将手中的戒指递了出去，"这是阿懒送给你的礼物。"

短短几个字，带着说不尽的讽刺之意，一枚戒指，两次相送，怎么可能？

苏终笙咬牙接过，仔细打量着这枚戒指，越是看着，心中越发觉得不可思议，竟是真的一样！

她明白陆少城将戒指拿给她看，就是想要逼她说出些什么，可是她，无话可说。

她抬起头，再看向那位苏卿云，目光紧锁在她的脸上，这个人到底是谁？

就算是她背后有陆秋平的支持，也绝不可能做到这个地步，她对这一切了解、洞悉，现在，她已经在试图掌控。

这个人……

苏终笙越是看，越是觉得她有几分眼熟，可到底是在哪里见过的谁，她已经全然不记得，又或者只是和哪位明星有点像呢？

她在心底自嘲的一笑，微垂了眼，终只是说："谢谢。"

她没有反驳、没有质疑，就好像是已经默默认下了自己先前所说的都是谎言、她手上的这枚戒指就是假的。

她这样的态度让陆少城一时什么话都说不出，她到底在隐瞒和遮掩什么？还是她真的就是……

苏卿云勉强地牵了一下唇角，露出了一个比哭还难看的笑，似乎再也看不下去面前这璧人般的一对，转身快步走开了。

只剩下了陆少城和苏终笙，她看着面前的男人没有半分要动的意思，先开口道："我扶你回房间吧。"

他站在原地未动，开口，语气已经近似质问："这两枚戒指，你就没有什么想说的吗？"

说什么？说自己的是真的，苏卿云的是假的？还是说她自己之前是在胡说，什么送戒指、冬日病重，都是她随口胡扯的？

"我也不知道是怎么回事，也许……也许是阿懒她把戒指留在我那里以后觉得不舍得，又买了一个一样的之类的……"

她的声音越来越小,终于说不下去了。

陆少城就等着她自己停下来,才冷声道:"怎么不继续说了?"

苏终笙抿唇,再说下去、再说下去只怕……

她横了心,索性仰起头问他:"既然是两枚戒指,你为什么只问我不问她?"

这一句话她说得急且凶,是被逼急了的结果,然而话一出口,她忽然就后悔了。

静默,陆少城许久没有开口,如果他此时没有戴墨镜,她应该能看到他眼中的失望。

为什么只问她……

多简单的问题,因为他还相信她。

那来之不易的、微薄的一点儿相信。

可现在,都被她搞砸了。

苏终笙心里一紧,看着陆少城,微张着嘴,有许多话想说,可话到了嘴边,她却什么都说不出。

寂静中,陆少城转身,沿着记忆中的方向独自向里面走去。

梁国辉的病情迅速恶化,前期的放疗和化疗并没有达到预期效果,手术没有办法进行,即使是两位顶尖的专家到了这个时候也只能遗憾地选择放弃。

得到消息的时候苏卿云跌坐在了医生办公室里,眼泪泉涌而出,而后控制不住地号啕大哭了起来。

在场的人看着皆是怔住,一时进退不得,告知病情的主任试图安慰一下这个年轻的女孩:"回去准备准备吧,让他尽可能平静地走完最后的时光。"

这一句话不说则已,此时听到,苏卿云哭得愈发厉害了起来,她一面用手胡乱地抹着眼泪,一面点头,挣扎着想要站起来。

苏终笙看着终究是不忍心,上前扶了她一下,苏卿云抓住她的手,起身后就势伏到了苏终笙的身上,趴在苏终笙的肩头哭了起来。

苏终笙全身一僵，察觉到苏卿云并没有要放开她的意思，她轻拍了拍苏卿云的肩头，"趁着梁先生还在，再去陪陪他吧。"

医生们见状已然离开，苏卿云深吸着气，似乎在竭力压制着自己的情绪，可怎么也平复不了。

"我不敢，我不敢去见他！"

她将脸埋在苏终笙的肩头处，带着哭腔的声音闷闷的，"我还记得我和国辉第一次见面的时候是在街头，那个时候我高烧、肺炎，街上人来人往，没有人会注意到我，只有他走过来问我怎么了，我用我仅剩的一点气力告诉他'我快死了，别管我了'，他当时面色一变，对我说'就算是要死了我也要管一管'，我命大，活了，可是现在他遇到了同样的事情，我却……"她哽咽着，"我却什么都管不了了……"

离开陆家以后她受过的苦难，这才是苏卿云此时想要表达的重点。

苏终笙安静地听着，余光看向一旁的蹙起眉尖的陆少城，终只是轻叹了一声道："会好起来的。"微顿了一下，苏终笙才继续说："少城说你从前常将这句话挂在嘴边。"

原本还在啜泣中的苏卿云忽然僵硬了一下，而后赶忙轻念了两遍那句话："会好起来的……"

但梁国辉的离去已经是注定的事实。

眼看着梁国辉的情况越来越差，苏卿云日夜守在梁国辉的病床边，几日下来，人更加消瘦了几分，脸色也格外地差。

她很快在陆少城的医院里出了名，与梁国辉的感情也被传成了一段佳话，许多人私下议论起，都是对她的赞美。

她在平日有护士来帮忙的时候会和护士聊起她和梁国辉当初的事，共患难、相濡以沫，不到最后一刻决不放弃，这些故事很快传开，大家都会劝她看开一点，梁国辉也希望她能好好的。

她总是含泪应下，再默默地为梁国辉擦拭着手臂，神情中是一种隐忍。

听说苏卿云自己甚至没有钱为未婚夫办后事，医院里的人自发地组织了一次募捐，来帮一帮这个无助的姑娘。

陈光作为这家医院的院长助理,很快就听说了这件事。

如常去陆少城的办公室送文件,临走前,陈光似是随口一提:"对了,陆总,医院里的人在给那位苏小姐募捐。"

苏终笙此刻就坐在陆少城的身旁帮他整理文件,"那位苏小姐"自然指的是楼下那位。

陆少城的眉头紧蹙,"募捐?"

他带来的人潦倒得需要在他的医院里接受捐助,这说起来就像是一个笑话。

"是,陆总,现在医院上下都听说了那位苏小姐和她未婚夫的事情,大家都对那位苏小姐赞许有加,见她情况的确困难,都想帮一帮她。"

赞许有加……

苏终笙听到这四个字,手上的动作一顿,她先前还真是低估了那个女人。

陈光看着陆少城的神情,已经明白陆少城对此的态度,随即道:"陆总,要不要我去……"

陆少城冷声打断他:"不必,我去。"

他站起身,苏终笙赶忙放下了手里的文件,主动请缨道:"要不我去吧!"

"我来处理。"

苏终笙跟着陆少城由电梯下了楼,梁国辉的病房前,有许多医护人员三三两两地站在那里讨论着什么,这里一下比平日里热闹了很多。

病房的门并没有被完全关上,苏终笙轻敲了几下门,里面有女子轻柔的声音传出,"请进。"

苏终笙引着陆少城进了房间,里面除了苏卿云和梁国辉,还有两位年纪较长的护士大姐,见陆少城进来,皆是恭恭敬敬地叫了一声,"院长好。"

苏终笙打量了一下四周,床两边的柜子上摆着花篮和各式各样的营养品,而护士大姐的手里还拿着一个信封,大概在试图塞给苏卿云,此时见他们进来,知道不宜久留,拉过苏卿云的手就要将信封放下。

苏卿云忙缩回手，"冯姐，真的不用了，我算过了，钱已经够了，冯姐把钱留着给孩子上学用吧，谢谢冯姐了！"

那冯姐一叹气，"你这孩子真是，那么点儿钱怎么就够了啊，你一个小姑娘家家的以后可要怎么办啊！"

苏卿云用眼神示意冯姐梁国辉还在，冯姐自知失言，又叹了一口气，见她坚持，也不好再说什么，"那这钱我先留着，你要是有什么难处来找我们就好！"

苏卿云连连点头，"多谢冯姐了！"

冯姐又看了他们一眼，和另外一名护士一起，转身先出了房间。

只剩下了他们几个，苏卿云抬眼看向陆少城和苏终笙，迟疑了一下，道："有什么事我们外面说吧。"

梁国辉刚刚打了大剂量的止痛药，此时还没有醒，苏终笙应了一声，"也好。"

三个人一起出了房间。

苏卿云走在最后，将门轻轻地合上，而后又向旁边走了走，才转过身来轻声问道："怎么了？"

她很小心，生怕吵到病房里面的人。

陆少城开门见山，"听说你在接受募捐？"

听到他这样说，苏卿云一默，低下了头，而后轻点了一下头，"是。"

"谁的主意？"

"冯姐她们听说我缺钱，帮忙张罗的，我本来也没想……"

"你不会拒绝吗？"陆少城的嗓音清冷，"如果你缺钱，为什么不来找我？"

"我想拒绝，可是我根本拒绝不起。"苏卿云抿唇，"你已经帮我们安排了病房，还找了专家，我欠你的已经还不清了，再向你借一笔我自己都不知道什么时候能还清的钱……"

苏卿云说着，摇了摇头，"对不起，我的自尊不允许。"

她只是做不到再向他开口。

"自尊？所以你的自尊就是宁愿接受那么多人捐助也不愿意来找我

帮忙?"

听起来还真是奇怪的自尊，宁愿被那么多的陌生人同情怜悯，也不愿意向身边的人开口求援。

苏卿云别开了目光，心中满是涩意，"捐助？其实你是想说施舍的对吧？"

她自嘲地冷笑了一声，微顿了一下，才继续道："这么多年我早就已经习惯被人施舍了，而且对此心怀感激，如果不是这样，我只怕早就……只是见到你的时候，我忽然想起这世上还有自尊这种东西……"

这么多年不见，她只是想在他面前保留住这点残留的颜面和自尊。

真是细腻又苦涩的心思，让人心生怜悯，如果她们不是这样的关系，苏终笙说不定也会对她充满了同情。

苏终笙不知道眼前这个女人的话有几分是真，可所谓的施舍，这么多年她却是真正地习以为常，但她从不知这施舍会磨掉人骨子里的自尊，也会有不得不卑微、哀求的时候，及至后来的日子回首从前，她选择忘掉这些片段，而不是自己的自尊。

陆少城思量了片刻，最终轻叹了一口气，"如果这是你想要的，那就这样吧。"

无论如何，如果苏卿云真的是这么想的，他选择尊重。

"谢谢。"

苏卿云开口，声音很轻，似是终于放下了心。

相视无言，原本要说的已经没有必要再说，苏卿云看着陆少城和苏终笙微微一点头致意，"那我回去了。"

她说完，回到了梁国辉的病房里。

这边，陆少城沉声道："一会儿去告诉陈光，让他注意点儿这边，如果她再遇到什么难处，陈光知道怎么办。"

苏终笙抬眼看向他，而后低下了目光，"嗯。"

第十六章
不是眼盲，是心盲

稍晚的时候，苏终笙接到了一通电话，镇医院的人来问她一些东西的位置，她原想打电话给林健南让他帮忙找一下，没想到电话那边的人先是压低了声音对她道："稍等一下。"片刻之后，才恢复了正常音量道："可以了，怎么了？"

苏终笙有些奇怪，"你在哪里？"

他的回答让她很是意外："在宋氏大厦。"

"宋氏？"苏终笙的心里一沉，"你在那里做什么？"

"上班。"

"什么？"

林健南组织了一下措辞，解释道："我想了想，也该出来闯一闯。"

他有他的未来，这么长时间他一直在南榆镇陪着她，苏终笙一直很是感激，他决定出来闯一闯，苏终笙自然也是高兴的，可偏偏是宋氏……

"为什么要去宋氏？"

林健南很是无辜，"我就是给几家公司投了简历，宋氏刚好给了回音，这可是家大公司，能进来并不容易，所以就来试试了，没想到面试也顺利过了，而且据说好像是宋氏的少总无意间看到了我的资料，决定招我进来的……"

宋氏的少总？宋家言？

苏终笙的眉心紧锁，"'贱南'，你能不能……不要留在宋氏？"

林健南很是意外，"为什么？是因为宋氏和陆家在竞争吗？"

"是，也不全是……"苏终笙心急，却给不出清晰的解释。

电话那边有人在叫林健南，他急忙道："我这边还有点工作，有时间咱们再说吧！"

"好……"

电话随即被挂断，留下苏终笙在这边想着他刚刚的话，隐约有着一种不祥的预感。

宋家言……

好在紧接着发生的事情算是一件好事。

陆少城的眼睛渐渐有了好转，已经恢复了部分光感。

同陆少城一起去眼科做了一些检查，得到这个结果，苏终笙也觉得很是欣喜。

那边，眼科的主任微笑着对她道："这么短的时间能有这样的恢复效果已是不易，你一定花了不少心思。"

苏终笙扬唇一笑，"还好是力所能及，多花些心思也是值得。"

那主任想了想说："我看你天资不错，以前是A院王继玲医生的研究生是吗？"

陆少城医院里的专家大多是国外回来的专业领域小有名气的教授，没想到他竟然对自己的专业领域有了解，而不是只把她看作一个类似于绯闻缠身的三流女星一样的人物，苏终笙笑着应道："嗯。"

"我听王医生提起过你，说你是她近几届学生里最好的一个，如果你愿意的话，可以来做我的博士生，相信笔试什么的你应该都不成问题吧？"

这是这位主任抛给她的橄榄枝，苏终笙知道如果自己识趣就应该赶紧接着，毕竟像这样的专家，一年只招一个学生，说不定有多少人托关系走后门想要这个名额，现在他主动说要收她，机会着实难得。

然而有些为难地抿了抿唇，苏终笙终是道："非常感谢您，但请您原谅我暂时没有重新成为学生的打算，我还有一家医院要管理。"

一旁的陆少城语气淡漠地插话进来："我会帮你解决。"

苏终笙赶忙道："不，不用了，好不容易才借来银行贷款，我想亲眼看着医院重建。"

她坚持，这位主任也没有办法，只好道："那祝你的医院能够发展得顺利。"

苏终笙点头，"多谢您了。"

回陆宅的路上，陆少城一句话都没有再和苏终笙说，她如常跟着陆少城来到书房，帮他整理文件，两个人之间虽然默契，可房间里的寂静还是显得有些怪异。

她倒是沉得住气，闷着头不作声，终是陆少城叹了口气问道："为什么要拒绝许主任？"

苏终笙轻描淡写道："我说了，想回去看着医院重建。"

"你一不懂施工，二不懂管理，连计划书都是我帮你做完的，你每天在不在那里并没有什么特别的作用，其他的我都可以安排人去解决。"

"不必了。"苏终笙谢绝得干脆，"不会我可以学，总不能老是麻烦你。"

陆少城蹙起了眉尖，从他这样的表情里，苏终笙可以看得出他有些不悦。

"不能老麻烦我？你什么时候开始这样想的？"

苏终笙明白他的意思，先前为了医院贷款的事情她不惜冒充他的未婚妻也要麻烦他，在他的眼里，救济她大概已经成为一种习惯了吧。

"今天。"苏终笙看着手中的文件，轻声道。

"为什么？"

苏终笙的头更低了一点，她注视着自己衣服上的扣子，"我猜得出为什么许主任今天会问我这个问题，是你和他提起过这件事吧？在他的眼里，那么积极主动地成为陆少爷的未婚妻，我大概就只是一个虚荣、爱攀高枝、绯闻缠身的女人，他怎么会费心了解我，还想要收我做学生？"

最开始的时候她的确是有些意外，但这样的事细想之后就会明白，这其中必定是由陆少城促成的，她还没有优秀到声名远扬这个地步。

她想了想，补充道："我觉得我也该顾及点儿自己的自尊。"

就好像苏卿云在他面前所表现出的那样，也许她也该学会一些。

听她这样说，陆少城的眉头蹙得更紧，他向后靠在椅背上，片刻，才开口道："我只是向他提起过你，至于收不收你做学生完全是他自己的决定，我没有去强求，我也强求不来。"

他停顿了一下，而后声音愈发低沉了几分："但是苏终笙，我才知道，原来成为我的未婚妻是一件丢人的事。"

"我……"没有。

苏终笙想要解释，然而偏偏在这个时候，她忽然语塞了。

脑海中各种各样的念头飞闪而过，也就是在这一瞬间的恍神，她一个不小心，被文件的纸沿划了手。

"哒——"

她猛地回过神来，只见手指有殷红的血液渗出，蹭在了文件的边缘上。

她心里一紧，不由低呼了一声"糟糕"！

"怎么了？"

听到陆少城这样问，苏终笙一面嘬着手指尖，一面赶忙道歉道："不好意思，我刚刚不小心被纸沿划到了手，血沾在你的文件上了！"

"你的手怎么样？"

文件的纸质好，再加上一些其他的因素，这次的口子要稍微深一些，苏终笙含了十几秒钟的手指，伤口也没有完全凝血。

等了许久她也没有答话，陆少城直起了身，再问道："到底怎么样了？"

"唔……"苏终笙使劲嘬着自己手指上的血，含糊应道，"没什么，含一会儿就好了，就是你的文件……"

陆少城并不关心什么文不文件的事，直接打断她，"含一会儿？苏终笙，你是直接把你没有洗的脏手放进了你的嘴里吗？"

不说不觉得，被他这么一说，苏终笙忽然意识到了这样做的确是……呃，不太妥当。

她还想狡辩一下:"其实……也没有那么不卫生……"

已经说不下去了。

"过来!"陆少城叫她,"创可贴在最下面的抽屉里,拿出来,贴上,等到血止住了摘下来让伤口愈合。"

大概是因为气她笨,陆少城的语气有点凶,苏终笙一挑眉,低低地应了一声:"哦。"

拿出一个创可贴,揭开胶,贴……

伤在了右手食指,只剩下一只手,略困难。

她正考虑着怎么样用左手将创可贴贴得更平整一些,那边,陆少城像是知道她在想什么一样,开口道:"给我。"

"什么?"

"创可贴,还有你的手。"

苏终笙有些迟疑,他的眼睛还没有恢复,把创可贴交给他,她在心里已经做好被贴皱在一起的准备。

他离她很近,微低着头,呼出的气息拂过她的发梢,她的心里不知道什么地方,忽然一软。

她微仰起头看向他,有一些话明明已经到了嘴边,却怎么也说不出口。

她想说,"对不起"。

她想说,"我希望自己能够更好一点,而不要总被人看作一只攀上枝头的麻雀"。

可是开口,这一切却变成了,"你的眼睛已经在恢复了,估计不久就可以恢复一些视力了,我也该准备离开了。"

陆少城没有理她,只是专注于自己手上的动作。

"可以了。"

出乎意料的,陆少城很准确地将创可贴贴在了她的伤口处,而且两端的部分很是平整。

"多谢。"

苏终笙说着,收回了手,低下头看向被弄脏了的文件,"这页纸要怎么办？"

他并没有理会她这个问题，只是问："你就这么想离开吗？"

"没……"

明明是真话，可此时却被她说得这样没有底气，就好像只是在敷衍。

可是她没有。

只是陆少城无从得知。

他的声音很冷，"既然你这么想走，现在就不必强留。"

在那个偏远的镇子里还有一个叫林健南的人在等着她，她离开了这么久，大概已经迫不及待想要回去了吧？

强留？

苏终笙哧笑了一声，带着些许自嘲的意味，她先前早就应该明白，那个阿懒回来了，她这个冒牌的未婚妻就是多余的了吧？

"如果你希望我走，可以直说的。"

她的语气微涩，偏开视线，连多看他一眼的勇气都没有。

"希望你走？"陆少城只觉得可笑，"你的口才还真是好！"

话说到这里已经进入了僵局，苏终笙睁大了眼睛难以置信地看着陆少城，一时不知该说些什么。

也就是在这个时候，书房的门被人敲响了，门外传来了张妈的声音，"陆总，董事长回来了。"

陆秋平居然回到了这边？

苏终笙的心里一紧，心知陆少城看到自己住在这里，还在帮陆少城整理文件，一定还会对自己发难。

"我知道了。"

陆少城低应了一声，随后对苏终笙道："走吧。"

苏终笙看着被她铺满一桌的纸页，"这文件……"

"先不用管，明天让陈光去处理。"

苏终笙还是道歉道："不好意思。"

陆少城冷哼了一声，"强留你在这里这么久，倒是我该道歉。"

"我没有那个意思……"再说下去只怕是一个死胡同，苏终笙重重地叹了一口气,"算了!"

出了书房,来到客厅,苏终笙远远地就看到了陆秋平坐在那里,就像她第一次来这里时一样,沏着一壶茶。

茶壶精致,被水沸起浸润过,更显润亮。

听到脚步声,陆秋平抬头看了一眼他们,目光落在苏终笙的身上,也只是微微停留了一下,随后低下了头,看着自己手上的茶具。

苏终笙扶着陆少城走了过去,面对着自己的父亲,陆少城问道:"今天回来有什么特别的事吗?"

特别的事,这几个字在陆秋平耳中的确有些异样,他沉声道:"这是陆家,我回来还需要什么特别的理由吗?"

提到这个话题,陆少城知道没有多说的必要,没有接话。

果然,陆秋平轻咳了一声,而后道:"听说六年前的那个女孩回来了?"

并不出陆少城的意料,他早就猜到陆秋平一定会因为这件事回来找他,只是时间比他预料的稍微晚了一点儿而已。

他没有回答,反问道:"请问父亲有什么事吗?"

"你就打算留她在这里了?"

陆少城依旧没有回答,"请问父亲的意见是?"

陆秋平提起茶壶,不急不缓地向茶杯里倒着茶水,片刻之后,声音深沉道:"这个女孩经历了很多,走到今天也不容易,既然她回来了,就让她留下吧。"

静默,陆秋平的话音落,三个人皆是安静。

听到陆秋平说出这样的话着实是难得得很,甚至有几分奇怪,陆少城没有回应,只是平静地等着。

陆秋平的确有后话。

"你难道真觉得我会这么说?"陆秋平冷笑了一声,"陆家老宅不是酒店,谁都可以来这里留宿?你把陆家的家规放在哪里?"

陆秋平的语气愈发严肃起来。

陆少城并没有顺着他的话说下去,只是问:"父亲刚才说阿懒经历了很多，听起来父亲对她似乎很了解？"

陆秋平一默，抬眼看向陆少城，思索了片刻，才道："我怎么会了解她？这样的说法不是她们那样的人常用的吗？"

陆少城按照陆秋平的语气重复了一遍其中的几个字："她们那样的人？"

那语气中带着轻蔑与不屑。

"不然呢？"

正说着，大门的方向传来门铃的声音，张妈很快走过去打开门，"苏小姐回来了。"

门外，苏卿云面色很差、身心疲惫，她向着张妈微躬身致意，"谢谢您了。"

她到陆家多日，一直谨小慎微，保持着一种近乎卑微的姿态，对所有的人，包括陆家的佣人。

张妈又看了她一眼，想了想，还是说："进来吧，老爷在里面。"

苏卿云的眸光一凝，看向里面的方向，面上的神情近乎怯懦。

小心地进屋，换了鞋，连脚步声都刻意压得很轻，苏卿云走到客厅前，看着里面的三个人，勉强地牵起了一个笑，向他们打招呼道："陆叔叔好、苏小姐好，还有……"她的声音忽然弱了下去，似乎并不确定自己这么叫是否合适，"阿城……"

陆少城轻应了一声，问："怎么回来的？"

"公车，下午头一直在疼，正好还有些东西要拿，我就想先回来休息一下晚上再回医院，没有打扰到你们吧？"

陆少城虽然依旧是面无表情，但比起苏卿云最开始来的时候已经多了几分关心，"没有，晚上让司机送你回医院吧。"

"不用的，不用那么麻烦！"苏卿云赶忙道，"我自己回去就好，从这里到医院的公车线路挺好的，倒一趟车就可以了，晚一点的时候车上的人应该也就不会那么多了，挺方便的。"

陆少城不想同她争辩，只是以命令的口吻道："让司机送你回去。"

苏卿云看着他，有些不好意思道："那……谢谢你了。"

"回去休息吧。"

"嗯。"

苏卿云又看了一眼陆秋平和苏终笙，而后回了自己的房间。

房门被关上的时候发出"砰"的一声，紧接着，陆秋平冷哼了一声对陆少城道："你打算这么养着她到什么时候？"

陆少城的声音清冷："该到什么时候到什么时候。"

"你！"

陆秋平动了气，陆少城却并不打算同他在这个话题再纠缠下去，"父亲今天要留下吃饭吗？"

"是又如何？"

陆少城轻描淡写道："没什么，只是提前告诉张妈一声，免得饭菜不够。"

时至今日，陆秋平才是这里的客人。

整个过程中，苏终笙站在一旁就像是一个观众，她不知道是应该庆幸陆秋平今日并没有向她发难，还是应该奇怪陆秋平今日为什么明知道她同陆少城一起从书房出来也没有质问她或者陆少城。

她还记得不久前陆少城曾对她提过，陆氏又有信息泄露了，按理说陆秋平一定会怀疑到她头上，可今日见面，陆秋平却似是把这件事忘了一般……

真是奇怪。

还有那个苏卿云，她似乎已经越来越清楚自己的位置，以及适合自己的姿态，越来越适应这里，越来越懂得分寸和进退。

今日陆秋平看似是来赶她走的，偏偏却又从某种程度上帮了她。

陆秋平、苏卿云……

眼看着临近晚饭时间，饭菜都已经摆在了桌上，张妈走过来道："老爷、少爷，饭菜已经好了，请上桌。"

陆少城点头，"知道了，你再去叫一下苏卿云。"

张妈走到苏卿云的房前，敲了敲门，没有人回应，又敲了敲门，依旧没有人理，只是房间里隐隐传出人的哭声。

她觉得不对，问："苏小姐，怎么了？"

里面的人依旧没有回答，她加大了声音问："苏小姐，你怎么了？"

客厅里，陆少城听到她的话，蹙眉，"张妈，怎么了？"

"少爷，苏小姐不给开门，里面……好像是在哭。"

陆少城的眉蹙得更紧，对一旁的苏终笙道："带我过去。"

再敲门，里面的人依旧未理，门没锁，陆少城索性直接推开门，苏终笙只见苏卿云跪在地上伏地痛哭着，手机掉在了一旁的地上，她哭得很惨，让人看着，只觉得下一刻，可能连气都要喘不过来。

那么多人站在门外，苏卿云却好像丝毫没有察觉，直至陆少城走到她的面前，问她"发生了什么"的时候她才注意到他们的存在，颤抖着声音道："国辉……国辉他……"

她已经说不下去，号啕大哭起来，在场的其他人已经明白发生了什么，梁国辉不在了。

苏卿云必定是刚刚接到医院的电话，此刻正是难受的时候，她竭力深吸着气，尝试着想要开口说话："我刚刚……刚刚还在想，一会儿去医院要……要穿国辉最喜欢的那条裙……裙子，可是……可是……"

可是短短片刻，他就已经不在了，她再穿什么都是徒劳。

苏卿云身体不受控制地向前倾，用手捂着脸，贴在了地面上，似乎如果没有这样一个着力点，她整个人就会倒在地上。

这样的场面让所有看了的人都会觉得眼前的这个女孩实在是太过可怜，想要说些安慰的话，却又不知该从何说起。

苏卿云的声音断断续续："他是我……最后一个亲人了……"

最后一个亲人……

原来苏卿云对梁国辉的感情是这样。

陆少城蹲下身，想要扶起她，"我听到这个消息很难过，不管怎么样，先去医院见梁国辉最后一面吧，别让他在那里等你太久。"

最后一面，听到这几个字，苏卿云哭得更厉害了，然而陆少城说得没错，梁国辉此刻一个人在医院里，她要赶紧去送他最后一程。

苏卿云挣扎着想要从地上站起来，可多日劳累，又得知了这样悲痛的消息，哭得太厉害，她已经全身无力，腿上发软，刚刚半站起身，重心一个不稳，就向前趴在了陆少城的身上。

"抱歉……"苏卿云一边剧烈地抽泣着一边想要道歉，说出的话都是气声，让人听着于心不忍。

陆少城索性由她趴在自己的身上将她扶起，对一旁的苏终笙道："叫司机来，我们去医院。"

三个人一起去了医院，一路上没有交谈，车里只有苏卿云不停啜泣的声音，气氛异常压抑。

到医院进了梁国辉的病房，护士长早已在那里等候，苏卿云一进屋，直接冲到了梁国辉的病床前，刚刚平复了一点儿的情绪再一次崩盘，她握着梁国辉的手哭得不成样子。

一旁，护士长轻轻地拍着她的后背，"孩子，别难过，他走得很平静，也算是解脱了。"

护士长想要安慰她，苏卿云明白，拼命地点着头，却还是不能止住她的眼泪。

生死离别，最残忍的场面，苏终笙的脑海里恍然有一个画面晃过，卧室的床上，有一个人那样的安静，就好像是睡着了，她抱着玩具小熊走过去，推着那个人，可是……

苏终笙阖了眼，心里冰凉一片，她转身向门外走去。

后来到底发生了什么苏终笙也记不清了，只记得有哭声不停，人来人往，头顶上的日光灯刺目，她靠着冰冷的墙面，视野模糊。

再后来，她回到了陆家老宅，一个人安安静静坐在自己的床边，她的神思恍惚。

有片段来回闪过，不知道过了多久，苏终笙只觉得像是一生那么久，她听到外面传来女子惊恐的惊叫声："啊——"

紧接着是有人担忧的呼声："苏小姐，苏小姐你怎么样了？"

就连一向镇定的张妈都变得慌张起来，"少爷，苏小姐她……"

苏终笙的神思还不是很清楚，听到声音只是下意识地走出了房间，就见家里的人全都向苏卿云房间的方向跑去，她有些奇怪，跟着走了过去，等到了跟前,苏终笙也是被里面的情景惊得一个激灵,一下子清醒了过来。

苏卿云割腕了!

地上有猩红色的血液漫开,苏卿云的手臂上有一道口子,还在向外流着血,而苏卿云就躺在床上,闭着眼,恹恹的,似是已经绝望。

苏终笙来不及多想,赶忙上前,一面指挥家里的佣人拿来急救箱,将苏卿云的伤口做了处理。

因为发现得早,还没有对苏卿云造成太大的损伤,苏卿云睁开眼,眼中含着泪水,"为什……要救我?"

见她醒来,大家都松了一口气,张妈带着其他人离开了,苏终笙收拾着纱布,十分知道进退地对陆少城道:"我先出去,你们聊。"

陆少城没有说话,是默许了。

走到屋外,苏终笙合上门的那一刻,她听到里面传来苏卿云哭着唤道:"阿城,你们为什么要救我……"

苏终笙低头,看着自己手上端着的纱布,沾着血的一段一段,阖了眼。

她回了自己的房间,已经很晚,她却没有半点儿睡意,睁着眼定定地看着天花板的方向,她也说不清自己此时心里的想法,只是隐约觉得自己好像在等些什么,等着失去些什么……

她终于等来了。

漫长的一晚。

当自己的房门被重重地敲响时,苏终笙已经分不清自己的状态到底是不是清醒。

她迷糊地走到房门前,打开门,只见外面是陆少城站在那里,身上还带着些许血迹。

他的面色深沉,并不能确切地看清她,只能大概感觉到她的方位,他听到她轻声问:"怎么了?"

那声音轻得听不出其他的色彩,那样的轻描淡写,就好像什么都没有发生过,就好像什么都与她无关。

他的对面，苏终笙紧咬着下唇，屏息，只怕多说一个字就会让他听出自己此时的不安与恐惧。

陆少城声音清冷，"你休息了？"

"还没有，需要进来坐一会儿吗？"

她向后让开了一点儿空间，让陆少城进屋，她能感觉得出，陆少城有话想说。

他向前进了门，然而不过两步，他忽然拉住一旁的苏终笙，将她向后抵在了墙上。

苏终笙一惊，险些惊叫出来，冷静下来，她看着与她近在咫尺的人，第一次觉得，他们之间隔着天涯。

他的神情隐忍，双眼注视着她所在的方向，然而苏终笙很清楚，他看不到她。

他开口，声音低沉，"苏终笙，我只问你这一次，你到底是不是阿懒？"

一句话，犹如晴天霹雳，就炸开在了苏终笙的头上。

他的气势汹汹，是一定要知道一个结果。

苏终笙忽然明白了自己即将要说的回答意味着什么，是真正的结果，还是……

永远的分离。

她再一次屏住了呼吸，静默，屋里的空气都好像凝滞了一般。

而陆少城没有催，只是等着。

这一日，太过漫长。

所有的事情都是那么地突然，所有的事情都逃脱了他的掌控。

当他安慰苏卿云说："你还会再有亲人，你会再找到一个喜欢的人嫁了，然后有自己的孩子，现在放弃，为时太早。"

他怎么也不会想到，苏卿云接下来说的是："你不明白，我再也不会有孩子了，再也不会了……"

她拼命地摇着头，痛哭着，将自己蜷缩成一团，手将被子角攥得死死的。

他的心里忽然就一沉,已经隐约察觉了什么,还是追问道:"为什么?"

苏卿云不说话,只是哭,哭到让人心慌。

他再问:"为什么?"

她颤着声音,终于开口:"你还记得我曾和你赌咒发誓这辈子都不会生养孩子,以免让他落到像我这般的地步吗?"苏卿云顿了一下,阖了眼,"可能是这种话说得太过随意,上天给了报应吧,我被查出宫颈癌早期,子宫摘除了。"

在那一瞬间,陆少城的脑海里近乎一片空白。

他先前并未完全相信过眼前的女人,对于她总是心存戒备,总觉得她有哪里不对,可是现在……

很多年前,还未长大成熟的他和阿懒曾经谈及过未来,他最渴望的是一个完整、安定的家,有他和他爱的人,还有他们的孩子,然而对于那时的阿懒而言,连自己的未来都不知道在哪里,她忘不了自己被千夫所指的时候、忘不了自己被骂"晦气"时的狼狈和无措,她低了头,咬牙道:"我这辈子都不想要孩子,我不想让他有一天经历像我这样的人生。"

陆少城一直记着那时阿懒语气中的那种绝望,那个姑娘平日里总是云淡风轻的样子,却没想到心里的伤痛已经到了无法愈合的地步。

他不知道该怎么安慰她、怎么说服她,只是言语苍白地劝说道:"不会的,不会那样的……"

可阿懒却没有回话,他眼盲,看不到她的表情,可心里却明白,她是不信的。

劝服不了她,陆少城心里有些闷,起身走回了屋里,那一天后来也没再和她说话,那个时候,这件事成了他心里的一根刺,以至于这么多年过去,他还记得她说话时每一个字的语气。

那个时候的确应该只有他和阿懒两个人在,他没有想到眼前的苏卿云竟会这样自然地提起这件事情,而更让他震惊的是她后面所说的子宫摘除,她还那么年轻,报应,为什么会有这样的报应?

他的心里一窒。

阿懒……

她真的是阿懒吗？

他找了这么多年没有音信的人，真的回来了吗？

陆少城轻念着"阿懒"这个名字，找了这么多年的人此刻就在他的身前，他却忽然觉得茫然。

他几乎是不受控制地来到了苏终笙的房前。

如果事实真的是像他之前相信的那样，为什么苏终笙到现在还是什么也不说？

再不说就要来不及了。

他只问这一次，或许也只有这一次的机会可以问，她到底是不是阿懒？

苏终笙看着他，在不自知中，有眼泪已经蓄满了眼眶，她连眼都不敢眨，只怕让他察觉到什么。

屏气的时间太长，她不得不呼吸，却又怕带出抽泣的声音，她用嘴深吸了一口气，头向后抵在了背后的墙上，她抬眼看着天花板上的灯光，慢慢模糊……

她牵起唇角，强迫自己露出个微笑的模样，她知道自己此刻一定笑得比哭还难看，不过还好，陆少城看不到。

她开口，语气似是奇怪、诧异一般道："不是，你为什么这么想？阿懒她不是已经回来了吗？"

"不是……"陆少城轻念着这两个字，忽然之间就好像听不懂中文了一样。

她说"不是"，那就不是吧……

他抓着她手臂的力量渐渐小了下去，苏终笙仰着头，泪水越积越多，她终于控制不住，阖了眼，眼泪就淌了出来。

然而陆少城却并没有就此放开她，而是突然又向前更压近了一点，他明明说过只问一次，可此刻却还是控制不住自己，再次开口道："真的不是？"

有一股气就凝在胸口，苏终笙斜眼看向他，不知是气是恼，冷了声音道："陆少城，其实你对阿懒根本就没有那么深的感情，你也根本分不清究竟谁是阿懒，阿懒这两个字对于你而言不过是摆脱不了的对过去的纠缠！"

她的语气愈发严厉，就那么瞪着他，恨恨地道："陆少城，你不是眼盲，是心盲！"

他是盲了心，才会要靠问她来得到答案。

陆少城，你真的就那么在乎阿懒吗？你对她又真正有几分了解？

陆少城，你根本什么都不知道！

眼泪一滴一滴地自苏终笙的下颌处滴落，在地板上，也在陆少城的手背上。

冰凉的触感，陆少城下意识地缩了一下手。

苏终笙借机向旁边挪了一步，摆脱了他的控制，她抬手擦去自己脸上的泪痕，深吸了两口气，终于也渐渐平复了下来。

她偏开目光看向一旁，再一次牵起唇角，她摇了摇头道："我不是阿懒，很抱歉。"

抱歉，原来不是谁都需要抱歉的。

许久，她听到陆少城的声音再次响起，"对不起……"

一向高高在上的陆少城向她道歉，苏终笙自心底苦笑了一声，对不起，她知道这声道歉是为的什么。

她抿了抿唇，愈发用力地牵起唇角，"没事儿，我明白的。"

她终究成为了那个不得不被放弃的。

"不管怎么样，谢谢你帮我拿到了银行贷款。"她的声音微微有些发颤，她竭力深吸气，想让自己平静。

所有认真的、不认真的，理得清的、理不清的，他们之间，到此一清二楚。

陆少城向门口的方向转过身去，开口很轻："早点休息吧。"

他说完，扶着一旁的墙壁向外走去。

苏终笙没有接话，只是在他离开后将房门关上，那一瞬间，她整个人完全失控，向下跌坐在了地上。

眼泪比刚刚掉得更凶，她用双臂环抱住自己的膝盖，将脸埋在里面，然后身子渐渐倾倒，她蜷缩着躺在了地上。

苏卿云渐渐恢复了起来，无论是情绪上还是身体上，陆少城每日都会去看她，从最开始一天一次，坐在她的床边一句话都没有，到后来她可以下地，每日跟在陆少城的身边。

她起初怯怯的，总是跟在后面，但慢慢地，不知不觉中，她就已经走在了陆少城的身侧。

苏终笙去帮陆少城拿东西的时候，不过是一个转身的时间，再回来，就已经是苏卿云在帮陆少城写着东西，两个人有商有量，到了后来，苏卿云说起了些什么，一面说，一面弯起了眉眼，笑了起来。

看着眼前的情景，苏终笙的脚步一顿，刻意避开视线，她低着头走过去将拿来的东西放在了陆少城的桌面上，转身出了房间。

她已经是一个越来越多余的存在。

每天早上，她不用再去扶陆少城下楼吃饭，不用再在书房帮陆少城整理资料，不用再在院子里整理花草，不用再问陆少城想吃些什么……

就连换药这唯一一件看似比较专业的事，苏卿云都会在一旁看着，而后对陆少城道："阿城，待我的手完全好起来，就让我来给你换药好不好？就像从前一样。"

她因为割腕，手上还缠着纱布未拆，活动并没有那么灵活，她因而这样说。

苏终笙回头看向苏卿云，只见对方也回眼看向她，眼中没有半分友好之意。

陆少城的眼睛已经渐渐好了起来，视力在一点点的恢复，苏终笙知道自己已经没有再留下去的必要，主动向陆少城提出了离开，"看你像现在这样一切都好我就放心了，这些日子在陆家叨扰了，我也该回去了，南榆镇那边有人还在等我。"

陆少城抬眼看向她，眸光很冷，"是啊，比如林健南。"

她似是听不出他话里的讽刺，点了点头说："是啊，健南说他会一直等着我回去的。"

相视，再没有其他可说的，倒是一旁的苏卿云忽然开口接话道："苏小姐所说的健南是之前报纸上曾经提过的那个人吗？"

报纸上曾经提过，她和林健南的关系非同一般，这个时候提起这件事，苏卿云的动机再明显不过。

苏终笙牵了牵唇角，低低地应了一声："是。"不等苏卿云再说些什么，她紧接着道："时候不早了，我回去收拾东西了。"

她说完，转身离开了。

陆少城没有留。

第十七章
现在还想当好人？晚了！

两趟公交车，总共三个多小时的路程，手里拖着一个行李箱，明明是格外漫长的一段路程，却在苏终笙的恍神之间就过去了。

公交车的终点站，当售票员轰人下车的时候，她才猛然意识到，已经到地方了。

下了车，天已经渐渐黑了，她拖着箱子还有自己疲惫的身躯，走在回家的路上。

和她离开的时候相比，一切都好像没有变，可苏终笙明白，一切都不一样了。

听说她回来，林健南很高兴，执意要她去他家，陪着小城一起吃饭。

小城很乖，虽然见到她很高兴，想要一直缠着她，但是林健南和他说过"你笙姨很累，别闹她"以后，小城就乖乖地坐到了苏终笙的身边，只是仰着头静静地看着她，连话都不敢多说。

苏终笙看着他水汪汪的大眼睛，不由抱过他，仔细地问着他的近况，"喜欢和小朋友们一起玩吗？"

小城高兴地点头，"喜欢，但小城还是更喜欢和笙姨玩。"

"最近有没有乖乖地听话吃药？"

那边，林健南轻笑了一声接话道："自从你上次说如果他不吃药就不来看他了，他每天吃药吃得可积极了。"

林健南说着，伸手摸过小城的额头，他有些出汗，林建南怕他感冒，将他抱过去，替他擦过汗后脱下了一层衣服。

林健南不忘告诉苏终笙小城的近况，"最近小城的情况比之前好多了，你不用太担心。"

先天性心脏病，被亲生父母遗弃在医院，最初的时候，谁又能想到小城可以像今天一样坐在这里？

苏终笙欣慰地点了点头，"这么长时间以来，你辛苦了。"

林健南不以为意地一笑，"什么时候和我这么客气了。"他停顿了一下，又道："你回来得正好，过两天我们公司有大事要忙，我可能有几天没法儿照顾小城了，可以把他交给你吗？"

苏终笙的眉心一紧，"大事要忙？"

林健南点了点头，"是啊，有一个大项目要准备。"

苏终笙很快察觉到不对，"就算是这样，你也只是一个小职员，这种事不应该是中高层在忙吗？"

"我们老板很重视我，觉得我有很大的发展空间，在栽培我，让我主要协助主管在负责一些事。"

苏终笙的心愈发沉了下去，"你们老板？"

"是啊，我和你提到过的，我们少总。"

"宋家言？"

"对，宋家言，怎么了？"

苏终笙赶忙摇了摇头，"没，没事……"

一顿饭吃得索然无味，晚饭过后，林健南执意要护送苏终笙回家，苏终笙一路有些心不在焉，林健南到底说了些什么她也记不太清了，向林健南道别过后，她回到屋里，静坐在沙发上，良久，终究还是无法释然。

她拿出了手机，找出了一串电话号码，按下拨通键，"嘟嘟"，短暂的等待后，电话很快被人接通了。

听筒里传来背景嘈杂的声音，苏终笙迟疑了一下，忽然意识到自己的电话打得可能有些不合时宜，她赶紧说："我一会儿再打。"

电话那边的人刚应酬完一轮,喝了点酒,声音中透着疲惫:"没事,怎么了?"

他说着,忽而轻笑了一声,"你可不常给我打电话。"

"林健南……"苏终笙开口,直奔主题,"你为什么要留他在宋氏?"

电话那边的人,不是别人,就是宋氏集团的少总,宋家言。

酒有些上头,听到她这样问,宋家言轻揉着额,不以为然道:"我需要一个可以相信的人,你跟我说过林健南可信,正好他又来了,我就把他留下了。"

"他可信,但你不可信!"苏终笙毫不客气地回应,"你需要他做什么?"

苏终笙是何其聪敏的人,虽然尚不完全清楚宋家言的打算,但已经隐约察觉到了其中的不对。

宋家言的回答简单:"还没想好,不过总会有用的。"

"宋家言!"苏终笙有些生气了,"健南他想要的只是一个简单、光明的未来,不要毁了这一切!"

酒店里有些闷,宋家言扯了扯自己的领带,不由有些烦躁,"健南?你给我打电话就是为了他?"

"是。"

电话那边,宋家言冷笑了一声,"苏卿云,现在还想当好人?晚了!"

陆秋平很快得到了消息,苏终笙终于离开了陆家,而且是一个人走的,带着自己所有的东西。

他对周玉玲冷笑了一声道:"我猜的真是一点儿没错,那个苏终笙已经输了。"

对于自己的儿子,陆秋平多少是了解的,既然苏终笙坚持声称自己并非是六年前的那个女孩,那很好,她不想要这个身份,有人想要。

陆少城一向敏锐警觉,寻常找个人来糊弄他,陆少城必定不会相信,因而定人选的时候陆秋平多少有些头疼,他需要一个年龄合适,又对陆少城和六年前那个女孩熟悉的人,因而这个人选就只能从当年陆家老宅的佣人里出，但陆家当年的佣人里怎么可能有与苏终笙年纪相仿的女人？

就在他以为这条路走不通了的时候，一个意外的发现却改变了这一切。

当年陆家的女管家陈妈有一个女儿曾经跟着陈妈在陆家住过一段时间，他找到了这个女孩，陈咏菡，她对他所提出的计划很感兴趣，甚至连能得到的报酬都没有多问，直接答应了下来。

陆秋平起初还有些担心她到底能不能骗过陆少城，毕竟这个女孩看起来太过普通，不过现在看来，倒是他多虑了。

用六年前那个女孩的身份赶走苏终笙，想来真是再合适不过。

事情发展到现在，与陆秋平事先所料并没有太大出入，他靠在沙发上看着电视，脑海中所想的却是接下来可以让那个陈咏菡准备离开了。

利用假的将真的逼走，然后再让假的另寻借口放手，这样一来，陆家的门户就清静了。

但他料到了开头，却没有料到结局。

事情并不是都在他的掌控之中。

苏卿云，不，应该是陈咏菡，从没有打算过离开。

咖啡店里，陆秋平同陈咏菡说着接下来要如何让陆少城不起疑地从他身边抽身离开，要让陆少城放下六年前的那个女孩，对面，陈咏菡搅拌着咖啡，心不在焉地听着，目光不时瞥向窗外。

陆秋平有些不满地对她道："你在想什么？我在和你说很重要的事情，如果最后的过程中出现了问题，你也别想拿到报酬！"

他以为这样的威胁会对陈咏菡有效，没想到对方只是轻描淡写地应了一声："哦。"随后端起了咖啡杯，轻啜了一口，并不怎么在意的样子。

当时陆秋平答应给她多少钱来着？一百万？两百万？她没有仔细听，因为她的心思从来就没有放在这上面过。

她的母亲在十多年前在陆家做管家，而她则跟在乡下外婆的身边，直到外婆去世，母亲则不得不把她接到了自己的身边，她从那个时候开始，在陆家的一个小角落里生长。

她是一个多余的存在。

母亲总是在话里话外时不时地带出一种她很烦人的态度，母亲每天有很多事情要做，而她的存在显然使得母亲的这份清单更长了一些。

而她也是在这样的情况下第一次见到的陆少城，还有他身边的那个和她年龄相近的女生，她总喜欢躲在一旁，偷偷地看着他们。

那个时候的陆少城还只是一个少年，挺拔而又俊朗，只是带着一种不属于他们这个年龄的沉郁，却让人无法挪开视线，她大概就是从那个时候开始，偷偷地倾慕于他。

他的眼睛看不到，需要那个叫作阿懒的女孩时时陪伴在身边，做他的眼睛，帮他去做各种各样的事情。

陆少城和阿懒，他们两个每天大部分的时间都在一起，有一种特别的默契，而她在这个大房子里，只是一个多余的存在，有的时候她会在想，陆少城究竟知不知道有她的存在，应该是不知道的吧，她就像是一个见不得光的影子。

但阿懒看到了她。

有一次，她同往常一样躲在墙角的后面偷偷地看着他们，那个叫作阿懒的女孩在不经意间回过头来，视线落在了她所在的方向。

她记得很清楚，那个时候阿懒明显愣怔了一下，似是惊讶于她的出现，她的心里紧张极了，心如鼓擂，想，等一下阿懒问起她是谁，在做什么，她应该如何回答？

那个叫作阿城的少年也会听到她的回答，她只希望自己说出的话不会让他们反感。

她想了很多，很多很多，可是阿懒只是惊讶了一瞬，随后回过了头去，就像是什么都没有看到一般，继续和身边的少年说着些什么。

少年伸出手，轻握住阿懒的指尖，陈咏菡不知道他们都说了些什么，可那其中的温情，她却懂了。

她默默地向墙角后面缩了回去，任由自己埋藏在黑暗中。

有一次，去阿懒房间里拿东西，阿城伸手在桌子上摸来摸去，大概是在找水杯。

她小心翼翼地走过去，拿起杯子递到他的手里，他先是一怔，而后微

第十七章 现在还想当好人？晚了！

微牵唇对她道:"阿懒,你找东西的速度越来越快了。"

他把她当成了那个女孩!

她不敢说话,低着头,连呼吸都变得局促,只怕让他知道自己的真实身份他就再也不会让她接近他。

"扶我去厨房那边吧,我有点饿了,想看看还有没有什么吃的。"

她拼命地点头,脑海中不断回想着平日里阿懒的动作,模仿着,扶住他,生怕哪里做错了。

他忽然握住她的手,"唔,今天你的手暖和多了,多吃点枣还是好的吧。"

她的心里有一种很奇妙的感觉,无法用言语来形容,心跳得愈发厉害,她只希望这一路的距离长一点、再长一点。

她知道那一刻的自己是快乐的,有一点点害怕,但非常的快乐,她是那么的嫉妒那个叫作阿懒的女生,可以每天陪在阿城的身边。

然而母亲发现了她。

她被母亲愤怒地从厨房拖了出来,拉进房间里,劈头盖脸的一通责骂,她当时觉得很委屈,不知道自己究竟做错了什么。

母亲的气渐渐消了下去,最后扔下了一句话:"少城少爷是这家里的主人,你们不是一个世界的,离他远一点,不要靠近他!"

母亲走了以后,她趴在床上哭了好久,就是想不明白为什么她不可以,而那个叫作阿懒的女生可以。

她是那么希望自己可以成为阿懒,这个愿望就在她的心里埋藏了那么久,久到自己都以为没有机会再实现。

后来阿懒突然离开,陆少城愤怒之中砸掉了半个陆家,陆秋平下令将陆家老宅的东西还有佣人全部替换一新,她随着母亲离开了陆家。

直到不久前,陆秋平忽然找到了她的母亲,询问当年有没有十几岁的女孩也在陆家待过,她走到陆秋平面前,指着自己说:"我。"

她终于成为了阿懒。

钱从不是她想要的回报,她想要的是当年那个握着她手指说"今天你的手暖和多了"的那个少年,她想要的是那样的陪伴,她要证明给母亲看，她并不是只能离着他越远越好。

她就要做到了。

离开？

陈咏菡自心底冷笑了一声，从未想过！

对面，陆秋平还在不停地说着些什么，陈意涵抬手看了一眼表，已经是下午四点半，她毫不客气地打断陆秋平道："不好意思，阿城一会儿要回来了，我要先回去为他准备好一壶苦荞茶，有事下次再说吧！"

她说着，拿起一旁的包，站起身来。

陆秋平终于忍无可忍，质问她："你这是什么意思？"

陈咏菡不以为意地轻挑眉，"没什么意思，就是要照顾好自己的男朋友而已，说不定不久以后我就该喊您一声'公公'了呢！"

"你！"

陆秋平震怒，眼前的这个女人带着嚣张站在那里，已然不再是当初那个温顺的管家女儿了！

她不打算离开！

意识到这一点，陆秋平恼怒地瞪着她，"就凭你也想进我陆家的门？"

"就凭我？"陈咏菡重复着陆秋平的话，甚至连那轻蔑的语气都近乎一模一样，忽而释然地一笑，点了点头，"就凭我！"

陆秋平阴沉了脸看着她，"这么说你是不打算离开了？"

陈咏菡冷笑了一声，"我就从来没打算离开过！"

"你！"陆秋平再次气结，"你就不怕我把你真实身份告诉给少城？"

陈咏菡满不在乎地一笑，"你要是能说，你早就说了，如果阿城他知道是他自己的父亲找人来冒充他的女朋友，该有多伤心啊！"

她的语气里充满了讽刺，所谓作茧自缚，大概就是陆秋平此时的情形。

她稍微停顿了一下，继续道："对了，忘了说了，那个苏终笙的确就是六年前离开的那个阿懒，至于她为什么回来了却不和阿城相认，这里面的原因我想你大概该去查清吧。"

苏终笙就在那里，说不定哪一天会突然因为一些什么事和陆少城坦白,这对陈咏菡而言是最大的威胁,她索性借着陆秋平的手来除掉这个人。

这个女人!

陆秋平看着陈咏菡,直咬牙,这个女人不仅不打算离开,反倒指使起他来了,好大的胆子!

可偏偏是他自己将这个人找来的,一时半会也想不到什么太好的解决办法。

这个管家的女儿,今日敢这么威胁他,他迟早要她付出代价!

只是现在……

陆秋平心里冷笑了一声,一个野心勃勃的管家女儿总比一个居心叵测的苏终笙要好对付,先把苏终笙的问题解决了,剩下的,他们来日方长!

陆少城的车刚停在陆家的院子里,陈咏菡就已经满面笑容地迎了出来。

陆少城下了车,她自然地伸出手想要扶他,他轻轻推开,"没事,我的眼睛已经好了许多了。"

他的眼睛已经可以看清东西,虽然现在还没有完全恢复,用一段时间眼睛就会感到疲惫,但已经不用别人来带路。

被人拒绝,陈咏菡反倒露出了开心的笑容,"阿城,终于等到你眼睛好起来这一天了,你从前总是说等眼睛好了要仔细看清我的模样,现在我就站在你的面前,你对我还满意吗?"

闻言,陆少城的目光再一次扫过眼前的女人,这是阿懒,这是他找了六年之久的阿懒。

他们从前在一起的时候他总是会用手轻轻抚过她的面庞,他会竭力去记她每块面骨的形状,在脑海中拼凑出她的模样,他对她说:"待到我眼睛可以视物之时,我会第一眼认出你!"

那个时候,阿懒总是不置可否地一笑,"我等着。"

可现在,看着眼前的女人,陆少城的脑海中浮现的却是苏终笙的面容。

苏终笙……

也不知道她近来如何。

他一时有些失神，一旁的陈咏菡明显察觉到了这一点，伸手在他的面前晃了晃，担忧地问："阿城，怎么了？"

"没事。"陆少城回过神，径直朝客厅的方向走去。

陈咏菡跟在后面，笑着道："对了，阿城，我给你准备了苦荞茶，是不是好久没有喝过了？"

苦荞茶，听到这三个字，陆少城的脚步微顿。

他不喜欢喝茶，因为眼盲以后，黑夜就变得格外地漫长，他时常会失眠，连稍含咖啡因的东西都要少吃，更不要说喝茶了。

但与他相反，阿懒常常会在深夜，一个人端着茶杯坐在沙发上。

无眠。

那个时候，他就知道，阿懒的心里有事，苏卿云的家破人亡倒是刚刚能与之对应上。

因为满是伤痕，所以夜里辗转难眠，索性一个人，独坐到天亮。

有一天清早起来，他发现阿懒还坐在沙发上，他伸手摸了摸，茶杯里的茶水已经凉得彻底，他问她："在喝什么？"

"苦荞茶。"

他很小的时候曾经尝过一次这种茶，具体记不清了，但最强烈的印象就是一个字：苦。

还记得当时不过是从母亲的杯子里抿了一口，他就已经不想再喝。

他微讶，对阿懒道："不怕苦吗？"

"不苦。"她说着，举起杯子放在他的嘴边，"你尝尝。"

他试了一下，果然，不似记忆中的那么可怕，他反倒从这苦荞茶中品出了一种特别的韵味。

那时的他们，已经不会觉得苦了，反而学会了品味、体会，慢慢地从这样的人生中咂摸出了一些特别的滋味。

他开始陪着阿懒一起喝这种苦荞茶，他喜欢阿懒沏出来的茶，后来阿懒离开以后，他再也没有找到相似的味道，苦荞茶这种东西也就渐渐被他放下了。

苏卿云给他准备了苦荞茶。

陆少城走到沙发前，果然见茶几上摆着一个茶壶，里面已经泡好了苦荞茶。

陈咏菡快走两步来到他的面前，端起茶壶，倒出一杯茶水，递给陆少城，"快坐下喝点儿茶水解解乏。"

解乏，这一天的确是够累。

陆氏那边又出了问题，每当他算好就要解决宋氏带来的危机时，宋家那边总会采取些突然的举措，对这一切形成阻碍。

宋家拿捏得很准，每一次都能打中陆氏的七寸，就好像是总能提前知道陆氏下一步要做些什么，提前想办法给陆氏打来麻烦。

有内鬼。

陆氏有史以来最大的一场风雨正在酝酿，陆秋平要彻查陆氏上下，找出这个人。

陆少城接过茶杯，坐在沙发上轻抿了一口杯子里的茶水。

不对，说不出哪里，陆少城只觉得并不是记忆中弥散的那个味道，倒像是在随意哪家茶楼都可以找到的感觉。

他放下了杯子。

"怎么了？"陈咏菡紧张地问。

"没什么，我有点儿累了，想一个人安静一会儿。"

陈咏菡站在那里温婉地笑着，善解人意地道："那我先去院子里弄一弄花草了，我还记得你以前……"

陆少城终于有了些许不耐烦，"我记得你以前最讨厌别人总提从前，觉得那样的人生重复又啰唆，现在是怎么了？"

自从她进到这个房子开始，就在不停地提起从前，不知是在提醒他还是在提醒自己。

被陆少城这样一说，陈咏菡有些尴尬地站在那里，看着他，半晌，勉强地牵起唇露出了一个笑容，"就是觉得离开好久了，看到熟悉的人和物就情不自禁地想要多说两句。"

她的声音透着些许委屈，陆少城也觉得自己刚刚话说得可能有点重，轻叹了一口气，"抱歉，工作上有点儿事，我只是有些烦躁。"

陈咏菡释然地一笑，"没事，我去院子里了。"

她说完，转身离开。

陆少城向后靠在沙发背上，轻阖了眼，只觉得疲惫，他从前面对着阿懒，从没有过这样的感觉。

他忽然有些怀念不久前苏终笙在这里的时候，她坐在一旁的沙发上，就算什么都不说，他们之间也不会觉得尴尬。

她不会小心翼翼的、带着卑微和讨好的感觉与他说话，她总是叫他"喂，陆少城"，或者"哎，陆少城"，她会凶巴巴地夺过他手中的酒杯呵斥他："你的眼睛不想要了你就喝！"

他还记得得知他就是陆少城的那一天，她的第一反应竟然是扬起手来打他！

她还真是好大的胆子，清高又自以为是的笨蛋，而他因为她，做出过最荒唐的事，就是帮她冒充他自己！

后来，即使犯了错，她明明满心愧疚想要低头道歉，可是那个头啊，就是怎么也低不下来。

那个女人对着他喊："你不是眼盲，是心盲！"

这一刻，他忽然觉得，他或许真的是盲了心。

阿懒就在他家的院子里，可是他脑子里想着的，却是另一个女人。

吃过晚餐，陆少城进书房处理公事，他的视力已经逐渐恢复，不需要再有其他人坐在他的身边帮他整理文件。

书房里静寂无声，只有他在翻动纸页时偶尔响起的微弱声响，倦了，累了，疲惫地向后靠在椅背上，他想起不久前还会坐在他身边的人。

他的未婚妻，苏终笙。

她坐在他的身边，即使他什么也不说，她也知道他想要了解的是哪一份文件，他们之间有一种特别的默契，默契到陈光会开玩笑说怕自己被抢了饭碗。

陆少城还记得苏终笙用惊叹加嫉妒的语气对陈光说："这下我是真的想抢你的饭碗了。"

那个时候，她应该撇着嘴有一点儿丧气吧，她想尽办法争取来的"大额"银行贷款竟然还没有他一个助理两年的工资高！

也是在这个房间里，他第一次得知了她的真实想法，原来在她的心里，成为他的女朋友是一件丢人的事，她想要离开。

而她也终于离开了。

苏终笙、苏终笙……

他在心里轻念着她的名字。

"咚咚咚——"

敲门的声音响起，陆少城知道这是苏卿云来了，大概是又到了上药的时间。

"进。"

推开门，陈咏菡走进来，将手中的东西放在桌面上，微笑着走到他的面前，"阿城，该上药了。"

他轻应了一声："嗯。"

苏卿云帮他上药的方法是六年前阿懒的那种方法，可说不清为什么，这并没有让陆少城觉得久违和亲切，反而让他觉得有哪里说不出的不对。

她的动作很慢，每一步都似乎要仔细考量过一番才可以，生怕哪里出了错误。

他终于等不及，抬起手自己将剩下的步骤完成，陈咏菡僵在了一边。

"阿城，我……"她的语气带着怯意，好像自己做错了什么。

看着陆少城，陈咏菡憋了半天，终只是说出了三个字："对不起。"

陆少城只觉得心里愈发地烦闷，摆了摆手道："你没有做错什么，不用道歉，出去歇会儿吧！"

陈咏菡心里一沉，这并不是她进来前的打算，"阿城，我想在这里陪你……"

他的声音清冷，"不必，去外面休息吧！"

"阿城……"

陆少城揉着额角，眉心紧蹙，"去吧。"

陈咏菡只能离开。

终于又安静了下来，陆少城已经没有接着看文件的心情，只觉得烦躁得厉害，这么长时间以来，他第一次觉得这样迷茫，看不清自己究竟想要什么。

他是盲了心。

第十八章
变 心

周五,陆少城接到了一个电话,起初并没有怎么在意的接起,电话那边的人先是沉默,他觉得有些奇怪,再看手机屏幕上的来电显示,是苏终笙。

他难得耐心地等了下去,良久,他听到她终于开口,很轻的一声:"喂。"

"嗯。"

"陆少城?"

"嗯。"

"请问……你在哪里?"像是怕被他误会一般,还不等他开口,她就赶忙先解释道,"贷款的事还有个文件要麻烦你一下。"

他们之间,除了这个贷款,好像也没有什么别的事好说了。

他的声音微冷:"下午三点之前,我都会在医院的办公室里。"

"我马上过去!"

苏终笙所说的马上,是真的马上,在陆少城身边这么长时间,她其实已经大致摸出了陆少城每日工作安排的规律,也猜到这个时候陆少城应该是在医院,可是已经到了医院楼下,她却忽然踟蹰了起来,她甚至没有和陆少城打过招呼,这样贸然过来会不会……

不太好?

她仔细思量了一下,决定礼貌地补上这通电话,得到了陆少城的许可,苏终笙这才上了楼,前台秘书认识她是谁,有了之前的教训,自然不会拦她,苏终笙走到陆少城的办公室门前,敲了敲门。

"进。"

她推开门,看着坐在办公桌后面的人道:"那个,陆少城,我把文件拿来了。"

听到她的声音,陆少城猛地抬起头看向她,面上带着明显的惊讶,显然没有想到她来得会这么快。

"给我吧。"他伸手接过,视线扫过她的手,他忽然发现她无名指上的戒指还在,她还没有摘下。

意识到他看的什么,苏终笙赶紧收回了手。

陆少城没有追问,仔细地翻阅了一下苏终笙递过来的纸页,目光忽然盯住其中一页的某一个位置不动了,眉心也因此微微凸起,大概是发现了问题。

她忽然有些紧张,"怎么了?"

陆少城又看了看,应该是真的有些问题,他对她道:"过来。"

苏终笙没多想,十分听话地走到了他的身边,"哪里不对吗?"

"嗯,你看这里,这个条件有问题。"

他仔细地向她讲解着这里面的潜藏含义,被他这么一说,苏终笙才发现自己之前还真的是疏忽了,虽然来回看了几遍,但完全没有发现里面的问题,如果不是他这么一说,真是后患无穷。

她的心里满怀感激,继而问道:"那应该怎么改好一点儿呢?"

"把那个笔给我。"

陆少城说着,指了一下她那边方向桌面上放着的一支笔,苏终笙顺着他的指尖看去,果然看到了一支黑色的钢笔,她伸手够了过来。

"给你。"她伸手递,他抬手接,他的手顺势握住,不光是笔,还有她的指端,大概是无意,可紧接着,他却没有放开。

"手这么凉,末端循环不好,要注意保暖。"

第十八章 变心

他的手心温热，苏终笙一时慌了，有些尴尬地别过眼去，点了点头，尝试着将手从他的掌心抽离出来。

他没有放，一手握着她，一手用笔在纸上改着那些内容。

陆少城从容，字也写得大气，遒劲有力，可苏终笙此时却没有心情欣赏，她的目光紧紧地盯在握住她的那只手上，忽然就哑了声。

那边，陆少城还在耐心地为她解释："这一点一定要改过来，如果按照现在这样走下去你将会承担额外的责任，他们是想欺负你外行，我会找一个专家跟你一起过去。"

苏终笙听到了他的话，明明是他又一次的"大恩大德"、"慷慨相助"，她却连感谢的话都忘了说，只是专注地盯着自己和他的手，不时地用力想要把手拿出来。

他突然更用力地握紧了她，抬起头蹙起眉看着她，似是有些不满，"你到底有没有在听？"

听，在听，她可怎么听？

她索性也顾不得那么多，用了大力和他扭着劲儿也要把自己的手拿出来，他不放，她着急、她生气，却抵不过他的力大。

她终于忍不住，同他急了，"陆少城，你到底要干什么？"

他冷笑了一声，似乎她问了一个再明显不过的问题，"我在帮你改条件。"

她不是说的那个！

混蛋！

她咬了咬牙，"陆少城，我都决心要放下了，你为什么还要来招惹我？"

她明明都已经决心要放弃了，明明好不容易才让自己平静地接受不得不被放弃的这个事实，他现在又是要做些什么？

"我来招惹你？"陆少城冷笑连连，"苏终笙，我倒是要问你，这是在谁的办公室，又是谁来招惹的谁？"

谁来？她来！

明明可以用邮件或者传真之类的方式给他的东西，她却偏偏自己来跑了这一趟。

苏终笙，你真的只是为了来送这个什么文件的吗？

别再自欺欺人了！

苏终笙忽然之间，白了脸。

他的目光锐利，在抬首间向她而来。

苏终笙下意识地咬住下唇，视线相接的那一刻，她只觉得自己的内心都仿佛被洞穿了一般，气血上涌，她只觉得难堪极了！

"放手！"她沉了声，自牙缝里挤出了这两个字。

"苏终笙……"

她冲着他大吼道："放手！"

这一声，近乎歇斯底里，她眼中那不明朗的光，是他从未见过的模样。

那是一种恨意。

陆少城愣怔了一下。

也就是在这片刻，苏终笙用力收回了手，转身直接向门外走去，直到房门"嘭"的一声在她的身后被关了上，苏终笙终于忍不住掉下了眼泪。

她捂着嘴，飞快地穿过走廊，连电梯都不敢等，也不顾这是三十几层楼的顶端，直接走进了楼梯间。

下楼，起初动作飞快，就好像后面有火在追一样，也不知道是走到了第几层的最后一个台阶，她的脚突然就崴了一下，她没有防备，整个人向前倾倒，好在反应快，用手撑住了地面，总算没太过狼狈。

被扭了一下，脚腕的地方有点疼，但好在应该没什么大事。

此时被迫停下了脚步，苏终笙抬头环视着楼梯间的四周，很安静，就像是一个被荒废了的世界。

很累，也说不清为什么，她只觉得疲惫，连站起来的心都没有，她直接坐在了地上，抱住膝盖，任由眼泪静静流下。

今天来这里，她其实原本想对陆少城说："等到再过几日医院重建的事情都敲定了，我们就不必再顶着未婚夫妻的名头了。"

陆少城，如果那个阿懒的名字就是你想要的，那么，我成全你。

第十八章 变心

可他又何必在最后一刻紧抓着她的手不放？

自以为是、自私，此刻都已经不足以形容这个陆少城，偏偏她懦弱地看着他什么话都说不出了。

陆少城，她的阿城……

人生活到现在，二十几年，大开大合，她幼时拥有得太多，不知道珍惜，直到后来失去，一无所有，终于学会将所有能得到的紧紧抓在手心决不松开，唯有他，是她逼不得已做出的舍弃。

这是她的因果报应。

活该！

办公室里，将手里的东西向桌子上一扔，陆少城只觉得愈发地烦躁。

他没有想到苏终笙会来，也没有想到他们会这样收场，对于苏终笙，他从未想过伤害她，明明已经做了决定，然而直到刚刚，他才那样清楚地意识到，对于她，他不想放手。

最开始之所以会到那样偏远的小镇上去见她，只是因为她有一枚和阿懒一模一样的戒指，可事到如今，即使阿懒就在陆家老宅，即使她已经确定地告诉他她不是阿懒，他的心思却依旧在她的身上。

真是奇怪，阿懒、苏终笙，明明是相差很大的两个人，他想要的到底是什么？

静坐，良久，工作的心思全无，陆少城揉着额角，眼前不断浮现的是刚刚苏终笙离开前那种受伤的神情。

手机在桌面上振动起来，陆少城目光落在屏幕上，是家里的电话，陆少城知道肯定是苏卿云，又来问他几点回去了。

他的心里生出了几分抵触，索性由着手机去响，没有接。

"嗡、嗡——"

苏卿云的耐心还真是好，手机的嗡鸣声不绝于耳，陆少城每当听到振动的声音刚要停歇，紧接着就又再次响了起来，就这样有足足二十分钟，陆少城的耐性终于被耗尽，关了机。

电话那边，陈咏菡听着听筒里传出的"您拨打的用户已关机"，心里隐隐有了一种不祥的预感。

她的预感并没有错。

陆少城在办公室里一直待到了天黑，闭目，静思，有一个人的身影来来回回在他的脑海中拂过，他记得她的笑容，温暖明媚好似阳光。

睁开眼的那一刻，他做出了一个决定。

他去了南榆镇。

按着记忆中的位置找到苏终笙的家，远远地，他就看到屋里亮着灯光，应该是苏终笙在里面。

他走到房门前，有片刻的迟疑，然而紧接着，他抬起手，敲了敲门。

"咚咚咚——"

刚刚做完晚饭，正在拿碗筷，苏终笙就听到自家门口传来敲门声，她只以为或许是林健南有事来找她，一面说着"稍等"，一面照了一下镜子，不想让人看出她不久前哭过。

然而拉开门，她抬头见到站在那里的陆少城，整个人亦是一僵。

"你……"

苏终笙看着他，愣怔，她深吸了一口气，半响才找回了自己的声音："今天下午很抱歉，是我反应过激了，文件的事，谢谢你了……"

她说着，顺势向他手上看去，以为他专程跑来这一趟是为了她落在他办公室的文件，然而她惊讶地发现他的两手空空，什么都没有拿。

他不是来还东西的！

"你……"苏终笙惊讶地看着他，"你来有什么事吗？"

他的回答简单，似他一贯的风格，惜字如金："找你。"

"找我？"她冷笑了一声，有些难以置信地看着他，"陆少城，这到底是谁在招惹谁？"

她质问他，原以为他多少会有些理亏，却没想到他毫不犹豫地答道："我在招惹你。"

光明磊落、理直气壮，就好像这是天经地义的事情。

苏终笙震惊地看着他，忽然没了声音。

第十八章 变心

而他却难得地话多了起来："你那天说我对阿懒根本就没有那么深的感情，我也根本分不清究竟谁是阿懒，阿懒这两个字对于我而言不过是摆脱不了的过去！"他将她的话几乎是一字不差地重复给她，而后极轻地笑了一声，"简单地说，我变心了。"

她下意识地反驳："我不是那个意思……"

他的眸色更沉，"可我是。"

话音落，苏终笙根本没来得及防备，整个人就被陆少城拉了过去压进怀里，他以深吻封住了她的唇，那样的突然，她措手不及，她不争气的红了眼眶。

唇齿相连，他攫取着她的美好，流连，不舍放开。

呼吸交织，这一吻时光绵长，她的眼泪落下，他就混着她的泪水一起吞入腹中，那味道微咸、微涩，就如他们此时的心情。

"陆少城，你凭什么！"

隐忍了那么久，到了此刻，苏终笙终于爆发，她抬手用力地捶着陆少城的后背，脑海中一片空白，她只是想问他凭什么！

他变心了……

陆少城，你早干什么去了！

她想要挣脱他，可是哪里比得过他的力大，他将她深拥在怀里，将下巴抵在她的额头处，是完全占有的姿态。

"就凭你喜欢我。"

他开口，声音微沉，慢条斯理，却又那样残忍地将一切戳破，而她竟然无可反驳。

就凭她喜欢他。

她的眼泪更凶地落了下来。

他再次俯下身来，吻上她的唇，只是这一次，更慢、更轻，就像是一种诱骗，让她一点一点，越陷越深。

她终于还是缴械，微微踮起脚尖，回应。

即使明知道还有那么多的问题，即使依然看不清未来的方向，可这一刻，他们在一起，这就够了。

谁让她喜欢他。

她十二年的生命中，唯一的阿城。

他喜欢的是一个人，而非是一个名字。

陆少城留在了苏终笙的家里。

晚饭只做了一人份，苏终笙原本想去再加一点菜，却被陆少城拦了住，"我随便吃两口就好。"

他今天的胃口并不是很好，苏终笙有些在意，"吃这么少，一会儿不会饿吗？"

他淡淡地应了一句，"没事儿，一会儿的事一会儿再说吧。"

她苦了脸，"我可没有张妈那么好的手艺，不会做什么夜宵，你一会儿要是饿了就饿着吧！"想了想，又忽然意识到不对，现在已经快八点了，"你打算什么时候回去？"

他斜眼睨她，"现在就要赶我走？"

"没……没有，"可不赶他走又不行，"已经快八点了，你家又在市中心，这路途久，你到家就该十点了，太晚了！再说，司机也很辛苦，别让人家等太久！"

她想得还真是周到！

陆少城轻描淡写道："我让司机回去了。"

"什么？"苏终笙一怔，"那快让他回来啊！"

她听不懂他话里的意思吗？

他轻叹了一口气，"今天晚上我要住在这里。"

苏终笙瞪大了眼睛看着他，"这是什么时候决定的？"

陆少城说得理所当然："我来这里的路上。"

虽然已经做出了抉择，可回到陆家他还有很多要面对和解决的问题，他需要一点时间，静一静，想一想应该如何应对。

苏终笙咬牙，"我刚才要是没让你进门呢？"

他的回答简单："你让了。"

苏终笙恨恨地瞪着他，"万一我没让呢？"

他答得斩钉截铁，"你不会。"

苏终笙难以置信地看着他，"为什么？"

"因为你喜欢我。"

苏终笙："……"

一句"就凭你喜欢我"、一句"因为你喜欢我"，她还真是被他吃得死死的！

苏终笙叹了一口气，认命道："我去给你收拾房间。"

他拉住她的手，将她带进怀里，"不用，我睡你屋里就行。"

苏终笙红了脸，这回是真的有点恼了，"你再说我就让你睡沙发！"

他没有说话，只是俯身轻啄上她的唇瓣。

被他这么一闹，苏终笙的心里又软又糯，一面暗恨自己不争气，一面撇了撇嘴道："我睡沙发总行了吧……"

他不以为意地轻笑了一声，"身为你的未婚夫，那我就陪你睡沙发吧。"

"……"

沙发骄傲地发现自己原来是这么的受人欢迎。

苏终笙不过是随口一说，但陆少城却真的在她家的沙发上睡了一晚，他并不在意舒适程度，想要的只是一个安宁的环境，能够让他安心地过完这一晚，能够让他静下心。

他知道她就在与他不远的房间里安睡，他觉得踏实。

这一夜，他睡得异常安稳，这是他许多天都没有过的情景。

暗夜，静谧，唯有风声隐隐。

苏终笙躺在床上，看着天花板，清醒，毫无睡意。

不知过了多久，她坐起身，穿上拖鞋，轻轻地拉开门，走出了房间。

客厅里，沙发上，陆少城安然入睡，她走到他的身边，蹲下身，安静地看着他。

这一天之中，发生得太多，就在她以为快要失去的时候，谁会想到峰回路转，到现在，他就在她的眼前。

就凭她喜欢他，他说这句话时那种蛮横不讲理的样子好像还在她的眼前,可其实她又何尝不是在仗着他喜欢她!

阿城,若说放手,她又何尝舍得?

她探身,轻轻地在他的额上落下了一吻。

他是她的王子,可惜她不是灰姑娘。

同一个城市里,市中心最大的老宅院里,也有一个人,彻夜未眠。

陈咏菡静静地坐在客厅的沙发上,就那样注视着房门所在的方向,虽然明知道会再有人回来的可能性微乎其微,可她还是不死心地在等。

一整晚,陆少城的手机关机,她被迫给他周围的人打了一圈电话,陈光却说不知道陆少城去哪儿了,下班的时候陆少城并没有离开医院,而陆少城的司机说,他送陆少城去了南榆镇。

南榆镇……

她在心里又妒又恨地重复着这三个字,她很清楚有谁在那个偏远的小镇子上。

苏终笙,这个她原以为已经不足为患的女人,却不知道用了些什么手段竟还能将陆少城引诱到那里去!

陈咏菡只觉得心里愈发地不安,就是那种让人无法控制的心慌,风雨欲来。

她没有办法预测,没有办法掌控,只能坐在这里静等。

无论如何,不管是要发生什么,不管是因为什么,她都要倾其所有去阻止。

天,终于渐渐亮了起来,漫长的黑夜走到了尽头。

张妈早起做工,走到客厅中,看到陈咏菡端坐在这里,不由一惊,"苏小姐,您这是一夜未睡吗?"

陈咏菡看向张妈,牵唇一笑,因为熬了通宵,她此刻的面容憔悴,张妈看着也是不忍,"您这是在等少爷吗?"

陈咏菡没有说话,是默认了。

张妈轻叹了一口气,"少爷从前极少彻夜不归,每次也都会提前说明缘由,昨日那般,该是有什么重要的事吧,苏小姐不要太担心了。"

特别重要的事……

苏卿云想到司机告诉她的"南榆镇"这三个字，在心里冷笑了一声，面上却依旧是微笑着，"我知道，谢谢张妈了。"

"苏小姐客气了。"

张妈看着陈咏菡，心里忽然生出了几分不忍，这孩子也是不易。

天亮了。

阳光从窗外照进屋里，苏终笙睁开眼，入目，是男子俊朗的面容。

哦，对了，她昨晚最终还是睡到了沙发上，只因半夜偷亲被抓了现行，某些人十分自然地顺势将她拽到了沙发上，把她当抱枕一样抱着睡了一晚。

想到这个，苏终笙侧眼瞪着自己身边的人，他还真是睡得安稳，心安理得。

她起了玩兴，伸出手去捏住了他的鼻子，还没等她观察到某种自然的生理现象，陆少城就已经醒了，眸子中映出她的模样，忽然就翻身将她控制在了沙发的角落里。

她一惊，连忙大叫："喂，陆少城，你别闹！"

"我闹？"陆少城的眼眸微眯，透出危险的光芒。

苏终笙见情形不好，赶忙认错："我闹，我闹，都是我的错。"

"所以呢？"

"所以？"

她正不解地看着他，紧接着，就觉得眼前一黑，他俯身再次深吻向她，几乎要将她口中所有的空气都夺走，待到她支持不住，瘫软在他的怀里，他才终于放开了她。

"这个认错态度还可以，勉强原谅你了。"

勉强？

他占她便宜还上瘾了！

苏终笙只恨不得顺势给他一脚才解气，但陆少城已经坐起了身，他的话题转化得很快，整个人也严肃了起来，"我该回去了。"

"哦。"她低低地应了一声,只觉得这句话有哪里奇怪,为什么他说得就好像……

就好像他们刚刚干了点什么事,现在他该回家,不能久留的感觉?

他回头看向她,"今天晚上来陆家。"

他会先回去解决苏卿云那边的问题,而后他要以这种方式公开他的决定。

他知道自己的这个决定或许很自私,可是面对着现在的苏卿云,他除了内疚,再找不出其他的感情,他可以像对妹妹一样照顾她,却不想将她当作压力,将两个人就此捆绑在一起,以阿懒的性格,她应该也是不愿的。

"你要回去找……苏卿云谈吗?"苏终笙忽然问。

"是。"

苏终笙抿了一下唇,"其实我一直想知道,她割腕的那天晚上,到底跟你说了些什么,让你下定决心放弃我的?"

苏终笙很确定,那天晚上,在她离开"苏卿云"的房间以后,"苏卿云"一定说了些什么,即使得知"苏卿云"割腕未遂的时候,陆少城的神情依旧冷静,但后来来到她的房间质问她到底是不是阿懒的那个陆少城显然离冷静已经太远。

那个"苏卿云"必然说了些什么特别的,苏终笙需要知道是什么。

陆少城看了她一眼,"很抱歉,我不能说。"

"很私人?"

陆少城回避了目光,"嗯。"

也不知怎么,有一个念头忽然就出现在苏终笙的脑海里,而她就那么脱口而出:"比如她绝对不想要孩子什么的?"

话刚出口,苏终笙就意识到了自己的失言,而紧接着,她看到陆少城的神色微凝,她知道自己猜中了!

她亦是一怔,忽然觉得可笑,"她真的和你说过类似的话?"

陆少城敏锐地捕捉到了她眼神中的异样,"你知道什么?"

苏终笙的心里一紧,她反应过度了!

赶忙矢口否认:"不是……"

"算了,司机已经到了,晚上再说吧!"

陆少城说着,站起了身。

苏终笙这才算是躲过了一劫,赶忙也下了地,跑到房门前殷勤地候着,送他出门,可心里却又在想着刚刚和陆少城的对话。

这应该不是巧合,那个"苏卿云"居然会知道……

她的后背一冷,好像有人在窥探她一般的感觉,让她觉得很不舒服。

这一瞬间,苏终笙的脑海中有一道白光闪过,她终于知道为什么她之前一直觉得那个女人眼熟了,她见过那个"苏卿云"!

很多年前,那双从墙角后面露出的眼睛……

那个总是像个影子一样跟在他们身后的女孩,四五年的时间里,他们甚至不知道她的名字……

苏终笙眉心紧蹙,视线向下落在地面上,忽然就有一瞬的走神。

陆少城走到她的身边,察觉到了她的异样,因而问道:"怎么了?"

苏终笙抬眼,勉强地牵了下唇,摇了摇头,"没事。"

"那晚上见。"

他说着,俯身在她的额上落下一吻。

苏终笙应:"晚上见。"

关于那个女孩,苏终笙所知寥寥,但她唯一清楚的是,这个女孩不叫苏卿云,以她的身份,她甚至不应该知道这个名字,到底是谁告诉她的、谁安排的这一切?

陆家老宅。

漫长的等待,明明已经天明,在陈咏菡的心里却像是一个更加难熬的黑夜。

终于,她等到了自己要等的人。

陆少城终于回来了。

她挺着后背端坐在客厅里,听到前厅传来张妈的声音:"少爷,您可回来了,苏小姐在客厅等了您一晚上了!"

陆少城的声音清冷，"我知道了。"

脚步声越来越近，陈咏菡的心也随之渐渐提了起来，有一个人逆着光走了进来，身影越来越大，她看清他的面孔，抬起头，露出了一个温婉的笑容。

她站起身，走到了陆少城的面前，"现在才回来，是不是累坏了？快坐下歇歇！"

她说着，抬起手，想要帮陆少城脱下西装外套。

他向后避了一下，躲开了。

"我有点事要和你说。"

他开口，语速很慢，亦是严肃。

陈咏菡意识到了什么，神情一僵，随后就像是什么都没听到一般继续道："茶都凉了，我再去重新泡一壶。"

她弯腰去端茶壶，就要向厨房走去，却被一旁的陆少城拉住了。

"过来。"他的声音虽轻，却是用的命令的语气，不容拒绝。

她终是躲不过去。

"对不起，我可能给不了你想要的未来。"

他开口，直白而残忍，因为他很清楚，这样的时候越是温柔含蓄，伤害只会更大。

陈咏菡整个人僵在了那里，呆怔地看着陆少城。

可她越是这样，陆少城就越是找不出面对着阿懒的感觉。

他的阿懒，不该像眼前的人此刻表现出来的卑微与绝望。

"我不明白。"

她的声音中已经带着哭腔，眸中有晶莹闪烁，带着哀求的意味。

"如果你以后遇到什么难处，我都会帮你，但是对不起，现在的我们已经不是彼此的归宿。"

和眼前的人终身，他想他自己终究是做不到。

"为什么？"陈咏菡看着他，忽然就质问出声，"为什么不是？这段时间来，我们之间不是一直很好吗？"

她的眼泪一下就落了下来，因为恐惧、因为恐慌，她不想听到陆少城

第十八章 变心

再开口下一句的拒绝，控制不住自己，不停地说了起来："我知道你喜欢喝苦荞茶，所以我每天给你泡；我知道你喜欢花草，所以我每天去修整；我知道你喜欢吃胡萝卜什么的，所以我每天都会让张妈变着花样去做……只是过了六年的时间，我做了所有我能做的，和六年前的阿懒没有变化，为什么我不是你想要的归宿？"

她的哭声渐渐变得惨烈起来，为什么，为什么那个阿懒、那个苏终笙就是能轻轻松松地得到她用尽办法也得不到的东西？

为什么她不是？

她的眼中凝着泪光，带着质问直视着他。

她的对面，陆少城一震。

不只因为她的质问，而是因为她刚刚所说的话……

他的心，一点一点地沉下去，却又有哪里，有一束光忽然照了进来。

他忽然确定了一件事。

"我不喜欢花草，我只是喜欢阿懒不得不去修整花草时的样子，她也不喜欢花草，心情不好的时候时常会扬言要将这花连根拔起，之所以会养花，只是觉得有点东西牵挂着也是好的，至于胡萝卜什么的，我之所以会吃，并不是因为我喜欢，而是阿懒总是会以我眼睛不好为由逼我去吃，我并不喜欢，这一点阿懒她很清楚。"他停顿了一下，面色沉了下来，"你真的表现得很像阿懒，我差一点点就要被你骗过了，刚刚回来的时候我还心怀着亏欠与愧疚，可现在看来，真是不必了。"

被人戳穿，陈咏菡的心里一凛，一时间连哭也忘了，只是看着陆少城，心里不停地想着还有什么办法可以挽回，她拼命地摇着头，想要解释："不，不是这样的……"

陆少城已经不愿再多听她的狡辩，直接问道："你到底是谁？为什么会知道那么多我们的事情？"

他一直觉得这个女人与他的阿懒相去甚远，却又想不出有什么人能够知道他们当初那么多的细节，只能强迫自己去相信是这六年的时间给阿懒带来的改变，可如今看来，他的感觉没有错。

她的确不是。

在这一刻，她的身份和动机就显得格外地重要。

陆少城忽然想起那一日在苏终笙的房间，苏终笙曾经控诉他的那一句"你不是眼盲，是心盲"，就好像是早早预知到了今天的结局。

陈咏菡阖了眼，心底被绝望漫过，她连泪水都所剩无多，索性牵起唇，露出了一个难看的笑，"你一定要知道？"

"是。"

"陈咏菡。"报出自己的姓名后，陈咏菡随即自嘲地一笑，"你现在一定在想这是谁？这个名字你从来没有听过，怎么会有这么一个人能够知道你们的事对不对？"

"是。"陆少城毫不避讳地承认了，但与此同时，他意识到了一个更重要的问题，"所以你不是阿懒，连苏卿云都不是？"

陈咏菡不以为意地嗤笑了一声，"不是。"

陆少城的双眼微眯，"那你为什么要冒充苏卿云？"

又是谁才是真正的苏卿云？

陆少城忽然就想到了苏终笙，想到了那日的花园里苏终笙向他说出自己身世时的语气，那样的情态是真的，旁人仿冒不来。

如果苏终笙就是苏卿云，如果苏卿云就是阿懒，苏终笙为什么不承认？

他还记得那一日她提起自己的身世，最后所说的那一个"然而"，然而什么？莫非当年苏家的事情里有隐情？

对于这些，眼前的人到底知道多少？

陈咏菡抬手擦掉眼泪，"陆少问我不如去问自己的父亲！"

"我父亲？"陆少城很快明白了过来，"是他让你来的？"

陈咏菡毫不避讳地点头，"是。"

剩下的似乎并没有那么难理解了，不用她自己的身份是因为怕他去查，一旦他查到了她的真实身份，她的谎言就不攻自破，而他的确去查了，这个苏卿云自十二年前就像是消失了一般，时间刚好能够同阿懒吻合上。

陆少城不相信这是巧合，他更相信苏卿云就是阿懒的真实身份。

问他的父亲，听起来他的父亲大人陆秋平似乎对阿懒了解些什么……

他因为眼盲，认不出阿懒，可如果苏终笙真的是阿懒，如果这就是他带苏终笙回来的时候陆秋平震惊的原因，他能够理解为什么陆秋平对此只字不提，那是因为陆秋平不希望他找到阿懒，让这么一个"杂七杂八"的女人嫁进陆家，可为什么面对他的几次质问，苏终笙都不肯承认自己的身份？

他的面色更沉，看着自己眼前的人，"你为什么会知道那么多阿懒和我的事情？"

陈咏菡没有立即回答，而是抬头环视了一眼这陆家老宅，"因为我从前也住在这里。"她说着，指着一个方向道，"喏，那边，最小的那间房间，我从前就住在那里。"

陆少城蹙眉，"你是……"

"我的母亲从前在你们家做工，我无处可去，母亲只能让我跟在她身边。"

虽然同样生活在这一栋房子里，但他们的世界截然不同，她牵唇，露出了一个温柔的笑，目光落在后面墙突出来的柱子上，"你看到那里了吗？我从前就常常站在那个位置，偷偷地看着你们。"

陆少城的脊背处生出了一分凉意。

陈咏菡的声音还在继续："看着你们、看着你和她，我当时就在想，为什么坐在这里的不是我……"

陆少城已经没有心思再听她继续说下去，直接地问道："你见过阿懒，我只问你一句，苏终笙到底是不是阿懒？"

终于，陈咏菡终于等到了问题，自他将她识破的时候，她就猜，他一定会问。

她的面上是悠然的笑，平静而肯定地道："不是。"

她的目光直视着陆少城，毫不躲闪，真是出人意料的坦诚。

她不会告诉他，从她看到苏终笙的第一眼，她就知道苏终笙就是六年前的阿懒，那个时候，她看着苏终笙站在陆少城的身边，当时的震惊不亚于刚刚陆少城发现她并非阿懒时的反应。

过了六年，就在她以为这是她来到陆少城身边最好的时机的时候，那个女人就那样平静地站在陆少城的身边，就好像这六年的时间，什么都没有变过。

她得不到的，也不会拱手推给那个苏终笙！

陆少城闻言一怔，仔细地审视着她的神情，想要从中找出一丝破绽。

陈咏菡念念地继续道："不是呢，阿城你是不是很失望？"

阿城，再听她唤这两个字，陆少城的心里只觉得说不出的反感。

他冷笑了一声，"你真是一点也不害怕！"

陈咏菡坦然地点了点头，"是啊，有恃无恐，我想不出我要害怕什么。"

假冒苏卿云？假冒阿懒？这算是什么罪责？况且她是他父亲找来的演员，他们此刻只能算是互有把柄，如果陆少城对她如何，她自然会找个记者将这起家族丑闻捅出去。

父亲找人冒充自己儿子的初恋，啧啧，这个新闻标题还真是精彩！

她敢违背陆秋平的意愿，自然要给自己找到资本和退路。

她知道这深宅大院里太多的秘密。

陆少城的眸光很冷，"威胁我？"他冷笑连连，"你想不出，但我想得出，如果你真的做出什么，你以后的生活还有你的家人都会为此受到牵连，你不妨看看我的手段！"

陈咏菡僵了一下，随后露出了一个勉强的笑，语气一下子弱了三分，"我……没有想要做些什么。"

她现在想要全身而退。

忽然有一些后悔，或许刚刚她应该一直哭下去。

"你走吧。"连多看她一眼都不愿，陆少城转过身，就要向楼上走去。

他果决得让陈咏菡惊讶，"就这样？"

陆少城没有回应，径自上了楼。

其他的，没有什么值得他关心的了，这出戏太大，却并没有那么复杂，有一些事情到现在已经没有必要再去纠缠，就像那位梁国辉到底同她是什么关系、就像她到底为的什么来这里演这样的一出戏，于他而言已经没有了意义。

第十九章
真 相

　　来到书房，陆少城拨通了打给陈光的电话，在这个时候，他已经谁都不想再问，他想要真相，既然没有人愿意告诉他，那么他会自己找到。

　　电话那边，陈光恭恭敬敬地唤道："陆总。"

　　"宋氏那边又有什么动作吗？"

　　这段时间以来宋氏不断采取各种各样的办法来干扰陆氏新项目的运行，竞争并不是关键，重要的是宋氏招招都针对的是陆氏最薄弱的地方，宋氏对于陆氏的了解透彻到让人不得不生疑。

　　陆秋平的清查并没有找到答案，只是抓出了一个无关痛痒的可疑人物，而陆秋平的疑心又回到了苏终笙的身上，这个在陆少城视力没有恢复的时候每日帮他整理文件的女人。

　　陆秋平似乎认定了，苏终笙到他的身边没安好心，这样的确定让陆少城多少生出了些许疑问，这里面会不会有什么特别的原因？

　　他有一种感觉，苏终笙和自己的父亲之间似乎有什么是他不知道的。

　　"目前还没有，不过……"

　　"什么？"

　　"股市上有一笔资金的流动不太正常，怀疑和宋氏有些关系，我会尽快去查清。"

"嗯。"他稍微停顿了一下,"还有一件事要你去做,去查清当年南江苏家破产的全部细节。"

陈光微讶,"全部细节?"

"是,我要的是报纸报道之外的东西。"

沉默了片刻,陈光沉了声道:"我明白了。"

南榆镇,临近傍晚。

因为下午有一个受伤的病人来,一下子忙了起来,忘了时间,苏终笙又回家收拾了一下,已经快到六点,她才刚刚要从家里出发,偏巧就在这个时候自家的房门被敲响,她听到熟悉的声音在外面问道:"笙姐,在吗?"

是林健南来了。

苏终笙走过去拉开门,让他进了来,"我正准备去城里,怎么了?"

林健南的表情有些不自然,"也没什么,就是小城上次来说是落了点儿东西在这边,我来帮他找下。"

苏终笙没有在意,"嗯,你找吧,我要先走了,备用钥匙还在之前的地方,你走的时候把门锁上就行了。"

见林健南点了点头,苏终笙拎起包就出了门。

"嘭——"

房门被撞上的声音响起,林健南这才像是回过了神一样,抿了抿唇,终于还是下定决心向里屋走去。

他是来找东西的,却不是来找小城的东西。

他走到写字台前,拉开最下面的那层抽屉,果然看到了一个不算大也不算小的精致木盒还放在那里。

这么多年,他和苏终笙应该算是十分熟悉,对于她的事情,他都多少有一些了解,他曾经几次见过苏终笙在他过来的时候突然合上一个小本儿,放进了这个盒子里,他知道这里面一定是一些对她很重要的东西。

他小心翼翼地将盒子端出,这是一个旧木盒,上锁的地方已经坏了,他打开,就见里面七零八散地放着一些东西,像是一把小木梳、一个有残缺的小的水晶摆件等等，这些东西的下面就是他要找的东西，那个小本儿。

他轻轻地将本子拿了出来，是一个原本该很精致的牛皮小本儿，但大概因为时间久远，本子上的痕迹斑驳，纸张膨起，大概是被水泡过。

她当年流浪，能够保留下来这些东西已经实属不易，也由此可以看出这些东西的特殊意义。

他并不想侵犯她的隐私，虽然他想了解她，但他又想，既然她已经将这些东西封藏得这么好，不想让人触碰，那么他就当作不知道好了。

可是今天，宋家言找了他，将他叫到了自己的办公室。

林健南起初以为是因为公事，因而也不由觉得奇怪，他同宋家言之间级别差得远了去了，这位少总为什么会直接找到他。

然而当他坐下，宋家言开口说了一个名字，他终于知道，宋家言从最开始就不是为了工作。

"苏终笙……你和她算是熟识吧？"

听到宋家言这么问，林健南的心里一紧，他知道宋氏和陆氏是竞争对手，只怕宋家言是想要利用他去接近苏终笙，对陆氏做些什么。

可他猜中了结果，却没有猜中原因。

宋家言看着他，微微牵唇，"你不必紧张，我认识她，二十二年了。"

话音落，林健南猛地睁大了眼睛，满是惊愕。

他的反应并没有出乎宋家言的意料，宋家言以食指轻扣着桌面，不以为意道："你现在一定觉得我在诓你对不对？"

林健南没有说话。

宋家言也并不在意，"我认识她的时候她还不叫苏终笙，有一个名字我想你即使在那个小镇子里应该也听过，南江苏家。"

"就是那个丧尽天良、谋财害命的苏家？"林健南几乎是脱口而出，而后忽然意识到有哪里不对。

等等，宋家言在这个时候提起多年前被所有人痛骂的家族，难道说……

宋家言在他震惊的目光中不慌不忙地解释道："苏终笙原名苏卿云，

南江苏家的独生女,他们家与我们宋家沾亲带故,我们从小就认得了。"

"你说什么?"

终笙她居然……居然是……

当年南江苏家的事刚刚被曝出来的时候,所有的人都恨极了这一家人,他还记得当时母亲看着新闻狠狠地咬牙道:"这一家人都不得好报,作孽做成这样,一个人进监狱就算完了?父母干坏事,连着子女一起遭报应!"

而这个子女,这么多年就生活在他的身边,简单、真诚,而他只希望她一切都好。

他根本不愿去相信,她昧了良心的父母能够养出像她这样的女儿,怎么会有这样的道理?

宋家言的话还在继续:"苏家出了事之后,我们就断了音信,坦白地说,一年前她出现在我面前的时候,我都不敢相信她能活到现在。"

他说着,耸了一下肩,带着点儿自嘲的意味。

家破人亡、颠沛流离,她那个时候还那么小,这么多年又是怎么熬过来的?

"她告诉我,十多年前,她的父母什么都没有做、什么都没有做错,有人陷害了他们,而那个人现在活得安安稳稳,我'哦'了一声,说'所以呢'。"

那个时候,宋家言已经进了商界的这个圈子,对这里面的传闻多少有些了解,早就有人说过苏家被人栽赃,实在太惨,他也不过听听而已,于他而言并无意义。

"她说她不甘心,她要让那个人付出代价,她要让陆秋平付出代价!"

十多年前,苏家使用劣质材料的事情,其实不过是陆秋平蓄谋已久的一场陷害!

宋家言稍微停顿了一下,"我向她致以了同情和慰问,一个连生存都很勉强的女人说出这些话,只像是戏言,但她紧接着说,她可以得到一些消息,帮我击败我现在最大的竞争对手,我更喜欢后面这一种说法,所以我答应了。"

他和苏终笙，一个为了家仇、一个为了利益，一拍即合。

他的对面，林健南早已惊呆在了那里，他从没想过所有的事情会是这样，都似是有着说不尽的内情在里面！

陆秋平……

陆秋平不该是陆氏的董事长吗？如果让他付出代价，那苏终笙该是想……

该是想让陆氏付出代价啊！

可她不是陆少城的未婚妻吗？为什么……

所以当初，当她听说他应聘来了宋氏的时候，她的惊讶与阻拦不是因为与宋氏的敌对，而是另有原因……

林健南已然不知该作何反应。

不相信、不对、不应该、怎么会？

他的脑海中闪过的皆是这样的词语。

下一刻，林健南开口问道："你为什么要把这些告诉我？"

这么长时间，宋家言一直在等着他问出这句话。

"因为苏卿云说你可信。"

看着宋家言认真而坦然地说出这句话，林健南又是一怔。

宋家言站起了身来，"以现在的状况进行下去，我们可以让陆氏陷入危机，但短时间之内，我们没有办法将陆氏逼入绝路，陆氏一旦缓了过来，我们这么长时间的努力就白费了，我需要一个人，苏卿云她也需要一个人，给陆氏最后致命的一击。"

林健南明白了宋家言的意思，他阖了眼，"我怎么知道你说的是真的？"

"自然有办法，比如像日记本什么的，苏卿云她不是最喜欢在小本子上写一些乱七八糟的东西了吗？不过不要去问她，更不要告诉她你知道了什么，她什么都不想让你知道，她不想牵连你。"

"所以今天找我来只是你一个人的决定？"

宋家言点头，"没错，但这是一个苏卿云做不出却不得不做的决定。"

他们确实需要这么一个人，这世间的事情不都像苏卿云想象的那么理想，所有的事情都需要代价。

苏卿云做不出，那么他替她做。

总归需要一个坏人，他自诩不是什么正人君子，那么，他当就好了。

那个即使家破人亡、身上背着那么多人的辱骂也不愿意牵扯无辜旁人的苏卿云，可以一直做一个好姑娘。

翻开了日记本，林健南发现里面的日期断断续续，也是，那么长时间的风餐露宿，连饭都上顿不接下顿，何况日记呢？

最早的日期是从十二年前开始的，林健南仔细地辨认着苏终笙的笔迹——

2002年2月8日，晴

林姨带我去买了新的日记本，很喜欢，拿给妈妈看，妈妈却说不让我再出门了，我问妈妈为什么，妈妈没有理我，而是和林姨说了点儿什么，林姨好像被吓着了的样子。

2002年2月10日，晴

为什么会有那么多的人围在我们家的外面？林姨捂着我的眼不让我看，很多人敲门，林姨也不让开，在房子里待了几天，林姨说这几天连学都不用上了，感觉有哪里不太对。

2002年2月12日，阴

妈妈终于回来了，可是她一直在哭，为什么啊？

2002年2月15日，阴

有好多不认识的人闯进了家里，他们把爸爸最喜欢的鱼缸都给弄翻了！妈妈说他们在找东西，等他们找完了就好了，忽然好想爸爸，爸爸在的话，他们一定不敢这么……

后面是两个黑疙瘩，纸都被涂破了，大概是很气愤，却又不会表达，不会写那些字。

2002年2月28日，晴

妈妈说爸爸再也回不来了，我问妈妈为什么，妈妈哭了，没回答，等爸爸回来了问问他这是什么意思。

2002年3月3日,晴

妈妈带我去学校让我把放在学校的东西取回来,为什么大家都用一种很奇怪的眼光看着我?隔壁班的小胖又来揪我头发,还说什么活该,你才活该,你全家都活该!

……

2002年5月25日,雨

妈妈和我说对不起,为什么要说对不起呢?

2002年5月28日,雨

这一页,只有标题,剩下的是空白,有水渍,还有红色的像是血迹的东西……

再翻页,没有日期,没有天气,只有一句话:"只剩下一个人了。"

……

向后翻,空白,接连几页,一个字都没有。

林健南不停地往后翻,就在他以为他不会再发现什么的时候,忽然又有了字迹,只不过这一次,字体成熟了许多。

2012年10月18日,晴

没想到还能遇到父亲从前的助理,他没有认出我,我却还认得他,听我报出了自己的身份,他的表情中带着遗憾和难过说"当初的事对你们家真是不公平",我问他什么意思,他惊讶地看着我,似乎没想到我会不明白他在说什么。

当初的事,难道说……

2012年11月8日,阴

原来都是假的。

……

还有三个字:"陆秋平!"

这三个字,笔迹很重,好像要把纸划破一般。

……

2014年4月28日,晴

阿城,好久不见!

第十九章 真相

……

再向后，什么都没有了。

林健南缓缓合上了手中的本子，不自主地带着些许的颤抖。

他深吸了一口气。

宋家言所说的，是真的。

他一直以为简单、真诚的苏终笙向他们撒下了一个弥天大谎。

她从来都很清醒，从来。

也是，经历过那样的事情以后，很难再不清醒。

谎言与真相，一线之隔。

如果当初苏家的事情真的另有隐情，如果当初苏家真的是被陆秋平所陷害，除了"灾难"二字，再也没有另外的词语能够更好地形容。

全江城的人，恨了苏家的人十多年之久，她的家族，背了这骂名十多年之久，她在那场浩劫之中失去了太多，她的家、她的家人，还有她的人生……

当她在陆家的时候、当她每一次看到陆秋平的时候，她又会是什么样的心情？

所以不论手段、不惜代价，有一些事是他不明白的，而他此刻也不再想明白。

他找到了关于她的答案，可至于他自己的……

陆家老宅。

坐了一半的公交车，陆少城的司机在半路上接到了她，苏终笙折腾了许久，总算是到了陆家。

陆少城在书房里，她敲了敲门进去，就见他手里拿着一本书在看。

她走近，问："这是什么？"

陆少城合上书，将封面给她看，微微牵唇，"我们第一次见面时你在看的书。"

托翁的《复活》。

她听出了他话中的揶揄之意，瞪了他一眼，"咱们俩半斤八两好不好,你当时听着我胡扯也不说,心里笑开花了吧?"

陆少城抿唇一笑,"如果我当时揭穿你,现在我们也不会在这里了。"

苏终笙挑眉,回以一笑,她随后低了头,目光微凉。

陆少城站起了身,"走吧,我们吃饭去。"

他自然地牵过她的手,握在掌心,她的手指似以往般带着凉意,他轻轻摩挲着。

苏终笙回握住他。

她忽然问:"阿城,你信命吗?"

阿城,她从前都是"陆少城"、"陆少城"的叫他,这两个字唤出,让陆少城心头一室。

就是这种感觉,那种很奇怪的熟悉的感觉,牵引着他,一步一步走到现在。

信命吗?

他反问:"你呢?"

苏终笙弯唇,"从前不信的,直到遇见你。"

直到被他带进这栋宅子、直到再次回到这栋宅子。

这里是陆家。

她的仇家。

六年前离开的时候,她还以为自己这一生都不会再回到这个地方来。

六年前,陆秋平轻蔑地对她说"不配",她就卑微地信了,现在想起来,真是可笑。

她的世界都被陆秋平毁了,这个人却还以"不配"为由,逼着她放弃她生命中仅剩的阿城,而她就真的放弃了。

也许这世界上,真的有一种命中注定,十二年前的那个雪夜里让她遇见他,过了十二年的今天,她又跟着他回到了这里。

陆少城牵唇,莞尔,没有回答,只是牵着她向外面走去。

他不信命,他信真相。

林健南被宋氏开除了。

第十九章　真相

得知这个消息，苏终笙有些错愕。

林健南倒是平静得很，还能耸肩笑一笑，"你先前不是一直不希望我在宋氏工作？现在好了，可以重新开始了，也不是多大的事情。"

这样说也没错，可是开除，这个词太过严厉……

她想了想，还是问："你做错了什么吗？"

林健南耸了一下肩，"是做错了点儿事，后果很严重，主管很生气。"他说着，停了一下，而后又道，"算了，不多说了，我得努力找下一份工作了。"

可工作哪里是那么好找的？他毕业两年了并没有正式工作过，工作经验缺乏，这次还是被宋氏开除的，有这么个黑记录在身，他很难再有机会！

苏终笙自然要去找宋家言问个清楚，这到底是怎么回事，就算是要让林健南离开宋氏，也不该以开除的名义！

电话那边，宋家言答得漫不经心："你先前不是一直不想让他留在宋氏？"

"就因为我不想？你什么时候变得这么体贴了？"

宋家言倒是坦诚，"倒不全是，因为他既没什么特长又是个木头脑袋，留着没用。"

这还真是像他宋少爷的一贯作风，对于没用的人绝不会留什么情面。

苏终笙只觉得气闷，"为什么不能让他自己辞职？"

宋家言不以为意道："结果不都是一样的？"

苏终笙有些恼了，语气也变得凶了起来，"那是对你而言，背着这个开除，健南他后面的工作怎么找？"

听到她这么说，电话那边的宋家言不由冷笑了一声，"健南、健南，你总是在说林健南，苏终笙，你又知道这次林健南给我惹了多大的麻烦吗？"

苏终笙一怔。

项目那边问题不断，陆少城再次亲赴盐城收拾乱局，苏终笙又被他"顺手"带走了。

苏终笙其实没太想明白自己跟着来是做什么的，但看到陆少城目光横扫过来，她想了想，什么也没问，算了，反正就一天，还是周末，就当是去旅游好了。

抵达盐城，依旧是上次的那位项目经理来接，他的脸上阴云密布、满面愁容，看到陆少城就像是看到了救星一样迎了上来，"陆总，您总算是来了！"

他和陆少城说着些什么，苏终笙自觉地向后退了退，是一种避嫌。

这经理一路都在不停地说，可见问题有多严重，陆少城没有打断，任由他说着，最后也只是淡淡地应了句："我知道了。"

因为已经是周五的晚上，经理直接将陆少城和苏终笙送去了酒店，听着那经理念叨了一路，苏终笙都觉得有点沉重，倒是陆少城像是丝毫没有受到影响一样，拉着苏终笙就去了餐厅，饶有兴致地同她谈论起了美食。

苏终笙原本没什么胃口的，被他这么一说，被勾起了食欲，美食多多，肚子容量有限，她托着下巴艰难地抉择着，陆少城干脆把她在看的都点了。

她赶忙阻拦，"别点那么多，吃不掉的。"

陆少城不以为然地笑了一下，"吃不掉也得都吃了，估算了一下你的胃容量，这些放得下。"

她瞪他，"吃那么多会长胖的！"

陆少城笑意更深，"就是要养胖了才好……"

苏终笙脱口接道："好吃吗？"

陆少城笑，没有答话。

但陆少城说对了，由于这里的饭菜味道的确不错，苏终笙胃口大开，当她终于把最后一个点心吃掉，她向后靠在椅背上，满足地摸了摸自己微微隆起的小腹。

陆少城站起身，"我们走吧。"

由于她吃得太撑，陆少城特意带着她去散了下步作为饭后消食的好方法。

再回到酒店的房间里,苏终笙给陆少城进行了一天最后一次的敷药,因为东西在苏终笙的包里,所以换药是在苏终笙的房间里进行的,只是等到过了一会儿,陆少城的药敷完了,他依旧坐在她屋里的沙发上,修长的双腿交叠,拿起一旁她带来的书就看了起来。

苏终笙起初也没在意,在干自己的事情,然而抬眼一看表惊悚地发现已经十点多了,她提醒陆少城道:"喂,已经很晚了。"

陆少城头也不抬,"嗯。"

"我该睡觉了!"

"嗯。"

喂,这人怎么这样,她想含蓄点,他只当没听见吗?

"你看,咱俩孤男寡女的共处一室不合适是吧,你该走了!"

陆少城合上手里的书,挑眉斜眼看她,"上一次不是你赖在我的房间里不肯离开?这一次为了避免麻烦,我只订了一间房间。"

苏终笙:"……"

他不会是说真的吧?什么叫作为了避免麻烦?上一次明明是因为他眼睛受伤了好吗?

陆少城又看了一眼表,像是终于意识到了时间不早了,他站起身,"的确该休息了。"说着往床边走去。

眼看着陆少城越走越近,苏终笙有种不祥的预感油然而生,结巴道:"你……你,你干吗?"

陆少城面不改色,"听你的安排,该睡觉了。"

听她的安排?她没安排他在这好吗!

她瞪着他,咬牙道:"陆少城,你觉得合适吗?"

他大言不惭:"你是我未婚妻,有什么不合适的?"

她脱口而出,向他强调:"未婚不是妻!"何况她还是假冒来的!

听到她这样说,陆少城忽而弯唇一笑,"你这是在逼婚吗?"

逼……婚?

苏终笙欲哭无泪,"我没有!"

陆少城却不管她，径自接下去道："未婚了这么久，也是该考虑一下结婚的事了，你觉着八月份怎么样？"

苏终笙一怔，没想到话题会这么转变，"你说什么？"

"八月婚礼，就这么定了吧。"

饶是苏终笙后知后觉，此时也终于意识到了什么，她没有立即回答，只是看着陆少城，慢慢地、慢慢地牵唇笑了起来，"陆少城，你是在和我求婚吗？"

他看向她的神情中带着专注，"如果我说'是'，你会答应吗？"

苏终笙的胸口一窒，脑子里明明乱成了一团麻，却还是强作镇定地看着他道："你先说'是'。"

陆少城干脆地应道："是。"

苏终笙的脑海里好像有什么东西炸开了，她心里的感觉有点痒、有点疼，面对着陆少城，她忽然就静默了。

她可以答应吗？

这一路飘摇，从未敢再有更多的期许，可当这一天真的到来，她很清楚自己心之所向，她有多想答应啊！

可是……

她的声音微微有些颤抖："你对我的了解其实不多，如果……如果你以后发现我不是你想要的那个样子该怎么办？"

陆少城微牵唇，不以为然地笑了一下，"我不知道我想要的是什么样子，我只知道我想要的是你。"

当陈咏菡以阿懒的身份出现的时候，他才真正清楚地意识到，他想要的是一个人，一个活生生、好端端的苏终笙。

苏终笙的眼眶微酸，"你真的确定吗？如果再有一个阿懒出现，这个阿懒比不久之前的那个要温柔、体贴、懂事、善良得多，你要怎么办？"

陆少城蹙眉，想了想，似是真的遇到了为难的事，苏终笙轻阖眼，心里的光一点一点地暗淡下去，就听陆少城忽然开口道："那个时候，你会是我的妻子。"

因为是妻子，所以是要陪伴一生一世的决定。

妻子，多好听的两个字，就算到了最后，所有的一切都抵不过真相的残忍，能有此时的一时片刻也是好的。

她终于还是哭了。

陆少城伸手，将她揽进怀里，不禁轻叹了一口气，他温柔了声音："终笙，你愿意与我终身吗？"

她说不出话，只是用力地点头。

陆少城轻叹了一口气，将她更紧地拥在怀里，他的脑海里回想起就在来这里之前，陈光告诉他的那一番话："陆总，当年苏家项目相关的事的确有些地方看起来有点蹊跷，但是全都查不下去，应该是被人处理过了，我找到了一个当年苏家公司的董事长助理，他好像知道些什么，但一听说我是陆氏的人立刻矢口否认，将我赶了出来。"

他已经有预感，事情不会向他所希望的圆满方向发展，无论如何，等回到江城，他肯定会去弄清其中的原委，但同样有一点是肯定的，他不想失去眼前的人。

如果以后真的有什么要发生，那个时候，她会是他的妻子，就像是一种信念，再难的情况都会过去。

他自怀里掏出了一个小红盒子，打开，里面安静地躺着一枚戒指，这是他在来盐城之前准备好的。

苏终笙对此完全没有料到，露出了震惊的表情，她原以为他不过是临时起意决定求婚，没想到他早有准备。

他将戒指取下，轻轻地戴在她的手指上，他俯下身，轻吻上她。

这一刻，苏终笙多希望就这样终身多好。

第二十章
可是情话，总不成真

来盐城是为了项目的事，又是开会，无聊得很，走到会议室门口，苏终笙坚决地表示不想再跟着陆少城进去了。

她看着办公区，问道："有没有闲着的电脑？我在外面不务正业地玩会儿电脑就好了。"

一旁，项目经理赶忙道："有有有，这些电脑性能不够好，苏小姐去我办公室吧！"

分公司的地方不大，但经理的办公室被他布置得倒是气派，苏终笙走到办公桌后坐下，按下电脑开机的按钮，有密码，但刚刚经理已经主动告诉了她他电脑里所有的密码都是统一的四个数字。

的确。

看到了桌面，苏终笙并没有去找游戏或者网页，而是放开了手中的鼠标，将办公桌另一边的笔记本电脑支开了。

手指触摸到开机键的那一刻，苏终笙看到了自己无名指上的戒指，有片刻的停顿，她终是按了下去。

笔记本的屏幕亮了。

一场会又开了许久，陆少城从会议室出来到办公室里找苏终笙的时候，她已经趴在电脑前睡着了。

已经是下午，陆少城看着她熟睡的样子，伸出手去，轻轻地抚过她的侧脸。

苏终笙慢慢醒了过来。

看到陆少城回来了,她坐起身,伸手揉了揉眼睛,"我们该走了吗?"

陆少城点了点头。

苏终笙站起身,因为还没有完全清醒,起来的时候头晕了一下,身形一晃,一旁的陆少城赶忙伸出手去扶住她,她打了一个长长的哈欠,陆少城看着,不由心疼道:"很累吗?"

苏终笙牵唇,"没有。"又问,"你们会开得怎么样?"

"该布置的都布置了,就看接下来情况怎么发展。"

看着陆少城的表情,苏终笙似是明白了什么一般将唇更深地弯了起来,"多大的胜算?"

陆少城的神情未变,眼中却又光芒隐现,"如果没什么意外的话。"他微顿,"十成。"

这是陆氏少总的自信。

苏终笙闻言,不由开心地点了点头,"那就好。"

那就……

好吧……

专车将他们送至机场,上了飞机,苏终笙正有些心不在焉地看着窗外的风景,就听一旁的陆少城忽然开口道:"对了,有件事要告诉你。"

她原本并没在意,头也没回,只是轻应了一声,"嗯?"

可一旁的人停顿了片刻,没有立即回答,苏终笙意识到这事情没那么简单,不由回过头来看向他,"怎么了?"

"其实也不算是什么大事,林健南到陆氏来了。"

苏终笙一怔,一时没反应过来,"健南?他到陆氏做什么?"

"工作,他是我父亲的人专门招来的,原因大概是和他之前在宋氏工作过有关,你放心,我会让其他人安排好他的。"

苏终笙惊讶地看着他,"他被招到陆氏了?"顿了一下,"你不必安排好他,你让他离开就可以了,健南他不会为了一份工作出卖他上家雇主的。"

"这么确定?"陆少城看向她,眸中暗藏深意,苏终笙神色一凝,正要再问些什么,就听陆少城继续道,"他刚被宋氏开除了,其他公司都不敢要他,他需要这份工作,不用担心,我会交代下去,没有人会逼他做他不想做的事。"

陆少城这么说,苏终笙再纠缠下去未免显得自己太过计较,当下只能低了头,没再出声。

飞行的时间很短,很快到了江城,一路上两个人交谈甚少,各怀心思。

下了飞机,已经是晚上七点,苏终笙坚持谢绝了陆少城晚饭的提议,匆匆赶回了南榆镇。

来到林健南的家门前,苏终笙正要抬手敲门,路过的刘婶看见她,打招呼道:"终笙,这两天没看见你,去哪儿了?"

她有些尴尬地笑着,含糊地敷衍过,面前的门就已经被人拉开了,她抬眼,是林健南,大概是因为听到了外面的动静,出来看看。

见到她,林健南也有几分吃惊,"笙姐?什么时候回来的?"

"刚刚,我能进去坐坐吗?"

林健南赶忙向后让开了位置,"笙姐是来看小城的还是有什么事吗?"

看着他把门关上,苏终笙才开口道:"我是来找你的,我听说……你去陆氏上班了?"

"嗯。"林健南应了一声,似乎完全没有意识到这里面有什么问题,云淡风轻。

苏终笙的眉蹙得更紧,"宋氏的人知道这件事吗?"

"不清楚,不过迟早会知道的吧。"他说着,走到茶几边,问她道,"笙姐,你要喝茶还是橙汁?"

苏终笙心里着急,向他走近了两步,直视着他道:"健南,你从前不会这样的……"

投奔自己老东家的竞争对手,这样的名声传出去,没有人会再雇这样的员工,如果陆秋平在他这里得不到自己想要的,或者因为其他什么原因他再被陆氏扫地出门,那他以后的前程就真的堪忧了!

"你这是在拿自己的未来冒险啊！"

她着急，语气也不由重了些，林健南听着，终是忍不住冷笑了一声道："我冒险？这又哪里比得上你们的十分之一？"

苏终笙呆在了原地，心里一沉，她只怕……

林健南继续道："你和宋家言，你们早就将所有的一切都计划好了对不对？什么南江苏家、什么被人陷害，我根本没听懂也听不懂，可你们想让我怎么样，我如果不做，就要落到现在这步田地！"

心已经沉到了谷底，她最怕的事情还是发生了。

林健南知道她是谁了！

她静寂了半晌，再开口，连声音都是颤抖的，"你说什么？我们想让你什么样？"

林健南看着她，凝眸，终只是牵唇露出了一个似笑非笑的表情，对她的说辞并不相信。

"我也不想冒险，我只是别无选择，宋家言将我从宋氏开除以后，如果我再想找到和我能力相称的职位，就只能抓紧这次陆氏的机会，证明自己。"

苏终笙缓缓阖了眼，她终于明白了什么，深吸了一口气道："是宋家言跟你说什么了是不是？"

林健南别过了目光，"他说什么我已经不记得了，小城在里面，你去看看他吧。"

苏终笙抿唇，目光深沉，却终只是应道："好。"

林健南没有再说什么，走过去，敲了敲小城的房门，推开，他侧开身将她让了进去。

小城见到她，高兴地扑了过来，苏终笙抱住他，试图将他抱起，"小城变沉了！"

她正说着，就听房门处传来"噔"的一声，林健南出去了。

将苏终笙送走之后，陆少城直接让来接他的陈光带他去找那位对当年苏家破产内幕有所了解的知情人。

市郊的一个旧小区里，陈光指挥着司机将车停在了一栋楼下，他随即回头看向陆少城，"陆总，我给他打个电话。"

"不必。"陆少城说着，推开了车门下车，直接走上了楼。

陈光说这男子上次听说陈光是陆氏的人，立刻把人轰了出来，现在若是陈光打了电话，只怕那人根本就不会接，或是找了理由推托自己不在，不如直接上去找人。

陆少城所想的没错。

是老式的居民楼，楼道里有些脏乱，上了三层，陆少城站在陈光所指的房门前，目光扫过眼前还是暗绿色带着铁丝网的防盗门，没有找到门铃，他抬起手，在门上敲了几下。

"来了来了。"

屋里传来中年女人的声音，很快，屋里的木门被人拉了开，里面的人看到陆少城，有些意外，"请问你是……"

目光一转，注意到他身后的陈光，她的眉头一凝，显然想起了什么，"你是……上次那个……"

陈光介绍道："严太太，这是我们陆总，他想来找严先生了解一些事情。"

"陆总？"这位严太太重复着陈光所说的这两个字，有些疑惑，就在这时，自屋里快步冲来一名中年男子，将她向后拉走，嘴里一面念叨着"我什么都不知道，你们快走吧"，一面就要关上门。

陆少城抢先一步开口道："严先生，我们可以谈谈价钱。"

那男子没有丝毫犹豫，"跟你们陆家的人没什么好谈的，我真的什么都不知道，你们放过我吧。"

"十万？"

"你们快走吧！"

"二十万？"

"你这人怎么这么固执……"

"三十万。"

话音落，屋里的严太太已经有些忍不住了，"老严啊，你到底知道什么就告诉他们吧!"

严正明有些生气地对自己老婆吼道:"你懂什么,有些话要是说错了,小心小命不保!"

房门的隔音效果并不好,门外的陆少城堪堪听到了这句话,他的心里不由一紧。

小命不保?

为什么这个人会这么说?

可此时这人既然已经横了心,再站在这里逼他只怕也不会有用,陆少城的余光扫过身后的陈光,陈光立刻会意,拿出了一张空支票填好三十万的数字,放在了严正明家门前的地上。

陆少城开口道:"支票就放在这里,明天下午五点前你有机会来找我签字兑现。"

说完,他转身下了楼梯,听着门外的脚步声渐渐远去,屋里的严正明终于忍不住,将门拉开了一个缝,确认人已经走了,他打开门出来,弯腰从地上捡起了那张支票。

只差一个签名,300000,那么多的零,这是他们这么多年来可能的最大的进项。

严正明的身后,他的妻子已经不由自主地张大嘴,难以置信地看着他手里的东西。

"正明,这是三十万啊,足够我们还清所有的外债还能有所剩余,你知道什么消息值这么多钱啊?"

严正明一把将自己的妻子推回了屋里,"别多问,有些事不知道才最好!"

可他虽然这么说着,手上却没能放下那张支票。

第二天,陈光果然接到了严正明的电话。

电话里的严正明还是那样的小心翼翼,声音中透着紧张:"我……我想和你们陆总谈一谈。"

陈光应了一句"请稍等",将这电话递给了正在同陆秋平开会的陆少城。

严正明已经到了陆氏附近的一间咖啡店，此时打这个电话，要求的见面时间就是现在。

挂了电话，陆少城将手机递回给陈光，将手中的文件放在了一旁，站起了身来，恰好陆秋平的讲话告一段落，他简单道："我有点事，要出去一下。"

陆秋平蹙眉，看着他的神情中是明显的不满，"什么事？听说你最近在查什么东西？"

陆秋平曾经听自己的助理提过最近陈光忙忙叨叨地在帮陆少城查些什么，他也没太在意，总归陆少城要做什么也从来没和他提前说过，陆秋平已经习以为常了，只是此刻自家家族企业遇到这样大的麻烦，陆少城也如此一副云淡风轻的样子，倒让陆秋平心中有些不快。

陆少城微牵了下唇角，"不是什么大事，父亲不必挂心。"

他的语气虽然轻松，可从他的姿态中，陆秋平知道他是非要出去这趟不可了，也只能摆了摆手，随他去了。

此时的陆秋平哪里知道，就是这一摆手改变许多。

下了楼，找到严正明定下的地点，一个街边的小咖啡馆，此时的人很少，一进门有轻音乐在屋内回荡，除此之外，很是安静。

大概是因为开门时门上风铃的声音，严正明回过头来，见陆少城终于到了，他自玻璃窗向外仔细地打量了一下店外，见只有陆少城一个人，才放了心。

他虽然在这里坐了许久，却什么也没要，陆少城招手让服务员上了两杯拿铁，倒也不急，等着严正明先开口。

比起一次普通的谈话，这更像是一场谈判，陆少城知道自己必须占了上风才能得到自己全部想要的信息。

严正明拿出了昨天的那张支票，放在了桌子上，抬眼看向陆少城，"如果我把当初的事告诉你，你真的会把这张支票签了吗？"

陆少城的目光扫过桌子上平整如新的支票，面前的人衣着朴素却将支票保存如此完好，是真的动了心。

陆少城面无表情地看着他，"是。"

严正明长叹了一口气，似是认命了一般道："好吧，我说就是了，不过这大概不会是你想要的答案。"

他略作停顿，而后继续道："十二年前最后出问题的那个项目执行过程我也参与了，那个项目很大，苏总自然挂心，总是嘱咐我多盯着一些，尤其是质量上面，不要出现差错，所以从最开始我就知道，苏总并没有干过那样伤天害理的事情，我起先只以为是下面的项目经理收了好处在材料上放了水，又或者是把好材料卖了中饱私囊后以次充好，可查下来发现不知道什么时候开始，进货单就出现了问题，项目经理一口咬定是苏总让他选的次等材料，甚至拿出了双重进货单，我这才明白原来这件事是有人早已精心策划好的。"

咖啡在这个时候被侍者端了上来，待到侍者离去，陆少城拿起一旁的咖啡匙，微微低头看着眼前的杯子，问道："策划好的什么？"

严正明冷笑了一声，"树大招风，伐树，取而代之。"

陆少城闻言，微微蹙眉，并没有立即听信，而是道："这可不是件容易的事，严先生说得未免太过轻易了。"

"轻易？"严正明轻嗤，"我哪里说得轻易了，这件事背后必定是多年的谋划，在苏家的公司埋进自己的心腹，谈何容易，更别提最后让所有证人口径一致地指认苏总就是幕后主使！"

陆少城的神情依旧淡漠，"我来不是听故事的，严先生这样说，有证据吗？"

严正明自嘲地一笑，"我若是有，能活到今天？"

陆少城也不再多浪费时间，直接站起了身。

眼见着陆少城要走，严正明心里一急，赶忙拦住他，"等等！"

事已至此，严正明再叹一口气，只得自怀中掏出了一张照片，递给了一旁的陆少城。

陆少城接过，"这是……"

"这是当初项目问题被曝光后，我偶然碰见项目经理鬼鬼祟祟去见别的公司的人。"

距离远，像素不高，再加上照片上的人本来就戴着墨镜，陆少城的视线扫过，"这是谁？"

"站在那里的是项目经理，车窗里面的。"严正明看了陆少城一眼，"是你父亲。"

陆少城只觉得脑袋里"轰隆"一声，心里一紧，再仔细看着照片，这角度不偏不斜刚刚好，正照到了陆秋平脖子上的一颗黑痣，位置同陆少城记忆中的毫无偏差。

还有车，如果这是巧合……

严正明看着陆少城的表情变化，已然明白陆少城心里已经开始相信这就是事实，他微微扬唇，"我要是想骗你，大可说这是别的什么人，没有必要冒险告诉你这就是陆秋平，我说过，这可能不是你想要的答案，如果不是因为苏小姐现在和你在一起，我也不会告诉你……"

陆少城猛地抬起头来看向他，"苏小姐？"

严正明见他的反应，有些意外，"是啊，苏卿云小姐，我看报纸上的照片，她不是你的未婚妻吗？难道你今天不是在帮她清查当年苏家的事……"

说着说着，严正明忽然意识到了些什么，赶忙住了嘴。

难道……

难道陆少城并不知道南榆镇的苏终笙就是南江苏家的苏卿云？那他今天来是为了……

心一沉再沉，陆少城的左手紧握成拳，他早就觉得苏终笙和他的父亲之间有什么是他不知道的，原来……

原来是这样。

他曾经设想过许多种可能，没有一种比现在这样更差。

苏终笙到底知不知道这些内情？如果知道，为什么她面对着他的父亲，什么都没有说起过？

怪不得他父亲一直在怀疑苏终笙、怪不得他对苏终笙一直充满敌意，原来心结在这里。

攥紧的左手又渐渐松开，凸起的青筋也渐渐平复了下去，第一次，陆少城觉得自己感到恐惧，面对着这样的情景。

他的阿笙，到底是一个怎么样的人？

他的父亲，到底又做了些什么？

面上却依旧是一贯云淡风轻的模样，陆少城将照片放进了自己的兜里，拿出笔在支票上面签下了自己的名字。

"不要和任何人提起我们见过面。"

留下这句话，陆少城头也不回地离开了。

没有回去开会，陆少城叫来司机，将他载去了南榆镇。

中途的时候接到了陈光的电话，盐城的项目再次受创，原本制定的计划不知怎么就被人看穿，抓住了要害，现在项目组无力招架。

陆少城听完，只是淡淡地应了一声"嗯"，随后挂断了电话。

有人希望陆氏灭亡，他只想清楚地知道，这个人是谁？

到了南榆镇，陆少城直接去了医院，苏终笙果然还在那里，一抬头看见来的是他，也有些意外。

"你怎么来了？"

他风尘仆仆而来，脑海中想了很多，可此时看着她，他只是慢慢地露出了一个笑，"接你回家。"

多好，多简单的一句话。

苏终笙看着他，一时竟不知道该说些什么，怔了半晌，才笑着应道："我也想回家了。"

下班了。

路过菜市场，苏终笙拉着陆少城进去买了些菜，牵着他的手，一路回了家，她让他在沙发上坐着，自己进了厨房开始忙活起来，一副居家好老婆的样子。

她正切着菜，只听身后有脚步声越来越近，她刚要回头，有人自身后环住她的腰，在她的耳畔轻声道："终笙，我们要结婚了，你是不是该带我去见见你的父母了？"

一向高傲的陆大少爷此时的语气温温软软，似乎还有一点点委屈。

是啊，他们要结婚了，可她从没提过带他去见见她的家人。

不是不想，只是不能。

说来不用多久就是祭日，可她不能让他知道她的父母是谁，她先前已经同他提到了当年她家族的事有蹊跷，若是他确定了她就是南江苏家的人，去查，查出了什么，他就能猜出她此时所打的算盘了。

不可以，在一切没有落定之前，不可以。

苏终笙含糊地应了一声："嗯，我不久前刚刚去看望过他们一次，等过段时间吧。"

陆少城笑了笑，"也好。"

苏终笙心里刚松了一口气，庆幸自己躲过了一劫，就听陆少城又开口道："对了，终笙，你曾提过你家人的委屈，想来的确是冤枉、不甘得很，我想替你家人查出当年的真相，算是自己尽的一份心，你觉得如何？"

陆少城的怀里，苏终笙不由一僵。

她的这一反应被陆少城注意到，他的目中光芒微暗。

"不……不用了，这件事已经过去很久了，我不想再去回忆那些了。"

她的心里警觉，不知为什么，陆少城似乎是在试探她一般，难道他发现了什么？

她只怕他再问下去她会露出什么破绽，索性突然回过头去轻吻上他的唇，"谢谢你对我这么好！"

她自己送上门他怎么会放过她？顺势加深了这个吻，苏终笙心里有事，难得温顺，伸手搭上了他的脖颈，原本带着讨好意味的一个吻，差点害得苏终笙变成某人的晚饭，她只能暗恨自己心底有鬼，不然哪里会这么没底气。

晚饭过后，陆少城并没有要回城的意思，苏终笙直接将被褥什么的给他搬了出来，放在了沙发上，一副你自便、你随意的样子。

陆少城瞥她一眼，她那点儿小心思哪里瞒得过他。

他存了心逗她，"我要是睡在外面，你半夜岂不是又要出来和我挤？"

他是拿她上次半夜出来偷看他的事逗她，苏终笙脸一红，嘴硬道："才不会，你安心在这里睡吧！"

不会？那他不是亏了？

他指了指自己身边的位置示意她坐过来，她起初不明白他什么意思，走了过去就被他直接抓住压倒，"既然半夜不出来了，那你现在就留在这里陪我吧。"

她意识到自己上当了，挣扎着想要推开他，结果一摸二推三揉的，就听陆少城微哑了声，在她耳畔道："别乱动！"

她猛然意识到什么，一下就僵在了那里，脸上一路烧到了耳根后。

她终于老实了，只等他起身，却忽然感觉有一只大手探了进来……

靠！

陆少城！

流氓！

骗子！

苏终笙颠沛多年，如果说她学到了什么，大概就是坚定。

陆少城对外公布了他们的婚期，所有想得到的、想不到的人一夕之间都来找到她，恭喜、祝贺之词没什么新意，还有那酸意，简直是一个模子刻出来的。

自然也有反对的，比如她未来的公公陆秋平，陆少城说要让她见见婚礼策划师，将她接到了陆氏大楼，一出电梯迎面就撞见了陆秋平。

因为是从报纸上才知道的自己儿子的婚讯，陆秋平本就是气不打一处来，此时见到苏终笙，也不顾自己马上是要去开会，当即厉声对陆少城道："你跟我过来。"

陆少城倒是平静，让陈光将苏终笙带到他的办公室，自己跟着陆秋平去了。

也不是第一次来，苏终笙对陆少城的办公室还算熟悉，进了屋，陈光知道自己也不用多招呼什么，转身正要离开，却被苏终笙忽然叫了住。

她指着陆少城桌子上两个一模一样的U盘道："这是你们公司的公用U盘吗？"

陈光走过来看了一眼，对她道："不是公用，是专用，有一些比较重要的文件需要用到这些U盘做转移，里面的东西会定期清理。"

苏终笙挑眉，"怕邮件会被人盗？"

陈光点了点头，"一方面吧，防泄露防备份什么的，另一方面公司高层的办公电脑都是没有网络连接的，防入侵。"

陆氏各方面的保密措施都算得上是业界最好的，也正是因为这样，这段时间来信息屡屡被泄露才让陆秋平对苏终笙的疑心格外重。

苏终笙想了想，又问："那要是这U盘有问题呢？"

陈光不以为意地轻笑了一声，"这U盘是公司花高价定制的，每个U盘都有特殊的编号和密码，只有拿着U盘的人和最高层才知道，如果哪个U盘出了问题，都可以追查到。"

苏终笙闻言，牵唇一笑，"想得还真是周全，没准儿医院也可以借鉴一下，对病人隐私的保护有利。"

听她提到医院，陈光心里的疑虑终于放下了，他应声道："苏小姐还真是敬业。"

苏终笙抿唇笑，没有再说话。

陈光见状，转身出了房门。

待到外面的脚步声走远，苏终笙这才拿出手机，照下了桌子上的U盘。

陆氏的保密系统是周全，可是再高端的东西，也总有生产的地方，在那里自会有人清楚其中的一切玄机。

这个U盘就是她得到陆秋平电脑中资料的入口。

陆少城在十分钟之后过来了，他将她带到了另外的一个房间，世界著名的婚礼策划人Manda已经在那里等候。

Manda很客气，态度专业而认真，一直在询问他们的意见。

陆少城的意见简单，就是按苏终笙的意见来，于是苏终笙就一直被Manda追着问各种各样的问题，比如婚礼的地点、规模、形式、婚纱什么的。

苏终笙先前并没有想过这些，于她而言，婚礼不过是一个念想，至于未来的事，她一向不敢多想。

她含糊地应了两句，规模小一点、西式也可以，Manda说了句"也好"，又说："那就由苏小姐的父亲送苏小姐走过红毯……"

苏终笙一默，"我父亲不在了。"

Manda知道自己失言，看了看苏终笙，又小心地看了看一旁的陆少城，顿了一会儿，问："那苏小姐家里有什么长者吗？"

苏终笙摇了摇头，"没有。"

Manda觉得有点头疼，"那苏小姐觉得有什么合适的人可以代劳什么的吗？"

苏终笙蹙眉，想了想，"我不知道。"

看出她的心情有点低落，陆少城又和Manda说了几句其他的，就让Manda先走了。

他伸手将她揽进怀里，揉了揉她的头，"是不是想你爸妈了？"

苏终笙的目光落在地上不知道什么地方，轻应了一声"嗯"。

陆少城叹了一口气，"如果你想，我们随时可以去看看他们。"

苏终笙牵了一下唇角，却半分笑意也没有，"不用了，你最近忙，别再为这些事分心了。"

他轻轻在她额上落下一吻，"傻丫头，你才是我最重要的事。"

这是苏终笙听过的最美的情话。

可是情话，总不成真。

她伸手，回抱住陆少城，将头枕在他的胸口，轻轻蹭了蹭，"我知道。"

第二十一章
他不要了，我要

陆少城还有文件要处理，苏终笙说自己正好也有点事情要去做，晚上吃饭的时候回来找他。

出了陆氏，苏终笙打车直接去了宋氏大厦，宋家言的助理就在楼下等她，从后门将她带了进去，乘总裁专梯上到了顶楼。

见到宋家言，苏终笙直奔主题，直接拿出自己的手机找出U盘的照片递给他。

"这是陆氏给高层专用的U盘，有比较严密的编号和密码，如果我们能仿制一个让陆秋平使用，并在U盘里预装好木马程序，我们就可以得到陆秋平电脑里的文件。"

宋家言的目光扫过她手机屏幕上的照片，开口，并没有理会她这句话，而是问道："你和陆少城快结婚了？"

苏终笙蹙眉，"我在和你说正事。"

宋家言操手向后靠在椅背上，目光淡淡地掠过她，不以为然道："这就是正事，我可不想事情到了最后，你忽然心软，和陆少城夫妻情深去了，对我可没什么好处。"

苏终笙坚决道："我不会。"

宋家言微扬眉，"我要怎么相信你？你难道不喜欢陆少城？"

他一语戳穿她的心思，苏终笙的眉蹙得更紧，"我喜欢谁和你无关，你只需要知道我不会背叛你就是了。"

第二十一章 他不要了，我要

他们正说着，门外忽然传来宋家言秘书大喊的声音，"陆总，您等等，陆总，您没有预约，我们宋总正在和人谈重要的事，您不能进去……"

陆总？

苏终笙意识到了什么，心里大叫一声"不好"，对面的人显然也反应过来了，指着卫生间的方向对苏终笙道："你先进去。"

苏终笙也来不及多想，拎起包就跑了过去，她前脚刚刚关上卫生间的门，后脚陆少城就进来了。

宋家言的秘书委屈地道："对不起，宋总，我拦不住……"

宋家言摆了摆手，"我知道了，你出去吧。"

他站起身，隔着一张桌子看向陆少城，脸上是云淡风轻的笑，"陆兄今日突然过来，不知道是为了什么呢？"

陆少城的目光扫过宋家言和他身前的桌面，原本正在措辞准备开口，忽然目光一凝，宋家言的面前放着的那个手机……

真是眼熟，怎么和苏终笙的手机那么像？

不，应该说是一模一样，连漆面磕掉的地方都是一样的，他昨晚看她发信息的时候有些嫌弃，曾说带她去换个手机，她说她念旧，不必。

她的手机本就是老款，少见，更何况是在宋家言这里，他身边的人又怎么会有用这种手机的人？

见陆少城半晌没有说话，宋家言有些奇怪，"陆兄这是怎么了？"

宋家言叫陆少城"陆兄"，多少有些调笑的意味，陆少城移开了目光，"刚才听你的秘书说你正在和人谈事，还怕打扰了你们。"

此时宋家言一人在屋里，宋家言当然知道陆少城想问的是什么，他笑了一下，"陆兄来得正巧，那人刚刚走了。"

陆少城的视线自他房间里屋门处一扫而过，"走了？"

宋家言坚定地答道："走了。"

那样地肯定，就好像不知道自己的办公室前只有一条直来直去的走廊，若真是刚走，势必会与陆少城碰上一样。

宋家言停顿了一下，严肃了语气道："我一会儿还有个会，陆兄要是有什么事要说还请尽快。"

陆少城原本是想要来问他同苏卿云还有没有联系，当初苏家的事情他又知道多少，说到底，他只是想确定宋家言认不认识苏终笙，可现在……

可现在，看到这个手机……

似乎都变得多余了。

陆少城双手插兜，抬头看向宋家言，声音不似他一贯的深沉，而是带了几分试探的轻佻，"最近陆氏的商业计划总是泄露，我们家老爷子有点不高兴了，我就是来问问宋兄，知不知道些什么？"

宋家言依旧是笑着的，更夸张的笑，"陆兄这话说得奇怪，陆氏的事，怎么来问我？"

"最近齐家在股市上闹腾得正欢，以他们的财力哪里掀得起这么大的风浪？资金是哪里来的，宋兄该是最清楚的吧？"

宋家言皮笑肉不笑，"陆兄说这话倒是让我有些意外了，不过我家老爷子同齐家老辈关系要好，齐家若有需要，老爷子借些钱去倒也不是没有可能。"

"借些？"陆少城冷笑了一声，"若是千百万我倒也不会在意，只是宋老先生此番的确大方了些，宋兄还是好好考量一下为好，免得哪天资金出了问题。"

宋家言不以为意道："倒是多谢陆兄为我们考虑了。"

他们在外面这样一来一回地说着话，苏终笙站在卫生间的门口，靠在冰冷的墙面上，屋里是黑暗的，唯有门上镶嵌的那一小块磨砂玻璃可以透过些许光亮，而她就像是害怕见光的小妖怪一样，紧紧地靠着墙角而站，只怕被外面的人发现。

这么长时间来，这是她第一次感到这样害怕，第一次离被揭穿这样地近。

她在不自觉中屏住了呼吸。

陆少城终于走了，他同宋家言之间应该算得上是不欢而散。

苏终笙拉开门，出了来，那边的宋家言看着她，眸色渐深。

她问："走了？"

第二十一章 他不要了，我要

"走了。"

苏终笙点了点头，刚松了半口气，忽然传来手机振动的声音。

她一惊，下意识地循声望去，只见宋家言的桌面上自己的手机屏幕是亮的，苏终笙心里"咯噔"一声，才发现自己刚刚忘了将手机拿走。

宋家言将手机递给她，她拿过一看，是陆少城的电话，她心里忐忑，深吸了一口气，按下了通话键，"喂？"

"终笙，你在哪里？"

苏终笙看了一眼宋家言，微微背过身去，"我来找一个朋友，怎么了？"

"没什么，我刚出来找了一个人，怕你回陆氏找不到我，和你说一声。"

苏终笙仔细地分辨着陆少城的语气，很平静，其他的似乎并没有什么了。

如果他刚刚真的看到了她的手机，此刻不是该质问她到底在哪里吗？难道他刚才并没有注意到？

想到这里，苏终笙稍稍放心了点，"没事儿，我可能还要一会儿才能回去，到时候给你打电话。"

陆少城的话锋一转，"需要我去接你吗？"

"不必，你忙吧，我也没什么事，自己找得回去。"

挂了电话，苏终笙将手机紧紧地攥在手里，想起刚才的场景还是有些后怕，陆少城的突然到来完全超出了他们的预想。

她还在回想着刚才的事情，半晌没有开口，宋家言看着，忽然就开口问道："如果以后陆少城知道了真相不要你了你该怎么办？"

苏终笙头也没抬，微微牵唇，似是想笑，却笑不出来，"那是我活该。"

宋家言静静地望着她，许久，他攒出了一个笑，"他不要了，我要。"

这一日之后，苏终笙原本还因为不确定陆少城到底有没有看到她的手机而事事格外谨慎，然而事情的发展却是异常地顺利。

294

陆氏在盐城的项目已经被撤回，陆氏的股价受到重创，陆氏上下乱成了一锅粥。

然而仅仅是这样，还是不能动摇陆氏的根本，假以时日，只怕陆秋平还会再缓过来。

宋家言找到了陆氏定制U盘的地方，想办法让那厂子的负责人再给他单做一个，和陆氏那一批U盘中某一个一模一样，编号和密码都一样，而后他找人对U盘做了手脚，一个和陆氏专用U盘看起来完全相同的木马U盘，最适合窃取资料。

苏终笙在一次陆秋平和陆少城去开会的时候，找机会进了陆秋平的办公室，将U盘放在他的桌子上，这之后不久，她得到了她想要的，而陆秋平完全没能发现任何异样。

这一次得来了陆氏许多重要的资料，宋家言看着屏幕上的一个个大表格，不由冷笑了一声对苏终笙道："你可知道这是陆秋平花了多少时间和精力才建立起的关系？"

她满不在意地一笑，"越是重要的东西越好，当年他陷害我们家的时候又可曾想过我父母的心血还有他们的人生？"

"既然你这样说，那我自然会好好利用这些东西。"

苏终笙点头，目光灼灼地看着他，"有了这些东西，应该可以扳倒陆家了吧？"

她的神情中满是期待，然而等来的却是宋家言毫不留情泼来的一盆冷水，"还不行。"

"为什么？"

"陆家毕竟是棵大树，我们现在所做的不过是断其枝叶罢了，若想彻底根除，还差一样东西。"

"什么？"

"现在说未免太早。"

苏终笙有些急了，"那我们现在总要做些什么，过段时间若是让陆秋平缓过来了，我们就连现在的机会也没有了！"

宋家言关了文件，转过座椅来面对着她，"你现在能做的就是等待。"

苏终笙的目光紧紧盯住他，"还有呢？"

宋家言将双腿交叠，坐在椅子上微仰起头看着她，似是认真地想了想她的问题，"还有……去挑挑婚纱？"

苏终笙狠狠地瞪着宋家言，静默了足足五秒钟，终究是转头就走了，随手将门带了上，发出"嘭"的一声响。

她的身后，宋家言的眸光在她的身影消失后渐渐暗了下来，他放下原本相搭的腿，坐直了身子，拿起了一旁的电话，按下了一串号码。

"嘟嘟——"

短暂的提示音后，电话被人接通了，电话那边的人恭恭敬敬地叫了一声"宋总"。

宋家言开口，语气平淡的四个字，"开始做吧。"

"宋总，所有资金全部都投进去吗？"

"全部。"

"宋总，这资金量太大，实在冒险，就算是为了击垮陆家，这笔买卖也不划算啊，如果董事长知道了……"

"那就别让他知道。"

宋家言说完，直接挂断了电话。

不要自以为是地去冒自己冒不起的风险，这是宋家言从小听家中爷爷和父亲教诲的，也正是因为这样，当年苏家倒台的时候选择的不是出手相助，而是在一旁静静地看着，可现在，他就是要冒这一次险，就是要不惜代价一次，他告诉自己这是宋家欠苏家的，可其实为了什么，他自己心里都清楚。

第二十二章
而我，只有相思

接下来的一个月，苏终笙再也没联系过宋家言，他说要等，这一等就等了整整一个月，她不知道他在等什么，想起十多年前那个见着苏家出事却没有伸出援手的宋家，想着这一次宋家言没准儿也后悔冒这么大风险帮她了。

陆氏在生意场上节节败退，没想到陆少城的心情倒是并没有受到影响，这一个月来几乎没有再去过陆氏，转而专心地经营自己的医院，似乎就任由陆氏这样下去了。

苏终笙曾经旁敲侧击地问过陆少城一次，他说是自己和陆秋平起了些分歧，不想管了，可陆氏现在与其说是陆秋平的，不如说是陆少城的，就算他真的和陆秋平起了分歧，在这样关键的时刻，以他一贯的风格大概只会将陆秋平架空，又怎么会自己选择退避？

陆氏每况愈下，齐氏不知道从哪里来的大量资金，对陆氏紧逼不舍。

陆秋平打了几个电话来叫陆少城回去，陆少城起初并不理会，只是到了最后陆秋平撂下了狠话，陆少城才不得不回去这一趟。

苏终笙那个时候正在陆少城医院的办公室里和他商量南榆镇医院重建的事情，陆少城挂了电话后，带着她一起回了陆氏。

进陆氏大厦的时候在大厅里遇到了林健南，视线相接，明明都看到了

第二十二章 而我，只有相思

对方，然而下一刻，林健南却转身就走了。

在这样的时候，陆秋平看到苏终笙脸色自然好不了，苏终笙早就料到了这点，想想也觉得没什么了，主动对陆少城说上楼等他，由他去忙了。

坐在陆少城的办公室里，苏终笙托着腮，安静地坐在那里，她看着陆少城办公室墙面上挂着的那幅字，这大概是她第一次这么认真地看着那幅字，可是看着看着，她的视线渐渐模糊。

陆氏的大厦里，有一种异常紧张的气氛弥漫，所有人都知道此时所面对的巨大压力。

苏终笙同样是紧张的，所有的成败，大概都在此时了吧。

她并不知道，就在这时，七层楼下，有人正在以自己的全部人生相搏。

资料保管室里，林健南满头是汗，他几乎已经找遍了所有的架子，只为一份多年前的项目文件。

从最开始，宋家言就已经想到，想要彻底扳倒陆家、让陆秋平为当年自己的所作所为付出相应的代价，就只有让陆秋平也尝尝牢狱之灾的滋味。

陆秋平当初既然会用那样的手段陷害苏家，只能证明他自己行事并不规矩，既然不规矩，就一定能找到证据。

他用尽方法去查了陆氏过去二十年内的所有项目，终于找到了一个突破口，让林健南来陆氏，就是要找机会让他找到当年的项目文件，陆秋平一定在里面做了手脚。

不是、不是、不是，还是不是……

林健南是偷拿了经理的卡才能进到这里，如果让经理发觉了，那就来不及了，他心里急，正不知该怎么办的时候，余光忽然瞥见最下层架子上有一个文件夹斜着歪在角落里，他蹲下身去一看背脊上的字，正是他要找的，他拿出来，打开，大致浏览过以后，他拿出手机，一面不时紧张地看向房门的方向，一面将文件里的内容一页页照下来……

会议室。

在林健南用卡刷开资料室门的时候，经理的手机上就收到了一条短信，为了防止盗刷的情况发生，陆氏的门卡系统是有短信通知的。

因为正在开会，会议内容重要，经理并没有立即去看手机，待到陆秋平同别人布置工作的时候，他才拿出手机看了一眼，这一看不由惊了一跳，赶忙去摸自己的兜，哪里还找得着那张门卡。

他的心里一紧，不敢贸然声张，犹豫了一下，只好轻轻地离开位置，走到陆少城身边将这个消息告诉给了他。

陆少城原本正在文件上写着些什么，听到经理的话，笔尖一顿，纸页上就多出了一个墨点，他蹙紧眉，微偏头，"你说资料室？"

那经理一脸苦相，"是啊，陆总，资料室。"顿了一下，又谨慎地问道，"您说要和董事长说一声吗？"

"不必。"陆少城放下笔，站起了身，径自向外面走了出去。

那经理头也不敢抬，跟着就走了出去。

陆少城直接向资料室走去，那经理想了想，问："陆总，要不要去叫保安来？"

陆少城想了一下，同意了，毕竟门卡被偷，若是资料被窃，要抓着人才行。

来到会议室门前，陆少城拿出自己的门卡，刷开，而后轻轻地将门推开了一个缝隙，观察着屋里的情形，却在这时，一个熟悉的身影映入眼帘。

"林健南？"

他走进，只见林健南因为他的突然出现而显得格外慌张，大概是因为紧张，林健南的身体已经微微有些颤抖，然而手上却没有停下照相的动作。

"你手里拿着的是什么？"

陆少城一面试探地问，一面靠近林健南，对方因为他的接近而愈发紧张，不断地向后退去。

"没……没什么。"

来这里之前，他也没有想到会在这里看到林健南，此刻意识到他在做什么，前后串联起来，原来林健南也是对付陆氏的计划中的一环。

陆少城厉声道："盗窃商业机密，林健南，你知不知道这是多重的罪，你以后的职业生涯就全毁了！"

没想到听到这话，林健南非但没有害怕，反而向他反击道："我毁了我自己，总比你们陆家毁了人家全家要强！"

毁了人家全家……

听到这话，陆少城的心里蓦然一紧，林健南知道了！

陆少城的声音微沉："你是为了终笙来的？是终笙让你来的？"

林健南心里一沉，陆少城说终笙……

陆少城知道终笙的来历！

他居然知道！

林健南干脆地否认："不是，终笙她不知道。"

时间紧急，陆少城也来不及在这些问题上多做纠缠，很快那个经理带着保安就要到了。

知道林健南其实是在为苏家的事抱不平，陆少城并不想伤他，可也正是因为林健南是因为当年苏家的事才这样做，就证明林健南手中的东西绝不是一般的文件。

陆少城向林健南伸出手去，"你把你的手机和文件给我，我可以让你安全离开这里。"

林健南看了他一眼，又看了一眼自己手里的东西，没有答话，手上却还在不停地照着，这一次他是铁了心要这样做了。

陆少城看着他，只觉得他已经冥顽不灵至极，怕再晚一步林健南逮着机会将照片发了出去，冲过去想要夺过他的手机，林健南自然不会给，就在这争执间，之前那个经理带着人，在最不好的时机出现了。

见林健南在同陆少城争抢些什么，那经理也没多想，赶忙让保安上去抓住林健南，而后快步走到陆少城的身边关切地问道："陆总，您没事吧？"

此时的林健南该算得上是人赃俱获，他的手里就拿着文件和手机，兜里是门卡，不等陆少城说话，经理已经拿出手机给陆秋平打了电话。

"董事长，林健南用手机盗拍咱们的文件，在资料室被当场抓住，人赃俱获。"

不知道陆秋平说了些什么，那经理应了两声"好"，很快，他按下了报警电话。

陆少城心里一凉，赶紧再去给自己的父亲打电话，想让他放过林健南这一次，毕竟是陆家有错在先，可不管他怎么拨，对方都是直接挂断。

晚了，已经来不及了，陆秋平知道了，他绝对不会放过林健南，件事陆少城已经没有办法再让林健南全身而退。

陆少城让保安将从林健南手中夺取的手机给他，他拿过手机，将里面关于文件的照片都删了。

他删掉的是林健南想得到的陆氏的罪证，也是林健南自己的罪证。

这件事很快就传遍了整座陆氏大厦，所有的人都知道了，这里出了一个叛徒，就是那个在走投无路之际被陆氏收留的林健南。

没有过多久，警车鸣笛，呼啸而来。

大楼上下都已经沸腾了，可坐在陆少城办公室里的苏终笙，却好像是在另外一个世界，这里安然如旧，好像什么都没有发生，直到她无意之中自窗户向楼下一望，震惊地发现下面竟然停着警车。

她觉得诧异，走出去问发生了什么，对方叹了口气说："公司抓着了一个商业间谍，叫什么林健南吧……"

苏终笙一怔，只觉得脑子里"嗡"的一声，如同五雷轰顶，"你……你说什么？"

"警察都来了，这回有他受的！"

苏终笙来不及多想，直接奔向了电梯，一遍又一遍地用力地按着那个向下的箭头，只希望电梯快点下来。

怎么会……

怎么会突然变成这样？

一定是那个人记错了名字，一定是！

她忽然意识到了什么，赶忙拿出手机给宋家言打了电话，因为害怕，她的手都是颤抖的。

她一遍又一遍地拨宋家言的号码，可是听筒里传出的声音却是"对不起，您拨打的电话正在通话中"，她怎么播，对方都是不接。

终于等到电梯，待到电梯门在一层开了的那一刻，她几乎是一路疯跑了出去，只见许多人围在离大门不远的地方。

她自人群中艰难挤过，好不容易重新看到光亮，却在这一刻，她整个人懵了。

最不好的担忧被证实成真，她看着林健南的两只手交握在一起，手上搭着一件上衣外套，用来掩盖住他手上的手铐，而他低着头，不知道在想些什么。

一旁，陆秋平、陆少城还有一个穿着西装的男人在和警察交涉着些什么，不知道说到了什么，一向沉稳的陆少城竟然同警察争吵起来，他想要帮林健南脱罪、想要让这件事大事化小，可当时在场的不只他一人，陆秋平又是铁了心的不肯放过林健南，这让他举步维艰，每一句话都要经过无穷无尽的争吵。

在这样的时刻，苏终笙也管不了那么多，不顾这是在众目睽睽之下，推开身边还在挤着她的人，她直接向林健南冲了过去。

"到底发生了什么？"苏终笙抓住他的手臂，双眼紧紧地盯着他，此时她的脑子里已是一片空白，除了这句话，再也问不出其他。

到底发生了什么？

怎么突然之间，事情就变成了这样？

"贱南"，你不是在怨我、不是不想帮我？为什么会去偷陆氏的资料？为什么会把自己弄成这样？

她的突然出现让在场的所有人莫不是吃了一惊，陆氏的职员怎么会想到这个林健南竟然同陆少城的未婚妻是相识？

她出现的时机已经不能更差，原本正在交涉中的陆少城和陆秋平听到声音都向她看了过来，陆少城的心沉到了谷底。

陆秋平原本并不知道林健南同苏终笙是相识，此时见到的场景，令他心中不禁生疑，难道这林健南是苏终笙找来的？又或者说苏终笙才是幕后主使？

不行，一定不能就这么轻易地放过他们！

而对于林健南而言，此时最想见的、最不想见的都是眼前的这个人，苏终笙。

此时的他，满是狼狈，还有当着这么多人的面被抓的难堪。

他垂了眼，终只是说了声"抱歉"，他还是没有帮上她。

两个字，苏终笙的眼泪就下来了。

她不傻，联系上宋家言之前说到的等待，她大致猜得出这是怎么回事，原来一直在等的就是他。

她哽咽着，"到底是什么样的东西，要你这样不惜代价？"

"一个能让陆秋平体会'报应'这个词的东西，笙姐，你别哭、别哭啊……"

看着苏终笙在哭，林健南的眼眶也酸了，毕竟只有二十多岁，像是个大孩子，之前做的时候没觉得什么，总是有点儿侥幸，也想过最差不过就是被抓，可此时真的站在了这里，手上被铐住，站在这么多人的面前，里面是人们带着谩骂的议论声、外面是不断闪烁的警笛，他不知道等待着他的将会是什么，未来的人生又在哪里。

在这一刻，苏终笙后悔了，也许从最开始，她就不应该想着来复仇，如果不是因为她的贪念，林健南此刻就不会成这样！

"对不起……"

她不停地默念着这个词，林健南的眼泪已经流了出来，却还想勉强撑出一个笑容来安慰她。

"没事的，笙姐，我不怕。"

他这样说，可其实，他怕得要命。

苏终笙拼命地摇着头。

林健南深吸了一口气，"对了，笙姐，陆少城……他知道了。"

苏终笙一僵，"什么？"

"他其实什么都知道。"

什么都知道……

苏终笙有些难以置信地看着眼前的林健南，下一刻，她猛地回过头去看向就站在他们身后不远处的陆少城，忽然只觉得可怕。

她以为她计划周密、她以为她瞒天过海，可这个人其实什么都知道，只是一直冷眼看着她在挣扎。

警察在这个时候走了过来，"小姐，我们要将人带走了。"

苏终笙握着林健南手臂的手终于不得不一点点松了下来。

对不起。

两名警察一左一右将林健南带走了，向门外走的路上，林健南不住地回头望向苏终笙，她看着，心里再难受不过，却什么也做不了。

她再一次被提醒了，她是这样的没用，她没有办法为自己的家族雪耻，还连累了身边的人。

苏终笙追出了大门，眼见着林健南上了警车，自警车后门带着铁栅栏的窗户里望着她，就这样近的距离，他们却成了两个世界的人。

是她害了林健南。

警车渐渐开远，苏终笙捂住自己的嘴，不住地大哭了起来，她哭得太过用力，连带着头都在晕，整个人跪倒在了地上。

有人走近，想要扶起她，苏终笙知道是谁，手用力向后推了一把，不让那人碰她。

她拼命抹掉自己脸上的泪水，艰难地扶着地站起身来，看向他，眸中皆是恨意。

她质问他："你什么都知道，对不对？"

陆少城抿唇，否认不得。

这一个月来，他什么都不做，任由陆氏连连失利，只是希望能够让苏终笙出了心中的那口恶气，能让她释怀，可他低估了她的恨意，只看陆氏失利又怎么足够？她要的是陆氏破产、她要的是陆秋平为自己所做的事付出代价、她要的是陆秋平这辈子都不能再翻身！

陆秋平毕竟是他的父亲，他毕竟姓陆，他还记得年幼时母亲顾美茹曾经对他说过的那句话："少城，无论如何你要记得，你是陆家的嫡长子，绝不可以让陆家落到旁人手里！"

他终究还是要保住陆家。

苏终笙转身就走。

天愈发阴沉了起来，就要下雨了。

苏终笙在马路之上茫然地走着，不知道自己究竟要去哪里。

雨，下了起来，很快倾盆。

她在大雨之中，不知道走了多久，也不知道走了多远。

她的身后，一直跟着的陆少城终于再也看不下去，冲了过去将她拉住。

"阿笙，放过自己吧！"

放过？她要怎么放过？

她放过了自己，谁能放过她的父母、谁能放过林健南？

苏终笙的心里冷笑连连，那股恨意在心底肆意地蔓延开来，如同一株藤蔓，很快在她的心上遮天蔽日。

明明是白天，可不知是因为大雨还是什么原因，她只觉得四周一片漆黑。

他与她肌肤接触的地方好像有千百根钢针在扎着她，让她想要挣脱，她终于再也忍不住，在大雨之中向他嘶喊："陆少城，你根本什么都不明白！这么多年来，我有仇人要找，我有生计要谋，可你只需要在这里做你人人倾慕的陆氏继承人！"

他强行将她揽入怀里，吻过她的眼角，他的声音低哑："阿笙，这么多年来，你有仇人可找，你有生计可谋，而我，只有相思。"

可相思，无用啊。

苏终笙号啕，这么长时间的算计、防备、小心翼翼、如履薄冰，她早就已经累了，可只是因为心中的那个执念，她做不到放过自己、更不能放过陆秋平。

此时拥抱着她的是她的阿城，她思念那么多年的阿城，她生命中最美好的存在，她的挚爱，可在这一刻，她却不知道自己该如何再去爱。

明明是旧日里温存的姿势，她所感受到的却是刺骨的寒。

她闭上眼，眼前浮现的，是许多年前母亲割腕时那一片鲜血刺目的红色，还有急诊室里刺眼的灯光……

"阿城……"

她喃喃地念。

"阿城……"

她不住地念。

可她感受到的,只有虚无。

第二十三章
终身大事

这之后,陆少城怎么也找不到苏终笙。

由于淋了雨,他发了一场高烧,连带着眼睛也暂时性地失了明。

梦里的时候,他总好像是回到了当初的时候,有少女冰凉的指肚抚过他的双眼,清冷的嗓音里带着一种能够安抚人心的力量,她说:"阿城,你的眼生得这般好看,若是弃了,我舍不得。"

他醒了过来,下意识地唤着"阿懒",可是来的只有陈妈。

他的阿懒,是真的不在了。

烧稍微退下去一些的时候,他去了公司找陆秋平,想劝他放弃对林健南的指控,然而陆秋平却是铁了心,"不行,这件事一定要查下去,只要林健南咬出背后是宋家的人指使的,我们就可以借此机会翻盘了!"

"爸,这件事是你错在先,如果我晚到两分钟,林健南把那些照片发出去了,现在遭殃的就是我们!"

陆秋平依旧固执,"可他没发出去,这个世界本来就是成王败寇,我有什么错?"

陆少城沉了声音,对自己的父亲厉声道:"栽赃陷害使得苏家家破人亡也不是错?"

听到自己的儿子这样质问自己,陆秋平一僵,陆少城果然都知道了。

可即使这样,那又如何?

他看着陆少城,语气决绝,"要么你现在拿着证据去公安局举报你父亲,要么你就永远也别再提这件事!陆少城,你别为一个女人昏了头!"

如果陆少城真的做得到,他们此刻就不会坐在这里!

面对陆秋平这样强硬的态度,陆少城说不出话来。

陆少城让陈光帮他去找苏终笙,却依旧没有任何消息,他知道她在这个时候必定已经恨毒了他,再也不想见到他,可他想,只要他找、只要他一直找,总能找到她的。

可她连这点儿希望都不留给他。

她残忍起来,真是比他更甚。

突然之间,江城的报纸上铺天盖地的都是苏终笙的消息:

苏终笙宣布与圣索罗医院院长陆少城取消婚约。

宋氏少总宋家言宣布与苏终笙订婚。

接连两个爆炸性的消息被抛出,在江城的新闻界引起轩然大波。

几乎所有的人都在指责苏终笙无情又势利,在陆氏最艰难的时候同陆少城撇清关系,不仅如此,紧接着就成为了陆少城对手——宋家言的未婚妻。

这个长得只是清秀却不算艳丽、身世不知出处的乡镇医生,有什么手段能引得陆、宋两家的公子同时倾心?

而与之前同陆少城在一起时不同,这一次,苏终笙频频与宋家言高调亮相,她相依在宋家言的身边,看上去两个人感情甚好。

这是苏终笙的决定,这是苏终笙送给陆少城的最后一份"礼物"。

因为有他在,她没有办法毁掉陆家,更没有办法再伤害陆秋平,夜半噩梦中,她一遍又一遍地回到家破人亡的那时,心中的恨意难平,既然他也姓陆,她唯一能伤害的,就是他。

这一切,陆少城又怎么会不明白?

都是他自找的。

可他不想放手。

他拿着那张报纸，视力渐渐恢复了些许的双眼紧紧地盯着标题中"订婚"这两个字。

就算如此，那又如何？

终身大事未定，他不会放弃的。

以慈善为名举办的商业晚宴，名流云集。

晚宴正式开始之前，大家三两个人丛聚着，一起闲聊，话题的焦点就在即将出席的宋家少爷和未来的少夫人身上，有人不屑地轻笑，"真不知道宋家老夫人是怎么想的，居然能让自己的儿子娶那么一个女人，真是丢尽了脸面啊！"

"谁说不是？乡下来的，还那么水性杨花……"

可最近宋家势力壮大，风头正盛，没人敢得罪，闲话说两句，大家也就各自噤了声，只在心里想想罢了。

这宋家未来的少夫人，到底是一个什么样的人物？

答案在苏终笙与宋家言挽着手走进大厅的那一刻被揭晓。

完美的妆容、得体的微笑、闪耀的钻石，还有一身精致的小礼服裙，苏终笙挽着宋家言，在众人的注视下，一步一步，款款而来。

她整个人自信而又从容，带着一种光芒，连钻石都未能将她的风头抢去，与所有人的预想截然不同。

宴会厅里安静了一瞬。

她大方地同周围的人打着招呼，谈吐举止称得上大气，是一种大家闺秀的气质。

原先等着瞧笑话的人此时不约而同地哑了声。

而苏终笙与宋家言之间的互动更是带着热恋之中的甜蜜，大概是因为晚宴的时间稍长，苏终笙有些疲惫，她微微倾斜身子，头就枕在了宋家言的肩上，宋家言侧过脸去看她，两个人耳语了几句，宋家言轻掐了一下她的脸，神情中宠溺之意明显。

这样的小动作周围的人看得分明，真是让人又羡又妒。

从最开始的时候，苏终笙没有想过会走到这一步。

那日林健南出事，她淋了一场大雨，无处可去，浑身湿漉漉的去找宋家言，他一开门，她就劈头盖脸地质问他："为什么要让健南去做那么危险的事？为什么要利用那么善良的人？宋家言，你们宋家的人怎么都这么自私？只想着你们宋家的生意和利益！"

她以为他之所以会让林健南去偷陆氏的资料只是为了能够尽早扳倒陆氏、除去宋家的竞争对手，却不知如果只是为了利益，他一定不会如此地操之过急。

他看着她，冷笑，"对，我自私，我为了我们宋家的利益，瞒着我爸动了宋氏的储备资金、任由齐家对我们勒索一般提出条件、不惜代价去查陆氏的项目，我都是为了我们宋家的利益！苏卿云，你长心了吗？"

如果不是看到她已经焦急得等不下去、如果不是为了帮她报当年苏家的仇，他怎么会冒着自己被牵连的风险去让林健南做那么冒险的事？

现在林健南被抓，如果林健南在警察局稍有松口，他就会被牵连，而她在这个时候来指责他！

他真是自私得疯了！

苏终笙震惊得说不出话来。

从她的表情里，宋家言就能看得出她之前从没有想过这些，他只觉得气得厉害，再不看她，"嘭"的一声将门关了上。

她最初来找他的那天，他们之间一个为了家仇、一个为了利益，开始了这一切。

可如果他到现在也只是为了利益就好了。

喜欢她什么呢？宋家言也想不明白。

十多年前，两家聚会，这疯丫头梳着长长的糖葫芦辫满院子乱跑，他捡石头打鸟，哪儿知道怎么就打着了她，她疼得哇哇大哭，去长辈面前狠狠地告了他一状，害得他被罚，一天没吃饭。

十多年后，她带着满心的仇恨突然出现在他面前，长得不算艳丽、性格不算温婉、说话不算讨喜，难得给他打个电话，还是因为担心林健南来向他声讨的。

总是对他指手画脚，对他的付出视而不见，明明早就知道她喜欢别人，可不知道什么时候开始，看着她和陆少城在一起，他也觉得刺眼了。

因为是她的心结，所以想要帮她完成；因为是她喜欢的人，所以嫉妒得要命；因为喜欢她，所以对她的指责在意得要命。

他听到别人说起青梅竹马是那样的美好，想一想，他们之间是不是也算是青梅竹马？

每每想到这里，他的心里总是会生出一份温暖的感觉。

可是这死丫头对他就是没长心！

门外，苏终笙一直在哭。

明知道哭没有用、明知道哭是懦弱，可她就是停不住。

她用手拍着宋家言的门，他不开，她就一直拍，拍到手心通红，她却已经麻木得没了感觉。

宋家言终是对她不忍，再一次开了门。

她没有防备，整个人扑进了门里，跌在地上，他伸手去扶她，她没理，只是抬着头眼巴巴地看着他，是她极少露出的卑微的姿态，"你那天说，如果陆少城不要我了，你要，这话算数吗？"

他一窒，目光相接，他看着她泪眼朦胧中映出的自己，半晌，终是蹲下身去抱起了她。

他长叹了一口气，声音轻得像一声叹息："算数的……"

就算明知道她的心中另有所爱，就算明知道这也是她报复陆少城的一种手段，可是能留她在身边，就这样终身，或许也好。

对于这桩婚事，他的父母没有阻拦，当初苏家有难，宋家躲了，从某种程度上来说觉得对不起苏卿云，母亲只是问他是不是真心喜欢这个姑娘。

他说："真心。"

母亲说："那就结婚吧。"

他将婚期定得很近，连苏终笙都觉得有些仓促，和他开玩笑说："我又不会跑了。"

他白了她一眼，"我知道，你敢跑一个试试。"

他只是在用自己的方式告诉她，再也不能反悔。

来这个慈善晚宴的现场之前，她刚刚去试了婚纱，婚纱上身的那一刻，她的心底有一阵刺痛，可痛着痛着也就没什么了。

她看着镜子里自己穿着一身华贵的长尾婚纱裙，周围是水晶灯闪耀的光芒，心里空空的，忽然想，这可能就是她的一生了。

一生这么短，一生那么长。

慈善晚宴上，主持人还在喋喋不休地说着些什么，苏终笙好不容易熬到中场，赶忙出去想要换换气。

宋家言想陪，被她拦下，屋里有太多等着和他说话的名流们，她一个人出去也不要紧，一会儿就回来。

出门沿着长廊找到了一个安静的角落，好不容易得以喘息。

贵重的礼服裙、身上繁复的装饰，她只觉得疲惫不堪。

表情已经僵硬，她用手捂上自己的脸，努力地揉着，想要揉出一个讨人喜欢的笑模样，可是笑容却已经干涸了。

一个人歇了一会儿，状态稍稍好了一些，她算了一下时间，觉得晚宴又快要开始了，她才深吸了一口气，向宴会厅走去。

没想到在半路，却有人拦在她的身前，她抬头一看，是一个让她意想不到的人。

陆少城。

这些日子以来，她一直在躲着陆少城，之所以会出席这次宴会，也是因为知道他没有接受邀请，她知道陆少城在找她，可她只是不想见到他。

到了这一步、到了今天，连与他见面都会满心愧疚，觉得对不起自己的父母，更对不起为了帮她讨回公道而进监狱的林健南。

她想要绕开他，却被他一把抓住了手臂，压在墙上，他的身形高大，将她笼罩在他身前的阴影下，逼她与他面对面直视。

多日不见，他的面容憔悴了许多，苏终笙觉得心里某处好像被人揉捏着，隐隐地疼，可下一刻，她的面前浮现的，是林健南坐着警车被带走时，从那个狭小的窗户中看着她的目光。

她的心渐渐冷了下来。

"放手！"

"终笙，你到底还要躲我到什么时候？"

他的身上是她熟悉的味道，怀里是她熟悉的温暖，她就在这熟悉中，险些掉下泪来。

她睁大了眼睛看着他，不让自己在这个时候哭出来，她试图挣脱他的桎梏，用力地挣扎，一抬手，意外地打掉了他的墨镜。

走廊里的灯光明亮，陆少城下意识地眯起了眼，这样的亮度他的眼睛根本承受不了，可他却依旧不肯放开她。

她心里着急，终于忍不住喊了出来："陆少城，你为什么就是不明白？我没有在躲你，我只是不想见到你！"

说到最后，她的每一个字几乎是从牙缝中挤出来的。

与其说是恨他，不如说是恨自己，恨自己无能为力、恨自己妄念太强，牵累了周围的人。

走廊里人来人往，他们两个人在这里是那样的突兀，有人认出了他们，惊叹道："那不是陆氏少总和宋家未来的少夫人吗？"

这可真是要有一场好戏看了！

周围的人越聚越多，谁不知道苏终笙曾经是陆少城的未婚妻？

这么势利薄凉的女人，见陆家在低谷期转身就跟宋家言走了，这回陆少城找来，不得好好地教训她一番？

再加上宋家言就在不远处的会场里，这三个人要是遇上，许久没见过这么有趣的场面了！

苏终笙的目光看向四周，尽量压低了声音说："陆少城，你再不放手就该被所有人看笑话了！"

他怎么会不知道这样会被人看笑话？可就算是成为笑话，他也不能就这样放走她，他不知道下一次会在什么时候才能再这样抓住她！

"就算不想见到我，也不要嫁给宋家言，不能把终身大事当作儿戏！"

"我没有当作儿戏！陆少城，我问你，哪怕一瞬间呢，你有没有过一瞬间的冲动，就算是为了我，去举报你父亲那些见不得人的事？"

陆少城一默，"他毕竟是我父亲，我不能……"

大逆不道……

"那我的父母呢？健南呢？我呢？我受尽别人白眼、成为孤儿流浪街头的时候，我做错了什么？"心里冰凉到麻木，苏终笙冷笑了一声，"嫁给宋家言是我做过的最好的决定，只有他明白那个执念在我的心里有多重要，他一直在帮我，不惜代价，只有这样的人才会是我能依靠一辈子的，丈夫。"

她的话就像是一把利刃，向他刺去，每一句话说出来就是刀起刀落，而她已经停不下来。

"陆少城，十二年前，如果我知道你父亲所做的一切，就算是饿死，我也不会踏进你们陆家半步！"

就算是饿死，也不想认识你！

最后的这一句话，她的声音压得很低，只有他们两个人能够听清，可每一个字都蕴藏着极大的力量，那是她的恨。

看着她决绝的神情，陆少城手上的力气一松，整个人晃动了一下，向后退了半步。

晚宴很快就要再次开始，苏终笙却迟迟未归，宋家言不放心，出来找她。

远远就看到有一圈人围在那里，他走近一看，就见陆少城和苏终笙在那里。

他的心里一紧，赶忙走上前来拉过苏终笙。

她自然地挽住他的手臂，抬起头的时候，脸上已经恢复了笑容，"家言，你来了。"

他这才稍稍放心了一点，"嗯，晚宴就要开始了，你没回去我有点担心。"

苏终笙答得自然："没有想到在这里会遇到陆先生，我们就聊了一会儿，让你担心了。"

陆先生，三个字，轻而易举地将两个人的距离拉开。

宋家言笑了一下，说："没事。"可抬眼看向陆少城时，目光之中满是戒备与敌意。

他拉着苏终笙正要转身离开，却在这时，苏终笙叫住他，笑靥如花，"家言，我父亲不在了，当年陆先生收容终笙的恩情终笙没齿难忘，婚礼上，我想请陆先生牵着我走过红毯可以吗？"

她要他亲手牵着她走过红毯，她要他亲手将她交给别人！

陆少城震惊地看着她，认识这么多年，他才知道原来她这么残忍，他站在那里说不出话来，这么多年，他从没像这般狼狈过。

而她一直在笑，一直一直地在笑，就像真的在对他感激，就像刚刚那个说宁可饿死也不进陆家的人不是她一样。

明明知道她是在折磨他，可是他连拒绝都做不到，他的眼睛因为光刺一直在流泪，可眼伤的疼都已经没了感觉，他俯身捡起了地上的墨镜，戴上，又变回了一贯冷静淡漠的陆少城。

他问："这真的是你所希望的？"

她笑，"是。"

他阖了眼，自嘲地笑，转身，一步一步，离开。

一场婚礼，似一把刀，扎在彼此心头。

最后的一刻，终还是不甘，陆少城走到新娘的化妆间前，想要带她离开，却有人拦在他的面前，是宋家言。

更衣室里，苏终笙听到外面传来男人争执的声音，"宋家言，阿笙她不爱你！"

"那又怎么样？一年、两年、三年，我会是她以后的人生，而你，什么也不是！"

"砰——"

好像有谁很重地撞上了房门，随后是"咚咚"的声音，化妆师有些担心，"外面该不会在打架吧？"说着就要出去看看。

苏终笙叫住她："别管！"鼻翼却已经发酸。

妆已经化完，她不能哭，只能睁大眼，把所有的泪水忍回去。

"别管……"

第二十三章 终身大事

她喃喃地念着这两个字。

化妆师好像明白了什么，轻叹了一口气，走回她的身边，一面替她整理着头纱一面说："今天可是个大喜日子，别哭，哭就不好看了。"

苏终笙牵唇，镜子里的那个人也对她笑，可是那笑容里一片空白。

她是一个执念太强的人，爱和恨都不肯放下，执念太强，难免受伤。

外面的声音"乒乒乓乓"许久，她全身僵直，端坐着，手就一直攥在婚纱的裙摆上，攥出了一个难看的褶子。

不知过了多久，外面终于安静了，她脑海里闪过的第一个念头，是陆少城的眼睛还好吗？若是打起架来掉了墨镜，他的眼睛怎么承受得起？

可好与不好，都已与她无关。

婚礼就要开始了。

教堂里，红毯之上，陆少城站在路口等她，而路的尽头，是她未来的丈夫，宋家言。

这不算长的一条路，就是她未来的人生。

她的一身婚纱洁白端庄、剪裁合体，勾勒出她的玲珑身段，面容温婉恬静，是最美的模样。

全场因为她的到来起立鼓掌，她走到陆少城的身边，伸手挽住他的手臂，余光中，她看到他嘴角的瘀青，她泛着泪光笑，只当什么都不知。

《婚礼进行曲》响起，现场的气氛隆重而庄严，众人的注视之中，他们挽着手向前走，每一步都极慢，仿佛要耗尽一生的力气。

恍惚中，他们好像回到了从前，那时他的眼还看不到，走路总是会被绊倒，每当他变得急躁，她总是会说："没事，阿城，我会一直在这里，陪你一点儿一点儿走下去。"

可不知不觉中，这条路似乎就看到了尽头。

他唤她："终笙。"

"嗯。"

"我爱你。"

"我知道。"

第二十四章
如 果

很多年以后，苏终笙不敢去想，如果那一天那些警察没有闯进教堂，她、陆少城还有宋家言的人生会是如何收尾。

当警察当着在座所有宾客的面将宋家言以涉嫌商业盗窃的罪名带走的时候，苏终笙的脑海里一片空白。

当初他们伪造的U盘被陆秋平找了出来，U盘厂商的人一听陆秋平说不会追究他的责任，还会给他一大笔钱，马上就把宋家言这边的人交代了出来。

宋家的父母原本还坚信着这种事情一定是误会，然而当宋家言沉默了的时候，他们终于明白了什么，眼见着自己的儿子被带走，宋母终于再也忍不住，走到苏终笙的面前，扬手就给了她一巴掌。

"你就是个丧门星，我当初到底是怎么想的才会同意让你进宋家的门，你走，我再也不想见到你！"

宋母到了最后几乎已经是在对她嘶吼，这位一向优雅从容的宋太太第一次在大庭广众之下如此不顾形象。

苏终笙想要道歉，可看着宋母，竟一时不知该从何开口。

见她还不肯走，宋母忍无可忍，大叫了一声："滚啊！"

再一次，牵连了其他人。

对于宋母，苏终笙没有什么能解释的，宋家言做到这一步是因为她，

U盘的主意也是她出的，是她害了宋家言。

最后再看了宋母一眼，苏终笙转身拖着婚纱长长的裙摆，在众人异样的目光中，一步一步，走出了教堂。

陆少城也没有想到会在这种时候发生这样的事情，他猜得出这件事之所以会东窗事发，和他的父亲一定脱不了干系，见苏终笙离开教堂，他不放心，跟在苏终笙的身后。

他猜得到这件事与他父亲有关，苏终笙一定也猜得到，他不敢离她太近，怕把她逼急了，却没想到她忽然转过身来，一把扯下头上的头纱，她的眼中有泪光晶莹，目光就那样直直地看着他，她的语气坚决："带我去见陆秋平。"

陆少城一怔，他几乎是本能地拒绝："不行。"

苏终笙加重了语气，冲着他大喊出来："带我去见陆秋平！"

"终笙……"

此刻的苏终笙看着身后的陆少城，满心满眼都是恨意，她想起不久前自己坐在化妆间里，竟然担心过他，只觉得自己真的是可笑至极。

"你放心，我伤不了你父亲的，更何况还有你这么一个孝顺儿子在旁边看着，我什么都做不了！"

"孝顺儿子"四个字里包含的讽刺之意太过强烈，陆少城心里一窒，"我不是那个意思……"

"那就带我去见他！"

身上的婚纱还未来得及换下，苏终笙走在陆氏的大楼里，周遭投来的各种目光，她只当什么都没看见，气势汹汹，直接上了顶楼。

出了电梯，她冲着陆秋平的办公室直奔而去，却在走廊里被陆秋平的助理拦下。

她与陆少城的关系早已不是当初，助理自然不敢放她进去，还是因为紧跟在她身后的陆少城开口让他放行，那助理才不得不犹豫着挪向了一旁，眼看着苏终笙闯进陆秋平的办公室，心里只觉得担忧得很，所幸陆少城也跟着进了去。

那助理就守在门外,隔着一扇门,他听到里面传来人争吵的声音。

他不放心,想要进去看看,正巧有公事电话进来,他正要敲门,却被陈光拦下。

他不解地看向陈光,陈光却什么都没有说,只是冲他摇了摇头。

关于苏终笙的事情,陆少城从未和他多说过什么,可自陆少城让他查过的那些事情里,他也能猜出个大概。

这里面的事,他们不能管,也管不起。

陈光所想的没错,这一次来找陆秋平,苏终笙是来摊牌的,人前人后见过这么多面,彼此心里的想法全都清楚,可她和陆秋平,似乎还差了最重要的一件事,到了今天,再没有任何顾虑,她来当面与他对质!

"陆秋平,你做过这么多坏事,真的没有害怕过报应吗?"

陆秋平看着苏终笙,她的身上穿着价值不菲的定制婚纱,刚刚从自己的婚礼上落魄离开,站在这办公室里显得不伦不类,他冷笑了一声,"你这话说得真是可笑,坏事?那不过是取胜的手段罢了!至于报应?那只是弱者的自我安慰!"

苏终笙瞪大了眼睛看着他,"陆秋平,十二年前你为了取胜害得我们苏家家破人亡,还背负了这么久的骂名,你的心里就一丝不安都没有吗?"

"到了这一步,却还指望对手的怜悯,你还真是幼稚啊!"陆秋平向她一步步逼近,"说到底,你也只会一些小偷小摸的手段,就凭你也想给苏家报仇?"

"爸!"陆少城已经听不下去,虽然早就预想到自己的父亲会是这个态度,然而当真的听到这些话从他的口中说出的时候,他攥紧的手背上已然有青筋凸起,"道歉吧!"

道歉吧,已经做错了这么多、已经害别人失去了那么多,就算是微薄无力的道歉,也远胜过此时的强词夺理。

怎么可以?怎么可以这样地理直气壮?

道歉吧!

可陆秋平怎么会听?

"道歉?"陆秋平冷哼了一声,"当年的事已经过去了那么久,没有人

第二十四章 如果

会在意的，不管怎么努力，谁都不可能再为苏家翻案了！"

他语气中的嘲讽似一把刀扎在苏终笙的胸口，她咬牙，每个字几乎都是从牙缝里挤出来的："陆秋平，总有一天，我会为苏家报仇，一定会让你输得心服口服！"

她的眼睛里闪过狠戾的光，陆秋平一怔，却也只是一瞬间，很快他又恢复了从容的笑，"好啊，我等着。"

但那一句报仇不过是苏终笙说的气话。

这一点，陆秋平清楚，苏终笙更清楚。

如果她真的有办法，她就不会跑到陆秋平的办公室去自取其辱，现在林健南和宋家言都已经被拘捕，可她能做的只是满世界地去找可能与当初苏家的事哪怕有一丁点关系的人，希望能找到一丝线索，也只有当她真的找到了，她才有可能去和陆秋平谈条件，才能帮到宋家言，也帮到她自己。

接连几日奔走，几乎已经用尽各种办法去查那些人的所在，然而当她好不容易找过去的时候，对方听她说明来意，全都给了她闭门羹。

时隔这么久，当年就没有线索的事情怎么会突然冒出线索来？更何况谁都知道这件事干系重大，宋家已经宣布苏终笙和他们没关系了，谁会为了此刻如此微不足道的她去得罪陆家？

就连当初无意间一语点破当初秘密的严正明也对她避而不见，她怎么敲门他也不理会，只装作自己不在家。

她没有更高明的办法，心一横，直接跪在了他家门前，"严叔叔，如果您不肯开门，我就一直跪在这里。"

严正明的老婆从防盗门的猫眼里看着她真的就跪了下去，总归是于心不忍，不由推了推自己的丈夫，"当年苏家待咱们不薄，要不你帮帮这姑娘？"

严正明瞪了自己老婆一眼，"谁来你都想帮，帮不好是要命的！再说东西早就让陆少城拿走了，想帮也帮不了了！"

隔着防盗门，苏终笙听不清他们所有的对话，她只隐隐听到了陆少城的名字,心里顿时冰凉一片。

也对,他既然知道了她的家世,又怎么可能不去查?以他的能力或许能查出一些什么,可他只会帮着他的父亲。

心灰意冷,深夜走在街头,林健南和宋家言都已不在,无论是那个遥远的小镇里还是这个偌大的城市中,再没有人关心她的去处、在意她的晚归。

林健南曾经对她说:"不管笙姐走到哪里,这里是家,我都会在这里等着笙姐回来。"

当初那个慢条斯理的男孩,终究还是没能遵守诺言。

在街口的长凳上吹了一晚上冷风,第二天一早,苏终笙发烧了。

或许是从心底觉得不堪重负,想要逃避,再没有比病倒不起更合适的理由。

高烧昏迷在街头,有人把她送到医院,朦朦胧胧,半梦半醒之间,她闻到抱着她的那人怀中有她熟悉的味道,那种淡淡的薄荷香,她下意识地往那人怀里钻了钻,口中不由唤道:"阿城……"

再说不出其他的话,她伏在他的胸口一直在啜泣,梦里的他们还是当年初见的模样,他向跌倒在他家车前、无处可去的她伸出手来,他说:"我带你走。"

那时的她刚经历了家族的巨变,四处遭人嫌厌,还不知道该如何在这世上生存,她垂头,睫毛轻颤,她对他说:"可我是个晦气的孤儿。"

而他应:"我是个没用的瞎子。"

是她将他带离黑暗,可如今他的沉默亲手将她推回曾经的深渊。

愿这一生,不离不弃。

愿这一生,莫失莫忘。

许下诺言,而今他们,分道扬镳。

他是她那么喜欢的人,她是他那么在乎的唯一。

陆少城将她就近带到A院急诊室去输点滴,不是不想带回自己的身边,只是他很清楚,一旦她清醒过来,一定会立即逃离。

第二十四章 如果

找不到合适的人托付，他不得已打扰了傅国辉傅老的清修，请他来代为照看。

苏终笙毕竟是他的得意弟子，傅国辉也没有推辞，匆匆赶到急诊室一看，就见她躺在输液椅上，满面通红，神志不清。

他不禁叹了一口气，问一旁的陆少城："怎么弄成这样？"

陆少城不知该从何回答，半晌，只是说："遭遇了一些事情……"

傅国辉看着陆少城的表情，没有再问下去，这么长时间以来，苏终笙和陆少城的那些乱七八糟的传闻他不是没听说过，只是他自己的学生，自己心里多少有数，这里面必定有着许多难言之隐。

"傅老，我马上就离开，等她醒了还请您不要告诉她是我送她过来的，就说是路人做的好事。"

睡梦之中，苏终笙眼角有泪水，嘴里喃喃地念着一个名字："阿城……"

陆少城听到她的声音，心里不忍，俯身给她盖好毯子，而后长时间的注视着此刻并不清醒的苏终笙，静默许久。

哎！

傅国辉这个局外人看了，也不由叹息连连。

眼前的这两个人，一个高烧之中神志不清却还念着对方的名字，一个口中说着自己要走，却还在对方身边流连。

他有些看不下去，不禁问："不管发生了什么，真的就没有弥补的方法了吗？"

陆少城轻阖了眼，却是无可奈何地摇头，"她受的伤害，我弥补不起。"

离开医院，陆少城直接回到了陆氏，他当然知道苏终笙这段时间在找什么、为什么会变得这么狼狈，他帮不了她更多，只能再去找自己的父亲，让他把对宋家言的指控撤销。

来到顶楼，他走到陆秋平的办公室门前，门虚掩着，并没有关严，他刚要敲门，就听到里面传来自己父亲的声音："我不管你用什么办法，盗窃资料的事一定要把苏终笙牵连进去，这妮子竟敢扬言让我输得心服口服，我就让她先输得一败涂地！"

此时站在陆秋平对面的，是跟随他多年的老助理，听到陆秋平这样说，那助理想来也有些于心不忍，"陆董，这个苏终笙家也没了、婚也结不成了，已经很惨了，要不……算了吧？"

得到的是陆秋平斩钉截铁的回答："绝对不行！她到现在还死揪着当年的事不放，与其等她查出什么捅出娄子，不如让我先下手为强！"

"您也知道她查不出什么的……"

不等他再说完，陆秋平厉声道："我说了，绝对不行！她既然想和我斗，就要知道代价！"

门外，陆少城听着自己父亲的话，心里已经凉得彻底，他所有的忍耐都已经到了极限，推开门，他直接闯了进去，直视着自己的父亲，他质问道："到底怎么样你才能放过她？"

陆秋平没有想到陆少城会在这个时候突然出现，也是一惊，听到他这样问，迟疑了一下，可既然都已经到了这步，也没什么好再隐瞒，"我不会放过她的！"

这个苏终笙，险些毁了他辛苦多年创下的陆氏家业，留下她后患无穷，他怎么会放过她。

陆少城看着自己父亲已然有些狰狞的面孔，脑海里浮现的是苏终笙昏迷在街头时的样子，他深吸了一口气，"如果她有你栽赃陷害苏家的证据呢？"

这是威胁！

陆秋平凝视着自己的儿子，这个他曾经毫不在意的儿子，现在连他也要仰望了。

他沉默了良久，再开口，他已经了然，"有证据的不是她，是你吧？"

陆少城看着他，没有说话，是默认了。

陆秋平混迹商场这么多年，还没有什么人能威胁得到他，此时面对着自己的儿子，他只觉得不可思议，想一想，竟笑了。

"去揭发我吧。"

第二十四章 如果

五个字，陆秋平说得异常平静。

陆少城一滞。

"否则，你现在就从这个房间出去，就当作什么都没发生过。"

这一句话，陆秋平的语气格外加重了几分。

他明知道即使他和陆少城这么多年父子感情寡淡，陆少城也绝不是那种会出卖自己父亲的人，他就是在告诉陆少城，如果连这都做不到，就不要再管。

心里最后一份热度都已冷却下去，陆少城看着陆秋平，哑口无言。

陆秋平把这个选择抛给了他。

陆少城说不出话来，转身出了办公室。

他的初级助理见他终于出来，拿着报表追在他的身后一直在叫他，可他只当作没有听见，径自进了电梯。

脑子里很乱，无论是上一次严正明拿出来的照片，还是在林健南被警察带走后，他回到资料室无意之间发现的一页文件，陆少城曾经只差一点就用打火机点着付之一炬，后来压在了房间的箱子底下，那时曾想只当是从没见过，这一生都不再提起，可现在……

如果那个时候真的烧了就好了，现在可能会后悔，却也不至于这样为难。

他被自己的父亲将了一军，对于陆秋平，那个曾经让他想要逃离陆家的人，陆少城的心底未必有多少敬爱，可这么多年过去，当初的恨意也已经被岁月磨淡，即使那么厌恶他对阿懒的所作所为，但若真的让陆少城背叛自己的父亲，他脑海里却浮现起自己年幼时破碎记忆中陆秋平对他的好，还有现在陆秋平头上的白发，他也只是一个固执的老头。

陆少城知道什么是正义，也知道这个时候什么才是正确的决定，他不可能看着陆秋平毁了苏终笙，可这样做的结果，是把已经花甲的陆秋平送进监狱，声名俱毁，不仅如此，甚至有可能将他的余生葬送在那里。

终究是他叫了二十多年"爸"的人。

心里一阵紧缩，陆少城忽然停住了脚步，他站在陆氏大楼的大堂里，墙上的电视里正放着陆秋平签下最新一个大合作案时的情形，也是这个合作案，让原本处于波动中的陆氏上下欢欣鼓舞，陆秋平更是受到了商界中人交口称赞。

陆少城凝视着屏幕，画面里的人面带微笑，自信从容，可不久之后，一切都会是不一样了。

苏终笙收到了一个包裹，拿到手里的时候她有些诧异，上面没有寄件人的任何信息，而她也想不出还有谁会寄东西给她。

她拿回家拆开一看，里面的东西完全出乎了她的意料，她看着里面的照片，还有十多年前的文件资料，终于明白了这是什么。

陆秋平的罪证。

里面的东西不多，却足以改变整件事的走向，这个包裹出现得太过突然，她并不能确定这些东西到底是不是真的，可她没有别的选择，只能一试。

而事情发展得出乎寻常的顺利。

当陆秋平被警方带走的时候，苏终笙就站在陆氏大厦对面的马路上，她看着记者簇拥之中，被警察带出陆氏的陆秋平，这是她这么长时间以来期待看到的场面，到今天终于成真，她经历了太漫长的等待与折磨，心里的石头终于重重地落了地，那种夹杂着酸涩的释然让她眼眶发酸，可这一切发生得太快，她甚至难以相信自己双眼所见的场面，恍然还似在梦中，她四处奔走四处碰壁的画面好像还是昨日，可现在，一切都不一样了。

被带上警车之前，陆秋平忽然抬眼向四周环视，原本只是想要在离开前再看一眼自己闯下的这片江山，却不偏不倚地看见了马路对面的苏终笙。

他的身形明显一僵，隔着数十米的距离，苏终笙看着他，依旧能感受到他身上强烈的恨意与不甘。

在这一刻，苏终笙别开眼，笑了，只是这笑意不深，清清冷冷的，未达眼底。

警车呼啸着开走了，一群记者举着摄像机和话筒，看着离去的警车，还在懊恼没能拍到更有价值的采访镜头，一边说着，一边三三两两地散了。

苏终笙原本也要离开，却在临转身的那一刻，忽然看到陆氏的大楼里，陆少城一身黑色的西服，几乎要与周围的阴影融为一体，他的双手插在裤兜里，目光注视着她所在的方向，目光相接的那一刻，他一秒的犹疑也无，转身就向里面走了去。

有一群记者认出他，追着围了过去。

苏终笙心里一窒，心里明明对他担心得要命，那毕竟是他的父亲，很想问他还好吗，可全世界里，她已经是最没有资格去问这句话的人。

她站在原地，呆怔了足足五分钟，终究只能自己转身离开。

也不知道自己是怎么回到的南榆镇，她进门倒在沙发上，她等了这么久，终于等到这一天，可是心中的感觉不是喜悦，只是胸口的沉石最终被挪走，那长久以来沉甸甸压在她身上的重量终于消失，整个人轻飘飘的，就像是水中的浮萍。

她想哭，就真的埋头在双臂间哭了起来，直至号啕，用尽了身上最后一分力气。

天黑了，屋子里没有灯光，而她蜷缩在沙发里，心里空空的，她埋藏在黑暗中，就好像整个人都不存在了一般。

陆氏对宋家言的指控撤销了，因为U盘厂商的相关责任人听说陆秋平被抓后竟翻了供，陆少城索性顺水推舟，代表陆氏撤销了对宋家言的指控，表示不再追究相关责任，宋家言很快恢复了自由。

林健南的事陆少城已经无能为力，对于宋家言，他选择得饶人处且饶人，总归他们都是在帮苏终笙、在帮当年的苏家，这一切错误的开始是他的父亲陆秋平，他也不想再让当初的事毁掉更多人的人生。

对于这一次自己被拘捕的事情，宋家言看得很开，当初做决定的时候就已经想到可能会有这样一天，作为一个商人，自然会在做事前把所有的利弊分析得透彻，可分析得再多，明知道里面风险有多大，却抵不过心里想要帮她的执念。

回到宋家整理了一番，他向父母问起苏终笙的情况，母亲听到"苏终笙"这三个字，当即变了脸色，"别再提她，真是晦气！"

他试图向母亲解释："妈，事情是我做的，不怪终笙。"

母亲的态度强硬，"你别再帮她开脱，我分得清对错，"宋母顿了一下，又说，"当年苏家的事情内幕已经见报，陆秋平被抓，你们之间也到此为止吧！"

宋家言正想问起这件事，"妈，这次的事你们帮她了吗？"

"没有，我们也不知道她怎么就突然变出了证据来，不过有总比没有好，别再多问了。"

"那怎么会……"

宋家言只觉得这里面必定有些什么，见母亲不悦，也就没再说下去，只是私下将苏终笙约了出来。

见他平安回来，苏终笙长舒了一口气，眼里满是欣慰的笑，她不敢去回想婚礼上他被带走的那一刻，心里都是愧疚，她连连道歉："都是我的错，害你吃了这样的苦。"

宋家言轻描淡写地笑，"怎么会是你的错？那个U盘的确让我获益不小，我是为了宋氏，你别太自以为是。"

苏终笙低了头，没有说话，明知道他是在安慰她，却不知道怎么才能安慰到他。

见她的表情有些沉重，宋家言换了话题，"对了，我看新闻上说陆秋平被抓了，当年你们家的事终于要沉冤得雪了，祝贺你啊！"

苏终笙点头，长叹了一口气，经过了那么漫长的等待，用尽了所有的方法，"终于，结束了。"

宋家言停顿了一下，而后认真地问她道："你是怎么做到的？"

"我收到了一个包裹，包裹里有照片还有资料，就是我一直在找的证据。"她说着，自包里拿出了原本装着那些文件的信封，里面的东西交上去以后她特意把这个留了下来，"我不知道是谁寄来的，上面只有打印出来的我的信息，但我很想知道到底是谁帮了我，我想当面谢谢他，可以请你帮我去查一下吗？"

宋家言拿过那个信封，仔细地看过一遍，上面的线索寥寥，他想了想，问："你觉得可能是谁呢？"

这个问题还真是问住了苏终笙，这么长时间来，她也一直在想这个问题，"我也不知道，可能是我这段时间去找过的人吧，也许是怕引火上身，又出于良心，所以选择了这样的方式……"她摇了摇头，"我也不知道。"

宋家言看着她，想说些什么，却最终只是抿唇，沉默。

苏终笙原本没抱太大的希望，然而只过了三天，苏终笙接到了宋家言的电话，让她去宋氏找他。

走进宋家言的办公室，里面有好几个人在那里等着，他离开的这段时间，公司里的事很多，他已经忙得焦头烂额，抬头见她来了，他将其他的人都先请了出去，只剩下他们。

挂在墙壁上的电视正放着新闻的画面，陆秋平的罪行无疑是这段时间的大热点，在陆秋平事件曝光了之后，陆氏的股价再次大跌陷入危机，而与之相反的是宋家言回归之后，宋氏的状况明显回暖。

从办公桌后面起身，宋家言从抽屉里拿出了一份报告，递给了苏终笙。

"寄给你的那封文件没有经过邮局，是直接放到你家门口的，所以几乎是没有留下任何线索，我拜托一个研究所的朋友，查了这上面的指纹，和猜想到的那个人做了核对。"宋家言说到这里一顿，"我猜中了，是陆少城。"

原本正看着报告的苏终笙猛地抬起头，瞪大了眼睛看着眼前的人。

怎么可能？

怎么会这样？

她深吸了一口气，眉眼间有痛意氤氲开来。

脑海中忽然就浮现出那日慈善晚宴，他在走廊中拦住她时她曾对他说出的那些几近刻薄的话语，那些话现在一字一句就刻在了她的心上。

她还记得她曾经质问他："陆少城，我问你，哪怕一瞬间呢，你有没有过一瞬间的冲动，就算是为了我，去举报你父亲那些见不得人的事？"

而现在……

她的面前，宋家言的神情平静，他再没有什么需要多说，其中的原委她都会明白。

电视里，陆少城被一群记者堵在了陆氏的门口，那些记者争先恐后地向他提问："陆先生，请问您对您父亲的罪行知情吗？"

"陆先生，请问您对您父亲的所作所为有什么看法？"

"陆先生，请问您有什么话想对当初苏家的受害者说吗？"

画面里，原本冷静的陆少城身形一僵。

苏终笙看着那个身影，忽然泪眼蒙眬。

尾声 后来的一生

一年后。

陆秋平案子的风声渐渐淡去,陆少城回归陆氏集团做主,几个股东借机想要夺权,却被陆少城以雷霆手段清理了门户。

这一次的风波过后,陆氏也重振旗鼓,虽然不复往日荣光,但也已经重回正轨。

午后,南榆镇。

在贷款的帮助下,按照当初陆少城定下的策略发展,苏终笙的小医院已经有模有样。

她虽是院长,但由于人员所限,每天都会亲自坐诊,但凡家里有个头疼脑热,镇子里的奶奶们都愿意来找她说说,她会耐心地一一听完安抚好,将老人们送走。

又是一天的工作接近尾声,终于得以短暂地休息,她回到座位上,仔细地写着今天的门诊记录,就听有脚步声从外面传来,大概是新挂号而来的病人。

手里的记录还剩下最后的半行,她一面加快写字的速度,一面对来人道:"请稍等一下,马上就好!"

一抬头,却在那一瞬间整个人呆怔住,眼前的人……

居然是陆少城！

恍惚之间，她还以为是自己眼花，足足五秒多的时间，她好像丢了自己的声音一般，一个字都说不出。

好久不见了，阿城。

好久好久不见了。

她仔细地打量着眼前的男人，依旧高挑英俊，戴着一副墨镜让人看不透他的表情，就好像什么都没改变过一样。

想要自然地打一个招呼，就像多年不见的朋友，可偏偏张了嘴，鼻子忽然就酸了，她在心里暗骂自己没出息，越想笑却越笑不出来。

一年前的时候，她从宋家言那里得知包裹的来源是他以后，一直想要找他，可他就是拒绝会面，那个时候她想，他大概是恨她的，如果不是因为她，他的人生就不会遭遇这样的变故。

她以为他再也不想见到她，她以为在他的心里，这样就算是两讫，从此各不相干，可他就这样突然出现了。

苏终笙自桌后站起身来，深吸了一口气，她隐忍着心里的情绪，装作平静地问他："哪里不舒服？"

陆少城的声音平静，就好像真的只是来看病的，他答她："眼睛。"

她走到他的面前，踮起脚尖，摘下他的墨镜，用手撑开他的眼皮认真地做检查，"你的眼睛受过伤，不能过度疲劳，还有，要定期来做检查。"

"定期是多长时间检查一次？"

她的心跳加速，微微偏头想了想，而后一本正经地答："一周至少一次吧。"

有片刻的沉默，陆少城忽而牵唇，有阳光从窗外照进，那微弯起的弧度温暖得刚刚好，他竟真的应声："好。"

险些错过，险些成为别人的一生，可还好回到这里，他们还有机会，一起终身。

多庆幸，我们还有后来的一生。

番外一
那些爱过的事

"只是，我爱过你的事，就像跟着我的影子，遗憾的是你看不到，我还在爱着你的样子。"

——《那些爱过的事》

接到苏终笙电话的时候，宋家言正在离她家还有两条街的地方，奔驰的后座上，放着各式各样的婴幼儿用品，还有许多的产妇保健品。

电话刚被接通，宋家言就听到苏终笙带着笑意的声音："哎，宋家言，我女儿满月宴一会儿就开始了，你可是孩子他姑表舅爷，别忘了拎足了礼物来啊！"

苏终笙和他之间是拐了不知道多少个弯儿的亲戚，从前两个人谁也没有当回事过，现在却成了他们最后的牵连，姑表舅爷，宋家言从来没有这么感谢过这个不知道是什么乱七八糟亲戚的称呼。

还未来得及等他回答，听筒里就传来她拉远了电话后对别人的叫声："陆少城，你女儿该换尿布了！"

胸口一窒，原本想要轻描淡写应下的那声"好"就卡在喉头，宋家言深吸了一口气，故意沉了声音，似是质疑："怎么这么快就满月了？不是还有几天吗？"

听他这么说，苏终笙一口气堵在心头，"五月二十号啊，我给你请柬的时候还特别强调了一下这个日子，多好记啊，和我生日又近！"

嗯，只差七天。

宋家言在心里默默地说出这几个字，开口却似是满不在乎一般说："是吗？不好意思，我今天下午有个会议不能推。"

其实早被他推到了不知道什么时候去。

电话那边的人有几秒钟的沉默，然后，他听到她低低地应了一声，语气中的失落明显，"哦，好吧。"

他立即挂断了电话，就好像是真的忙到连再听她多说一句"再见"的时间都没有。

车已经熄火，他的头向后仰靠在那里，随手将手机扔到了右边的座椅上。

此刻离满月宴开始的时间还有一个多小时，从树与建筑交错的空隙中，他甚至已经能看到她家的房顶，可他只能停在这里，就像他们之间的关系，到此为止。

明知道不应该，却还是把她所有的事情都放在心里最重要的那个地方；明知道不可以，却还是推掉了所有的公事，提前三个小时出发来到这里，因为终于又有一个机会可以正大光明地见她。

多可笑，原来想见一个人也需要费尽心思，当初他曾经把她拒之门外过许多次，现在想来也不知道是不是报应。

那时她刚得知当初苏家的事内有隐情，他为了她所提出的利益，虽然答应帮她，但除非她能拿出有说服力的计划，不然他什么也不会贸然帮她去做。

她来找过他许多次，告诉他如果他不能帮她开这个头，她什么也做不了，软磨硬泡什么办法她都用过了，可那时的他是那样理智又绝情，坚定地拒绝了她，甚至告诉助理，她如果再来，不要让她进门。

她无能为力，绝望到深夜去街边的小酒馆买醉，酒馆的老板要收摊，用她的手机找到最近通话里他的号码拨了过去，他那时刚应酬完，头疼得厉害，原想直接挂了，可是手一抖按成了接听键，就听老板说她一个人醉得不成样子，他迟疑了一下，终究是怕她出事，他没忍心扔下她任她自生自灭去。

忍着头疼让司机找到那个小酒馆，破旧的小店里，只剩下她一个人趴在桌子上。

他走近她，有些烦躁，推了她几下，叫她："苏卿云，醒醒，很晚了！"

她动了一下，一扬手拍开了他，宋家言只觉得自己头疼得更厉害了，索性直接将她架起来，一面唤醒她："苏卿云，该回家了！"

她终于稍稍清醒了一点，艰难地将眼睛撑开了一个缝，好不容易看清了他是谁，她口齿含糊不清道："宋家言，你这种自私鬼，如果不是走投无路，你以为我想求你啊！"

他听完一怔，第一反应就是冷笑，这个苏卿云平日里态度格外客气，没想到喝醉了以后说起话来倒是挺"硬气"的，心想早知如此他这种"自私鬼"就不应该过来，免得她再求他。

可她说着说着就哭了，"你们宋家的人怎么就那么自私？是你们背信弃义、见死不救在先，为什么我要来求你们？如果当初你们这些姓宋的有一个人肯站出来为我们家说一句话、帮我们支撑一阵来查清真相，我们家怎么会成现在这样？哪怕只有一句话呢？哪怕一句话呢？这么多年来我或许也就不需要在心里误会和怨恨我父母那么久啊！你们怎么就那么自私？"

因为不知道真相，她也曾对父母产生过怀疑，把明明不该由她背负的内疚背负在身上那么久，哪怕有人能帮她家说一句话呢，或许一切都不一样了！

她的眼泪就那样一直往下掉，一双眼睛就那样盯着他问："你们怎么就那么自私？"

而他面对着她，竟然说不出话。

她就那样不断地重复着这几个字，号啕，直到后来没了力气，整个人蹲到了地上，口中却还在喃喃地念着。

从小到大，宋家言早已习惯了所有的抉择都只是利益取舍，这样的处世哲学自然算不得高尚，可他总觉得不是作恶就算不得害人，可看着眼前几乎是已经千疮百孔的苏卿云，他却再也无法这样坦然地说服自己。

他想要扶起她，她却甩开了他的手，他没办法，只能等，直到后来她连蹲的力气也没了，他才将她拉到背上，背起她，一步一步地走了出去。

后来，苏终笙早已不再记得那一天发生了什么，她甚至不知道他曾经去见过她，这样最好，那样要强的一个人，不会知道自己最狼狈的模样曾被他窥探了去。

所以，苏卿云对他而言有多重要呢？

如果不是因为失去，他可能永远也不会像此刻一样清楚地知道。

明明她已经改名这么久，他却依旧固执地叫她原来的名字，苏卿云，不过是因为只有在这个名字里，他还能找到独属于他们的那段岁月。

从此以后，孤单心事，又多了一个名字。

他还记得就在她结婚前几天，他在犹豫摇摆了将近一个月后终究还是给她打了电话，心里有多想挽留只有他自己清楚，可开口，他却是问："我也算是你仅存的相熟的亲戚了，需要让我代替你父亲牵你走红毯吗？"

电话那边，苏终笙震惊得沉默了好久，忽然就忍不住大哭了起来。

那是她的婚礼，她的终身大事，经历了那么多的事，宋家言虽然不是她的爱人，却是亲人一样重要的存在，是她仅剩不多的亲人，她当然希望能够由他陪伴自己走过红毯之上那条不长的路、当然希望能够得到他的祝福，然而这念头闪过脑海，她都忍不住想骂自己自私，当初他们的婚礼离完成只差一步，他却在婚礼上被拘捕，成了江城的大新闻，才过去一年多的时间，她就又要结婚了。

她连请柬都没敢当面去送，道歉的话说太多自己都觉得没有意义，怎么也不会想到他居然主动来问她这个问题。

她小心翼翼地问他："真的可以吗？"

他深吸了一口气，似是轻松地应声："当然可以。"

婚礼的那天，他撑着攒了很久的笑容，将她带到陆少城的面前，握上她手的那一刻他多想就那样不放开，可最终却只能将她交给陆少城。

他对着他们说尽了祝福的话，用尽了祝福的微笑，心里却空荡荡的，快要感受不到自己的存在。

也曾站在这个位置过，陆少城明白这是一种怎样的煎熬，后来有一次问起宋家言为什么会这样做，宋家言别开了眼，说："因为希望她圆满。"

因为爱过。

母亲说这个苏卿云把他的人生弄得乱七八糟，早知道会这样，就该离得越远越好，现在她终于嫁人了，宋家也终于可以清静了，可在宋家言的眼里，却是他让她的世界变得完整。

在她之前，所有的事物在他眼里不过是一张盈亏表，他永远也忘不了她质问他为什么会这么自私，因为那是他生存的方式。

可是当她的悲喜走进他心里的时候，他想要为她做出一些不同的决定。

他变成了一个不一样的自己，不再似从前那个行事决绝的自私商人，心里因为多了一份眷念和温暖而学会了犹豫和彷徨。

在路边停了很久，天色都已经变暗，宋家言看了一眼表，已经是晚上七点多，这才发动了车子，开到了陆家门前。

对着后座上堆积得似小山一般的东西看了许久，他最后也只是拿了一罐奶粉出来，走到陆家大门前按响了门铃。

时间已经不早，他进门的时候晚宴已经散席，剩下为数不多的几个陆家亲戚在逗着小宝宝。

他将手里的奶粉递给陆少城，随口道："不好意思，记错了日子，礼物也没好好准备。"

陆少城自然不会在意，对他应道："没事。"

倒是苏终笙眼尖，远远地发现这奶粉的包装有点儿熟悉，她对陆少城道："我看一眼。"

不看不要紧，这奶粉的牌子苏终笙不久前刚刚去查过，她惊讶道："这不是欧洲不出口的那个牌子吗？据说是最好的营养配方，我还在想什么时候找人出国的时候带几罐回来，这还真是巧！"

宋家言没想到她对这个牌子这么了解，一时有些尴尬，怕她多想，解释道："是吗？我不了解，是让秘书去准备的，看来回去得发她奖金了。"

其实他话里的漏洞明显，可好在苏终笙此时的心里满满都是她的宝宝，并没有注意，她握起宝宝的小手，笑着逗她道："快看你姑表舅爷多好，连你未来要吃的奶粉都给你选好了啊，快谢谢你姑表舅爷啊！"

小宝宝却不给面子地突然哭了出来，一旁的老人一看，叫道："是拉了！"

随后是一阵忙腾，一群女人说话声和笑声不断，给宝宝换着纸尿裤。

陆少城在这个时候将他带到了阳台的地方，他其实有些担心陆少城会细问他奶粉的事，不过好在陆少城对此只是说了一声"谢谢"，有些事说得太透彻不如装傻，这一点陆少城也很清楚。

将宋家言带到这里，陆少城要谈的其实是公事，两家公司就要签署新的合作案，还有一点细节需要确认。

要说的不多，彼此都是明白人，谈开来不过两三句话的事情，而后两个人同时陷入沉默，宋家言看着外面一点点暗下来的天，就像他此时的心情。

他忽然笑了一声，"全江城大概都没有人能想到我们会合作吧？"

多年的竞争对手，因为苏终笙更是成为了情敌，外界的人都以为他们势必已经不共戴天、水火不容，有人甚至想要靠放饵让他们互相残杀的方式使他们两败俱伤，可他们现在却并肩站在这里，谈起合作。

陆少城牵唇，自嘲地一笑，"当初的我们又何曾想到。"

宋家言斜眼看向他，"陆少城，你知道我有多讨厌你吗？"

陆少城扬眉，"就像我讨厌你一样？"

话音落，两个人皆是一声轻笑，人与人之间还真是奇怪，就算讨厌，心中对对方却依旧有一份认可在。

又是一段时间的沉默，陆少城问他："对了，终笙提起过想请你做孩子的干爹，不知道你意愿如何？"

"干爹？"宋家言的目光落在院落里的一棵不知名的植物上，他一笑，摇了摇头，"还是算了。"

没想到宋家言会拒绝得这么干脆，陆少城微讶，"为什么？"

宋家言半认真半玩笑地答他："要是成了干爹，要是再敢忘记满月这样的日子，苏卿云岂不是要和我拼命？"

可他想要忘记啊，再不想像现在这样将与她有关的每一个日子都记得那样一清二楚，就算现在的他没有办法控制自己，可总不能永远都这样过下去不是。

宋家言一顿，对陆少城道："走吧，带我去看看孩子。"

刚刚足月的小婴儿，什么都没长开，小小的鼻子、眼睛还有手，也不知怎么，宋家言忽然就想起小的时候，父母带他去苏家串门，那个时候的苏卿云还是这样小小的，母亲招呼着他："快来看小妹妹好不好看？"

他走近瞄了一眼，当时被吓了一跳，那么小的一个小不点儿，一面嘬着手指，两个小眼睛就那样看着他笑，他想也没想，嫌弃地脱口而出："丑死了！"

他轻轻地伸出手去，摸了一下孩子的小手，宝宝睁开小眼睛，冲着他咧嘴一笑，他的心里仿佛有一股电流窜过，抬眼看向苏终笙，他笑道："真是丑得和你一样。"

他虽是这样说，眼中的笑意却是温暖，苏终笙也没气，反而笑盈盈地对他道："丑得和我一样就好了，哪天你也有一个像你一样的孩子就能明白我现在的心情了。"

是啊，哪天，哪一天呢？

他的笑容僵了一下，这么长时间来，他还没想过这些事，总觉得那是很久远的以后，可此刻被苏终笙就这样轻描淡写地提起，他忽然说不出话来。

这之后又聊了两句，他以公司有事为借口先行离开。

出了陆家，他深吸了一口气，今早刚下过雨，清新空气中还带着泥土的味道，还有一点夜晚的凉意，沁到心底，他终于渐渐平静下来。

或许吧，或许会有那么一天，他也期待着有那么一天，他会像此时的她一样的心情，那样的温暖、那样的甜意，只是他不知道这一天还有多远。

也想让自己放下、想让自己释怀，可每当有人问起他喜欢什么样的女孩，他总是第一反应就想到她。

咬牙答应母亲前去相亲，可看着对面的人，他却怎么也找不到对她一样的感觉。

  他也在憧憬着那一天,再听到她的名字心里也可以平静如水。

  可遗憾的是,他爱过她的事,就像跟着他的影子。

  而她,不会再看见,他爱着她的样子。

番外二 一见终身

那是陆秋平刚刚被抓后的两个月,陆氏上下一团乱麻,陆少城面对着这样一个烂摊子,不仅要迅速安抚好下面的人心,还要提防着时时向他发难的几位董事,正是焦头烂额的时候。

桌子上的文件堆积如山,他已经连续三天没有回过陆家,偏偏董事会里的那位"王伯伯"王明利还在这个时候来和他"商讨公司未来发展的方向",逼他出卖手中的股份,他自然清楚对方的心思,是想动摇他在公司的地位,可直接撕破脸让对方下不来台,若惹急了,对动荡中的公司也不是好事,陆少城只能与之周旋。

也就是在这个时候,陆少城听到外面传来助理焦急的声音:"苏小姐,陆总在开会,您别再来了,快走吧!苏小姐,您别再往里走了!"

陆少城的笔尖一顿,太阳穴不由跳了一下。

这已经是苏终笙这两天第三次来找他了,她一直在求助理让她见他一面,说是有重要的事要问他。

陆少城没有确认过,却也从她的态度中猜出了其中的原因,她大概已经知道了那封文件的来源是他,而她要问的,他也能猜个八九不离十。

他自认做法已是谨慎,不知道她是怎么得知的,可是在这样的关口,他宁可她什么都不知道,就一直对他责怪、误会下去,那样他也才能对她省下一分心思，不必再去担心她会觉得对他内疚。

他先前让秘书以开会为借口挡她在门外，原以为她等一会儿就会离开，却没想到她一等就等到了晚上十点，来巡楼的保安不得不请她离开。

他其实一直就在办公室里，却因为她就在外面，被困在屋内不能离开，时间每多过一秒他的内心就更多一重煎熬，他想要问她吃过饭了吗？这么晚了一个人要怎么回去？可到了最后，却只能深吸了一口气，假装自己什么都不知道，却还是不放心，让陈光小心地跟了她一路，看她安全到家才算放心。

原本就气氛紧张的办公室里此刻更是肃静，王明利的目光看向门口的位置，微扬唇角，似笑非笑地冷声问道："这是？"

陆少城抬眼，只见王明利的目光中透着一丝冷意，他的心里一紧，想起当初陆秋平质问苏终笙陆氏失窃资料的事时王明利也在场，若是让王明利起了心思从苏终笙身上找到突破口逼他放权就糟了！

陆少城拿起桌上的座机，似是随口答道："一些无关的人。"

他说着，按下了保卫科的电话，电话紧接着被接通，他沉了声音命令道："把我办公室门口的人带走。"

这之后，陆少城看不到外面发生了什么，只知道一阵短暂的嘈杂后，忽然安静得有些可怕。

然后，睁眼闭眼，又是疲惫的一天。

坐在车上从车库出来的时候，陆少城原本正在闭眼小憩，司机问他是直接回陆家吗，他说"是"，无意间睁开眼向外一看，却在这时怔住。

天早已经黑透，马路的旁边，有一个人还坐在那里，那样的安静，就好像已经与周围的风景融为一体，这个身影陆少城是那样地熟悉，正是还没有回家的苏终笙。

"停车！"

他叫住司机，司机一惊，急忙问："您有什么事吗？"

有什么事吗？

陆少城在自己的心里重复着这六个字，想了想，摇头，就算她还没回去又能怎么样呢？现在这个时机，差得不能更差，他要保住飘摇之中的陆氏、要为父亲的案子奔波，而她，是那个十多年前最大的受害者，他们只能维持着这样尴尬的关系，哪怕是再难受，也只能忍着。

终是只能说："在这里停一会儿吧。"

司机不敢多问，把车停在路边再没敢动。

隔着车窗玻璃，陆少城自苏终笙的身后就那样注视着她。

马路上灯光斑驳，晚风微凉，带起她鬓边的碎发，她望着一个方向那样认真，不知道在看些什么，不知道她的身后有人的目光也在她的身上流连。

最后一次了吧，既然他不想见到她，她就不再来了，只希望没了她以后，他的世界能变得平稳安然。

深吸了一口气，苏终笙站起身来，回家。

末班车，她向着公交车站狂奔了一路，终于赶了上。

"一直跟下去。"

得到陆少城的命令，司机尾随着前面的公交车一直到南榆镇里，眼见着苏终笙平安进了家门，陆少城也没有立即说要回去，而是就看着不远处郑家家门的位置，整个人异常沉默。

他望向四周，邻里左右，平房和土路，镇子里好像还是他最初来时的样子，什么都没有变，可他知道，什么都不一样了。

后来，这天晚上，陆少城做了一个梦，梦里的他正在飞机场候机，忽然看到身边的女人正在看着一本托翁的《复活》，他问她："你也喜欢托尔斯泰的书吗？"

她有些吃惊他的突然出声，还是微笑了一下回答他："是的。"

他又问："你叫什么？"

"苏终笙。"

而他，对她一见终身。

——全文完——